HEYNE

Das Buch

Amélie muss sich und ihre Tochter schützen, denn Paris ist kein sicherer Ort mehr für die junge Frau und ihre fünfzehnjährige Tochter. Schnell muss sie jedoch feststellen, dass die alte Heimat ihr kein Zuhause mehr ist und die Montois auf dem Mont-Saint-Michel ihrem faszinierenden Handwerk skeptisch gegenüberstehen. Aber würden sie so weit gehen, ihr oder Linnea Schaden zuzufügen? Und warum tauchen Leichen auf, die nach Sandelholz und anderen Parfümessenzen riechen? Amélie scheint die Einzige zu sein, die Zugang zu diesen Düften hat. Aber es muss noch jemand anderen geben ...

Die Autorin

Sina Beerwald, 1977 in Stuttgart geboren, studierte Wissenschaftliches Bibliothekswesen. Nach ihren beiden erfolgreichen Romanen *Die Goldschmiedin* und *Die Herrin der Zeit* liegt nun ihr dritter historischer Roman vor: *Das blutrote Parfüm*. Weitere Informationen zur Autorin auf www.sina-beerwald.de.

SINA BEERWALD

DAS BLUTROTE PARFÜM

ROMAN

WILHELM HEYNE VERLAG
MÜNCHEN

FSC
Mix
Produktgruppe aus vorbildlich
bewirtschafteten Wäldern und
anderen kontrollierten Herkünften

Zert.-Nr. SGS-COC-001940
www.fsc.org

Verlagsgruppe Random House FSC-DEU-0100
Das für dieses Buch verwendete
FSC-zertifizierte Papier *Holmen Book Cream*
liefert Holmen Paper, Hallstavik, Schweden.

Originalausgabe 06/2010

Redaktion: Eva Philippon
Printed in Germany 2010
Kartenhinweis Seite 184/185: © Claude Quétel,
Le Mont Saint Michel, Bordas SA, Paris, 1981
Umschlaggestaltung: init GmbH, Büro für Gestaltung, Bielefeld
Satz: Leingärtner, Nabburg
Druck und Bindung: GGP Media GmbH, Pößneck
ISBN: 978-3-453-47100-9

www.heyne.de

GESAMTPLAN DES MONT-SAINT-MICHEL

(Zeichnung von Paul Gout aus der Zeit um die Jahrhundertwende nach der Restaurierung)

2″	Chor
3″	südliches Querschiff
4″	nördliches Querschiff
5″	Teil des ehemaligen Dormitoriums
6″	Saut-Gauthier-Terrasse
7″	westliche Terrasse
14″	Krankensaal
16″	Ruinen des Gästehauses
18″	Refektorium der Mönche
19″	Kreuzgang
21″	Wärmeraum der Mönche im 17. Jh. (an der Stelle der früheren Küche der Merveille; heute Bibliothek)
22	Abtswohnung (13. Jh.)
25	Belle-Chaise
27	Katharina-Kapelle
29	Aubert-Brunnen
30	Zisterne der Apsis (1417 errichtet)
32	Fanils-Kaserne
33	Fanils-Turm
34	Nordturm
36	Barbakane des Châtelet
37	Claudine-Turm
38″	Archiv
41	Pfarrkirche
42	Königstor
44	Beatrix- oder Freiheits-Turm
45	Denis- oder Niedriger Turm
46	Bastei- oder Königin-Turm
47	Chollet- oder Halbmond-Turm
48	Barbakane des Haupteinganges
50	Zisterne des Almosensaals (Anfang 16. Jh. errichtet)
51	Fanils- oder Ravelin-Vorwerk
52	Gabriel-Turm
43	Vorposten
54	Aubert-Kapelle
55	Große Treppe
B1	Symphorian-Brunnen
K3	Schlund (Treppe unter dem Châtelet)
M4	Gemeindefriedhof
R2	Garten der Pfarrei
S1	Wächtertürmchen
S2	Gemeindewache
T1	Arkadenturm
T2	Apsis der Pfarrkirche (16. Jh.)
U3	Haus von Tiphaine Raguenel (der Überlieferung gemäß wohnte hier die Frau von Bertrand du Guesclin)
W1	Lastenaufzug
X3	Haus zum „spinnenden Weibsbild"

Von den zahlreichen Angaben, die Paul Gout in seinem Plan macht, sind hier nur jene aufgezählt, die für den Leser von Interesse sein könnten (übergangen wurden vor allem die Namen der Privatbesitzer).

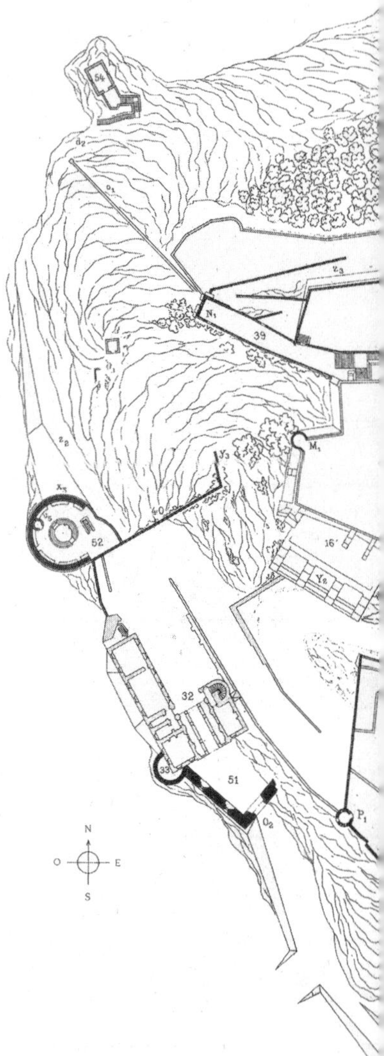

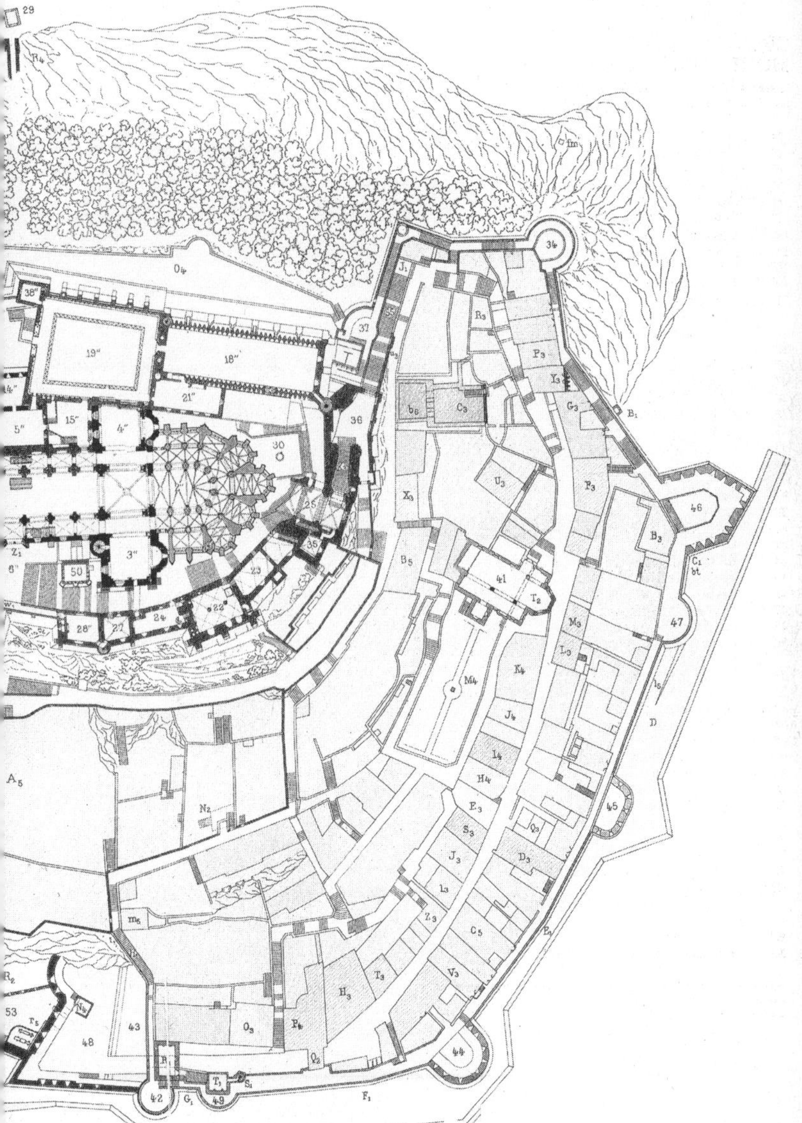
29
R4
fm
34
O4
38"
19"
18"
37
T
J1
R3
P3
Y3
G3
B1
b6
C3
21"
15"
4"
5"
36
30
U3
F3
X3
46
25
35
B3
C1
bt
3"
Z1
6"
50
23
41
T2
B5
22
24
27
28"
M3
L3
47
M4
K4
J4
D
I4
H4
A5
N2
E3
45
S3
Q3
J3
D3
I3
Z3
C5
E1
m5
R2
T3
H3
V3
53
r5
48
43
O3
P4
44
Q2
R1
T1
S1
42
G1
49
F1

Prolog

Nach Mitternacht erfüllte ein betörender, süß-holziger Duft die Räume des herrschaftlichen Hauses in der Pariser Rue Dauphine. Warm und weich schmiegte sich der Geruch in ihre Nase. Eine neue und besonders verwegene Parfümkreation, weil diese verbotene Lüste wecken konnte ...

Im Schein der Öllampe kniete sich Amélie in der Parfümwerkstatt nieder. Sie achtete darauf, mit dem Stoff ihres weißen Mousselinekleides den leicht gekrümmt vor sich am Boden liegenden Männerkörper nicht zu berühren. Mit einer letzten zärtlichen Geste schloss sie ihrem toten Ehemann die Augen, strich ihm vorsichtig die dunkelrot verfärbten, klebrigen Haare von der aufgeplatzten linken Schläfe, dort, wo der Tod seine Krallen hineingehauen hatte. Hassliebe wallte in ihr auf.

Neben dem Kopf der Leiche hob Amélie die Reste des zerbrochenen Flakons auf, vorsichtig, um sich nicht an den scharfen Glaskanten zu schneiden. Blassgelbes zähflüssiges Öl tropfte aus dem schön geschliffenen Fläschchen und vermischte sich mit dem Blut an ihren Fingern.

Fassungslos starrte sie die rötliche Spur des Todes

an. *Warum hatte es so weit kommen müssen? War das wirklich alles geschehen?* Panik durchflutete sie. Wie einen Fremdkörper streckte sie ihre Hand weit von sich und ließ das Flakon fallen. Sie sprang auf und suchte nach einer Möglichkeit, sich die Zeichen der Schuld abzuwischen.

Amélie hastete in der Parfümwerkstatt umher, dem Raum, von dem ihr Mann stets angenommen hatte, er sei ihr fremd. Doch sie kannte nahezu jede der über einhundert Essenzen in den Fläschchen: Orange, Sandelholz und Rose waren ihr längst vertraut, ebenso wie die schwierig zu bezähmenden animalischen Gerüche von Zibet, Moschus und Ambra. Schließlich war ihr Ehemann häufig und lange genug bei der Kundschaft und anderswo unterwegs ... *Gewesen*, fügte sie in Gedanken hinzu und glaubte, an dem ungesagten Wort zu ersticken.

Zitternd wanderten ihre Hände im Halbdunkel auf dem massiven Holztisch zwischen Flakons, Pipetten und Döschen hin und her, und endlich fand sie das klein zusammengefaltete Baumwolltuch zwischen den Bechergläsern, in das ihr Mann immer hineingeatmet hatte, um die vom Riechen angestrengte Nase zu beruhigen und wieder für neue Gerüche aufnahmefähig zu machen. Sie tränkte den Stoff mit reichlich Parfümalkohol und schrubbte ihre blutverschmierten Finger, bis das Brennen auf ihrer Haut in einem stechenden Schmerz gipfelte. Hektisch knüllte sie das mögliche Beweisstück zusammen, stopfte es in ihren Ausschnitt und griff nach der Öllampe.

Amélies Atem ging flach und stoßweise, und wie unter Zwang warf sie einen letzten Blick auf den Toten. Ihr stämmiger Ehemann lag halb auf dem Rücken, als sei er vor etwas zurückgewichen und dabei unglücklich gestolpert. Seine Beine waren leicht angewinkelt, der Kopf unnatürlich zur Seite gedreht. Dieses Bild verfolgte sie, als sie aus der Werkstatt lief.

Draußen mitten im langen Flur blieb sie abrupt stehen und horchte in die vom flackernden Lichtschein erhellte Dunkelheit. Ihre Tochter, wo war sie hingerannt?

Amélie eilte ein paar Türen weiter zu ihrem Zimmer. Da die Bediensteten alle im Seitenflügel des Anwesens schliefen, musste sie nicht befürchten, durch ein unbedachtes Geräusch jemandes Aufmerksamkeit zu erwecken.

In dem großen, mit kostbaren Schnitzmöbeln ausgestatteten Mädchenzimmer spürte Amélie die Anwesenheit ihrer fünfzehnjährigen Tochter. Nach kurzer Überlegung riss sie die vergoldete Kleiderschranktüre auf, und tatsächlich, Linnea kauerte in dem seit Kindertagen nicht mehr benutzten Versteck zwischen den bestickten Seidenkleidern, hielt die Knie mit den Armen umschlungen und sah ihr mit angstvoll geweiteten, tränennassen Augen entgegen.

»Es ist nichts passiert!«, herrschte Amélie ihre Tochter im Ausbruch der Verzweiflung an, fegte die bunten Stoffe achtlos beiseite, packte Linnea an der Schulter und schüttelte sie, was ihr zugleich leidtat.

»Hast du verstanden?«, rief sie und leuchtete ihr mit der Lampe ins Gesicht.

»*Mon père*«, schluchzte Linnea, jegliche Farbe war von ihren sommersprossigen Wangen gewichen. »Papa!«

»Vergiss die Bilder in deinem Kopf! Es ist nichts passiert, Linnea, hörst du, nichts ist passiert! Komm heraus und such deine Sachen zusammen! Wir machen eine kleine Reise.«

Immer noch hemmungslos weinend kletterte Linnea aus dem Schrank und blieb mit abgewandtem Kopf und leicht nach vorn gebeugtem Oberkörper vor ihrer Mutter stehen.

»Sieh mich an!« Fordernd griff Amélie nach dem Kinn ihrer Tochter und erschrak selbst über die Härte ihrer Geste. Sie streichelte Linnea in wortloser Entschuldigung über die Wange und strich ein paar in Unordnung geratene rote Haare am Hinterkopf des Frisurenkunstwerks glatt, mit dem die Tochter ihren Vater an seinem heutigen, sechzigsten Geburtstag hatte beeindrucken wollen. Doch Alphonse de Maurier hatte es vorgezogen, der eigens für ihn arrangierten Feier mit über zweihundert geladenen Gästen von Beginn an fernzubleiben und sein Erscheinen nach Mitternacht hatte er damit gerechtfertigt, dass er bei der Präsentation seiner neuen Parfümkreationen von der Kundin in deren Hause aufgehalten worden sei.

Eine Ausrede, dachte Amélie. Längst gab sich Alphonse keine große Mühe mehr, etwas nach außen hin vor ihr zu verbergen. Ein Jahr lang hatte sie ihren Ehemann beschworen, der Familie zuliebe die Sache zu beenden. Zum Jahreswechsel hatte er es ihr versprochen, und vier Monate später immer noch nicht Wort gehalten.

Linnea hielt dem Blickkontakt nicht mehr stand, sie drehte sich von ihrer Mutter weg, und ihre angespannte Körperhaltung zeugte davon, dass sie am liebsten weggerannt wäre. Amélie überging ihre Abwehr, umarmte Linnea und drückte ihren Kopf sanft an ihre Brust, wo ihr Herz wild hämmerte.

Doch Linnea entzog sich ihr. »Der Geruch, Maman, ich halte den Geruch nicht aus!«

Erschrocken presste Amélie die Faust auf ihren Ausschnitt, aus dem der Duft des blutroten Parfüms strömte.

»Maman?« Linnea entzog sich ihr. »Es war ein Unfall, es war doch ein Unfall, nicht wahr, Maman?«

»Natürlich, meine Kleine, natürlich. Es war sicher keine Absicht – und jetzt kein Wort mehr davon. Schwör mir das!«

»Ich schwöre«, wiederholte Linnea in hilfloser Verzweiflung. »Aber Maman, wir können ihn doch nicht einfach da liegen …«

»Kein Wort mehr!«, fuhr Amélie ihrer Tochter erneut über den Mund. Linnea tat die augenscheinliche mütterliche Härte sichtlich weh, doch Amélie fühlte sich nicht mehr als Herrin ihrer selbst, vielmehr war sie eine Gefangene des Geschehens. *Was sollte sie jetzt tun?* Ihre Gedanken kreisten wie von Windmühlenflügeln getrieben, und sie glaubte, jeden Moment den Verstand zu verlieren.

»Linnea, hör zu, du tust jetzt genau, was ich sage. Du packst sofort deine wichtigsten Habseligkeiten. Kleidung, Wäsche, ein paar Bücher! Aber wirklich nur das Notwendigste! Alles muss in eine Reisetruhe passen. Wenn dich jemand von den Bediensteten fragt, sagst du, wir werden zur Erholung wegfahren, während dein Vater auf eine längere Geschäftsreise nach England gehen musste. Ich kümmere mich um alles ...«, *auch wenn mein Plan alles andere als durchdacht ist,* setzte sie im Stillen hinzu.

***

1

Das blutrote Parfüm

»Ein ewiger Duft, dessen Rezept ich dir vorgeben werde, Essenz für Essenz.«

Zwei kräftige, hintereinander angeschirrte Rösser zogen mit gesenkten Köpfen den offenen Karren über das Watt. Unablässig schnaubten sie den Sand aus den Nüstern, die Muskeln spannten sich unter dem schwarzen, perlnass glänzenden Fell. Tiefe Räderspuren gruben sich in den goldgelben Sand, auf einer unberührten und einsamen Ebene von mörderischer Schönheit.

Halb sitzend, halb liegend kauerte Amélie auf einem schmalen Brett auf der rechten Vorderseite des Karrens, der für Erntefuhren, nicht aber für Personenreisen gebaut war. Mit dem Zipfel einer steif gewordenen Leinendecke, die das geladene Gut notdürftig bedeckte, schützte sich Amélie vor dem angriffslustigen Aprilwind. Eingepfercht zwischen waghalsig gestapelten, eilig festgezurrten Kisten saß ihre Tochter zähneklappernd auf der gegenüberliegenden Seite und sorgte sich, dass sie die kostbare Ladung – das Einzige, was sie noch besaßen – nicht verloren.

Auf dem Festland, im Ort Genêts an der normannischen Küste, von wo aus Amélie zum ersten Mal wieder ihre Heimat draußen im Meer schemenhaft erblickt hatte, sangen bereits die Frühlingsboten ihr Lied, die Magnolienbäume öffneten ihre zartrosaweißen Knospen und verströmten einen seelenvollen, süßen Duft. Auf dieser schutzlosen Weite aber waren die Böen noch schneidend kalt.

»Maman«, rief Linnea, »wann sind wir endlich da? Und wohin fahren wir überhaupt? Warum sagst du mir das nicht endlich?« Ihre Stimme verriet die Zerrissenheit zwischen Misstrauen und blindem Vertrauen ihrer Mutter gegenüber.

Amélie entschloss sich, ihre Tochter nicht länger im Ungewissen zu lassen. »Wir sind ganz weit im Norden des Landes, Linnea. Und wir erreichen bald unser Ziel, eine Insel vor der Normandieküste.«

»Wir fahren auf den Mont-Saint-Michel?«, schlussfolgerte Linnea sofort mit ungläubiger Stimme, obwohl sie den Namen der Heimat ihrer Mutter einzig von knappen Erwähnungen her kannte. »Werden wir dort wohnen? Wer lebt da noch? Gibt es dort wilde Tiere? Erzähl mir davon!«

Amélie richtete ihren Blick in die Ferne. Die Sonne schien vom wolkenlosen Himmel, das Meer hatte sich bis zum Horizont zurückgezogen, und doch spürte sie den herannahenden gluckernden Wellensaum. Sie roch das Salz in der Luft, trocken und stechend klebte es in ihren Nasenflügeln. Die Gefahr des auflaufenden Wassers lauerte in ihrem Rücken – man sagte, die Flut nähere sich mit der Geschwindigkeit eines galoppierenden Pferdes.

»Da gibt es auch nicht viel zu erzählen!«, erwiderte Amélie. »Es ist eine kleine vorgelagerte Insel, wie du weißt, und ich war seit rund zwanzig Jahren nicht mehr dort. Das ist alles.« Ihr stand jetzt nicht der Sinn nach vielen Worten, zu übermächtig war ihre nervöse Anspannung.

Die ungewöhnlich groß gebauten Kutschenräder drehten sich knirschend und unablässig im Sand mahlend wie Mühlsteine. Stillstand an der falschen Stelle bedeutete den Tod, das Versinken in einer Falle auf sicher geglaubtem Boden. Der Treibsand verschlang alles, was sein gieriges Maul fassen konnte, zog die Beine eines Menschen an den Knöcheln in die Tiefe, und je mehr sich derjenige wehrte, desto schneller sank sein Körper ein, bis nur noch Schultern und Kopf herausschauten. Gänzlich verschlungen wurde ein Mensch nur in sagenumwobenen Legenden; tatsächlich war es die aufkommende Flut, die die hilflosen Schreie der Todgeweihten erstickte und binnen eines Augenblicks das qualvoll begonnene Werk ihres Komplizen vollendete.

Der schwarz gekleidete Kutscher trieb die Pferde an. Gebeugt saß er unmittelbar vor ihnen auf dem behelfsmäßig wirkenden Kutschbock, die angewinkelten Füße auf der Deichsel abgestützt. Aus dem Handgelenk ließ er die Peitsche knallen und die

Schnur dicht über den Rücken der Tiere hinwegsausen. Er hatte nach der Preisverhandlung in Genêts nicht einmal seinen Namen genannt, nur mit einem Nicken seine Zustimmung kundgetan und danach ohne ein Wort die schweren Kisten auf den Karren gehoben. Seiner sehnigen Gestalt war die in ihr steckende Kraft nicht anzusehen, und es fiel Amélie schwer, sein Alter zu bestimmen, er konnte erst knapp dreißig, aber auch schon über vierzig sein. Sein Äußeres jedenfalls, seine geflickte, nachlässige Kleidung, die zerzausten, schulterlangen schwarzen Locken, sein struppiger, bis auf die Brust reichender, salzverkrusteter Vollbart machten ihn zu einem von jenen Menschen, denen Amélie in Paris aus dem Weg zu gehen gelernt hatte.

»Wie ist Ihr Name?«, fragte Amélie im spontanen Bemühen, sich den Fremden ein wenig vertraut zu machen.

Der Kutscher drehte sich halb um, und im Ausdruck seiner wasserblauen Augen lag spöttische Belustigung. »Brauchen Sie unbedingt einen Namen für mich? Dann nennen Sie mich Montagnard.«

Bergbewohner? Amélie lag eine Nachfrage auf der Zunge, doch er hatte sich bereits wieder nach vorne gewandt, um jegliche Fortsetzung des Gesprächs im Keim zu ersticken. *Ausgesprochen redselig, dieser Montagnard,* dachte sie. Leider war er jedoch der einzige Kutscher auf dem Festland gewesen, der spät an diesem Vormittag noch auf Kundschaft gewartet hatte.

Die widrigen Wegbedingungen fochten den Kutscher nicht an, mit stoischem Gesichtsausdruck, die kräftigen Augenbrauen zusammengezogen, behielt er sein Ziel im Blick.

Die schemenhaften Umrisse des Mont-Saint-Michel traten allmählich klarer aus dem Dunst hervor, so als zöge jemand ein hauchdünnes Tuch über dem verwaschenen, graublauen Steinhaufen fort. Der mit jeder Minute deutlicher ins Goldbraune changierende Felsen erhob sich aus dem Wasser wie zum Gebet gefaltete, gichtgekrümmte Hände und schwoll zu majestätischer Größe an.

Unzählige kleine Steinhäuser knieten dicht gedrängt in starrer Anbetung vor der über ihnen thronenden Kirche. Die Fialen am Strebewerk der Kathedrale ragten wie Stacheln in den Himmel, umsäumt von einer unüberschaubaren Fülle an Verzierungen, Säulen, Bögen, Türmchen und Wasserspeiern. Ein unwirklicher und verwunschener Ort. So als habe Gott dieses unliebsame Gewächs einst mit spitzen Fingern am Kirchturm gepackt, samt den umliegenden Häusern mit dem Wurzelballen aus der Erde gerissen, in diesem Niemandsland hier fallen gelassen und dem Vergessen anheimgestellt.

Mit ehrfurchtsvollem Erstaunen und wachsender Neugierde betrachtete Amélie ihre Heimat, Erinnerungen flochten sich in ihre Gedanken, sie saugte die Fülle an Eindrücken in sich auf und konnte sich kaum sattsehen.

Wie viel hatte sich wohl verändert? Tief in ihrem Herzen kannte Amélie die Antwort: *Nichts*. Auf dem

Mont war die Lebensweise der Bewohner festgeschrieben wie die von Moses in Stein gemeißelten Gebote. Alles würde noch so sein wie damals. Ein beruhigender und zugleich auch ein wenig erschreckender Gedanke. Wie mochte das näher rückende Ende der Reise wohl auf Linnea wirken? Amélie warf einen Seitenblick auf ihre Tochter und schloss aus deren fahrigen Beinbewegungen auf eine zunehmende Unruhe des Mädchens.

»Wie geht es dir?«, schrie Amélie, um das Rädergeräusch zu übertönen.

»Gut, aber ich kann ... ich kann die Kiste ... sie rutscht!«, hörte Amélie gerade noch, dann folgte der schmatzende Aufprall auf dem Sandboden.

»Kutscher, anhalten!«, rief Linnea voller Entsetzen und machte sich zum Absprung bereit.

»Kind, um Gottes willen, nicht! Nicht springen!« Amélie rappelte sich auf.

Gerade noch rechtzeitig drehte sich Montagnard auf dem Kutschbock um, packte Linnea am Arm und bugsierte sie mit einer energischen Bewegung zurück. »Hier ist dein Platz, junges Fräulein!«

»Aber ich will ...«

»Du willst dich umbringen, ja?«, schnitt der Kutscher ihr das Wort ab.

»Wir müssen die Sachen retten!«, rief Linnea.

Amélie versuchte ihre Tochter zu beruhigen und schaute dabei der Kiste nach. Da erkannte sie den roten Strich, mit dem sie den Deckel markiert hatte. Ihr wurde heiß und kalt. »Meine Tochter hat Recht!«, redete sie auf den Kutscher ein. Amélie gelang es aufzustehen, schwankend suchte sie auf der engen Trittstelle das Gleichgewicht.

Die Peitsche knallte dicht neben ihr. »Solange ich auf dem Kutschbock sitze, verlässt niemand dieses Gefährt!«, brüllte Montagnard. »Kein verfluchtes Gepäckstück auf dieser Welt ist ein Menschenleben wert!«

Erschrocken über seinen Ausbruch setzte sich Amélie wieder hin, aber den Verlust konnte und wollte sie nicht hinnehmen. Die Augen gegen die Sonne abgeschirmt schaute sie in Richtung der verlorenen Habe. Rund acht Pferdelängen weit lag diese nun schon entfernt, und der Abstand wurde immer größer. Sie rang mit sich, dachte daran, ihr eigenes Leben zu riskieren, um ihrer beider Zukunft zu retten.

Ruckartig stand sie wieder auf. Sie bahnte sich einen Weg an Montagnards Kutschbock vorbei und sprang.

Zuerst landete sie auf den Füßen, doch im Schwung fiel sie nach vorn, ihre Hände griffen in den nassen Sand, ihre Knie wurden feucht. Mühsam rappelte sie sich auf, zwei Schritte, noch zwei Schritte, dann sank sie bis über die Knöchel ein. Panik wallte in ihr auf, sie versuchte sie zu verdrängen und nicht zurückzuschauen. *Weiter, weiter,* dachte sie nur. Sie verlor einen Schuh, den anderen.

»Maman!«, schrie Linnea. »Komm zurück!«

Amélie drehte sich um. Die Kutsche hatte die Fahrt verlangsamt und schien doch bereits unerreichbar weit weg. Wohin jetzt? Die kalte Sandmasse umschloss schon ihre Waden, kroch weiter ihren Weg der drohenden Vernichtung.

»Nicht bewegen!« Montagnard warf ihr das Ende eines langen Seils zu, und es landete genau vor ihren Füßen, Wasser spritzte auf. »Halten Sie sich daran fest und dann langsam, langsam zu uns zurückgehen!«

Amélie hielt die Luft an, sie drehte sich noch ein letztes Mal nach der Kiste um, dann krallten sich ihre Finger um das Seil, sie redete sich ein, ihre Füße steckten nicht in einer tödlichen Falle, während sie sich zu retten versuchte, begleitet durch die schluchzenden Schreie ihrer Tochter.

Ihr Herz raste, als sie endlich das große Kutschenrad zu fassen bekam. Mit zitternden Beinen und letzter Kraft kletterte sie in den sich weiter fortbewegenden Wagen, wobei ihr der Kutscher nun nicht mehr half. Mit verschlossener Miene rollte Montagnard das Seil auf, richtete den Blick nach vorn und nahm die Zügel wieder auf.

»Maman!«, rief Linnea erleichtert.

Mein Gott, dachte Amélie, wie schnell war das gegangen, wie leichtfertig hatte sie ihr Leben riskiert und ihre Tochter beinahe als Waisenkind zurückgelassen.

»Es ist alles gut, Linnea, alles gut. Wir sind bald da. Es ist nichts passiert …« Plötzlich beunruhigt tastete sie in ihrer Rocktasche nach dem Münzbeutel und stellte erleichtert fest, dass er noch da war.

»Was war in der Kiste, Maman?«

»Nichts Wichtiges, mein Mädchen, nichts Wichtiges«, versuchte Amélie sie auf andere Gedanken zu bringen. Erschöpft nahm sie ihre unbequeme Position auf dem schmalen Brett wieder ein und atmete tief durch. *Nichts Wichtiges, nur unersetzbar wertvolle Parfümessenzen, die Grundlage, auf der ich unser neues Leben aufbauen wollte.* Ihre Augen füllten sich mit Tränen, und sie schloss ihre Lider, damit niemand ihre Verzweiflung sehen konnte.

***

Die Zeit bis zur Ankunft verging ihr plötzlich viel zu schnell. Amélie öffnete die Augen, als der Kutscher das Ende der Fahrt ankündigte. Für ihr Gefühl waren kaum fünf Minuten vergangen, aber der Zwischenfall im Watt musste der zurückgelegten Strecke nach zu urteilen gut eine halbe Stunde her sein. Sie fuhren entlang der hohen Ringmauern des Berges, die sich im seichten Wasser spiegelten. Auf den beiden südlichen Wachtürmen seitlich des Haupttores schlugen die rotgelben Fahnen sanft im böig auffrischenden Wind, es wirkte wie ein freudiges Zuwinken.

Amélie hörte die ersten Geräusche aus dem Dorf, Hufgeklapper, Kindergeschrei und Hundegebell hallten aus den engen Gassen, wo sich schindelgedeckte Steinhäuser aneinanderlehnten, krumm und gebeugt wie altersschwache Menschen. Amélie versuchte ihr Elternhaus weit oben auszumachen und war erleichtert, es noch stehen zu sehen. Doch aus dem verfallenen Kamin stieg kein Rauch auf. Das aufkommende flaue Gefühl im Magen verdrängte Amélie mit der einfachen Erklärung, dass das Feuer ausgegangen sein könnte und der Vater oder die Mutter gerade dabei waren, frisches Holz oder Kohlen nachzulegen.

Vor dem Haupttor sprang Amélie vom Karren und spürte festen Boden unter ihren Füßen. Eiskalt fühlte sich dieser an, und erst jetzt kamen ihr die im Watt verlorenen Schuhe wieder in den Sinn. In feuchten Strümpfen stand sie vor dem unscheinbaren Haupttor, dem ersten von insgesamt dreien, das den Zugang zu dieser abgeschiedenen Festung sicherte – wobei für sie immer die Frage war, ob sich die Bewohner vor Feinden schützen oder sich vielmehr vor der Welt verschließen wollten.

Verschämt schaute sie an sich hinunter. Das mantelartige, vorne offene Überkleid aus gerafftem, blauem Taftstoff war am Saum durchnässt, und der silberfarben glänzende Rock wies auf Kniehöhe dunkle, sandverkrustete Flecken auf. Sah so eine Dame von Welt aus? Wie peinlich, nach zwei Jahrzehnten in solch einem Zustand in ihrem Elternhaus anzukommen. Und wie saß überhaupt ihre Frisur? Lächerlich, sich jetzt mit solchen Sorgen zu befassen, aber es lenkte sie von ihren quälenden Ängsten ab, die mit jeder Minute des näher rückenden Wiedersehens mit den Eltern schlimmer wurden. Sie tastete über ihre hochaufgesteckten Haare, unzählige Strähnchen hatten sich gelöst, wie sie mit Besorgnis feststellte.

»Du bist hübsch, Maman, sehr, sehr hübsch«, hörte sie die Stimme neben sich. Nach diesen Worten kehrte Amélie in die Wirklichkeit zurück. Aus Scham über ihre ertappte Eitelkeit fühlte sie Röte in die Wangen steigen.

»Und du bist die schönste und tapferste Tochter auf der ganzen Welt!« Sie half Linnea auszusteigen und schloss sie fest in die Arme. »Wir haben es geschafft, wir sind da.« Mit einem Kopfnicken deutete sie der durchs Tor fahrenden Kutsche hinterher.

»Komm, lass uns meine Heimat betreten.« Amélie nahm ihre Tochter an der Hand, doch Linnea entzog sich ihr wieder.

»Lass das, Maman. Ich bin alt genug.« Es widerstrebte ihrer Tochter sichtlich, dieses ihr fremde Dorf, diese Festung, zu betreten.

»Es wird bestimmt interessant, du wirst sehen. Ich war damals sechzehn, fast so alt wie du, als ich meine Heimat verlassen habe.«

»Um mit Papa wegzugehen?«

»Ja. Er war Parfümhändler, war aber als Pilger auf den Mont gekommen, und er hat mir den Kopf verdreht.«

»Papa war viel älter als du. Was haben deine Eltern dazu gesagt?«

Amélie atmete tief durch. »Wir haben jetzt keine Zeit, darüber zu sprechen, das erzähle ich dir später! Mach dir keine Gedanken, meine Eltern werden mir im Lauf der Jahre meinen plötzlichen Weggang verziehen haben und mich mit Herzensfreude wieder in den Schoß der Familie aufnehmen. So sie noch leben ...« Sie verstummte.

»Und wenn sie gestorben sind?«, wandte Linnea zaghaft ein.

»Das glaube ich nicht«, wiegte sie sich selbst und ihre Tochter in Sicherheit, obwohl ihr die Vernunft sagte, dass sie damit rechnen musste. »Außerdem habe ich noch Geschwister, und ich kenne viele Bewohner hier. Die *Montois* sind ein eigenes Volk, eine eingeschworene Gemeinschaft, aber ich bin eine von ihnen und bin mir sicher, sie werden uns mit offenen Armen empfangen.« Amélie schenkte ihrer Tochter ein aufmunterndes Lächeln und schob sie an den Schultern sanft vorwärts. Gemeinsam betraten sie den kleinen Vorhof hinter dem ersten Tor, der *Porte de l'Avancée.*

Zwei Offiziere der Bürgermiliz in dunklen Uniformen mit silbernen Knöpfen und weiß verzierten Hüten stellten sich ihnen mit Spießen bewaffnet entgegen.

»Was führen Sie in der Kutsche mit sich und was ist Ihr Begehr?«, fragte der deutlich Ältere von beiden ohne Begrüßung, während er auf den Karren zeigte und sie von oben bis unten musterte. Sein geringschätziger Blick blieb bei ihren bestrumpften Füßen hängen.

Um Worte der Erklärung und Entschuldigung ringend brachte Amélie nur einen halben Satz hervor, dann verstummte sie vor ihrem respekteinflößenden Gegenüber: »Wir sind auf dem Weg zu ...« In seinem schmalen Gesicht spannte sich eine dunkel verfärbte Narbe quer über die linke Hohlwange. Seine stechend blauen Augen suchten unerbittlich und schamlos in ihrem Gesicht nach irgendeiner Spur, die sich mit seiner offenkundigen Erinnerung verknüpfen ließ.

Schlagartig erkannte Amélie ihn wieder als den Wirt des Gasthauses *La Coquille,* das unterhalb ihres Elternhauses am Ende der großen Straße gelegen war, dort wo die breite Treppe für die Pilger auf den Berg hinaufführte. *La Coquille,* die Muschel als Zeichen der Pilger ... *Raoul Pirou.* Sofort sah sie die Bilder aus Kindertagen wieder vor sich. Schon damals war sie auf dem Heimweg vorzeitig abgebogen und hatte lieber den steilen Weg über die hohen, ausgetretenen Stufen und am Friedhof vorbei genommen, nur um eine Begegnung mit ihm zu vermeiden. Heute würde sie es wieder tun, das spürte sie. Seine Eltern waren Nachbarn von ihnen, aber in ihrem Haus hatte sich dieser unangenehme Mensch Gott sei Dank nur selten blicken lassen.

Um die offensichtliche Ungeduld des Wächters und Wirts Pirou zu besänftigen, gab sie schnell zur Antwort: »Mein gesamtes Hab und Gut befindet sich in den Kisten.«

»Auch Waren?«, fragte der zweite Wächter, ein jüngerer und weitaus sympathischer wirkender Mann. Er versuchte wie ein Schuljunge, ein strenges Gesicht zu machen, seine großen braunen Augen schauten dabei so freundlich und unschuldig drein, dass sich

Amélie ein Lächeln verkneifen musste. Fünf, sechs Jahre jünger als sie schien er zu sein, die dreißig hatte er aber wohl schon erreicht, daher könnte sie ihn aus früheren Tagen kennen. Sie kramte in ihrem Gedächtnis, versuchte sich sein Aussehen als Kind vorzustellen, doch es kehrte keine Erinnerung wieder.

»Ja, auch Waren«, gab sie freiwillig zu, ehe den Männern einfallen konnte, ihr gesamtes Hab und Gut zu durchsuchen.

»Welcher Art?«, hakte Pirou sofort nach.

»Düfte.«

»*Düfte?*«, echoten die Männer gleichzeitig mit zur Schau gestelltem Erstaunen.

»Ja, drei Kisten mit Fläschchen. Mit Essenzen, aus denen sich Parfüms herstellen lassen«, präzisierte Amélie ihre Aussage.

»Eine davon haben wir auf dem Watt verloren«, korrigierte Linnea augenblicklich, und Amélie seufzte innerlich über die ausgeprägte Wahrheitsliebe ihrer Tochter. Aber vielleicht war es besser so.

»Wie ist Ihr Name?«, forschte der Wirt des Gasthauses weiter, der seiner Pflicht, sich wie alle gesunden Männer stundenweise der Bürgerwehr zur Verfügung stellen zu müssen, offenbar besonders Genüge tun wollte.

»Amélie Dupont«, stellte sie sich mit ihrem Mädchennamen vor.

Die beiden Männer warfen sich einen Blick zu, und Amélie vermutete dahinter endgültig herannahende Schwierigkeiten. Sie überlegte kurz, ob es doch von Vorteil gewesen wäre, sich mit ihrem angeheirateten Namen zu erkennen zu geben, als der Wortführer unvermittelt in haltloses Lachen ausbrach und der andere zögernd, aber pflichtschuldig darin einfiel.

»Bitte, Madame.« Mit einer linkischen Geste, der Verbeugung eines Spaßmachers auf dem Jahrmarkt würdig, trat Raoul Pirou beiseite und machte ihr den Weg frei.

Das Gelächter begleitete Mutter und Tochter über den Vorplatz und wurde noch lauter, als der Kutscher seine beiden Pferde vor dem zweiten Tor an der Seite, um die Durchfahrt nicht zu blockieren, zum Stehen brachte. Montagnard sprang vom Kutschbock, band sein Leitpferd an einer der Bombarden an, die noch von dem fehlgeschlagenen Angriff der Engländer vor über dreihundert Jahren stammten und nun mit warnendem Stolz seitlich des Eingangs präsentiert wurden. Der Kutscher klopfte den beiden Rappen den Hals und machte sich dann ohne weitere Umschweife daran, die Kisten abzuladen.

»Was erlauben Sie sich? Das können Sie doch nicht einfach tun!«, echauffierte sich Amélie und deutete durch das zweite Tor in die dahinterliegende Gasse, die zwar eng war, aber immer noch für eine Kutsche zugänglich gewesen wäre. Im Hintergrund sah man das steinern verzierte Königstor mit dem ein Stück weit heruntergelassenen Fallgitter.

»Mein Dienst ist hier zu Ende«, kommentierte Montagnard sein Tun.

»Sie müssen bis zum Ende der langen Straße weiterfahren und mir die Kisten über die Treppen zum Haus hinauftragen!«

»Mein Auftrag lautete, ein armes, junges Fräulein, eine lebensmüde Mutter sowie dieses Gepäck zum Mont zu bringen. Und nun sind wir da.«

Amélie blieb ob der Unverfrorenheit zunächst die Sprache weg. Fassungslos starrte sie den schwarzbärtigen Lumpenkerl an, und es blieb ihr kaum etwas anderes übrig, als mit ihm zu verhandeln, während er Kiste um Kiste vor ihr abstellte.

»In Ordnung«, rang sie sich schließlich durch. »Ich bezahle Ihnen mehr Geld.«

»*Geld*?«

»Ich werde Sie gut entlohnen. Ich biete Ihnen vierzig Sous.«

Montagnard schüttelte entrüstet den Kopf und hob das vorletzte Gepäckstück vom Wagen.

»Dann also sechzig.« So langsam begann die Summe zu schmerzen, nicht weil ihr das Geld fehlen würde, davon hatte sie in ihrem Beutel genug mitgenommen, sondern weil sie diesem impertinenten Menschen soeben rund drei Tagelöhne geboten hatte und er nicht darauf eingehen wollte.

»Ich habe meine Arbeit getan, wie es abgemacht war.«

»Einhundert Sous?« Als sich auch bei diesem Angebot kein Zeichen seiner Zustimmung regte, schob sie mit aufkeimender Wut hinterher: »Sie können das Geld doch gut gebrauchen!«

»Ach, so sehe ich wohl aus, ja? Ein Almosen für einen armen Bergbewohner? Erstens: Ich mache mir nichts aus Geld. Heute ist es da und morgen wieder weg. Und zweitens: Man kann im Leben nicht alles kaufen, merken Sie sich das.« Mit diesen Worten ließ er sie stehen und schlenderte durch das Tor.

»Warten Sie gefälligst!«, schrie Amélie, obwohl sie wusste, dass es vergeblich war. Er hielt es nicht einmal für nötig, sich nach ihr umzudrehen, sondern verschwand aus ihrem Blickfeld, offenkundig, um dort in eines der Gasthäuser zu gehen. Ein junges Mädchen ging mit mitleidigem Blick an ihnen vorüber, in blau-rotem Kleid und mit zwei Weinkrügen beladen. Insgesamt stapelten sich nun acht Kisten und vier große Säcke vor Amélie und ihrer Tochter.

»Linnea, bleib bitte einen Augenblick allein bei der Kutsche und achte auf unsere Sachen! Ich bin sofort zurück ...« Ohne eine Antwort abzuwarten, eilte Amélie durch das Königstor dem Kutscher hinterher.

Gasthaus an Gasthaus reihte sich auf beiden Seiten der Grande Rue, der großen Hauptstraße, wie die stolzen Einwohner die kutschenbreite Gasse zu nennen pflegten. Wie ehedem warben das *Licorne* und das *Saint Michel* um Kundschaft, die Messingschilder berührten sich fast über der Mitte der Gasse, wie lange Arme, die sich ausstreckten, um die Konkurrenz im Zaum zu halten.

Zornerfüllt stapfte Amélie in Strümpfen auf das nächstgelegene Gasthaus zu, die Hôtellerie *Saint Michel*, ein hübsch hergerichtetes, traditionsreiches

Steinhäuschen mit weiß und blau blühenden Hyazinthen vor dem Doppelfenster. Ein süßer, schwerer, fast betäubend wirkender Duftschwall entströmte den sich wie reife Weintrauben um den Stiel drängenden Blüten, und Amélie spürte förmlich, wie der Duft sie umfing. Sie atmete tief durch, schmerzlich stieg die Erinnerung an die auf dem Meeresboden für immer verlorenen Essenzen in ihr auf, und zögerlich betrat sie den kleinen, aber freundlich eingerichteten Gastraum.

Sofort verstummten alle Gespräche. Irritiert blieb Amélie stehen. Hatte sie etwas falsch gemacht? Auf dem Mont war man Fremde, Heerscharen von Pilgern, doch seit alters her gewöhnt! Aber mit dem Anblick einer in Pariser Mode gekleideten Dame, noch dazu in Strümpfen, war man offensichtlich nicht vertraut. Die Gäste zeigten ungeniert mit den Fingern auf sie, wohl auch, weil sie die ausgeprägte Wölbung über ihrem Hintern fremdartig anmutete, doch für Amélie war es längst zur Gewohnheit geworden, die Formschönheit ihrer rückwärtigen weiblichen Rundung mit einem *Cul de Paris*, erzeugt durch ein kleines Kissen unter dem Kleid, zu betonen. Das Zischen und Tuscheln hinter vorgehaltener Hand mündete in ein lauter werdendes Gemurmel, und es gab kritische Blicke, besonders von den Frauen.

Soeben hatte Amélie sich noch namentlich vorstellen und ihre Herkunft benennen wollen, doch jetzt schnürten ihr die unverhohlen entgegengebrachten

Ressentiments so sehr den Hals zu, dass sie fluchtartig den Raum verließ.

Draußen in der Gasse wuchs ihre Verstörung. Das stark geglaubte Gefühl der alten Verbundenheit mit ihrer Heimat erschien ihr mit einem Mal töricht, aber für heute gab es kein Zurück mehr, die Gezeiten des Meeres hielten sie auf der Insel gefangen.

In den nächsten drei Gasthäusern konnte Amélie Montagnard nicht entdecken, und die Wirte schüttelten auf ihre Nachfrage hin die Köpfe. Auch die Reaktion der Wirtshausbesucher auf ihre Person blieb auf erschreckende Weise dieselbe wie in der Hôtellerie *Saint Michel*, schwankend zwar manchmal zur Neugierde hin, aber immer in ablehnender Haltung verharrend.

Vor dem nächsten schmalen Steinhaus standen trotz der noch kühlen Frühjahrszeit kleine Tische draußen, doch auf keinem der Stühle saß Montagnard, nur ein paar Männer, ungefähr in ihrem Alter, die sich die Zeit mit Kartenspielen vertrieben – und damit, den vorübergehenden Frauen nachzuschauen.

Aus dem Wirtshausfenster roch es nach gebratenem Lamm mit Rosmarin und Amélie hielt inne. Erfüllt von diesem Geruch musste sie daran denken, dass sie zuletzt am frühen Morgen einen Teller Milchsuppe mit Brot gegessen hatten ... Jetzt war es später Nachmittag, aber noch viel dringender als Nahrung brauchte sie diesen gottverdammten Montagnard! Vor dem Tor durften ihre Sachen nicht liegen bleiben, und wenn dieser ungehobelte Bergmensch nicht sofort zur Stelle sein würde, konnte er etwas erleben!

Die drei Kartenspieler bemerkten ihr Näherkommen, das Spiel kam zum Erliegen. Stühle rückten, jedermann kämpfte um die beste Sicht auf ihre Person. Als sie zwei von den Männern wiedererkannte, klopfte ihr Herz vor Freude, doch sie ließ sich nichts anmerken: Es waren die beiden rothaarigen Zwillinge, damals nur die *Brigands rouges* genannt, die roten Räuber, und jetzt konnte sie auch den dritten, recht dicklich gewordenen Mann als ehemaligen Nachbarsjungen einordnen. Ob sie ihn heute noch mit *Monsieur le Comte*, mit Herr Graf, ansprachen? Das war in Kindertagen sein Spitzname gewesen. Sie dachte daran, sich zu erkennen zu geben, empfand jedoch das Versteckspiel als amüsant und wartete gespannt auf das Erkennen auf der anderen Seite.

»Verzeihung, die Herren, könnte mir wohl jemand von Ihnen bei meinem Gepäck behilflich sein? Es steht noch unten am Boulevardtor …«

»Aber natürlich!«

»Selbstverständlich!«

»Gewiss doch!«

Wie auf Kommando erhoben sich die drei, sodass die Stühle rumpelten. Irritiert über doch so viel unerwartete Hilfsbereitschaft machte Amélie einen Schritt rückwärts.

»Achtung!«, hörte sie dabei hinter ihrem Rücken eine Männerstimme rufen, als sie auch schon von einem heftigen Schlag an ihrer Schulter getroffen wurde, das Gleichgewicht verlor und zu Boden fiel. Die Hände ihrer alten Freunde griffen nach ihr, erschrocken rappelte sie sich mit deren Unterstützung aus dem Straßenschmutz auf.

Den versehentlichen Angriff hatte ein Müllersbursche mit zwei geschulterten Mehlsäcken verursacht. Selbst noch schwankend von der Wucht des Aufpralls warf ihr der junge Mann einen entrüsteten Blick zu, murmelte dann aber eine Entschuldigung und ging schlurfenden Schrittes weiter, um die Ware vom Festland in einem der nächsten Gasthäuser abzuladen.

Amélie sah auf ihr verschmutztes Kleid, das mittlerweile einer Zigeunertracht gleichkam, sie beschloss jedoch, kein weiteres Aufheben um die Sache zu machen, und drehte sich frohgemut wieder zu den Kartenspielern um.

»Nichts passiert«, erklärte sie den besorgt dreinschauenden Männern, die dicht hinter ihr stehen geblieben waren.

»Gott sei Dank. In welche Hôtellerie soll Ihr Gepäck denn gebracht werden?«, fragte Monsieur le Comte sogleich nach.

»In kein Gasthaus.« Lächelnd fügte Amélie hinzu: »Zum Haus meiner Eltern! Ich bin eine gebürtige Montoise, habe den Berg aber vor rund zwanzig Jahren verlassen. Erinnert ihr euch nicht an mich?« Kokett lächelnd wartete sie auf eine Reaktion und gedachte währenddessen der gemeinsamen, abenteuerlichen Streifzüge über den Mont, auf der Suche nach Höhlen, Geheimverstecken und verborgenen

Schätzen. In der Gruppe hatte sie damals als einziges Mädchen Anerkennung gefunden, und darauf war sie mächtig stolz gewesen.

Doch jetzt machte ratloses Kopfschütteln die Runde. Belustigt über das schlechte Erinnerungsvermögen der Herren gab sie selbst die Antwort: »Mein Name ist Amélie, Amélie Dupont!«

»*Amélie Dupont*? Oh, das tut mir jetzt leid, aber ich habe doch keine Zeit zum Helfen«, entgegnete einer der Zwillinge wie verwandelt und wandte sich ab.

»Ich auch nicht«, schloss sich der zweite an und folgte seinem Bruder eilig an den Tisch zurück.

»Zum Haus des spinnenden Weibsbilds? Ohne mich!«, erklärte Monsieur le Comte voll inbrünstiger Ablehnung.

»Aber was redet ihr denn da?«, fragte Amélie fassungslos nach. »Weshalb *Haus des spinnenden Weibsbilds*? Ihr verwechselt da etwas. Was ist denn los? Ihr kennt mich doch!«

Die Männer hatten ihre Karten wieder aufgenommen und gaben vor, in ihr Spiel vertieft zu sein, und Amélie wusste, sie würde keine Antwort mehr bekommen.

Nun gut, was auch immer diese eigensinnigen Montois zu ihrem Verhalten antrieb, ihr Sturkopf sollte ihnen aus früheren Tagen bekannt sein und wenn nicht, dann würden sie diesen erneut kennenlernen. Noch nie hatte sie bei irgendwem um einen Gefallen gebettelt – und wenn man ihr den Beistand versagte, dann musste sie sich eben selbst helfen.

»He, Müllersbursche!«, rief sie einer plötzlichen Eingebung folgend dem jungen Mann hinterher, der offensichtlich gerade den Inhalt seiner Mehlsäcke abgeliefert hatte und nun wieder an ihr vorbeigegangen war. Sie raffte ihre Röcke und hatte ihn schnell eingeholt. »Warte!«

Verwundert drehte sich der junge Mann um.

***

Linnea machte große Augen, als ihre Mutter noch schmutziger als zuvor und mit zwei leeren Mehlsäcken über dem Arm zurückkehrte. Und Amélie staunte ihrerseits, weil die Kutsche weg war.

»Montagnard war hier«, sprudelte ihre Tochter hervor. »Maman, warum hast du mich so lange allein gelassen? Was ist passiert? Ich dachte, du kommst nicht mehr wieder! Nur wenige Minuten, nachdem du weg warst, kam der Kutscher wieder, stieg auf die Karre, um den Mont zu verlassen ... Was hätte ich ...« Ihre Stimme kippte. »Was hätte ich denn tun sollen?«

»Nichts, mein Kind, nichts. Du hast alles richtig gemacht.«

»Nein, nein, nein, das habe ich nicht!«, rief Linnea aufgebracht und jeglicher mütterlicher Trost schien vergebens. »Es war gerade Wachwechsel, er hielt noch am Tor, hat mit den Wächtern geredet und gelacht – ich hätte hingehen sollen, irgendetwas sagen, vielleicht hätte er auf mich gehört, vielleicht wäre er geblieben!«

»Beruhige dich, meine Kleine. Es wird alles gut.«

»Ich bin nicht *deine Kleine*, Maman, hör endlich auf damit!«

Amélie stutzte. Dieses Verhalten war neu. »Entschuldige, Linnea«, lenkte sie schnell ein. »Manchmal vergesse ich wohl, wie erwachsen du schon geworden bist.« Versöhnlich wollte sie ihre Tochter umarmen, aber Linnea sperrte sich gegen diese liebevolle Geste.

»Ich will ehrlich zu dir sein«, sagte Amélie, ging einen Schritt zurück und sah ihr in die Augen. »Die nächste Zeit wird schwer für uns werden. Aber gemeinsam sind wir stark, und niemand auf der Welt wird uns etwas anhaben können, habe ich Recht, *meine Große*?«

»Ja, Maman, natürlich. Wir werden zusammenhalten wie Pech und Schwefel.«

Amélie bemerkte zwar den seltsamen Unterton in Linneas Worten, doch angesichts ihres Lächelns maß sie diesem keine Bedeutung bei.

»Linnea, wir müssen uns jetzt allein um unsere Habe kümmern. Hilf mir bitte, wir laden immer so viel in die Säcke, wie wir an Gewicht den Berg hinaufschleppen können. Mit den Wächtern werde ich reden, damit sie wenigstens die Freundlichkeit besitzen mögen, währenddessen auf unser restliches Gepäck zu achten.«

Amélie griff in die eingenähte Tasche ihres Kleides nach dem Münzbeutel, um ihre Bitte an die Männer überzeugender klingen zu lassen. Sie fasste ins Leere.

Panisch tastete sie ihren Rock ab und bekam Schweißausbrüche.

»Maman, was ist los? Hast du dein Geld verloren?«, riet ihre Tochter sofort richtig.

Amélie nickte und versuchte fieberhaft, sich an die Umstände zu erinnern. Der Münzbeutel war noch da gewesen, als sie auf dem Watt wieder in die Kutsche geklettert war, nach Ankunft am Mont bei der Geldverhandlung mit Montagnard müsste sie ihn auch noch gehabt haben, und hätte der Müllerbursche ihr die Säcke nicht als kleine Wiedergutmachung kostenlos überlassen, hätte sie den Verlust wohl schon früher bemerkt.

»*Merde*! Ich muss den Beutel irgendwann vorhin im Getümmel verloren haben!«

»Vielleicht hat ihn dir jemand gestohlen?«

»Das glaube ich nicht!«, gab Amélie im Brustton der Überzeugung zurück. »Er wird sich schon wieder finden. Es gibt auch noch ehrliche Menschen, besonders hier auf dem Mont.«

»War viel Geld darin?«

»Nein, nein, kaum der Rede wert ... Lass uns jetzt anfangen, unser Gepäck umzuladen. Nimm den Sack, packe deine Kleider und noch ein paar schwerere Gegenstände hinein, aber nur so viel du tragen kannst.«

»Sollen wir nicht zuerst ohne die Sachen zu deinem Elternhaus gehen? Was machen wir, wenn niemand da ist?«

»Der Weg ist anstrengend genug, wir gehen ihn

nicht mit leeren Händen, und – natürlich wird jemand da sein«, sagte sie und fing an, ihre Habe in dem Mehlsack zu verstauen.

Wie lange würde sie diese Fassade der Zuversicht ihrer Tochter gegenüber noch aufrechterhalten können? Die Antwort war so einfach wie erbarmungslos: Bis sie ihre Eltern eben nicht antreffen würden, und sie demzufolge eine Übernachtung im Gasthaus bezahlen musste. Sie besaß kein Geld mehr, keinen einzigen Sou. Nie im Leben hätte sie das für möglich gehalten, aber das Unvorstellbare war bittere Tatsache geworden. Wie konnte das nur passieren? Aber wo sonst als an ihrem Körper wäre das Geld sicherer aufgehoben gewesen? Wohin nur mit ihrer ohnmächtigen Wut? Es gab zu viele Verdächtige: Nicht nur Montagnard, einer der Kartenspieler oder der Müllersgeselle, auch ein Unbekannter im Gasthaus oder auf der belebten Gasse hätte es gewesen sein können. Oder musste sie sich selbst anprangern, weil sie in ihrer Unachtsamkeit den Beutel tatsächlich verloren hatte?

Amélie griff sich Schuhe aus einer Kiste, schlüpfte hinein und fühlte sich damit wenigstens nicht mehr wie eine Bettlerin. Sie setzte ihr Pariser Gesellschaftslächeln auf und machte sich betont fröhlich mit ihrer Tochter auf den Weg, ganz so, als brächen sie zu einer vergnüglichen Wanderung auf.

***

Dieses Mal ging Amélie nicht die Grande Rue entlang, sondern bog am Königstor scharf nach rechts in den überdachten Treppengang, der über das Königstor hinweg auf die *Escalier des Monteux* zuführte, eine steile Treppe mit unebenen Stufen, die, wie der Name besagte, nur von Bergbewohnern benutzt wurde, die ihrerseits das Gedränge und das Schaulaufen auf der Grande Rue vermeiden wollten.

Sechs oder sieben Montois kamen ihr dort entgegen, einer nach dem anderen drückte sich mit dem Rücken an die Felsmauer und verharrte in dieser Haltung, bis sie vorübergegangen waren. Ihre fragenden Blicke konnte Amélie noch im Rücken spüren: Was hatte eine lebendig gewordene Frau aus den Journalseiten des *Cabinet des Modes* in einem schmutzstarrenden Kleid hier auf dem Mont zu suchen? Dazu noch mit einem geschnürten Bündel wie ein Landstreicher bepackt, allein mit einem halb erwachsenen Kind?

Vergeblich hoffte Amélie darauf, einem vertrauten Gesicht zu begegnen, jemandem, der sich über ihre Anwesenheit freute. Die Rückkehr in ihr Dorf, in ihre alte Heimat, hatte sie sich weiß Gott anders vorgestellt.

Oben an der steilen Treppe angelangt musste Amélie auf ihre erschöpfte Tochter warten. Obwohl der Weg nunmehr parallel zum Berg und damit, bis auf wenige Zwischentreppen, eben verlief, gelang es Linnea kaum zu verschnaufen, und Amélie schmerzte es zutiefst, ihre Tochter einer solchen Anstrengung auszusetzen.

Der Aufstieg war geschafft: Sie befanden sich hoch über den Dächern der Unterstadt, ein weiter Blick über das Wattenmeer tat sich vor ihnen auf. Eine letzte Kutsche war noch vor der auflaufenden Flut auf dem Weg zum Mont. Gleißend spiegelte sich die sinkende Sonne im seichten Wasser der Bucht, sodass sich Amélie geblendet abwandte. Die hohen Mauern und festungsähnlichen Gebäudefassaden, aus deren Mitte sich die Kathedrale erhob, waren in ein atemberaubend schönes Goldbraun getaucht, an dem sie sich schon früher kaum hatte sattsehen können.

Zu ihrer Linken hatten sich nur noch vereinzelt Häuser in die Nähe des Kirchenbaus gewagt, im Gegensatz zur Unterstadt konnten sich hier sonnenbeschienene Gärtchen ausbreiten, in denen die ersten Narzissen, Hyazinthen und Tulpen ausgehungert nach dem Frühling vorsichtig ihre Köpfe aus dem blassgelben Gras ins Licht streckten. Eine alte Frau lockerte mit einer Harke die entkräftete Erde und sammelte dabei ein paar schwarz verdorrte Blätter auf, die die letzten Herbststürme von den wenigen Bäumen in ihren Garten gefegt hatten.

Weiter vorne, vor dem dreistöckigen steinernen Haus mit dem hübschen Erker saßen drei Frauen unterschiedlichen Alters auf der Bank. Zu ihren Füßen lag ein Haufen Netze, die sie auf schadhafte Stellen prüften und flickten, damit nach dem Ende des Winters der Fischer wieder bei Ebbe seine Netze auf dem Watt mit Holzstangen befestigt wie Fallen auslegen konnte. Nach der Flut musste er mit dem ablaufenden Wasser seinen Fang nur noch bequem an Land ziehen. Hatte der Fischer nicht Leclerc geheißen?

Beim Geräusch der sich nähernden Schritte schauten die Frauen neugierig von ihrer Arbeit auf. Es waren die Mutter und die Ehefrau des schon damals reichsten Fischers, nur deshalb hatte sich Leclerc dieses Haus in der Oberstadt leisten können. Die Dritte auf der Bank, ein Mädchen im heiratsfähigen Alter, war augenscheinlich die Tochter von Leclerc.

Offenkundig begriffen die beiden älteren Frauen schnell, wen sie vor sich hatten, denn obwohl sie gerade noch für eine Plauderei zu haben schienen, senkten sie die Köpfe und gaben sich plötzlich wieder sehr beschäftigt.

Von dieser erneut ablehnenden Reaktion zutiefst verunsichert, blieb Amélie nicht stehen, sondern beschränkte sich darauf, im Vorbeigehen die Frauen höflich zu grüßen. Ihr ungutes Gefühl verstärkte sich, je mehr sie sich ihrem Elternhaus näherte.

Vor ihr tauchte die kleine Pfarrkirche auf, wie ein Untertan zu Füßen der Kathedrale, und Amélie folgte dem ausgetretenen Pfad, der schräg links am Friedhof vorbei noch einmal steil nach oben führte.

»Maman, ich brauche eine Pause«, bettelte Linnea heftig atmend.

»Wir sind gleich da!«, rief sie ihrer Tochter über die Schulter zu. »Nur noch dort vorne am Haus mit den grünen Fensterläden vorbei, siehst du, dort wo gerade jemand auf der Dachterrasse Wäsche zum Trocknen aufhängt.«

Es kam keine Antwort.

»Hast du gehört, Linnea? Schaffst du das noch?«

»Ja!«, brüllte diese in gereiztem Tonfall zurück.

Wahrscheinlich habe ich sie vorher nicht gehört, dachte Amélie. Kein Wunder, wo doch ihre gesamte Aufmerksamkeit nur noch auf ein Ziel gelenkt war. Trotz des nicht enden wollenden Anstiegs wurden ihre Schritte schneller, der Weg führte sie im engen Bogen um das letzte große Sichthindernis herum, und dann stand Amélie endlich davor: zwei aneinander angrenzende, einsam am Hang gelegene, zweistöckige Gebäude. Das linke davon war ihr Elternhaus.

Vertraut und doch verändert erschien es ihr, wie ein älter gewordenes Kind. Von hier oben hatte man eine wunderbare Aussicht auf Stadt und Meer. Im oberen Stockwerk rechts war ihr Zimmer gewesen. Tränen stiegen ihr in die Augen. Amélie stellte ihren Sack ab.

Vor dem Steinhaus gab es immer noch das schmale Gärtchen, in dem sie gespielt und beim Pflanzen geholfen hatte. Jetzt wucherten dort die Büsche. Offenbar fehlte ihren Eltern auf dem Steilhang die Kraft für die Gartenpflege, versuchte sie sich einzureden. Oder war doch ein anderer Umstand der Grund für die Verwilderung? Waren ihre Eltern ...

»Komm!«, sagte Amélie, fasste nach der kraftlosen Hand ihrer Tochter und zog sie sanft mit sich weiter. Um das Haus herum gelangten sie zur Haupteingangsseite, wo es kühl und dunkel war. Zwischen der Hauswand und den hohen Stützmauern der Abtei fühlte sie sich wie in einen Felsspalt eingeklemmt, doch für ihren Vater, der Schreiber des Abts war, stellte dieses Haus ein Privileg dar. Es ersparte ihm den anstrengenden Weg aus der Unterstadt zur Arbeit, bedeutete aber auch, selbst zu Unzeiten sofort zur Stelle sein zu müssen.

Es gab zwei Eingänge am langgestreckten Hausteil ihrer Eltern. Über die linke Türe kam man geradewegs über einen Flur zu den drei Schlafräumen, die sich aufgrund der Hanglage von der anderen Seite her gesehen im ersten Stock befanden. Über den rechten Zutritt führte eine Treppe hinunter in drei weitere Räume: Küche, Wohnraum und Gesindezimmer. Ein Baudetail, das aus den Besitzansprüchen zweier Familien auf dieses Haus vor hundert Jahren resultierte, aber spätestens mit dem Einzug der Familie Dupont hinfällig geworden und somit zu einem Relikt verkommen war. Ihr Vater hatte die Aufteilung oft genug verflucht, denn es zwang ihn bei Wind und Wetter aus dem Haus zu gehen, nur um im Obergeschoss nach seinen Kindern sehen oder sein Schlafgemach aufsuchen zu können. Umgekehrt hatten ihre Geschwister und sie diesen Umstand geliebt, erlaubte er ihnen doch, das ein oder andere verbotene Abenteuer zu erleben ...

Ob ihre zwei Jahre jüngere Schwester Célestine wirklich auf dem Mont geblieben und den Wünschen der Eltern gemäß die Ehe mit einem einheimischen Gastwirt eingegangen war? Und was war aus ihrem damals zwölfjährigen Bruder geworden, aus

Maurice, der unbedingt in den Mönchsorden auf dem Mont-Saint-Michel hatte eintreten wollen?

Amélie atmete tief durch, ging auf die rechte Haustüre zu und griff entschlossen nach dem löwengesichtigen Klopfer, vor dem sie sich als Kind ein wenig gefürchtet hatte.

»Jetzt lernst du endlich deine Großeltern kennen«, sagte sie zu Linnea.

Sie warteten, aber drinnen rührte sich niemand.

»Da stimmt etwas nicht, Maman. Das habe ich doch gleich gesagt.«

»Unsinn. Wahrscheinlich haben sie uns nur nicht gehört.« Amélie klopfte noch einmal lauter an.

»Ach bitte, glaub mir doch, hier ist niemand! Lass uns wieder runter und in ein Gasthaus gehen. Ich bin so schrecklich müde, ich möchte nur schlafen.«

»Ich will ...«, schnell verschluckte Amélie das Ende des Satzes, mit dem sie die schreckliche Wahrheit beinahe ausgesprochen hätte und fügte stattdessen eine hoffnungsfrohe Botschaft an: »Ich will dich gleich ins Bett bringen, womöglich kannst du sogar mein altes Zimmer haben – du wirst sehen, der Ausblick ist großartig! Wir müssen nur einen Augenblick warten, bis meine Eltern wiederkommen. Sie machen bestimmt nur eine kurze Besorgung.« Der flehende Ausdruck in den Augen ihrer Tochter ließ sie ihren Vorschlag noch einmal überdenken, aber dennoch keinen Schritt von ihrem Elternhaus weichen. Einer inneren Eingebung folgend drückte Amélie den breiten, geschwungenen Eisengriff nieder und fand die

Türe zu ihrer Überraschung tatsächlich unverschlossen vor. Auch diese Sitte hatte sich also auf dem Mont nicht geändert. Zögernd blieb sie auf der Schwelle stehen. Sie zog ihren Sack in den Flur und bedeutete ihrer Tochter, es ihr gleichzutun.

»Ist jemand zu Hause?«, rief sie. »Ich bin es, Amélie! Mutter? Vater?«

Keine Antwort.

»Maman, was machst du? Du kannst hier nicht einbrechen!«

»*Einbrechen*? Das ist mein Elternhaus!«, rief sie laut, wie um ihre Scheu zu überwinden. Tatsächlich, es roch noch so wie früher. Begierig sog sie den Geruch ihres Zuhauses ein, eine Mischung aus unendlich vielen Düften, eine harmonische Melodie mit markanten Zwischentönen, warm und weich, es roch nach Liebe, Glück und Geborgenheit. Ein Duft, den es für sie nur einmal auf der Welt gab.

Amélies Augen mussten sich an das fahle Licht gewöhnen, doch sie hätte sich auch mit geschlossenen Lidern orientieren können.

»Hier könnten doch mittlerweile andere Leute wohnen ...«, sagte Linnea und zog sich rückwärts gehend, den Sack über den Dielenboden schleifend, Richtung Tür zurück. »Ich will hier nicht bleiben!«

»Gut, dann warte draußen auf mich. Ich spüre, dass keine Fremden hier wohnen, außerdem werde ich mich umsehen und es am Mobiliar und den Gegenständen erkennen.«

Der Eingangsbereich verengte sich und am Ende

führte eine schmale Treppe hinunter in die große Küche. Amélie fand sich darin wieder wie vor zwanzig Jahren. Jeder Teller, jeder Becher, jede Schüssel, stand am richtigen Platz im Holzregal neben dem gemauerten Herd. Die dort aufgehängten, getrockneten Kräutersträuße dufteten nach Lavendel, Salbei und Pfefferminze. Es roch nach Mutters Küche, und vor ihrem geistigen Auge sah Amélie sie am kleinen Küchentisch auf einem der einfach geschnitzten Holzstühle sitzen und Bohnen schälen.

»Mutter?«, rief sie noch einmal, »Mutter, Vater?«

Neben dem Küchentisch führte die nur angelehnte Türe zur Wohnstube, wo in ihren Gedanken ihr Vater Tabakspfeife rauchend im Lehnstuhl in der Ecke saß und lächelnd von seinem Buch aufschaute, weil er zum Essen gerufen wurde. Es dauerte nicht lange, und sie hörte im Geiste ihre beiden Geschwister die Holztreppe hinunterstürmen, wobei sie aus der Küche stets gleich die Teller mitbrachten, während Amélie als älteste Schwester seelenruhig ihre Pflicht tat, indem sie den Tischwein für den Vater aus dem sogenannten Gesindezimmer holte. Dieses reihte sich an die Stube an und diente als Lagerraum – es hatte gedient, stutzte Amélie jetzt, denn es standen keine Fässer mehr in dem Raum, kein Wein, kein Kraut, und die eingepassten Vorratsregale für Brot, Butter, getrockneten Schinken, eingelegtes Gemüse und Obst waren geplündert und mit Spinnenweben behangen. Hier fand nicht einmal mehr eine Maus ihr Auskommen.

Amélie schloss sachte wieder die Türe, so als könne sie damit dieses unbegreifliche Bild, diesen Tagtraum, verdrängen. Zurück im Wohnraum rang sie um eine Erklärung für diese nicht zu vereinbarenden Indizien, denn das Fenster über der Eckbank mit dem wunderschönen Blick zum Meer war geputzt, der Tisch sauber gewischt und die Sitzflächen – Amélie fuhr mit der Hand über das glatte, rotbraune Holz – waren staubfrei, so als wäre hier noch vor kurzem zu Mittag gegessen worden.

Mit einem mulmigen Gefühl in der Magengegend begab sie sich zurück nach draußen, wo Linnea fröstelnd und ungeduldig im Schatten stand.

»Linnea, warum wartest du nicht auf der anderen Seite in der Sonne?«

»Was hast du so lange drinnen gemacht?«

»Mir sind im Haus ein paar Dinge aufgefallen, auf die ich mir keinen Reim machen kann. Ich will noch schnell in das andere Stockwerk gehen.«

»Maman, lass das, die Türe ist bestimmt verschlossen!«

»Linnea, dir mag die Umgebung fremd erscheinen, ich aber bin hier zu Hause. Und früher stand die Türe stets jedem offen, das ist hier so üblich.«

Amélie ließ sich nicht abbringen und sollte Recht behalten. Schon etwas mutiger betrat sie den zweiten Teil des Hauses und folgte dem Korridor zu den drei Zimmern.

Gleich hinter der ersten Türe war ihr ehemaliges Reich gewesen, das sie sich allerdings mit ihrer

Schwester hatte teilen müssen, im Raum daneben war ihr zwölfjähriger Bruder untergekommen, und am Ende des Flurs befand sich die Schlafkammer der Eltern.

Voll innerer Anspannung und mit einem Lächeln auf den Lippen drückte Amélie die Türklinke ihres ehemaligen Zimmers herunter. Schon der erste Blick hinein ließ sie erstarren.

Hexenküche, schoss es ihr durch den Kopf.

Wenig Licht fiel durch das schmutzige, fast blinde Fenster. Totenköpfe lagen auf dem obersten Regalbrett an der Wand gegenüber, fünf weiße, nebeneinander aufgereihte Schädel, darunter schief stehende Folianten mit abgeplatzten Lederrücken, welligen Seiten und deutlich schimmligem Geruch. Das zweite Regal war voll mit Tiegeln und verschiedensten kleinen Gefäßen.

In der Mitte des Zimmers, genau unter der an drei schmiedeeisernen Ketten aufgehängten Lampe, stand ein runder Tisch, darauf ein Zinnbecher, eine Bibel und ein grünes, bauchiges Fläschchen, umschlungen von einem Strick, der fünf regelmäßig geknüpfte Knoten aufwies. Verstört betrachtete Amélie diesen unheimlichen Altar.

Zögerlich ging sie ein paar Schritte umher, irgendwann fiel ihr Blick auf den Kleiderschrank neben der Durchgangstüre zum Zimmer ihres Bruders, den sie an der geschnitzten Zierleiste als ihr altes Möbelstück ausmachte. Es kostete sie Überwindung, die Tür zu öffnen und hineinzuschauen. Sie entdeckte in

Glasbehältern verwahrte Salze, Mineralien und Erze in verschiedensten Farben, Aufschriften wie *Bleiglanz, Kupfer, Schwefel, Zinnober* und viele mehr waren darunter ...

Amélie hatte genug gesehen, hastig schloss sie den Schrank und schaute in das mittlere Zimmer, das von zwei nahezu mannsgroßen Destilliergefäßen ausgefüllt wurde. *Ein Alchemistenlabor.* Und mit einem Schlag kam ihr noch eine Erkenntnis: Hatten ihre alten Freunde ihre Mutter gemeint, als sie vorhin vom spinnenden Weibsbild sprachen?

Schnellen Schrittes durchquerte Amélie das Zimmer und ging weiter in die Schlafkammer der Eltern, die sie überraschenderweise unverändert vorfand, so unverändert, als sei keine Zeit ins Land gegangen. Einzig Staub und Spinnweben zeugten von der Verlassenheit dieses Ortes. Amélie kam nicht umhin, die Kleidertruhe ihrer Mutter zu öffnen, in der diese stets ihre kostbarsten Kleidungsstücke verwahrt hatte.

Die Truhe war leer, aber der Geruch ihrer Garderobe war noch da. Der Duft ihrer Mutter, der unendliche Liebe, Trost und Verständnis in sich vereinte. Plötzlich stiegen Bilder voller Schmerz und Sehnsucht in ihr auf. Wie eine Flut überkam sie die Erinnerung an die glücklichen Zeiten, die bedingungslose mütterliche Fürsorge, das Wohlwollen und die gut gemeinten Ratschläge ihrer Eltern, von denen sie einst keinen zu gebrauchen gedachte.

Amélie kniete sich nieder in den Staub auf dem Boden. Sie fasste in die Truhe und strich tastend über das nackte Holz, wie aus einem Bedürfnis heraus, noch etwas von der Mutter zu erspüren, irgendetwas, was außer ihrem Duft noch von ihr geblieben war. Plötzlich überkam sie die Angst, auch diesen Geruch noch zu verlieren. Diese einzige lebendige Erinnerung an ihre Mutter.

»Ist da wer?«, rief eine weibliche Stimme vom Eingang her, und Amélie erschrak zu Tode. Sie eilte in den Korridor zurück.

»Verzeihung, ich ... ich wollte nur ... Warten Sie, ich komme, ich bin keine Einbrecherin!«

Amélie hielt mit klopfendem Herzen abrupt inne, um nicht mit der Frau zusammenzustoßen, die ihr im dunklen Flur entgegengekommen war. Erst auf den zweiten Blick erkannte sie die gealterte Nachbarin des angrenzenden Hauses.

Nunmehr an ihr siebzigstes Lebensjahr reichend, war aus der einst blühenden Schönheit eine welke, abgestorbene Blüte geworden, mit ausgerissenen Wurzeln dem Tod anheimgestellt. Ihr Gesicht war kreisrund aufgedunsen mit bauchig gefüllten Tränensäcken, die Haut, besonders an Wangen und Stirn gelblich braun und von tiefen Furchen durchzogen, der Körper der Frau dünn und starr wie ein Blütenstiel.

»Ich habe Schritte auf der Treppe gehört«, setzte die Nachbarin erklärend an, »und nun wollte ich nur nachsehen, ob ... Es geht mich ja nichts an, aber ich dachte nur ...« Sie schlug sich die Hand vor den Mund. »Bist du das, Amélie? Amélie Dupont?«, nuschelte sie. »Mein Gott, wie lange ist das her?«

Amélie lächelte. »Ungefähr zwanzig Jahre. Sie sind Madame Pirou, nicht wahr? Odette Pirou? Wie geht es Ihnen?«

Die Nachbarin nickte, noch immer mit der Überraschung kämpfend. »Herr Jesus, guter Gott, wie ist die Zeit vergangen! Du siehst, ich bin krank geworden, und keiner weiß, was mit mir los ist. Wird wohl bald Zeit für mich zu gehen. An zwei oder drei Tagen arbeite ich noch als Köchin im Gasthaus meines Sohnes, aber mit jeder Woche habe ich weniger Kraft.«

»Und Ihr Ehemann?«, fragte Amélie vorsichtig nach.

»Oh, ihm geht es in letzter Zeit auch nicht besonders, wir sind eben beide alt, aber bald werden es fünfzehn Jahre, dass er als Aufseher im Gefängnis arbeitet, seit er das Gasthaus vollständig an unseren Sohn Raoul übergeben hat. So lange ist die Hochzeit jetzt schon her ...« Odettes Stirn legte sich in Falten, als sei sie sich nicht sicher, ob sie weiterreden sollte.

In Amélie keimte eine Befürchtung auf, die sie laut aussprach: »Meine Schwester hat Ihren Sohn Raoul geheiratet?«, fragte sie im Bemühen, kein Entsetzen in ihrem Tonfall anklingen zu lassen. Unzählige Wirte gab es auf dem Mont – warum ausgerechnet diesen Pirou? Unglaublich! Warum um Himmels willen mussten ihre Eltern die Zukunft ihrer Tochter unbedingt mit diesem Heiratsplan sichern? Ihnen war dieses Scheusal doch zur Genüge bekannt, dieser Tyrann, der schon damals immer nur auf das Gasthaus seiner Eltern spekuliert hatte, mit achtzehn in die

Unterstadt gezogen war, seinen Vater innerhalb kürzester Zeit aus dem Betrieb geekelt und seine eigenen Eltern wie Dreck behandelt hatte! Noch dazu war er knapp zwanzig Jahre älter als ihre Schwester, und sie war gewiss hübsch genug, sich nicht einen ewigen Junggesellen auf den Bauch binden zu müssen. Odette und Henri waren wirklich nette Leute, sie waren von Anbeginn an Nachbarn gewesen, aber ihr Sohn war ein Bluthund, der stets nur seinen eigenen Vorteil witterte und dieser Fährte auf Gedeih und Verderb folgte, so viel wusste sie schon damals.

»Aber was führt dich hierher?«, holte sie Odette aus ihren Gedanken zurück.

»Wo sind meine Eltern?«, wollte Amélie wissen, ohne auf die Frage der Nachbarin direkt einzugehen. »Und warum sind die Türen nicht abgesperrt, wenn die beiden längere Zeit nicht da sind? In der Küche brannte jedenfalls schon lange kein Feuer mehr ...«

Odettes betroffene Miene verhieß nichts Gutes und sollte ihre schlimmsten Befürchtungen bestätigen. »Ja, was soll ich sagen, Amélie? Dein Vater, Gott hab ihn selig, ist vor über einem Jahr verstorben und deine Mutter ... Sie hat seinen Tod nicht verwunden und ist ihm gefolgt. Es ist alles so tragisch!«

Amélie rang mit der Fassung. Auch wenn sie es längst geahnt hatte, diese unabwendbare Gewissheit war kaum zu ertragen. Wie gerne hätte sie sich von ihren Eltern verabschiedet, und nun war es zu spät ... Zwanzig Jahre hatte sie den Kontakt zu ihnen gemieden, am Anfang aus Wut und Enttäuschung, dass man sie in ihrem Tun für unvernünftig hielt, später war die fehlende Bindung zwar schmerzhaft gewesen, aber zur Gewohnheit geworden. Immer wieder hatte sie daran gedacht, ihnen einen Brief zu schreiben, um von ihrem Leben zu erzählen. Doch dann hatte sie nicht gewusst, wo sie anfangen sollte. Außerdem hatte Alphonse ihr schon früh ausgeredet, sich Sorgen um ihre Eltern zu machen oder sich gar mit Heimweh zu quälen. Scheinbar wichtigere Dinge, wie die Organisation der Haushaltsführung, hatten sich in den Vordergrund gedrängt und sie von ihrem Vorhaben stets wieder abgebracht.

Es tat weh, nun an ihre verstorbenen Eltern zu denken. Fragen quälten sie. »Meine Mutter«, richtete sie mit den Tränen kämpfend das Wort an Odette, »war sie es, die das Alchemistenlabor in meinem Zimmer eingerichtet hat?«

Odette Pirou bekreuzigte sich. »Ja, das hat Marianne getan. Aber um Gottes willen, ich flehe dich an, geh nicht in diese Räume! Dort treibt der Teufel sein Unwesen! Er hat sich auch dem Geist deiner seligen Mutter bemächtigt. Deshalb sind die Türen nicht verriegelt, damit die Dämonen endlich aus dem Haus weichen können.«

»Was ist denn das für ein abergläubischer Unfug?«

»Doch, doch, doch, Amélie, glaub mir! Marianne war vom Teufel besessen, du hättest ihre Schreie hören sollen!«

Amélie erschauderte bei der Vorstellung. Die Nachricht vom Tod ihrer Eltern war schon schwer genug zu verdauen, doch noch weniger konnte sie diese dunkle Seite ihrer Mutter begreifen.

»Aber warum sind die Wohnräume geputzt, als würde hier noch jemand leben?«

»Deine Schwester Célestine will das Haus nicht verwahrlosen lassen, sie wagt sich aber nur in die unteren Räume, denn der Beelzebub treibt einzig im oberen Stockwerk sein Unwesen.« Wieder bekreuzigte sich Odette und warf einen verängstigen Blick gen Himmel. »Sprechen wir nicht mehr davon, das weckt die bösen Geister.« Unerwartet resolut ergriff Odette Amélies Unterarm und zog sie mit sich hinaus auf die Gasse. »Sag mir lieber, wie geht es dir? Du scheinst eine anstrengende Reise hinter dir zu haben«, bemerkte sie mit Blick auf ihr verschmutztes Kleid. »Deine Schwester spricht oft von dir, aber niemand wusste etwas über dich, außer dass du in Paris verheiratet bist.«

Amélie nickte. In ihrem Magen rumorte es.

»Mit diesem Kaufmann, dem du damals Hals über Kopf gefolgt bist?«

»Ja.« Amélie misslang ein Lächeln. »Ich bin mit meiner Tochter auf Erholungsreise«, schickte sie schnell hinterher, »und da dachte ich, es wäre endlich auch an der Zeit, meine alte Heimat zu besuchen.«

»Eine Tochter hast du? Bestimmt ein hübsches Mädchen! Wie alt ist sie?«

»Sie ist fünfzehn, wird bald sechzehn ...« Amélie brach ab. »Wo ist sie denn?« Ratlos schaute sie sich um. »Vielleicht ist sie nach vorne in die Sonne ...«

»Ich kam von dort und habe weit und breit niemanden gesehen.«

»Linnea!«, rief Amélie. Noch nie war ihr Mädchen eigener Wege gegangen, schon gar nicht, ohne vorher Bescheid zu sagen.

Sie zog den verwaist in der Gasse liegenden prall gefüllten Sack zum rechten Hauseingang. Vielleicht war ihre Tochter doch hineingegangen, um sich ein wenig umzusehen?

Amélie lief noch einmal, laut den Namen ihrer Tochter rufend, in die Küche hinunter und öffnete den Hinterausgang zum Garten. Aber auch dort war Linnea nicht. Amélie warf einen Blick in die anderen Räume und kehrte mit zunehmender Besorgnis in die Gasse zurück.

Ruhe bewahren, sagte sie sich. Wohin könnte sie gegangen sein? Es gab nur zwei Möglichkeiten: Weiter die breite Treppe hinauf zur Kathedrale – aber solche Erkundungen waren nicht Linneas Sache, alleine wandelte sie stets nur auf vertrauten Pfaden, außerdem war sie viel zu müde. Also musste sie wieder den Weg zurück in die Stadt genommen haben.

Amélie rief der Nachbarin zu, dass sie gleich wieder da sei und eilte im Laufschritt den Berg hinunter. Die Sonne hatte sich als glutroter Ball auf das Watt gelegt und versank beängstigend schnell am Horizont, wurde scheinbar von den Sandmassen verschluckt, der Himmel verfärbte sich dunkelblau und übermalte damit die letzten hellen Farben des Tages.

Die Wäschestücke auf der Dachterrasse des unter ihnen liegenden Hauses flatterten im Wind, die Kirchturmuhr schlug zur siebten Abendstunde, nicht mehr lange und der Mont-Saint-Michel würde in seinem nächtlichen Grab versinken.

Die Glocken der kleinen Pfarrkirche mischten sich leiser und hell klingender unter die tiefen Schläge, trieben sie zur Eile an. Auf dem Trampelpfad neben dem Friedhof musste sie auf jeden ihrer Schritte achten, um nicht umzuknicken. Amélie verfluchte ihre Absatzschuhe, die einzig in Paris dienlich sein mochten, weil sie neben modischer Eleganz auch noch den notwendigen Abstand zum Straßendreck brachten. Kurzerhand hielt sie inne, um sich die Schuhe auszuziehen. Um das restliche Gepäck musste sie sich ja auch noch kümmern! Wie um alles in der Welt sollte sie das bei Dunkelheit und neben der Suche nach ihrer Tochter bewältigen? Auf dem Schotterweg am Fischerhaus Leclerc vorbei, wo längst niemand mehr draußen saß, ging es trotz der spitzen Steinchen unter ihren Fußsohlen schneller voran.

Immer wieder hielt sie rechts und links Ausschau und rief Linneas Namen. Auf der Escalier des Monteux raffte Amélie ihre Röcke und rannte zwei Stufen auf einmal nehmend nach unten, bis sie keuchend am Königstor anlangte. Die Stadt hatte sich merklich geleert, genau genommen begegnete sie keiner Menschenseele mehr. Niemand, den sie nach Linnea hätte fragen können. Kurz vor Schließung der Tore gab es auch keinen vernünftigen Grund mehr, noch in den Gassen unterwegs zu sein.

Als Amélie durch das zweite Tor hastete, blieb sie wie angewurzelt neben den Bombarden stehen: Keine Kiste mehr, kein Sack, ihr gesamtes Hab und Gut, alles war weg. Amélie sank mutlos in die Knie. Das war doch alles nur ein böser Traum! Noch einmal hob sie den Kopf, schaute sich um, aber es blieb dabei.

Das an ihre Ohren dringende Rauschen des Meeres betäubte sie, sanfte Wellen schlugen gegen die Außenmauern. Sie hatte innerhalb kurzer Zeit alles verloren. Hab und Gut ließen sich irgendwann, irgendwie ersetzen, nicht aber das Leben ihrer Tochter, sollte ihr wirklich etwas zugestoßen sein.

Amélie rappelte sich auf und lief auf bestrumpften Füßen über die kalten Steine zum Haupttor, wo bereits die Nachtwache ihren Dienst nach sieben Uhr angetreten hatte. Die Männer waren in die Betrachtung des niedrigen Wellensaums versunken, der sich trotz vorgelagerter Schutzwälle den Zugang zur Stadt erschlich, und schraken bei ihrem Näherkommen auf. Auf die Frage, ob sie ihre Tochter und ihr Gepäck gesehen hätten, zuckten die Wachleute nur mit den Schultern und bedeuteten ihr, sich wieder in die Stadt zurückzubegeben, ehe sie eine Strafe erheben müssten.

Amélie ließ es nicht auf einen Disput ankommen und passierte wieder das Königstor. Sie beschloss, alles auf den rettenden Gedanken zu setzen, dass Linnea wider Erwarten doch einen Spaziergang zur Abtei hinauf unternommen haben könnte und längst wieder am Haus oben auf sie wartete. Der Verbleib des Gepäcks war erst einmal unwichtig, sagte sie sich, solange es diese Hoffnung gab.

So schnell sie ihre Beine trugen, rannte Amélie den Weg wieder zurück, ihre Lungen brannten, und ihre Füße spürte sie nicht mehr, als sie am Friedhof ankam. Dort erkannte sie schemenhaft eine zwischen den Gräbern kauernde Gestalt. Oder war das eine Sinnestäuschung?

»Lin-ne-a?«, rief Amélie zögernd, und der Schatten bewegte sich.

»Maman!«

»Um Gottes willen, Kind, was machst du hier?« Um Luft ringend rannte Amélie zwischen den Gräberreihen hindurch, keinen Gedanken an die Ruhe der Toten verschwendend, und schloss ihre Tochter in die Arme. »Ich habe mir solche Sorgen um dich gemacht!« Zärtlich strich sie mit den Daumen über die tränennassen Wangen ihrer Tochter, tief bewegt über den guten Ausgang der Suche.

Linnea hob den Kopf und deutete mit einem Nicken auf das Holzkreuz neben sich.

Richard Dupont, las Amélie und kämpfte tapfer die aufsteigenden Tränen nieder. »Mein Vater, dein Großvater ... Ich habe es schon vorhin von der Nachbarin erfahren. Meine Eltern sind beide tot.«

»*Beide*? Bist du sicher? Ich wollte das herausfinden, deshalb bin ich hierher auf den Friedhof gegangen, als du mich in die Sonne geschickt hast. Es war noch hell, aber ich habe kein zweites Grab mit dem Namen Dupont finden können.«

»Keine Marianne Dupont? Du hast es bestimmt übersehen. Odette, die Nachbarin, sagte, meine Mutter habe den Tod meines Vaters nicht verwunden und sei ihm gefolgt. Wir kommen morgen bei Tag noch einmal her.« Amélie faltete die Hände, um sich mit einem Gebet von ihrem Vater zu verabschieden, und wandte sich zum Gehen.

»Maman, bekommt mein Vater auch ein Grab?«

Die Frage traf Amélie wie ein Schlag. Sie drehte sich zu ihrer Tochter um.

»Linnea ... Er wird seine Ruhe finden, daran musst du glauben. Und nun kein Wort mehr darüber, das haben wir uns gegenseitig geschworen! Komm, lass uns in unser neues Zuhause gehen und dort schlafen. Die Reise war anstrengend. Um unser restliches Gepäck kümmern wir uns morgen«, log Amélie und zog ihre Tochter mit sich fort. *Wie schnell sich das Leben ändern konnte*, dachte sie.

Gestern noch hatte sie in einem hübschen Anwesen in der Stadt mit Bediensteten gewohnt und war einem geregelten Tagesablauf nachgegangen: Morgens bekam sie stets zur Stärkung eine Tasse Schokolade ans Bett serviert, danach kleidete das Dienstmädchen sie an, kümmerte sich um ihre Frisur, und nach Beendigung der zwei Stunden andauernden Morgentoilette wurde es Zeit für ein ausgiebiges Frühstück im Salon. Dort fand sie meist eine Nachricht vor, dass ihr Ehegatte seinen Tag wieder einmal außer Haus verbrachte, offiziell bei Kundschaft. Sie aber wusste, er würde erst spät in der Nacht von seiner Geliebten heimkehren, sich in seine eigene Schlafkammer flüchten, und am nächsten Morgen seiner Frau die Geschichte vom viel beschäftigten und allseits beliebten und gefragten Parfümeur erzählen.

Und sie wiederum spielte die brave Gattin, die er den Tag über mit Handarbeiten beschäftigt vermutete, während sie in Wahrheit in die Welt der Parfümherstellung eintauchte und sich das Handwerk selbst beibrachte. Es war die sanfte Rache für den Schmerz, den sie durch seine Abwesenheit ertragen musste. *Hatte ertragen müssen*, verbesserte sie sich.

Am Haus angekommen gingen sie in die elterliche Schlafkammer, schüttelten unter Hustenanfällen den Staub aus dem Bettzeug, strichen das Laken glatt und legten sich mitsamt ihren Kleidern ins Bett. Ohne mehr etwas gegessen zu haben, aber darüber hatte ihre Tochter keinen Ton verlauten lassen.

Linnea drehte sich auf die Seite und rollte sich zusammen.

»Gute Nacht«, flüsterte Amélie, aber sie bekam schon keine Antwort mehr.

Mit offenen Augen lag sie im Ehebett ihrer verstorbenen Eltern und starrte in die Dunkelheit. Plötzlich quälte sie die bange Frage, ob sie ihren toten Ehemann gut genug hinter der sonst niemandem bekannten Geheimtüre versteckt hatte? Wie lange würde es dauern, bis jemand ihr Lügengebäude einreißen und ihr auf die Spur kommen würde?

Von einem Angstschauer durchflutet, dachte Amélie über die Möglichkeit nach, den Mont-Saint-Michel in aller Herrgottsfrühe mit der ersten Kutsche wieder zu verlassen. Vielleicht war dies nicht der richtige Zufluchtsort. Nein, das war er mit ziemlicher Sicherheit nicht, aber es war ihr Zuhause, wo sie sich geborgen fühlte, wo es schöne Erinnerungen gab: Es war ihre Heimat, die sie trotz allem liebte und in die sie nicht ihr Verstand zurückgeführt hatte, sondern ein vages Bauchgefühl. Sie dachte darüber nach, was ihre Mutter in den Wahnsinn getrieben haben könnte, warum sie das Alchemistenlabor eingerichtet hatte, und wurde den Gedanken an den Tod ihrer Eltern nicht mehr los.

Amélie schloss die Augen, um die Erinnerungen zu verdrängen, aber sie fand keinen Schlaf. Bilder aus der Parfümwerkstatt schlichen sich in ihr Bewusstsein, ihr am Boden liegender Ehemann, das Blut, das zerbrochene Flakon, das zusammengeknüllte Tuch, das ihr plötzlich wieder einfiel und das sie noch immer in ihrem Ausschnitt trug. Sie zog es heraus und warf es neben das Bett. Morgen würde sie ein neues Kleid anziehen – ihr letztes, das sie noch besaß. Von ihrem Leben war ihr nur geblieben, was in einen Mehlsack gepasst hatte.

Sie tastete nach Linneas Schulter, die sich unter ihrem regelmäßigen Atem hob und senkte. *Auf wie viel der Mensch doch verzichten konnte, wenn er das Liebste bei sich hatte,* dachte sie. Amélie versuchte sich durch diesen Gedanken zu beruhigen, doch an Schlaf war nicht zu denken. Erst im Morgengrauen nahmen unruhige Träume von ihr Besitz.

***

Schweißgebadet befreite sich Amélie aus Morpheus' Armen und verfluchte noch im Dämmerzustand ihren Albtraum, in welchem sie ihren Ehemann umgebracht hatte und mit ihrer Tochter auf den Mont-Saint-Michel geflohen war. Man hatte sie ihrer gesamten Habe beraubt und sie hatten die Nacht in ihrem Elternhaus verbringen müssen, das sich in eine Hexenhöhle verwandelt hatte. Amélie sehnte das von den Dienstmägden kredenzte Frühstück herbei, denn an diesem Morgen verspürte sie einen ungewöhnlich großen Hunger.

Sie schlug die Augen auf, und der Schreck fuhr ihr in die Glieder, als sie ihre Umgebung wahrnahm ... Sie wandte ihren Kopf nach rechts und sah, dass es draußen längst hell geworden war, die Sonnenstrahlen drangen kraftvoll durch die fast blinde Fensterscheibe. Dichte Spinnweben kauerten in den Ecken, schwarze Schlieren auf den weiß verputzten Wänden, Staubflocken krabbelten von einem merklichen Luftstrom getrieben über den Dielenboden. Angewidert schob Amélie die stockfleckige Bettdecke von sich und schämte sich für ihr Ekelgefühl, lag sie doch in der Kammer ihrer geliebten Eltern.

Sie beugte sich über ihre Tochter und gab ihr einen Kuss auf die Stirn. Jede Stunde des Tages musste genutzt werden, in der Hoffnung, wieder an ihr Gepäck und vor allem an ihr Geld zu kommen.

Auf ihren Weckversuch hin reagierte Linnea mit einem kraftlosen Knurrlaut, eher einem Stöhnen gleich.

»Aufwachen, mein großes Mädchen!« Mit sanfter Aufforderung streichelte sie ihr über die Wange. Die Haut war erhitzt. Amélie ließ ihre Hand auf der Stirn ruhen: Linnea glühte vor Fieber.

»Oh, mein Gott!«, flüsterte Amélie. »Geht es dir sehr schlecht, meine Kleine?« Sanft rüttelte sie ihre Tochter an der Schulter. »Wach auf, sag doch etwas!« Amélie spürte die Angst wie feine Nadelstiche im Nacken. »Linnea?« Ihr Mädchen hatte noch nie so hohes Fieber gehabt. »Bleib liegen, ich meine ...«, Amélie erkannte den Unsinn dieser Aufforderung, denn Linnea reagierte nur mit Wimmern auf ihre Worte. Ein Medicus musste her, eilends, und Medizin – aber wovon bezahlen? Odette musste ihnen helfen.

Mit fahrigen Bewegungen schlüpfte Amélie in ihre Schuhe, strich ihr Kleid, in dem sie geschlafen hatte, notdürftig glatt, warf noch einen letzten Blick auf Linnea und lief aus dem Haus.

Ein kühler Wind fegte durch die schattige Gasse, über ihr die Morgensonne am blauen Himmel, die ihre Strahlen aus diesem Winkel fernhielt. Nachdrücklich klopfte sie an Odettes Türe und wurde ungeduldiger, je länger sie nichts hörte. Wie spät mochte es sein? Dem Sonnenstand nach zu urteilen war die neunte Stunde bereits angebrochen. Jemand musste zu Hause sein – oder waren Odette und ihr Mann schon zur Arbeit gegangen?

Schweren Herzens entschloss sich Amélie, Linnea noch länger allein zu lassen und den Gang zum Gasthaus *La Coquille* anzutreten, nicht nur, um Odette anzutreffen, sondern auch in der Hoffnung auf ein Wiedersehen mit ihrer Schwester Célestine – von ihr könnte sie Hilfe sicherlich bekommen.

Fliegenden Schrittes eilte sie den direkten Weg über die breite Pilgertreppe in die Unterstadt hinunter. Von ihrer Umgebung nahm sie nichts wahr, bis sie endlich vor dem Gasthaus stand.

Die massive, eisenbeschlagene Eingangstüre, die mit ihrem vergitterten Sichtfenster wie das Portal eines Gefängnisses anmutete, stand einen Spaltbreit offen. Amélie räusperte sich auf der Türschwelle, um die Aufmerksamkeit einer auffallend dünnen jungen Frau mit kahl geschorenem Kopf zu erlangen, die im Halbdunkeln einen der Tische von den Gelagespuren des Abends säuberte.

»Verzeihung, ich würde gerne mit Odette Pirou sprechen.« Ihr Brustkorb bebte vom schnellen Laufen. »Oder ist vielleicht Célestine da?« Der angeheiratete Name ihrer Schwester wollte ihr nicht über die Lippen kommen.

Die Frau schaute halb auf, ließ dabei jedoch nicht von ihrer Arbeit ab, und schüttelte den Kopf. »Odette müsste eigentlich schon hier sein, vielleicht kommt sie später, wahrscheinlich hat ihr Leiden sie wieder einmal ans Bett gefesselt. Kann ich ihr etwas ausrichten?« Die Frau stutzte, runzelte die Stirn und dann breitete sich ein Lächeln auf ihrem abgehärmten Gesicht aus, sodass ihre Wangenknochen noch stärker hervortraten.

»Amélie?«, flüsterte sie. »Ja, du bist es, meine Schwester, meine Schwester ist wieder da!« Célestine ließ den Putzlappen fallen, und kurz darauf lagen sie sich fassungslos in den Armen. Amélie spürte Célestines knochige Schultern, jeden Wirbel, der sich unter dem erdfarbenen Leinenkleid abzeichnete, sie bekam Angst, ihre Schwester zu erdrücken, aber es war so schön, sie nach all den Jahren ganz festzuhalten. Ihre Schwester, die sich in zwanzig Jahren erschreckend verändert hatte, doch schon damals hatte sie diesen unverwechselbaren Geruch an sich gehabt.

»Meine kleine Schwester«, seufzte Amélie und schob sie sachte von sich, um sie mit Tränen in den Augen eingehend betrachten zu können. »Eine richtige Frau ist aus dir geworden. Vierunddreißig bist du jetzt, nicht wahr? Aber dünn bist du, und was ist mit deinem schönen Haar passiert?«

»Oh, das ...« Célestine fasste sich peinlich berührt an den Kopf, »das waren die Läuse, ich bin sie einfach nicht losgeworden. Ich sollte auch im Haus meine Haube aufziehen, aber wenn keine Gäste ...«

»Schon gut, du bist und bleibst meine hübsche kleine Schwester.« Amélie schaute ihr in die rund geformten, grünbraunen Augen. »Aber sag ...« Sie senkte die Stimme, »warum musste es ausgerechnet dieser Pirou sein? Haben das unsere Eltern, Gott hab sie selig, wirklich so gewollt?«

»Gewollt schon. Aber unsere Eltern ... sie können nichts dafür. Ich habe mich nicht gegen den Vorschlag gewehrt. Raoul ist ein tüchtiger Geschäftsmann.«

»Es geht mich sicher nichts an, vor allem nicht, wenn ich nach so langer Zeit plötzlich wieder hier auftauche, aber sein Geschäftssinn ist doch nicht alles, Célestine!«

»Gewiss, aber die Arbeit im Gasthof macht mir Freude, wahrhaftig, wir haben ein gutes Auskommen, nur die Kinder blieben uns bislang versagt ...« Sie sah traurig zu Boden. Dann fragte sie: »Hast du übrigens schon unseren Bruder wiedergesehen?«

»Nein. Lebt er hier auf dem Mont?«

»Maurice lebt nicht nur hier, er bestimmt über uns Montois und achtet auf unser Seelenheil. Mangels anderer Nachfolger wurde er nach über fünfzehn Jahren Zugehörigkeit zu den Benediktinern von seinem Orden zum Abt gewählt. Ach, es gibt so viel zu erzählen! Wie lange bleibst du noch hier und seit wann bist du schon da? Und weshalb ...?«

Mit erhobener Hand wehrte Amélie den Fragenbeschuss ihrer Schwester ab.

»Ich weiß noch nicht, wie lange ich bleibe ... Ich wohne in unserem Elternhaus, in dem angeblich der Teufel sein Unwesen treibt. Dazu musst du mir auch noch einiges erzählen, aber nun habe ich ein dringendes Anliegen an dich: Auf dem Weg hierher ist mir mein gesamtes Geld gestohlen worden, und jetzt ist meine Tochter – Linnea heißt sie, und sie ist fünfzehn Jahre alt – von der Reise schwer an einem hitzigen Fieber erkrankt. Ich brauche einen Medicus und muss die Medizin bezahlen. Célestine, kannst du mir ein paar Münzen ausborgen?«

»Oh, mein Gott, das sind ja Nachrichten! Und es bricht mir das Herz, aber …« Célestine senkte den Kopf und knetete den groben Stoff ihrer Schürze. »Raoul verwaltet alles Geld. Ich habe seit der Eheschließung keinen Sous mehr in der Hand gehabt. Auch alle Einkäufe besorgt er selbst. Ich kann ihn natürlich fragen, sobald er zurückkommt. Er ist seit heute Morgen in geschäftlichen Dingen unterwegs …« Unwillkürlich zuckten Célestines Schultern, als suche sie Deckung.

»Lass nur«, wiegelte Amélie verständnisvoll ab. »Ich werde Odette suchen oder Maurice darum bitten. Er kann mir sicher genügend Geld für den Medicus geben.«

»Amélie, es gibt hier keinen Arzt mehr auf der Insel, seit Pierre Badeux selbst vor vier Jahren verstorben ist. Seither hilft sich jeder irgendwie selbst, in schwierigen Fällen wenden wir uns an einen Heilkundigen, der auf der menschenverlassenen Nordseite des Berges in einer Höhle wohnt. Schon manch einem von uns hat er das Leben gerettet. Er nennt sich Montagnard. Frag ihn!«

Amélie nickte geistesabwesend. Montagnard. Der

dreiste Kutscher. War es wirklich unabdingbar, ihn fragen zu müssen?

»Ich werde sehen, wo ich Hilfe herbekomme. Wenn du mit deiner Arbeit fertig bist, Célestine, dann komm zu mir hoch.«

Ihre Schwester hob den Putzlappen auf und ging zum Tisch zurück. »Vielleicht, Amélie. Ich habe noch so viel Arbeit, weißt du. Ich würde ja gerne, aber ... ich muss erst Raoul um Erlaubnis fragen. Lass uns morgen weiterreden, ja? Ich muss jetzt auch weitermachen, sonst bin ich nicht fertig, bis wir öffnen.«

»Ja, natürlich«, gab Amélie irritiert zurück und musterte die gebeugt stehende Célestine, die nun wieder höchst konzentriert den Tisch schrubbte, als gäbe es nichts anderes auf der Welt. Sie trat zu ihr und legte ihr die Hand auf die Schulter. »Bis bald, meine kleine Schwester.«

Célestine richtete sich noch einmal auf. »Ich komme morgen früh zu dir, sobald ich saubergemacht habe. Dann können wir reden, so lange bis ... so lange es noch ruhig ist im Gasthaus.«

»Wirklich erst morgen früh?«, setzte Amélie zum Widerspruch an, spürte aber Célestines innere Bedrängnis. Also ließ sie es schweren Herzens dabei bewenden, sich selbst damit trösend, dass sie ja bald mehr von ihr erfahren würde, und verabschiedete sich.

Wie hatte sie sich eigentlich das Wiedersehen mit ihrer Schwester vorgestellt? Offener? Herzlicher? Aber war es das nicht gewesen? Gedankenverloren trat Amélie den Rückweg an, stieg die Pilgertreppe wieder hinauf, schweren Schrittes erfüllt von Sorgen und neuen Eindrücken.

Nach einhundertvierzig Treppenstufen, diese Zahl war ihr noch aus Kindertagen im Gedächtnis haften geblieben, erreichte sie den Abzweig, wo sie in ihre Gasse abbiegen oder die Treppe weiter hinauf zur Abtei gehen konnte. Sie entschied sich, es noch einmal bei der Nachbarin zu versuchen und nach Linnea zu sehen.

Amélie klopfte bei Odette an und wartete wieder vergeblich. Dann eilte sie in ihr eigenes Haus, stieß jedoch beim Öffnen der Türe gegen etwas Hartes. Es waren Kisten, die jemand im Flur neben dem Treppenabsatz gestapelt hatte – alle ihre Kisten, wie sie beim schnellen Durchzählen erkannte, bis auf die, die sie im Watt verloren hatten. Sie stieß einen Jubelschrei aus und rannte hinauf zu Linnea.

Ihre Tochter war nicht ansprechbar. Im Reich der Fieberträume gefangen, wälzte sie sich hin und her, die Bettdecke zwischen die Beine geklemmt, das Gesicht hochrot.

Eilends holte Amélie ein feuchtes Tuch für die Stirn. Sie setzte sich auf die Bettkante, flößte ihr etwas Wasser ein und streichelte ihr über das schweißnasse Haar. »Meine Kleine, halte durch, ich muss noch einmal weg, aber ich komme sogleich mit einer Medizin wieder!«

***

Die Ratten kletterten an den mit Eisenbändern verstärkten Holzstäben des engen Menschenkäfigs entlang, der im Abteigefängnis über dem Boden hing. Die Nager jagten sich gegenseitig, stießen schrille Warnrufe aus und wuselten im Halbdunkeln über die wehrlos daliegende Gefangene. Kraftlos hob die eingesperrte und im eigenen Unrat zusammengekauerte Gestalt den Arm, um die biblischen Plagen zu verscheuchen und ließ ihn sogleich wieder fallen. Dadurch versetzte sie den Käfig in eine leichte, aber unangenehme Schwingung. Orientierungslos schaukelte ihr ausgezehrter und von Eitergeschwüren übersäter Körper hin und her.

Marianne hielt ihre geschwollenen Augen geschlossen, um die zahllosen Schlangen unter dem Käfig nicht sehen zu müssen, von denen die Mönchswärter behaupteten, sie bilde sich diese nur ein. Aber sie waren da, das wusste sie, genauso wie die Ratten, die ihr die Essensration wegfraßen, noch ehe sie die Kraft fand, einen Bissen von dem halben Brotlaib oder dem Stück Käse zu nehmen. Eine Träne quoll ihr zwischen den entzündeten Lidern hervor, ihr Mund war trocken wie mit Sand ausgerieben.

Um sie herum war Gemurmel, die Gefangenen in den umliegenden Zellen unterhielten sich durch die Gitterstäbe. Sie hörte die Stimme des Häftlings Dom Jean Suard, ein Geistlicher, der wegen Ungehorsams und Trunksucht einsaß, und die des alten Kaufmanns, der wie ein Besessener Falschgeld hergestellt hatte, dazwischen die hohe Stimme des jungen Mannes, der seine Nichte mit einem Schwert umgebracht haben sollte.

In ihrem Kopf verhallten die Worte, sie schwebte, als treibe sie unter Wasser, sie besaß kein Gefühl mehr für die Zeit. Manchmal, an guten Tagen, konnte sie das sonnenbeschienene Haus am Hang vor sich sehen, die Kinder; Amélie, Célestine und Maurice, wie sie im Garten spielten und um die Wette Unkraut zupften, wie sie von der Küche aus zuschaute und auf ihren guten Eheherrn wartete, bis dieser seinen Schreibdienst in der Abtei beendet hatte.

Hallende Schritte auf dem feuchten Steinboden. Kamen die Mönche mit dem Morgenmahl? Oder war es acht Uhr abends und damit Zeit, die Gefangenen einzuschließen, die tagsüber Freigang innerhalb der Abteimauern zugestanden bekommen hatten? Das Denken strengte sie an.

»Ruhe! Der Abt höchstpersönlich!«, zischte Jean Suard, und sofort verstummte jedes Gespräch.

»Der Mont-Saint-Michel, man nennt ihn auch die *Bastille der Meere*«, hörte Marianne die tiefe Stimme ihres Sohnes im Näherkommen dozieren, »ist ein ausbruchssicherer Inquisitionsort, und wer eine dieser Zellen einmal betreten hat, liegt bereits in seinem eigenen Grab. Lebend kommt hier kaum eine Menschenseele wieder heraus.«

Maurice. Ihre Lippen formten seinen Namen. *Hilf mir. Warum hast du mich hier eingesperrt? Deine eigene Mutter?* Sie wollte sich bewegen, das rechte Bein zuckte unter ihrer Willensanstrengung, Knie und

Knöchel streiften über das durchnässte Stroh, das kein Rascheln zuließ, mit dem sie hätte Aufmerksamkeit erregen können. Mit der Hand versuchte sie sich aufzustützen, wollte sich umdrehen, um ihrem Sohn, dem gnädigen Abt, ins Gesicht sehen zu können. Es gelang ihr nicht. Abgewendet blieb sie liegen.

»Wer sind diese Menschen? Warum sind sie hier?«, wollte eine weibliche Person wissen, die sich offenbar in Begleitung ihres Sohnes befand. Diese Stimme ... sie rührte ihr ans Herz.

»Wir sind ein kleines Staatsgefängnis, und unser Ruf ist berühmt-berüchtigt. Aus der Pariser Bastille werden jene entmenschlichten Delinquenten zu uns geschickt, die als unverbesserlich gelten. Zurzeit haben wir hier dreizehn Gefangene männlichen Geschlechts, überwiegend zwischen vierzig und sechzig Jahre alt, der jüngste, ein Mörder, ist sechzehn, der älteste, ein Kaufmann, ist einundachtzig. Es gibt die Gefangenen des Exils und die des Schlosses, zwei Kategorien, die unterschiedlich behandelt werden. Die Mönche sind zugleich die Gefängniswärter, sie wissen wie kein anderer, was Zucht, Ordnung, Gehorsamkeit und ein gottgefälliger Lebenswandel bedeuten.«

»Was heißt das, sie werden *unterschiedlich behandelt*?«, fragte die Frau.

»Während die gefährlichen Übeltäter wegen Fluchtgefahr keinen Fuß aus der Zelle setzen dürfen, genießen die politischen Gefangenen, die aus der Pariser Bastille in diese Einöde verbracht wurden, das Privileg, innerhalb der Abtei und auf den Mauern spazieren gehen zu dürfen.«

»Aber alle bekommen dasselbe zu essen?«

»Das wiederum richtet sich nach dem Münzbeutel der Angehörigen. Sind sie bereit, eine Pension von achthundert Livres zu bezahlen, bekommen die armen Sünder täglich einen halben Laib Brot, Käse, eine Suppe und etwas Fleisch, dazu Wein. Zusätzliche Zahlungen sind erforderlich für Kerzen und Holz, um die Zelle zu erwärmen.«

»Maurice, was ist das für ein Käfig? Da liegt ja ein Mensch darin! Das ist doch grausam! Ist das etwa eine Frau?«

»Geh nicht so nah heran! Ihr Wahnsinn ist ansteckend. Die Zustände hier sind vorbildlich, und wer sie für beklagenswert hält, der kann im Gefängnis von Vincennes über seine Äußerungen nachdenken! So ist es auch unserem Monsieur de Ridel ergangen, du kennst ihn vielleicht noch, den Wirt des Gasthauses *Licorne*. Er hat sich nebenbei als Bader um unsere Schäflein gesorgt und dann eine Anklageschrift gegen uns verfasst.«

»Aber man kann die Frau doch nicht wie ein Tier in einen Käfig sperren! Hör doch, wie sie wimmert! Sie kann sich ja darin nicht einmal bewegen oder gar umdrehen! Wie kannst du als Abt so etwas nur zulassen?«

»Ich befolge nur die Anordnungen unseres Königs. Und er stellt nun mal die *Lettres de cachet* auf Antrag der Gesetzeshüter aus. Es kommt aber auch häufig vor, so wie in diesem Fall, dass der Verhaftsbefehl auf Wunsch der Familie erfolgt ist.«

»Sie ist von ihrer eigenen Familie hierhergeschafft worden?«, fragte die Stimme ungläubig. »Aber warum?«

»Das hat seine guten Gründe. Komm jetzt weg hier. Hätte ich erahnt, wie empfindlich dein Gemüt ist, hätte ich einen anderen Weg gewählt. Wir begeben uns jetzt in mein Empfangszimmer, und ich will sehen, was ich betreffs deines Hilfegesuchs tun kann.«

***

In der Höhle war es feucht und klamm, der Wind pfiff an der halbrunden Öffnung der Behausung vorbei. Vom Meer her erklang das Rufen jener Möwe, die Montagnards Weggefährtin geworden war. Wenn er zurückkam, dauerte es nicht lange, bis sie sich in Sichtweite mit Flügelschlagen auf dem Felsblock niederließ. Dabei hatte sie den Blick aufs Meer hinaus gewandt und stimmte ihr Lied aus zärtlichen Lockrufen an, das langsam in Klageschreie überging, wenn niemand antwortete. Oft unterhielt er sich mit ihr, sie teilten sich die Einsamkeit. Er war längst mit der Natur verwachsen, er lebte mit Sonne, Regen, Sturm, Hunger und Kälte.

Wenn er genügend zu essen hatte, so wie heute, warf er ihr einen Fischbrocken hin. Sie wartete ab, gab vor, nichts gesehen zu haben und hieb mit ihrem

Schnabel ein paarmal unter die Flügel, als sei sie mit Putzen beschäftigt.

Nach dem langen Winter liefen die Geschäfte wieder besser, eine Frau, ein Ehepaar und zwei Kinder hatte er heute vom Festland auf den Mont gebracht, und im Sommer sollten es noch mehr Pilger werden. Unzählige dieser gefährlichen Fahrten, die sein Lebensinhalt geworden waren, um seiner geliebten Angélique nahe zu sein. Heute jährte sich ihr Todestag zum zwölften Mal.

Seine namenlose Gefährtin hüpfte mit ausgebreiteten Flügeln von ihrem Stein herunter, nahe an seine Höhle heran, schaute ihn mit schräg gelegtem Kopf aus kreisrunden Augen an, dann schnappte sie sich binnen eines Lidschlags den Leckerbissen und zog sich hüpfend auf ihren Platz zurück. Er durfte sich der Möwe nicht weiter als bis auf eine Armlänge nähern, obwohl sie sich seit fast zwölf Jahren vertraut waren. Noch nie hatte er ihr Gefieder berühren dürfen, und das würde sie wohl auch bis an ihr Lebensende nicht zulassen.

Mehr als er zugeben wollte, sehnte er sich nach Zuneigung und Nähe, dem Glück, vor dem ihn gleichzeitig die Furcht plagte, weil dieser angeblich so gnädige und barmherzige Herrgott es ihm wahrscheinlich abermals entreißen würde. Seine Hand tastete in das wärmende Fell, mit dem er den Boden seines Zuhauses abseits der Feuerstelle bedeckte. Er saß auf einem niedrigen Schemel, den er aus Treibholz gezimmert hatte, und es gab davon noch einen zweiten, für Besuch, den er sonst als Ablage für seine Messer und Feuersteine nutzte.

Neben dem Höhleneingang, wo er an einer in den Felsen gehauenen Eisenstange seine Kleidung aufhängte, stand die versandete Kiste mit den Parfümessenzen, die er sogleich nach der Ankunft dieser Frau aus Paris aus dem Treibsand gerettet hatte. Wenigstens hatte sich nun seine jahrelang gesammelte Erfahrung im Umgang mit den Tücken des Wattenmeers gelohnt. Eine kleinere Kiste, in der er seine knappen Essensvorräte vor gefräßigem Getier schützte, diente ihm als Tisch. Darauf stand eine wachstropfende Kerze, die ihr flackerndes Licht auf das an der Felswand stehende, grobe Holzregal warf, wo er seine Medizinfläschchen verwahrte. Anregende Essenzen wie Thymian, Minze und Rosmarin; gegen starkes Nervenflattern Lavendel, Bergamotte und Majoran, außerdem Eau de Cologne gegen sämtliche Gebrechen. Für alle Zufälle des Lebens hütete er das passende Gegenmittel – aber keines davon konnte einen geliebten Menschen zurückbringen.

Die einzige sichtbare Erinnerung an sie war der Pelzschal, den er an rauen Tagen wie heute trug. Das hellbraune Fell beherbergte noch immer ihren Duft, warm und lebendig schmiegte sich Angélique an seinen Hals, flüsterte ihm Liebesworte ins Ohr. Er ließ sich in eine andere Welt tragen, berauschte sich an ihr, versunkene Bilder aus glücklichen Tagen tauchten auf. Zärtlich streichelte er ihr geliebtes Gesicht, hielt sie fest, seine Finger gruben sich in den Schal, ausgehungert, süchtig nach ihrer Nähe sog er ihren Duft auf. Er wollte nicht loslassen, was längst zu Asche geworden war. Nichts war für die Ewigkeit bestimmt, auch ihren Geruch würde er eines Tages noch verlieren, das wusste er.

Mit einem Schrei schwang sich die Möwe in die Luft, schrill klangen ihre Warnrufe, was ihm bedeutete, jemand kletterte den steinigen Pfad zu seiner Höhle hinauf.

Montagnard erhob sich und schaute aus dem Eingang. Ein urkomischer Anblick bot sich ihm dar, das Pariser Modeweib beim Bergsteigen, wobei er zugeben musste, dass sie sich recht geschickt bewegte.

»Nicht unbedingt das passende Schuhwerk für eine Bergwanderung!«, rief er ihr anstelle einer Begrüßung entgegen.

»Sparen Sie sich Ihre Bemerkungen«, sagte sie, als sie außer Atem vor ihm stand. »Ich brauche Medizin für meine Tochter, sie ist an einer schweren Hitze erkrankt. Es geht um Leben und Tod! Ich kann Ihnen aber nichts bezahlen, ich habe gestern noch all mein Geld verloren.«

»So, so.« Er fuhr sich durch seinen dichten Bart. »Alsdann würde ich gerne in Naturalien bezahlt werden.«

»Sie Schuft! Sie widerwärtiger, hinterhältiger Mensch! Was fällt Ihnen ein, mich in meiner Notlage so schamlos ausnutzen zu wollen und derart unmoralische Forderungen an mich zu stellen?«

»Nun aber langsam! Was *mir* einfällt? Das muss ich

Sie fragen! Sie kommen hierher, überrumpeln mich, ich gebe Ihnen eine sachliche Auskunft, und dafür werde ich von Ihnen aufs Übelste beschimpft.«

»Das steht mir wohl zu, wenn ...«

»Beruhigen Sie sich, ich meinte ein Parfüm als Gegenleistung, nichts anderes! Sie sind wirklich ein eingebildetes Weibsbild, nicht jeder Mann will nur das eine von Ihnen!«

»Mit einem ungehobelten Menschen, wie Sie es einer sind, würde ich mich auch niemals einlassen, Gott bewahre!«, rief Amélie und ballte die Fäuste.

»Hören Sie auf zu schnattern wie eine Gans, bevor man ihr den Hals umdreht, das ist ja unerträglich! Warten Sie hier draußen, ich hole die Medizin!« Er drehte sich um und verschwand schnell in der Höhle, damit sie sein amüsiertes Lächeln nicht sehen konnte.

***

2

Man nehme Weihrauch und Sandelholz …

Zwei Liebende, die sich stützen und gegenseitig Trost spenden, vereinen sich zu einem langanhaltenden Duft.

In aller Herrgottsfrühe schob Célestine langsam und bedächtig die Federbettdecke beiseite und setzte die Füße auf den kalten Boden. Mit einem Seitenblick auf ihren schnarchenden Eheherrn erhob sie sich, nahm neben der Türe die Kleider vom Haken und schlich sich hinunter in die Gasthausküche, wo sie sich ankleidete und mit den ersten Sonnenstrahlen Teller und Pfannen zu schrubben begann. Danach stellte sie in Windeseile den Eintopf für das Mittagsmahl auf den Herd, und während das Essen vorkochte, säuberte sie den Gastraum.

Um neun Uhr konnte sie sich dann endlich schnellen Schrittes mit einem randvoll gefüllten Korb auf den Weg zu ihrer Schwester machen. Knapp zwei Stunden blieben ihr bis zur Öffnung der *Coquille,* und damit bis zum Aufstehen von Raoul, der bis dahin wieder einmal seinen Rausch ausschlafen würde. Zwei kostbare Stunden allein mit ihrer Schwester, darauf hatte sie sich schon gestern den ganzen Tag gefreut und deshalb letzte Nacht kaum ein Auge zugetan. Aber es hatte sie auch die Sorge vom Schlaf abgehalten, dass Amélie ihr zu viele Fragen stellen könnte, auf die sie keine Antwort würde geben wollen. Diese Gedanken verstärkten sich, je näher sie ihrem Elternhaus kam.

Auch Amélie sah aus, als hätte sie die letzte Nacht durchwacht. Schatten lagen unter ihren geschwollenen Lidern, doch ihre Augen bekamen sofort einen strahlenden Glanz, als sie ihren Gast erblickte.

»Komm herein, mein Schwesterherz, wie schön, dass du endlich kommst! Wie gern hätte ich dich gestern schon empfangen.« Unwillkürlich hob Amélie die Hand und tastete nach dem Sitz ihrer Frisur, offensichtlich in der gewohnten Rolle als Gastgeberin verhaftet, dachte Célestine, dem entsprach auch ihr aufwendig gearbeitetes, honigfarbenes Kleid. Nur ihre Frisur wirkte mit dem schlichten Nackenknoten recht normal.

»Stell dir vor, es hat mir doch tatsächlich nach unserem Wiedersehen ein guter Geist die Kisten ins Haus gestellt!«, sprudelte Amélie hervor.

Beim Wort *Geist* zog es Célestine den Magen zusammen, aber mit einem Lächeln überspielte sie ihre aufkeimende Panik, für die ihre Schwester ohnehin keinen Blick hatte, denn diese redete bereits aufgeregt weiter.

»Ich bin gerade dabei, die Kisten auszuräumen, damit ich so schnell wie möglich mit der Parfümherstellung beginnen und Geld verdienen kann, denn, Gott sei's geklagt, der Münzbeutel ist leider nicht wieder aufgetaucht.«

Um Ablenkung bemüht, erkundigte sich Célestine nach Linneas Gesundheitszustand, während sie Amélie in die Räume im oberen Erdgeschoss folgte, das sie seit einem Dreivierteljahr, seit die Mutter weg war, nicht mehr betreten hatte. Wäre nicht die Liebe zu ihrer Schwester gewesen, sie hätte sich auf dem Absatz umgedreht und wäre davongelaufen.

»Die erste Nacht war schlimm«, antwortete Amélie, noch immer nicht das Unwohlsein ihrer Schwester bemerkend, während sie beide hintereinander über den kurzen Flur gingen. Leise öffnete Amélie die Türe zur elterlichen Kammer.

Ein bildhübsches Mädchen mit rötlichem Haar lag dort auf dem Rücken schlafend im Bett, die Hände über der Brust gefaltet, das bleiche, sommersprossige Gesicht ihnen zugewandt. Fast wie eine Leiche, schoss es Célestine durch den Kopf.

»Jede Stunde musste ich die Wadenwickel mit feuchten Tüchern erneuern und einen frischen Essiglappen auf ihre Stirn legen«, flüsterte ihr Amélie zu. »Ich habe ihr ständig Holundertee und Montagnards Medizin eingeflößt, weil sie nur schluckweise trinken konnte. Aber mit dem Verblassen der zweiten Nacht hat das Fieber seine Gewalt verloren, und nun schläft sie in tiefer Erschöpfung. Ich denke, die Hitze kehrt nicht mehr in ihren Körper zurück – weiß der Himmel, was das war.«

Hoffentlich ließen Tod und Teufel ihre Klauen von dem Mädchen, dachte Célestine. Aber wenn dem Wort ihres Bruders die Wahrheit galt, konnte dem jungen Leben in diesem Haus nichts mehr passieren, denn der Teufel in Gestalt von Linneas Großmutter, ihrer beider Mutter, war sicher hinter den Kerkermauern der Abtei eingesperrt.

»Ich habe euch etwas zu essen mitgebracht«, sagte sie und zwang sich, auf andere Gedanken zu kommen. Sie deutete auf den Korb, der ihr zu Füßen stand. »Brot, Butter, Milch und etwas Fleisch, daraus kannst du Linnea eine Rinderbrühe kochen, damit sie wieder zu Kräften kommt.«

»Wie lieb von dir! Vielen, vielen Dank! Ich hätte nicht gewusst, wovon ich uns heute ernähren sollte! Medizin habe ich von diesem Höhlenmenschen bekommen, wie du mir geraten hast. Und stell dir vor, unser Bruder war zwar freundlich zu mir, aber sehr unverbindlich, fast so als wäre ich einer der zahllosen Pilger, die um ein kirchliches Almosen ersuchen! Als Benediktiner dürfe er nichts besitzen, sagte er, und er gab mir lediglich seinen Rat mit auf den Weg, so wie es auch sonst seine Obliegenheit gewesen wäre. Dazu händigte er mir noch einige Bögen Schreibpapier aus, um die ich ihn gebeten hatte – widerwillig, da ich ihm den Gebrauchszweck nicht mitteilen wollte. Was sagst du denn dazu?«

Célestine wollte nicht weiter darauf eingehen und

versicherte ihr nur: »Ich bringe dir morgen früh wieder etwas zu essen. Das kann ich leicht von unseren Vorräten abzweigen, ohne dass Raoul etwas bemerkt.« Bei der Erwähnung ihres Eheherrn durchzuckte sie ihr Pflichtgefühl, und sie schickte sich zum Gehen an.

»Aber Célestine, du bist doch eben erst gekommen! Du musst dir noch unser ehemaliges Zimmer anschauen! Ich habe es umgeräumt! Es sieht schon nicht mehr wie ein Alchemistenlabor aus, sondern wie eine echte Parfümwerkstatt!«

Amélie warf einen fürsorglichen Blick auf ihr schlafendes Kind und zog, ohne dass Célestine eingewilligt hatte, ihre Schwester mit sich. Tatsächlich blieb Célestine vor freudiger Überraschung die Sprache weg, als sie mitten im Raum stand und die Verwandlung sah. Einzig der runde Altartisch stand noch unverändert in der Mitte des Zimmers, denn auch Amélie hatte das Gänsehaut verursachende Kunstwerk aus grünem Fläschchen, der Bibel und dem Zinnbecher, alles umschlungen von dem fünffach geknoteten Strick, nicht angerührt. Aber das Fenster war geputzt, der Blick reichte wieder weit über das Meer, und auch die fünf Totenköpfe waren verschwunden.

»Célestine …«, drang Amélies Stimme zu ihr vor, »erzähl mir, was hier in den letzten Jahren geschehen ist.«

Ihr wurde heiß und kalt. Sie hatte ihrem Bruder versprochen zu schweigen. »Nicht jetzt, Amélie, bitte. Mach dir keine großen Gedanken, das ist alles nicht so schlimm und unheimlich wie es auf den ersten Blick erscheint. Wenn wir einmal mehr Zeit haben, kann ich dir davon berichten ...« Damit schien sich Amélie erst mal zufriedenzugeben.

Célestine machte, wenn auch noch widerwillig, ein paar Schritte im Zimmer umher, und ihr interessierter Blick fiel auf die unzähligen, sauber aufgereihten weißen Tiegel und die im Sonnenlicht in verschiedensten Farben leuchtenden Flakons in den Regalen neben dem Fenster. Auf dem geputzten Holztisch darunter befanden sich kleine Bechergläser, Pipetten, Stäbe und Messlöffel, eine große Flasche mit der Aufschrift *Weingeist*, eine Reibe, ein Bienenwachsklotz, Behältnisse in der Größe von Puderdosen und ein zusammengefaltetes Baumwolltuch.

»Unglaublich!«, staunte Célestine und näherte sie sich den Parfümessenzen. »So viele bunte Fläschchen ...«

»Ja, schau, im ersten hier stehen die sogenannten Kopfnoten, sie verleihen einem Parfüm den ersten Hauch, der dich streift, der dich neugierig macht. Leider ist die Hälfte meines Repertoires im Watt geblieben, und ich habe das Gefühl, auch aus der zweiten Kiste könnten ein paar Essenzen fehlen, was mich insgesamt schwer in Bedrängnis bringt, aber das wird mich nicht daran hindern, meine Parfümerie zu eröffnen.«

»Was willst du tun? Eine Parfümerie eröffnen? Ich dachte, du seiest mit deiner Tochter auf Erholungsreise! Du musst doch wieder zurück nach Paris.«

»Dort wartet niemand mehr auf mich. Mein Eheherr ist plötzlich verstorben ...«

»Um Gottes willen, Amélie! Mein herzliches Beileid, das ist ja furchtbar, auch für dein Mädchen! Jetzt muss sie ohne Vater groß werden, und du hast keinen Mann mehr, der dich versorgt.«

»Lass uns nicht weiter davon reden, Célestine.«

»Entschuldige, es schmerzt dich bestimmt zu sehr. Ich erinnere mich noch, wie groß deine Gefühle waren, als du mit Alphonse Hals über Kopf hier weggegangen bist. Viele haben den Kopf geschüttelt, aber ich habe dich insgeheim für deinen Mut bewundert, der Liebe deines Lebens in die große Stadt Paris gefolgt zu sein.«

»Célestine, bitte ... Hör mit diesen alten Geschichten auf!«

Erschrocken über Amélies heftige Entgegnung stammelte sie, nunmehr im Verständnis für den Trauerschmerz, eine zweite Entschuldigung.

»Schon gut, lass uns einfach nicht mehr davon sprechen. Das Leben muss weitergehen ... Nachher werde ich noch Flugblätter schreiben und sie in der Stadt verteilen, um die Neueröffnung bekanntzugeben.«

In stiller Bewunderung für die Tatkraft und mehr noch für den Mut ihrer Schwester traute sich Célestine nicht, sie in ihrem Eifer zu bremsen und sie mit direkten Worten zu warnen, stattdessen erwiderte sie: »Ein Parfüm zu erschaffen, ist für mich wie Zauberei.«

Amélie sah sie forschend an und sagte: »Für dich macht es deshalb den Eindruck von Zauberei, weil du das zugrundeliegende Handwerk nicht beherrschst. Es braucht viel Erfahrung, bis du weißt, welche Gerüche miteinander harmonieren. Aus drei Grundklängen komponiere ich meine Düfte. Hier in der ersten Regalwand sind die flüchtigen Kopfnoten, die der Herznote den Raum zur Entfaltung bieten, und da siehst du die Basisnoten, sie bilden die Erinnerung, die das Parfüm zurücklässt und in einem Pelz zum Beispiel sogar Jahrzehnte überdauern kann.«

»Kopfnoten, Herznoten, Basisnoten ... Das lerne ich ohnehin nie, aber es ist faszinierend«, gab Célestine zu und musste sich auf die Zunge beißen, um nicht mehr von ihrer Neugierde preiszugeben. Auch musste sie an sich halten, ihrer Schwester nichts davon anzuvertrauen, wie satt sie die Arbeit im Gasthaus in Wirklichkeit und wie sehr sie unter ihrem Ehemann zu leiden hatte. Niemand durfte das erfahren, denn sie hätte die Wahl gehabt: zwischen Amélies Jugendfreund, dem gutmütigen Monsieur le Comte, der es nur bis zum Kantor in der kleinen Pfarrkirche gebracht hatte, Junggeselle geblieben war, sie aber wohl immer noch liebte – oder Raoul, ein erfolgreicher Gastwirt, der ihr durch seinen Wohlstand ein sicheres Auskommen bieten konnte, jedoch seine Fäuste anstelle von Worten einsetzte. Sie hatte sich für Raoul entschieden und damit den Verlauf ihres Lebens beschlossen.

»Natürlich kannst du das lernen, Célestine, so wie

du auch das Kochen gelernt hast. Sauerkraut schmeckt gut – Fisch auch, aber könntest du dir beides auf einem Teller vorstellen?«

Célestine verzog den Mund. »Zu Sauerkraut gehört Rindfleisch!«

»Nun also, da haben wir es. Und so wie du ein Wissen dafür entwickelt hast, welche Zutaten bei einem Mahl miteinander harmonieren, so bekommst du ein Gespür dafür, welche Gerüche miteinander verschmelzen können. Außerdem verhalten sich Düfte wie Menschen, sie haben Charakter. Viele sind angepasst und unkompliziert, andere sperrig und stur, manche unwiderstehlich, und vereinzelt möchte man ihnen am liebsten aus dem Weg gehen. Zibet ist so ein Exempel. Dieses fettige, schmierige Sekret ...«, Amélie griff zielstrebig das entsprechende Fläschchen aus dem obersten Regalbrett, »stammt aus einer Drüse beim Geschlecht der Zibetkatze, die trotz ihres Namens gar nicht zu den Katzen gehört, vielmehr fuchsgroß ist, ein grauschwarzes Fleckenfell hat und am anderen Ende der Welt lebt. Riech mal!«

Célestine hob die Nase über die dunkelgelbe, von der Lagerung etwas ausgehärtete Masse und fuhr zurück. »Das ist ja widerlich! Und so etwas soll für ein Parfüm dienlich sein?«

»Das Sekret muss in Weingeist gelöst werden und alsdann genügt ein Tropfen Zibet in einer Parfümmischung, und es erblüht ein lange haltbarer, unwiderstehlicher Duft.«

»Das glaube ich nicht!«

Amélie lachte auf. »Unergründliche Essenzen gibt es noch viele. Ein Tropfen davon genügt, um deine Parfümkreation zunichtezumachen oder ihr himmlische Flügel zu verleihen. Aber genau das macht den Reiz aus, es ist wie das Gewürz beim Essen. Hättest du vielleicht Lust, etwas auszuprobieren?«

»Ach, Amélie, gerne, du machst mich neugierig, allerdings wird es Zeit für mich. Ich muss zurück ins Gasthaus.«

»Ihr öffnet doch erst um elf Uhr! Und du hast vorhin gesagt, es sei alles geputzt.«

»Das stimmt auch, aber ich sollte nicht so lange weg sein ...«

»Was ist mit dir, Célestine? Hast du Kummer?«

»Nein! Nein, wirklich nicht. Gut, eine halbe Stunde kann ich noch bleiben, aber nicht länger.«

»Fein, das genügt uns! Machen wir einen kleinen Versuch: Ich möchte ein Parfüm für dich erschaffen.«

»Für mich? Ach, nein. Das ist doch nur etwas für feine Damen!«

Amélie ließ sich von diesem Widerspruch nicht beeindrucken. »Wir nehmen nur einen Fingerhut voll Weingeist – das ist unsere nahezu geruchslose Grundlage, sowie Notenpapier. Lass uns komponieren! Zuerst den Basisakkord, so heißt das in der Parfümsprache. Er verleiht dem Duft Tiefe und Haftfestigkeit, er ist der Grundton, auf ihm können sich die Kopf- und Herznoten entfalten. Ohne diese Basisnote würden die hellen Töne flach und leer anmuten. Gib mir deine Hand.«

Vertrauensvoll folgte Célestine und hielt ihr ihre weißlich schimmernde Handinnenfläche hin. Amélie roch daran, ihre Nase glitt dicht über die Haut, weiter zum Handgelenk, Célestine verspannte sich, aber Amélie ließ sich Zeit, bat sie auch noch, den Blusenärmel hinaufzuschieben, um den Geruch ausgehend von der Ellenbeuge in sich aufzusaugen.

»Was tust du, Amélie?«

»Wir fangen mit Vanille an«, gab sie anstelle einer Antwort zurück. Mit der Glaspipette fügte Amélie acht Tropfen Vanille zum Weingeist in den Mischbecher. »Das Geheimnis deines Körpergeruchs lässt sich nicht allein an einer Stelle entschlüsseln, und du selbst riechst ihn am besten in der eigenen Ellenbeuge.«

Célestine probierte es sogleich aus und schlang den Arm um die Nase. »Zum ersten Mal nehme ich meinen eigenen Duft wahr.«

»Den ich wiederum in Spuren anders empfinde. Deshalb müssen wir uns langsam an dein Parfüm herantasten, der Duft ist das Abbild deiner Seele. Und nun ... lass mich an deinem Nacken riechen, am Übergang zur Schulter.« Mit skeptischem Blick neigte Célestine den Kopf nach rechts und zog an ihrem engen Rüschenkragen, um die Stelle am Hals preiszugeben. Sie bekam Gänsehaut, als sich ihre Schwester ihrer Haut näherte.

»Nehmen wir noch Benzoe hinzu«, flüsterte Amélie dicht an ihrem Ohr. »Das ist ein harziges Sekret aus der Rinde des Styrax-Tonkinese-Baumes, das ich in Weingeist verflüssigt habe.« Amélie beugte sich zum unteren Regal vor, griff das kleine Glasbehältnis und hielt es ihr hin.

»Mhm, riecht süßlich, sanft wie ein Balsam, auch ein bisschen nach Vanille.«

Amélie wandte sich dem Tisch zu. »Und was ist jetzt passiert, nachdem ich die Benzoe hinzugegeben habe?«

»Es riecht noch kräftiger nach Vanille und irgendwie ... irgendwie ist der Duft ... das ist so schwer zu beschreiben ...«

»Weicher geworden?«

»Ja, das trifft es.«

Amelie versank in Gedanken, es schien, als füge sie in ihrem Gedächtnis Düfte zusammen, man sah, wie das Parfüm vor ihrem inneren Auge Gestalt annahm, sie konzentrierte sich auf das Regal mit den Essenzen, berührte ein paar Etiketten, zog ihre Hand wieder zurück und entschied sich schließlich für ein dunkelrotes Fläschchen.

»Nun kommt eine der wertvollsten Essenzen ins Spiel. Sie ist der Schatz eines jeden Parfümeurs und kostet ein kleines Vermögen – manch einer ist versucht, die Essenz mit Gold aufzuwiegen.«

»Das bin ich doch nicht wert!«, protestierte Célestine überzeugt.

»Diesen Unsinn habe ich überhört«, wies ihre Schwester sie zurecht und hielt ihr den gepriesenen Duft unter die Nase.

Unwillkürlich verzog Célestine das Gesicht. »Wie

Seetang mit Rosen, ganz merkwürdig. Und das soll Gold wert sein?«

Amélie lachte. »Wundere dich nicht, in einem Parfüm verwandelt sich diese Essenz in einen Goldschatz.«

Gerade als Célestine etwas entgegnen wollte, rumpelte es nebenan in Odettes Haus. Erschrocken schauten beide auf.

Stirnrunzelnd mutmaßte Amélie: »Hört sich so an, als sei ein Stuhl umgefallen.«

»Jedenfalls ist Odette wach. Ich werde gleich zu ihr gehen und sie fragen, ob sie heute arbeiten kann. Wo waren wir stehengeblieben? Ach ja, das wollte ich noch fragen: Und von welcher Pflanze stammt diese unbezahlbare Essenz, die ich mir trotzdem wieder nicht in einem Parfüm vorstellen kann?«

»Keine Pflanze. Ambra wird als seltenes Fundstück, aber dann als großer Klumpen, an die Küsten ferner Südländer gespült. Von weitem könnte man es für einen Schwamm halten, tatsächlich entsteht Ambra im Magen des Pottwals, der auf unverdauliche Tintenfischreste mit einer Magenreizung reagiert. Dabei entsteht die Substanz, und er speit den Brocken aus, ehe es ihm die Organe verschließt.«

»Entschuldige, Amélie, aber das ist widerlich! Damit bedufte ich mich doch nicht!«

»Lieber mit Moschus? Das ist auch nichts anderes als das Sekret aus dem abgeschnittenen, hodensackähnlichen Beutel vom Bauch des Moschushirschen«, sagte sie lachend.

»Amélie, hör auf!«

»Aber du musst zugeben – unser Basisakkord aus Vanille, Benzoe und Ambra ist gelungen, oder?«

»Tatsächlich, ja ... Das ist wie ein Wunder.«

»Es ist das Geheimnis der Parfümherstellung. Ein klangvoller Basisakkord aus drei Essenzen. Grundsätzlich brauchen wir mindestens zwei, jedoch nicht mehr als fünf Essenzen dazu. Unser Dreiklang entspricht also einer Note. Nun lass uns ausprobieren, welcher Herzakkord dazupasst. Dadurch gewinnt unser Parfüm an Charakter, wir erfüllen es mit Leben. Wie ein Mensch ist auch ein Parfüm ohne Herz zum Tode verurteilt.«

»Und woher weiß ich, welches die richtigen Herznoten sind?«

»Uns liegt ein sanfter Basisakkord vor, deshalb haben wir es bei der weiteren Auswahl leichter, als bei einem schärferen Grundgeruch. Rose, Jasmin und Ylang-Ylang würden sich als Herznoten eignen, allgemein passen narkotische, also etwas schwerere Essenzen recht gut, das lehrt dich deine Erfahrung, und bald verstehst du es, auch sogleich noch die Kopfnoten, den letzten Akkord, mitzudenken.«

»Du redest schon so, als würde das meine Arbeit werden.«

»Warum nicht? Es macht doch Freude, oder? Und schließlich ist es auch nicht schwieriger, als aus einer Fülle von Speisen ein harmonisch aufeinander abgestimmtes Menu zu zaubern.«

»Trotzdem, Amélie, ein Schuster muss bei seinen

Leisten bleiben. Und außerdem muss ich jetzt auch wirklich zurück in die *Coquille*.«

»Langsam, langsam! Du kannst doch das Fest nicht vor dem großen Feuerwerk verlassen! Oder interessiert dich dieses Ylang-Ylang nicht mehr?«

»Oh, wie das riecht ...« Célestine ließ sich erneut in den Bann ziehen. »Süßlich, warm und ziemlich betörend.«

»Deshalb nehmen wir davon auch nur drei Tropfen. Ylang-Ylang bedeutete übersetzt die Blume der Blumen, und in der Tat ist sie eine unverzichtbare und vielseitig verwendbare Essenz, die wir durch Wasserdampfdestillation der blassgelben Blüten vom gleichnamigen, hochwüchsigen Baum erhalten. Und was fehlt jetzt noch?«

»Rose und Jasmin!«, kam es von Célestine wie aus der Pistole geschossen, und durch Amélies wissendes Lächeln fühlte sie sich in ihrem Interesse ertappt.

»Ahnst du, wie viele Blüten gebraucht werden, um eine Flasche dieser Jasmin-Absolue zu gewinnen?«, hakte Amélie sogleich nach.

»Einen Eimer voll?«

»Die Eimer kannst du schon gar nicht mehr zählen. Die Menge der Blüten entspricht dem Gewicht fünf schwerer Männer!«

»Treib keinen Schabernack mit mir! Tatsächlich? Heute komme ich aus dem Staunen nicht mehr heraus! Und das Duftöl erhält man auch durch solch eine Wasserdampfdestillation?«

»Grundsätzlich ist das für Blüten geeignet, ja, aber manche vertragen die gewaltige Hitze von siedendem Wasser und Dampf nicht, und unser Jasminduft wiederum ist zum Beispiel so flüchtig, dass wir seine Seele nur durch die sogenannte *Enfleurage* einfangen können.«

»*Enfleurage*?«

»Es gibt doch bestimmt Rinder- und Schweinefett bei euch im Gasthaus? Wenn es absolut rein ist, könntest du es selbst ausprobieren: Du streichst eine Fettschicht auf eine Glasplatte, oder du verwendest ein verschließbares Glas und streust die Blüten auf das Fett. Nimm Jasmin oder Tuberose, sie eignen sich am besten, weil sie auch noch nach dem Pflücken ihren Duft entwickeln. Alle vierundzwanzig Stunden wechselst du die Blüten aus.«

»Und alsdann habe ich eine wohlriechende Pomade?«

»Ja, nach mindestens einem Monat, wenn das Fett gesättigt ist. Wenn du es sodann noch erwärmst, filterst und mit Alkohol versetzt, hast du am Ende deine kostbare *Essence Absolue*.«

»Bin ich froh, dass du all diese Essenzen bereits gekauft hast. Verderben sie denn nicht durch die Lagerung?«

»Nach gewisser Zeit schon, besonders Zitrusessenzen sind empfindlich, deshalb musst du sie kühl und dunkel aufbewahren. Und siehst du, hier ...« Amélie hielt ihr ein Tiegelchen entgegen, »dieses orangerote Wachs ist das Ergebnis einer Jasmin-Enfleurage. Es fügt sich mit seiner vollen Süße wunderbar in ein festes Parfüm ein, und für unseren Duft verwenden wir diese flüssige, etwas schwächlicher duftende Absolue. Sieben Tropfen benötigen wir davon.«

»Jetzt fehlt noch Rosen-Absolue«, drängte Célestine, gefangen im Zwiespalt zwischen Wissbegier und der fortschreitenden Stunde.

»Gut mitgedacht, aber Rose ist nicht gleich Rose. Jede riecht anders. Selbst die Blüten eines einzigen Rosenstrauchs verändern im Tagesverlauf ihren Duft, kannst du dir das vorstellen? Und wenn sie besonders intensiv riechen, droht bald ein Unwetter. Am besten schneidest du die Köpfe kurz vor Sonnenaufgang, bevor sie sich geöffnet haben, dann gehört dir ihr ganzer Duft. Wir nehmen eine besondere, die marokkanische Rose, ich verwende sie wegen ihres frisch-herben, prägnanten Charakters zum Beispiel lieber als die milde bulgarische Rose.«

»Dein Repertoire ist unerschöpflich.«

»Es ist Alphonses Vermächtnis, er hat sich von Händlern aus aller Herren Länder beliefern lassen«, sagte Amélie lächelnd und fügte acht Tropfen hinzu. »Die marokkanische Rose ist im Umgang ein bisschen schwieriger, aber mit ihrer Schönheit eignet sie sich wie alle Rosen-Absolues gut dazu, eine kleine Gedankenlosigkeit beim Mischen auszugleichen.

Du kannst nicht oft genug prüfen, ob sich dein Duft richtig entwickelt. Verlass dich niemals darauf, dass sich deine Protagonisten an ihren Text halten, gerade am Anfang machen sie sich selbstständig und verwandeln sich unerwartet von himmlischer Schönheit in schweflige Höllengestalten.

Diese Bewegung spürst du auch bei den jetzt folgenden Kopfnoten, zum Beispiel den Zitrusessenzen. Sie sind nur ein Hauch, schnell vergänglich, und doch wäre ein Parfüm ohne sie nicht vollkommen, sie schließen den Kreis am Ende unserer Schöpfung und sind der Anfang des duftenden Zaubers.«

Von ihrem Interesse und ihrer Neugier weiter angetrieben, suchte Célestine das oberste Regal mit den Augen ab und deutete fragend auf Bergamotte und Bitterorange. »Können wir vielleicht diese nehmen?«

»Gerne. Dein Gespür ist gut. Übrigens kann man aus dem Bitterorangenbaum nicht nur das Öl aus der Fruchtschale, sondern aus den Blättern und Zweigen dieses dunkelorangefarbene Petitgrainöl hier destillieren und außerdem noch Neroliöl aus den Blüten gewinnen. Dieser seltsame Name stammt übrigens von der Prinzessin von Neroli, die das Öl vor über einhundertfünfzig Jahren zu ihrem Lieblingsduft erklärt und damit bekannt gemacht hat.«

»Was du alles weißt«, stellte Célestine mit offener Bewunderung fest. »Hat dich das alles dein Mann gelehrt? Du bist zu beneiden.«

»Nein, das habe ich mir alles selbst beigebracht, aus Büchern entnommen und selbst ausprobiert«, sagte Amélie und fügte übergangslos hinzu: »Das Neroliöl lagert in dieser dunklen Flasche, weil es sonst zu schnell verdirbt.« Amélie zeigte ihr ein Fläschchen mit der Aufschrift Bergamotteöl. »Und siehst du, dieses ursprünglich grüne Öl hat auch schon einen Stich ins Gelbliche, ein Zeichen von beginnender Verderbnis, aber noch können wir es benutzen.«

»Es riecht nicht so kräftig-herb wie andere Zitrusdüfte. Es kommt noch die Süße einer Orange durch. Wirklich angenehm.«

»Der Geruch hat wie viele andere Aromen auch eine gesunde Wirkung auf Körper und Geist, viele glauben nicht daran, aber Bergamotte wirkt beruhigend und hellt sorgenumwölkte Gedanken auf. Für unser Parfüm benötigen wir zehn Tropfen Bergamotte und sechs Tropfen Bitterorange.«

»Bitterorange riecht auch sehr eigentümlich, eine trockene Süße, anders kann ich das nicht beschreiben.« Célestine schaute ihrer Schwester zu, wie sie die letzten Tropfen in den Glasbecher fallen ließ und die Oberfläche der Flüssigkeit erzitterte. »Und nunmehr ist unser Parfüm vollendet?«

Amélie wiegte den Kopf. »Gefällt es dir?«

»Es riecht ... wundervoll!«

»Wir lassen das Parfüm eine Viertelstunde ruhen und danach gehört es dir. Es soll deinen Namen tragen ... Ich finde, es passt zu dir. Aber warte, eine Kleinigkeit fehlt noch. Lass mich etwas versuchen.« Amélie griff ins Regal. »Davon nur ein Tropfen, als letzte Essenz, mit allergrößter Vorsicht hinzugefügt, aber wenn ich dich ansehe, spüre ich, welche Wichtigkeit sie hat, andernfalls wäre dein Duft unvollkommen.«

»*Schwarzer Pfeffer*? Das passt zu mir? Wunderlich

überhaupt, welche Essenzen sich zu einem Parfüm verbinden lassen. Deine Mischung ist wirklich sehr eigen.«

»Das mag sein – genauso eigen wie dein Charakter. Ich will mit dem Duft deine Seele erblühen lassen.«

Célestine schaute durch ihre Schwester hindurch. »Hörst du das auch? Die Schritte im Haus? Erwartest du Besuch?«

Amélie runzelte die Stirn. »Odette?«, rief sie fragend in Richtung Flur.

»Nein, Raoul«, ertönte eine tiefe Stimme, und einen Augenblick später stand er schon in der Türe, die erhobenen Hände seitwärts gegen den Rahmen gepresst, als wolle er ihn auseinanderdrücken. Seine weinrote Kleidung mit dem weißen Hemd war sauber, beinahe stattlich zu nennen, es ging jedoch ein Gestank nach Feuerrauch und gebratenem Fleisch von ihm aus, als habe er selbst am Spieß gehangen.

»Störe ich die Damen?«, fragte er in erstaunlich höflichem Tonfall.

»Entschuldige bitte, ich habe die Zeit vergessen!« Mit zwei schnellen Schritten stand Célestine zitternd vor ihrem Eheherrn.

Lächelnd legte Raoul den Arm um sie, dabei zuckte seine Hand zu einer Faust zusammen, blieb dann aber entspannt als schwere Last über ihren schmalen Schultern hängen.

»Wie ich sehe, haben die Parfümessenzen bereits ihren Platz gefunden. Das freut mich. War eine ordentliche Plackerei, sie ins Haus zu schaffen.«

»Sie haben …? Ich meine, du … Du hast die Kisten hierhergebracht?«

»Warum nicht? Weshalb bist du so erstaunt, Amélie? Hätte ich alles seinem Schicksal überlassen sollen, nachdem ich meinen Wachdienst beendet hatte und Montagnard weggefahren war? Ich habe die Kisten an mich genommen und sie hier hochgebracht. Wieso sollte ich der Schwester meiner lieben Gattin keinen Gefallen tun? Du bist meine Schwägerin, und in der Familie hilft man sich gegenseitig, oder ist das nicht so?«

»Herzlichen Dank«, brachte Amélie hervor.

Raoul schenkte ihrer steifen Zurückhaltung keine Beachtung, und Célestine fühlte sich mit einem Ruck noch näher an ihn gepresst. »Gefällt es dir hier besser als in der Gasthausküche?«

»Gewiss nicht, ich wollte nur …«

»Nun also, dann komm, mein streunendes Kätzchen. Wir gehen.«

Ohne Verabschiedung dirigierte er sie auf den Flur hinaus, Célestine konnte sich nicht umdrehen, eine solche Bewegung hätte seine Umarmung nicht mehr zugelassen.

***

Ich halte es nicht mehr aus. Diese Schmerzen, die mich innerlich zerfressen. Wenn ich dich sehe, bohren sie sich noch tiefer. Wie die Reißzähne gieriger Wölfe zerfleischen sie mein Herz und verschlingen alles, was noch an Freude in mir ist. Wie kann ein Mensch das ertragen?

Von hier aus kann ich das Meer sehen, ich halte mich in den hohen Büschen im Garten versteckt, und du sitzt seit den Mittagsstunden in der Wohnstube am Tisch und zeichnest mit Hingabe Buchstabe für Buchstabe auf Papier. Jetzt hast du wieder eines fertig beschrieben und nimmst das nächste. Du bemerkst mich nicht, obwohl du die Fensterscheibe vorhin geputzt hast. Liegt es daran, weil ich mich gut verstecken kann, oder weil der Mensch blind ist für das, womit er nicht rechnet? Ich fühle mich noch schwach, aber im Bett habe ich es nicht mehr ausgehalten.

Ich beobachte die Wellen und frage mich, was noch kommen mag. Willst du wirklich noch einmal ganz von vorne anfangen? Ein neues Leben beginnen? Sagt man das nicht so? Aber ist das überhaupt möglich? Bist du so stark, wie alle denken? Hast du wirklich die Kraft, dein Leben allein, ohne einen Mann an deiner Seite zu meistern? Das glaube ich nicht. Ich will es nicht glauben.

Ich drohe an den Erinnerungen zu ersticken, sie halten mich fest und ziehen mich in einen Sumpf. Ich werde mich wohl zeitlebens dafür verantwortlich fühlen, meinen Papa getötet zu haben.

Ich muss nachdenken. War es wirklich so? Habe ich das tatsächlich getan? Ich hatte einen Plan vom Glück und alles ist doch ganz anders gekommen, als ich es mir vorgestellt habe. Daran trägst du die Schuld. Nur du.

Ich weiß, der Gedanke an die andere Frau an der Seite von Papa muss für dich unerträglich gewesen sein, aber du hast die Vorstellung, wie sie unbeschwerte Stunden miteinander verbringen, lachend und sich liebkosend, über ein Jahr lang stumm ertragen.

Erst am Abend seines Geburtstages hast du ihn zur Rede gestellt und ihr habt so lautstark in der Parfümwerkstatt gestritten, dass ich davon aufgewacht bin. Keinen von euch beiden habe ich je so schreien gehört, ich habe es mit der Angst zu tun bekommen und mich zuerst weit unter meine Bettdecke verkrochen, doch als selbst das nichts half, bin ich aufgestanden und barfuß den Flur entlang bis zur Werkstatt geschlichen. Ihr habt nicht bemerkt, wie ich die Türe aufgemacht habe, selbst als ich mit tränenerstickter Stimme eure Namen gerufen habe, hat mich keiner gehört. Mich überkam eine wahnsinnige Angst, ich spürte, wenn ich nicht eingreife, passiert irgendetwas Schreckliches, also habe ich mir eines der im Regal lagernden Parfümflakons geschnappt und mit einem Schrei, dass ihr aufhören sollt, nach euch geworfen.

Es hat Papa an der Schläfe getroffen.

Ich habe sein Blut gesehen, wie es sich mit dem Parfüm aus dem zerbrochenen Flakon vermischte. Dann bin ich davongelaufen und habe mich im Schrank versteckt.

Du wolltest mich davon überzeugen, dass es ein Unfall gewesen ist, hast die Schuld auf dich genommen, und ich sollte nie wieder davon sprechen und die Tat vergessen. Doch wie ist das möglich? Wir können seinen Tod nicht ungeschehen machen. Ich werde Papa niemals vergessen, und ich klammere mich an die letzte lebendige Erinnerung an ihn. Der Duft seines Lieblingsparfüms.

Kurz vor seinem Geburtstag hat er es erschaffen. Eine Phantasie aus Weihrauch, Sandelholz, Myrrhe, Rosendüften, Muskatellersalbei und Bergamotteöl, die wir Mitsommernacht nannten. Wenn ich nur die genaue Rezeptur kennen würde!

Ich habe mich in unserem neuen Zuhause umgesehen. Es ist der Ort deiner Erinnerungen, an dem ich mich fremd fühle. Als ich mich in der Schlafkammer meiner Großeltern auf die Bettkante setzte, entdeckte ich halb unter dem Bett ein zusammengeknülltes Baumwolltuch auf dem Boden. Es war blutbefleckt und es roch nach dem Parfüm – nach Papa. Wieder diese Erinnerung. Ich habe es an mich genommen, falls du es suchst. Ich will diesen Duft, der mich an Liebe und Glückseligkeit erinnert, der mir alles Verlorene zurückbringt und mich wieder in Geborgenheit wiegt.

Du wirst dieses Parfüm für mich herstellen. Ich weiß, dass du es kannst. Du musst es können!

Jetzt stehst du auf, weil du deine Arbeit beendet hast. Dein rotes Kleid steht dir außerordentlich gut, das muss ich zugeben. Etwas auffällig für diese Insel hier, aber das hast du bestimmt auch schon bemerkt. Während du die Flugblätter zusammenräumst, gehe ich zur Hausecke und warte auf dich.

Ah, da kommst du ja schon mit einem großen Weidenkorb am Arm aus der Türe. Du scheinst es eilig zu haben.

In gebührendem Abstand folge ich dir mit weichen Knien die Pilgertreppe hinunter. Aber ich fühle mich besser. Jedem, der dir entgegenkommt, überreichst du mit einem freundlichen Lächeln eines der kleinen Flugblätter. Eine Frau, so alt wie du, mit dunklen Haaren in einem einfachen hellblauen Kleid, bleibt bei dir stehen, ihr wechselt ein paar Worte, sie liest, wirft dir dann das Papier wieder in den Korb, als handle es sich um ein Stück schimmligen Käse. Die nächste, eine hagere junge Frau, bekreuzigt sich, als sie die Zeilen liest und starrt dir entsetzt hinterher. Auch an mir gehen die Leute mit verstörtem Blick vorbei. Du hingegen bist viel zu beschäftigt, als dass dir meine Anwesenheit auffallen würde.

In der Unterstadt erregst du beneidenswert viel Aufmerksamkeit. Kleine Menschentrauben bilden sich vor den Flugblättern, die du auf beiden Seiten der engen Hauptstraße mit energischen Hammerschlägen ungefragt in Augenhöhe an die Holzbalken der Häuser nagelst. Respekt vor so viel Mut! Du traust dich etwas.

Leider wird deine Bekanntmachung bereits dem ersten Regen nicht standhalten, aber es wird sich schnell herumsprechen. Du hast dein Geschäft »Zur Welt der Sehnsüchte« genannt. Auf dem Blatt steht:

Neueröffnung im Hause Dupont
»Au Monde des fantasmes«
Düfte aus fernen Ländern, die neuesten Parfüms aus Paris.
Alle erdenklichen Essenzen auf Vorrat.
Eine Kreation mit Ihrem Namen.
Als Offerte erhält jede Frau bei ihrem ersten Besuch ein kleines Flakon mit einem eigens für sie erschaffenen Parfüm.

Frauen jeglichen Alters und Männer, die ein Geschenk machen wollen, sind stets von der Mittagsstunde bis Sonnenuntergang herzlich willkommen.

Amélie Dupont

In einigen Gesichtern lese ich Interesse, zwei junge Frauen kichern, und die Männer an ihrer Seite beratschlagen sich. Wirte kommen aus ihren Häusern, neugierige Gäste folgen ihnen, ich weiß nicht, ob du den Tumult noch bemerkst, denn du bist bereits wieder auf der Escalier des Monteux. In der Straße summt es, als flöge ein Bienenschwarm hindurch, und manche Sätze schießen schnell wie Pfeile durch die Menge.

»Bloß nicht ins Haus zum spinnenden Weibsbild!«

»Wir müssen sie loswerden ... Sie bringt nichts als Unruhe.«

»Der Abt wird sie einsperren lassen.«

»Parfüm ist Teufelswerk!«

Mit diesen Worten im Ohr folge ich dir den Berg wieder nach oben. Eine schwere Aufgabe, vor die du dich gestellt hast. Warum gehst du nicht einfach wieder zurück nach Paris? Ich will, dass du das tust. Ich will hier nicht bleiben.

Du siehst blass und ziemlich verstört aus, als du wieder vor deinem Haus stehst. Überlegst du jetzt, was du tun sollst? Aufgeben vielleicht? Nein, das würde dir nicht gut zu Gesichte stehen.

Dir scheint etwas eingefallen zu sein. Du nimmst den letzten noch übrigen Zettel aus dem Korb und wendest dich dem Haus der Nachbarin zu. Ich an deiner Stelle würde jetzt auch nach Rat und Trost suchen. Ob du ihn dort findest, bezweifle ich allerdings stark. Aber das kannst du nicht wissen, und deshalb gehst du hinein.

Ich habe gehört, wie du dich vor ein paar Tagen mit Odette Pirou unterhalten hast. Sie sagte, es gehe ihr nicht gut. »Von Tag zu Tag fühle ich mich schlechter. Obwohl ich jeden Abend das übrig gebliebene, gute Essen aus dem Gasthaus mitnehme und für uns aufwärme, fühle ich mich immer kraftloser. Mein Eheherr wird auch von Durchfällen geplagt, aber sein Körper ist zäher, und deshalb kann er noch als Gefängniswärter in der Abtei arbeiten.«

Ich weiß nicht, warum sie dir das erzählt hat. Es klang für mich fast wie ein Hilfeschrei. Oft hört man davon, dass Menschen den nahenden Tod spüren. Ich glaube, sie kennt sogar seinen Namen. Aber sie traut sich nicht, ihn laut auszusprechen. Du hast sie auf ihr Haus angesprochen und wie schön sie es doch all die Jahre hatte.

»Hier soll eines Tages ein zweites Gasthaus entstehen, wegen der guten Lage verspricht sich mein Sohn viele Gäste, und manchmal habe ich das Gefühl, es geht ihm nicht schnell genug, bis uns das Zeitliche segnet.«

Warum schreist du denn so, Maman? Odette war eine kranke Frau und ist von ihrem langen Leiden erlöst worden. Die Sache ist unblutig zu Ende gegangen. Man muss nur das richtige Gift nehmen.

Du fragst dich jetzt, wer so grausam sein kann? Wer ist kaltblütig genug, eine arme, alte Frau umzubringen? Heißt es nicht immer, nachdem man einen Mörder dingfest gemacht hat, von dieser harmlosen, unbescholtenen

Person habe man das nun gar nicht erwartet? Fassungslos beginnt man in der Vergangenheit desjenigen nach besonderen Ereignissen zu suchen, um irgendeinen Anhaltspunkt zu erhalten, denn jene Dinge, die sich unser Verstand erklären kann, verlieren ihre furchteinflößende Gestalt.

Ich bin vorhin zufällig Zeugin geworden, aber das hat mich auf eine Idee gebracht, wie ich dich etwas erschrecken und damit meinem Wunsch Nachdruck verleihen könnte, nach Hause zurückzukehren.

In Odette Pirous Küche riecht es angenehm nach Sandelholz, das ist dir bestimmt gleich aufgefallen. Ich habe die beiden Trinkbecher ausgeschüttet, den Stuhl wieder aufgestellt, der am Boden liegenden Odette die Augen geschlossen und ihre Leiche mit dem Sandelholzduft parfümiert. Sie soll auf ihrem Weg unter die Erde nicht stinken. Das hätte sie nicht verdient.

Ich liebe dieses süß-holzig duftende Sandelholzöl. Der Sandelholzbaum ist ein Schmarotzer, wusstest du das? Er streckt seine unterirdischen Arme aus, klammert sich an den benachbarten Wurzeln anderer Bäume fest und saugt die Kraft aus ihnen, bis sie in sich zusammenfallen und einen qualvollen Tod sterben. Der Sandelholzbaum muss mindestens dreißig Jahre alt sein, um ihn seines kostbaren Saftes berauben zu können, denn er beginnt ihn erst in diesem Alter im Kernholz zu bilden, geschützt von Rinde und Splintholz. Man darf den Baum nicht fällen, man muss ihn entwurzeln und sich gedulden, bis die Termiten ihre Arbeit getan und das Kernholz freigelegt haben.

Oh, Odettes Anblick scheint dich ganz schön mitgenommen zu haben, so wie du aus ihrem Haus wankst und dich keuchend an deiner Türe festhältst. Du bemerkst mein Geschenk gar nicht, das ich für dich dort hingestellt habe. Schlimm, zwei Tote innerhalb kürzester Zeit zu sehen, nicht wahr? Das kann ich gut nachempfinden. Hast du Papa eigentlich auch die Augen geschlossen? Oder hattest du so viel Hass auf ihn, dass du ihm diesen letzten Dienst nicht erwiesen hast? Ich werde dich bei Gelegenheit danach fragen. Überlegst du jetzt, ob du die Kraft hast, zur Abtei hinaufzugehen, um Odettes Eheherrn die Nachricht vom Tod seiner Frau zu überbringen?

Ach, jetzt hast du das rote Flakon vor deiner Türe endlich entdeckt und während du es vom Boden aufhebst, schaust du dich in alle Richtungen um. Ich ziehe meinen Kopf rechtzeitig hinter die Hauswand zurück und schaue dir jetzt wieder zu, wie du das Fläschchen entstöpselst und vorsichtig daran schnupperst. Sofort, mit hektischen Bewegungen, verschließt du es wieder. Du bist bleich geworden, hast den Sandelholzduft natürlich gleich erkannt.

Aber hast du auch den Hauch von Weihrauch gerochen? Weihrauch gehört zu den ältesten von der Menschheit verwendeten Düften, und du kennst ja auch die Geschichte in der Bibel, als Gott von Moses ein Salböl aus Olivenöl, Myrrhe, Zimt, Würzrohr und dem zimtähnlichen Kassia verlangte und Moses zudem allein Gott zu Ehren einen heiligen Duft aus Weihrauch, Galbanum, Räucherklaue und Harz als Räucherwerk herstellen soll-

te. Kein Mensch aber, außer Gott selbst, dürfe sich an diesem Wohlgeruch erfreuen oder ihn sich gar zu eigen machen, sonst habe er sein Leben verwirkt.

An dieses Beispiel will ich mich halten. Ein Parfüm für mich allein, einen ewigen Duft, der mir Papa zurückbringt. Essenz für Essenz.

Du siehst aus, als könntest du einen Schluck Branntwein vertragen. Die Vorratskammer ist geplündert, wie schade. Kann ich dich denn in diesem Zustand alleine lassen?

***

Mit zitternder Hand hielt Amélie das rote Flakon. Der Sandelholzgeruch an Odettes Leiche ... Sie war kurz davor, das Fläschchen fallen zu lassen und schreiend davonzulaufen. Aber irgendetwas hielt sie fest. Amélie fühlte sich beobachtet, der Wind, der durch die schlundartige Gasse fegte, spielte mit ihrem roten Rock. Ihr wurde eiskalt. Den ganzen Tag über hatte sie schon dieses merkwürdige Gefühl gehabt. Jetzt spürte sie es deutlich, ein Kribbeln im Nacken, das den Rücken hinunterwanderte und auf Höhe ihrer Schulterblätter haften blieb. Hinter ihr näherten sich Schritte über das Steinpflaster. Amélie fuhr herum.

Ein Mann, etwas jünger als sie, stand vor ihr. Er wirkte verlegen und deutete eine Verbeugung an. Irgendwo hatte sie ihn schon einmal gesehen: die stattliche, gepflegte Erscheinung, das freundliche Gesicht, die großen braunen Augen. Jetzt fiel es ihr wieder ein, der zweite Torwächter am Tag ihrer Ankunft neben Raoul Pirou.

»Verzeihung, ich wollte Sie nicht erschrecken. Daniel Malnieu ist mein Name.«

Da er anstelle seiner dunklen Uniform mit silbernen Knöpfen nunmehr einen beigefarbenen Justaucorps trug und seinen Dreispitz nach der höflichen Begrüßung unter den Arm geklemmt hielt, hatte sie ihn erst auf den zweiten Blick erkannt.

Amélie atmete tief durch, um ihren aufgebrachten Herzschlag zu beruhigen, und begrüßte ihn mit einem aufgesetzten Lächeln.

»Keine Ursache, Monsieur Malnieu. Ich habe nur nicht mit Besuch gerechnet.«

»Alsdann haben Sie nicht geöffnet?«

»Wie, nicht geöffnet?

»Ich meine, die Uhrzeit, Ihre Parfümwerkstatt ...«

»Womit kann ich Ihnen dienen?«, fragte sie, nachdem sie ihren ersten Kunden voller Aufregung die Treppe hinaufgeführt hatte.

Er schaute sich zurückhaltend in dem Raum voller Düfte um. Seine Nasenflügel bewegten sich unablässig unter dem Eindruck verschiedenster Gerüche, die ihn sofort gefangenzunehmen schienen. »Nun ...« Er schaute sich unablässig um, nirgendwo konnte er seinen Blick ruhen lassen. Mit ihr zugewandtem Rücken sagte er schließlich: »Ich suche ein Parfüm.«

Amélie musste über seine Unbeholfenheit lächeln.

»Haben Sie vielleicht eine bestimmte Vorstellung?«, half sie behutsam nach.

Er drehte sich wieder zu ihr um und bewegte seine markant geformten Lippen auf der Suche nach passenden Worten.

Amélie warf einen flüchtigen Blick auf seine Hand, an der sich kein Ring befand. »Soll es ein Geschenk für eine Dame in Ihrer Familie sein?«

»Ich ... nein, ich habe hier keine Familie. Es soll für eine Frau sein, die, ja, die ich sehr bewundere.«

»Ich verstehe.« Sie lächelte wissend und bemerkte die leichte Röte, die seine Wangen plötzlich überzog, was ihn in ihren Augen sehr sympathisch machte.

Daniel machte zwei Schritte rückwärts. »Aber vielleicht war das auch gar kein guter Einfall von mir.«

»Aber natürlich war es das! Jede Frau erfreut sich an einem besonderen Duft. Wir werden schon das Passende finden. Welche Blumen mag sie denn gerne?«

Unruhig trat er von einem Bein auf das andere und versteckte seine Hände hinter dem Rücken. »Blumen? Das weiß ich nicht. Nicht dass Sie denken, ich wäre ein schlechter Kavalier«, beeilte er sich zu sagen. »Es ist nur ... ich kenne sie noch nicht so lange.«

»Ich verstehe«, sagte Amélie noch einmal, in Gedanken schon mit den Noten des Parfüms beschäftigt. Die Auswahl eines Duftes war eine heikle Angelegenheit, wenn man die betreffende Person nicht vor sich hatte, bedurfte es doch zumindest der Kenntnis des Aussehens der Dame, um den richtigen Schwerpunkt zum Beispiel bei den erotischen Essenzen, den würzigen Kräuternoten oder den spritzigen Zitronendüften zu legen. Noch besser wäre es natürlich, sie könnte, wie bei ihrer Schwester, deren Eigengeruch als Grundlage nehmen.

Hoffnungsvoll schaute Daniel sie an, es machte fast den Eindruck, als versuche er ihre Gedanken zu lesen, so wie er ihr Gesicht studierte. Aber das geschah nicht auf unangenehme Weise, wie Raoul Pirou es am Stadttor getan hatte.

Amélie ging zum Fenster und nahm das Flakon vom Tisch, in dem sich das Parfüm für ihre Schwester befand.

Als er sich ihr näherte, um den Geruch aus dem Flakon aufzunehmen, flammte wieder die Röte in seinem Gesicht auf. Seine Schüchternheit machte ihn zu einem Jungen, der er äußerlich keineswegs war. Ganz im Gegenteil. Sein augenscheinlich muskulöser Oberkörper verlieh ihm ein sehr männliches Erscheinungsbild. Amélie ertappte sich bei dem Gedanken, wie glücklich seine Angebetete sich schätzen konnte, da sie sich an diese starke Schulter anlehnen durfte.

»Gefällt Ihnen vielleicht etwas in dieser Richtung?«

»Möglicherweise ... schon ... ich denke, ja«, überlegte Daniel laut. »Würden Sie mir empfehlen, dieses Parfüm zu nehmen?«

»Ich habe es für meine Schwester entworfen.«

»Und Sie würden es selbst auch tragen?«

»Oh, nein, ich bevorzuge einen ganz anderen Duft,

der sich wohltuend von allen schwülen, blumigen oder zitronigen Essenzen abhebt, die mich tagtäglich umgeben.«

Neugierig geworden ließ sich Daniel das Flakon mit der Aufschrift *Ungarisches Wasser* reichen. »Das nehme ich«, entschloss er sich spontan, kaum dass er daran gerochen hatte.

Überrascht von seinem schnellen Entschluss runzelte Amélie die Stirn. »Schön, dass Sie sich plötzlich so sicher geworden sind. Sie haben zugleich eine besondere Wahl getroffen, denn es ist eines der ältesten Parfüms auf Alkoholbasis, so wie es heute noch hergestellt wird. Das Parfüm vereinigt Essenzen aus Rosmarinspitzen, Lavendelblüten, Thymian und Poleiminze in sich und wurde um 1370 für die Königin von Ungarn kreiert, der Legende nach von einem Einsiedler, der der Königin mit diesem Parfüm unvergängliche Schönheit bis zu ihrem Tode versprach.«

Noch während sie ihm in ihrer Begeisterung das Parfüm anpries, überkam sie der Eindruck, dass er ihr gar nicht richtig zugehört hatte.

»Wunderbar, alles ganz wunderbar. Wie viel bin ich Ihnen schuldig?«

Sie zögerte einen Augenblick. Wie viel sollte sie verlangen? Darüber hatte sie sich noch keine Gedanken gemacht. In Paris hatte Geld nie eine Rolle gespielt, aber jetzt hatte sie jeden Sou bitter nötig. Doch sie beschloss, es ihm umsonst mitzugeben. Schließlich war er ihr erster Kunde, außerdem blieb es fraglich, wie gut es seiner Herzensdame gefallen würde, da der Duft zwar einen großen Namen trug, aber doch recht eigen war.

»Es kostet nichts«, teilte sie ihm bar jeglicher Vernunft mit.

»Natürlich werde ich es bezahlen, etwas anderes kommt gar nicht in Frage!«

Amélie schüttelte den Kopf. Ihr Verstand wehrte sich gegen ihre Entscheidung, doch ihr Gefühl sagte ihr, dass es richtig war, nichts von ihm zu verlangen. Nur konnte sie sich dieses Gefühl nicht so recht erklären. Lag es an seiner freundlichen, etwas unbeholfenen Art? Es war wohl die Sympathie, die sie für ihn hegte, musste sie vor sich selbst zugeben.

»Kommen Sie wieder einmal in meiner Parfümwerkstatt vorbei, das ist mir viel mehr wert.«

Warum schaute Daniel sie jetzt so ungläubig an? Hatte das zweideutig geklungen?

»Natürlich werde ich das tun, sehr gerne sogar«, versicherte er sogleich. »Ich meine, Sie können mir bestimmt noch ein paar andere Düfte zeigen.«

»Das würde ich gerne.« Amélie vermied es, ihm direkt in die Augen zu sehen.

»Trotzdem möchte ich Ihnen das Parfüm bezahlen, denn Sie werden es in nächster Zeit gewiss nicht leichthaben.«

»Was meinen Sie damit?«, Amélie horchte auf.

»Nun, das wissen Sie doch selbst. Sie haben den Mut, als Witwe, ohne einen Mann an Ihrer Seite, hier auf dieser vom gleichförmigen Leben geprägten

Insel mit Ihrer Parfümwerkstatt einen Umsturz anzuzetteln ...«

»Moment, bitte.« Amélie zog die Stirn in Falten und schloss lauernd die Frage an: »Woher wissen Sie vom Tod meines Ehemannes?« Sie war sich sicher, ihm gegenüber kein Wort darüber erwähnt zu haben!

»Oh, entschuldigen Sie bitte. Ich habe es in einem der Gasthäuser erfahren. Aber Sie dürfen jetzt nicht glauben, ich würde Ihnen nachspionieren.«

Amélie spürte, wie sie sich verkrampfte. »Das habe ich nicht behauptet. Ich wollte lediglich wissen, woher Sie meine persönlichen Umstände kennen.«

»Auf der Insel sind Sie zum Tagesgespräch geworden. Und obwohl ich mich im Gasthaus an derlei geschwätzigem Fressen nicht beteilige, so komme ich doch nicht umhin, die lauthals geführten Debatten mitzuhören.«

»Sie müssen sich vor mir nicht rechtfertigen. An das Gerede der Leute werde ich mich gewöhnen«, sagte sie leichthin, obwohl sie das Gegenteil im Moment ganz deutlich fühlte.

Daniel Malnieu blieb eine Weile still, nahm dann das Flakon vom Tisch und betrachtete es einen Moment in seiner Hand. Amélie wartete darauf, dass er sich zum Gehen anschickte, doch stattdessen schaute er sie intensiv an und fragte sie anstelle einer Verabschiedung: »Wie geht es Ihnen heute?«

»Wie bitte?«, gab Amélie zurück. Wann hatte sich zuletzt jemand danach erkundigt? Sie war irritiert, dann spürte sie Wärme in sich aufsteigen. Selbst ihren

Ehemann hatte ihre Befindlichkeit nie interessiert. Wenn es etwas Wichtiges gäbe, so würde sie ihn schon davon in Kenntnis setzen, hatte seine Devise gelautet.

»Entschuldigen Sie, Sie müssen meine törichte Frage natürlich nicht beantworten. Wer um Ihren Schicksalsschlag weiß, kennt die Antwort.«

»Ich verkrafte das schon«, versicherte ihm Amélie. »Ich habe nur das Gefühl, hier in meiner Heimat nicht mehr willkommen zu sein.«

»Ja, die Montois sind ein eigenes Volk, das ist leider wahr. Aber es bedrückt Sie noch etwas anderes, neben dem Tod Ihres Ehemannes und der Sorge um Ihr eigenes Auskommen.«

Erschrocken über sein untrügliches Gespür setzte Amélie mit gespielter Gute-Laune-Miene zum Widerspruch an.

»Wie kommen Sie denn darauf?«, fragte sie und zwang sich, nicht an Odette zu denken.

»Sie lächeln, aber in Ihren Augen glänzt kein Leben. Ihre Pupillen wirken so starr, als hätten sie gerade erst vorhin das Grauen selbst erblickt.«

»Sie täuschen sich. Bestimmt hatte ich nur zu wenig Schlaf in letzter Zeit ...«

»Nein, ich täusche mich nicht.« Er ließ sich nicht abwimmeln und hielt sie mit seinem Blick fest. Durchdringend ruhten seine großen, braunen Augen auf ihr, verständnisvoll, fast liebevoll schaute er sie an.

»Odette Pirou ist tot«, platzte es aus ihr heraus, und es war, als löse sich in diesem Moment ein Knoten in ihr. Tränen schossen ihr in die Augen und rannen ihr haltlos über die Wangen. »Ich habe ... sie ... habe sie leblos ... in ihrer Küche ... gefunden«, brachte sie hervor und in Erinnerung an den Anblick spürte sie, wie ihre Knie nachgaben.

Daniel war sofort zur Stelle und fing sie auf.

»Beruhigen Sie sich.« Sanft schob er sie zum Stuhl am Parfümtisch. Der Boden unter ihr wankte. Erschöpft ließ sie sich nieder, hielt sich allerdings immer noch am Arm ihres Besuchers fest, der ihr wie ein Rettungsanker Sicherheit auf stürmischer See verhieß.

Daniel kniete vor ihr nieder, um sie in Augenschein zu nehmen. Offenbar kehrte wieder Farbe auf ihre Wangen zurück, denn seine Miene entspannte sich etwas, und er versuchte sie zu trösten.

»Odette war eine alte, kranke Frau. Ihr plötzlicher Tod ist tragisch, aber das kann passieren.«

»Ja, natürlich, *das kann passieren*«, hauchte Amélie, und es schnürte ihr die Kehle zu, als sie vom Sandelholzduft an Odettes Leiche und dem Parfümflakon auf ihrer Türschwelle erzählen wollte.

Daniel Malnieu achtete nicht darauf, sondern sicherte ihr sofort zu, sie müsse nicht mehr ins Haus hinübergehen, er wolle sich um die Leiche kümmern und weitere Nachforschungen anstellen. Sie müsse ihm nur versprechen, alsbald Odettes Ehemann zu benachrichtigen.

Amélie blieb allein zurück. Umhüllt von Düften, die ihr plötzlich Angst einjagten.

***

Als Amélie eine Stunde später das Haus verließ, fühlte sie sich wieder beobachtet. Unablässig schaute sie sich um, während sie die große Außentreppe zur Abtei hinaufging. Wie durch ein Gewölbe folgten die flachen Stufen einer langgezogenen Steigung, und ihre Schritte hallten an den alten Mauern wider.

Wie mit Daniel Malnieu vereinbart, wollte sie persönlich Odettes Ehemann vom plötzlichen Tod seiner Frau in Kenntnis setzen. Sie fühlte sich dazu verpflichtet, auch wenn sie sich nicht wohlfühlte und Henri Pirou höchstwahrscheinlich seinen Wachposten im Gefängnis selbst in dieser Ausnahmelage nicht verlassen durfte. Aber er hatte ein Recht darauf, vom Heimgang seiner Frau zu erfahren.

Der Gedanke an Alphonse, wie er zu Hause in Paris hinter der dicken Geheimtüre der allmählichen Verwesung anheimfiel, überrollte sie wie eine Welle. Es war nur eine Frage der Zeit, bis sein Leichengeruch den Duft in der Parfümwerkstatt durchdrang und im Flur für alle Bediensteten zu riechen war. Amélie schüttelte sich vor Ekel, und gleich darauf wurde sie von Schuldgefühlen erfasst, ihrer Tochter den Vater genommen zu haben. Es wäre alles anders gekommen, hätte sie seine Abwege weiterhin erduldet und ihm bis an ihr Lebensende treusorgend zur Seite gestanden. Oder, so dachte sie, wenn sie damals nicht aus einer jugendlichen Abenteuerlust heraus mit Alphonse nach Paris gegangen wäre, sondern besser dem Beispiel ihres Bruders gefolgt und sich mit Verzicht auf eine eigene Familie dem Klosterleben verschrieben hätte.

Wenigstens hatte der Tatbestand, dass Alphonse eine Geliebte hatte, sie nicht in selbstzerstörerische Verzweiflung getrieben, sondern ganz im Gegenteil eine unbändige Wut in ihr wachgerufen, aus der sie Bärenkräfte entwickelt hatte. Jetzt sammelte sich zum ersten Mal Wasser in ihren Augen, etwas hatte sich in ihr gelöst, verflucht, wie locker die Tränen auf einmal saßen. Amélie blinzelte.

Am Ende der Treppe trat sie unter dem hochgezogenen Fallgitter hindurch in den Wachsaal der Abtei. Durch die zahlreichen vergitterten Fenster drang Licht in den großzügigen Raum, der, ausgestattet mit Kreuzgewölben, wie eine Kapelle anmutete. Ihr Rufen nach Henri Pirou hallte unbeantwortet von den Steinmauern wider. Zögernd, so als könne sich ihr der Gefängniswächter jeden Augenblick in den Weg stellen, ging sie die drei weiteren Stufenblöcke hinauf, die den Höhenunterschied des abschüssigen Felsuntergrundes ausglichen. Immer wieder blieb sie stehen und rief nach ihm.

Es wäre ihr lieber gewesen, Henri Pirou gleich unten im Wachsaal anzutreffen, aber genauso gut konnte er sich als der einzige Wächter gerade auf seinem Rundgang befinden. Als ihr Bruder sie durch das Gefängnis geführt hatte, hatte sie ihn auf diese verwunderliche Nachlässigkeit angesprochen, wo er doch das Gefängnis als derart ausbruchssicher angepriesen hatte. In seinen Augen tat dies jedoch dem sicheren Gewahrsam der Gefangenen keinen Abbruch, denn die wenigen unternommenen und zugleich gescheiterten Fluchtversuche gaben ihm Recht: Kein Häftling verließ den Mont unbemerkt, und selbst wenn einem das gelänge, wäre der Ausbrecher auf der Wattebene ein weithin sichtbares Schussziel und für die Flut ohnehin ein gefundenes Fressen.

Durch eine seitliche Türe gelangte Amélie weiter auf eine innere Treppe, ein tief im Gemäuer eingebetteter, nach oben hin offener, zugiger Schlund, von dem auf jeder Zwischenebene verließartige Türen Zugang in die Abteigebäude boten. Der Weg war ihr noch vom letzten Besuch her vertraut, sie kam unter dem Brückengang hindurch, der die direkte Verbindung zwischen Abtswohnung und Kirche herstellte.

Hoch oben flogen kreischend Möwen über sie hinweg, der Himmel war milchig weiß, überzogen von dunklen Schlieren, die Regen ankündigten. Am Ende ihres Aufstiegs kam sie auf eine Terrasse, wo sich eine weite Aussicht nach Südwesten vor ihr auftat. Ihr Blick glitt über den großen Abteigarten am Fuße der Festung, über die wenigen Bäume, den steil abfallenden Felsen hinunter zum nahen, grünblauen Meer. Von den weiter östlich liegenden Wohnhäusern ragten nur ein paar Dachzipfel in ihr Blickfeld. Kein Mensch, wohin sie schaute. Gelbbraune Erde, grauer Felsen, zart grünendes Gebüsch, vom Winter noch kahlgeleckte Bäume und das auflaufende Wasser, das bis an die Außenmauern und Festungstürme heranreichte. Es bedrängte die Insel regelrecht, zwang zum Rückzug wie der Sieger den Verlierer ...

In der Kirche vergaß sie angesichts der Pracht für

einen Augenblick die Suche nach Henri Pirou. Schon bei ihrem ersten Besuch war sie hier stehen geblieben. Ehrfürchtig verharrend, wie die anderen hier versammelten Pilger und Gläubigen, hatte sie den großen Altar aus vergoldetem Holz und die goldglänzende Michaelsstatue bestaunt. Sie tat das, wie wenn sie ihn zum ersten Mal in Augenschein nehmen würde, denn früher hatte sie all die lobpreisenden Kostbarkeiten mit ihren Kinderaugen als selbstverständlich wahrgenommen. Wenn man von Gott gesehen werden wollte, musste man reich sein, weil der Herr Gold und Silber liebte, und auch der Pfarrer hatte in seiner Predigt stets die Wichtigkeit von reichlichen Gaben aus dem Münzbeutel betont, um das eigene Seelenheil vor dem Höllenfeuer zu retten.

Manch einem war seine Zukunft im Himmel ein ganzes Vermögen wert. Was diese Pilger sich wohl vom heiligen Michael erbaten? Vielleicht sollte sie auch beten? Für Odette, für die Gesundheit ihrer Tochter, für den Seelenfrieden von Linneas Vater und für, nein, für ihre eigene Zukunft brauchte sie sich nichts mehr erbitten. Ihre Schuld konnte ihr der Herrgott trotz all seiner Barmherzigkeit nicht vergeben.

In Gedanken sah sie sich als Braut zum Altar gehen, glücklich mit einem Mann, an dessen Seite sie bis an ihr Lebensende hatte bleiben wollen. Warum nur hatte sie ihre Tochter an jenem Festabend nicht selbst ins Bett gebracht? Wie anders wären die kommenden Stunden verlaufen, wenn Linnea beim Vorlesen aus der Bibel nach ein paar Versen eingeschlafen wäre? Und wenn sie selbst wie so oft schon im Lehnstuhl eingenickt wäre und deshalb die halbe Nacht in Linneas Zimmer zugebracht hätte? Alphonse würde noch leben. Mit zitternder Hand bekreuzigte sich Amélie und verließ gesenkten Blickes das Gotteshaus.

Hinter der Kirchenmauer, noch bevor ein unüberdachter, kurzer Weg zum Kreuzgang führte, zweigte eine Treppe mit glitschigen Stufen steil zum Gefängnistrakt hin ab. Amélie hoffte, dort nun endlich den Wächter anzutreffen. Die eisenbeschlagene Türe war nur angelehnt, unschlüssig blieb sie davor stehen. So war es auch vor ein paar Tagen gewesen, als ihr Bruder sie herumführte und erklärte, die verschlossenen Zellen genügten vollauf, es bedürfe keiner schärferen Wachvorkehrungen.

Von drinnen hörte sie Stimmen und dazwischen die Wimmerlaute eines verendenden Hundes. So dachte sie zumindest, bis ihr klarwurde, dass die Laute nicht von einem Tier, sondern von einem Menschen stammten. Amélie fasste sich ein Herz und trat ein. Wasser tropfte von den groben Steinwänden, es war kühl in dem großen, fensterlosen Raum. Fackelflammen durchstießen die Dunkelheit. Fröstelnd legte sie die Hände über die dünnen Ärmel ihres roten Kleides. Sie wartete einen Moment, ihre Augen mussten sich erst an das Dämmerlicht gewöhnen. Auf der linken Seite befanden sich vier Zellen gegenüber, an deren Gitterstäben sich die Gefangenen festhielten, wie sie im Halbdunkel erkennen konnte. Vorsichtig fragte sie den Häftling aus der nächstgelegenen Zelle nach dem Verbleib des Wächters.

Es war ein Mann in ungefähr ihrem Alter, mit strähnigem, halblangem Haar und verschmutztem Gesicht. In gewähltem Französisch, was sie angesichts seiner Erscheinung irritierte, sagte er ihr, Henri Pirou habe schon am Vormittag zum Abt gehen wollen und sei seither nicht wiedergekommen. Man warte aber auch nicht auf ihn, schließlich bestehe der Wächter immer auf absoluter Ruhe in den Zellen. Nur die Freigänger beschwerten sich jetzt, sie seien heute noch nicht zu ihrem Recht gekommen. Wenn die Mönche am frühen Abend das Essen brächten und sich bis dahin nichts geändert habe, wolle man den Aufstand proben.

Amélie bedankte sich für die Auskunft und trat wieder ein wenig zurück, unschlüssig, ob sie nun auf Odettes Ehemann warten oder unverrichteter Dinge wieder gehen sollte. Ihre weibliche Erscheinung verursachte augenscheinlich Unruhe. Die Gefangenen durften zwar Besuch empfangen, so hatte ihr Maurice erzählt, doch es verirrte sich nur selten jemand hierher, nicht zuletzt, weil es häufig die Familie selbst gewesen war, die ein unliebsames Mitglied loswerden wollte und auf deren Betreiben hin deren Verhaftung stattgefunden hatte. So wohl auch bei dieser erbarmungswürdigen Frau in der hinteren Ecke des Raumes, die zusammengerollt in dem aufgehängten Käfig lag und den Kampf gegen die Ratten scheinbar aufgegeben hatte. Amélie hatte das Gefühl, seit sie da war, hatte sich ihr Wimmern verstärkt.

Auf merkwürdige Weise angezogen, näherte sich Amélie dem Holzgitterkäfig und sah, wie die Frau ihren Kopf unter den Armen verborgen hielt. Amélie verscheuchte die Ratten mit Zischlauten und scharfen Handbewegungen, und die Nager flohen mit aufgeregtem Fiepen in alle Richtungen. Sie bedauerte das Schicksal der Gefangenen inständig, aber was könnte sie noch mehr tun? Sie blieb noch kurz stehen, aber dann entschied sie sich dafür, die Abtei auf schnellstem Wege zu verlassen und zu Hause auf Henri Pirou zu warten.

In Paris war das Elend immer meilenweit weg gewesen, zwar wusste sie, dass es existierte, aber es trug jedoch in ihrem Leben keinen Namen. Sie eilte zurück durch die angelehnte Eingangstüre und atmete tief durch. Das Wimmern der Frau drang bis zu ihr nach draußen. Amélie schüttelte den Kopf, wie um sich selbst zu überzeugen, hier nichts ausrichten zu können – und kehrte dennoch einen Augenblick später wie magisch angezogen zu ihr zurück.

Ganz dicht stand sie jetzt vor dem Käfig. Trotz des beißenden Uringeruchs beugte sie sich vor, vom Wunsch beseelt, irgendetwas für diese Frau tun zu können. Die Ratten hatten nichts außer ihren schwarzen Kötteln in der Essensschale übrig gelassen. Auch im Trinkgefäß schwamm Rattenkot. Ein Schwall des Mitleids, aber auch des Hasses auf ihren Bruder, überkam Amélie.

Die geschwächte Frau merkte, dass jemand vor ihr stand, hob mühsam den Kopf und wandte ihr langsam das Gesicht zu. Amélie erstarrte. Sie wusste nicht, was sie fühlen oder denken sollte, sie konnte es nicht glauben ... Zuerst dachte sie, ihre Augen spielten ihr einen Streich, aber dann gab es keinen Zweifel mehr.

Ihre Mutter.

Die abgemagerte Frau in dem löchrigen, leinensackähnlichen Kleid, mit den eitrigen Geschwüren an Armen und Beinen, den kurzgeschorenen Haaren, den verschorften Schrammen im Gesicht und den starren, glanzlosen, wie tot dreinblickenden Augen, diese Gestalt war ihre Mutter!

Amélie sank in die Knie, hielt sich an den Holzstäben fest und brachte den Käfig damit ins Wanken.

»Maman?«, flüsterte Amélie, immer noch in der leisen Hoffnung, einem Trugbild erlegen zu sein.

Die Frau bewegte den Arm in ihre Richtung und streckte die Finger nach der Hand ihrer Tochter aus. Die Berührung ging Amélie durch und durch. Ihre Lippen öffneten und schlossen sich unaufhörlich: *Amélie, Amélie.* Tonlos, im immergleichen Rhythmus.

»Maman, warum bist du hier? Was hast du getan?« Eine Träne rollte über Amélies Wange, die erste eines noch mühsam zurückgehaltenen Stromes. Ihre Finger krallten sich um die metallbesetzten Holzstäbe, getrieben von dem absurden Wunschgedanken, ihre Mutter mit bloßen Händen befreien zu können.

Anstrengung zeichnete sich im Gesicht der Mutter

ab. Sie war jedoch zu schwach, um etwas sagen zu können.

Verzweiflung kroch in Amélie hoch, so viele Fragen schossen ihr gleichzeitig in den Kopf, und auf keine davon würde sie wohl eine Antwort erhalten.

»Ich bin zurückgekehrt, Maman, ich wohne in unserem Haus. Odette hat mir erzählt, was geschehen ist. Auch von diesen Teufelsgeschichten ... Das stimmt doch alles nicht, oder?«

Ihre Mutter schüttelte langsam den Kopf.

»Aber du hast dieses Alchemistenlabor eingerichtet, nicht wahr?«

Die Mutter nickte, wobei ihr Blick in die Ferne zu rücken schien.

»Warum, Maman? Warum hast du das getan?«

Amélie musste einsehen, dass es aussichtslos war, ihr Fragen zu stellen, die mehr als ein Ja oder Nein bedurften.

»Alsdann sage mir, hat man dich zu Unrecht hier einsperrt?«

Der Kopf der Mutter bewegte sich.

»Hat Maurice das veranlasst?« War das ein Nicken?

»Hast du mich verstanden? War es Maurice, dein Sohn, mein Bruder?«

Das Kinn bewegte sich mehrfach bis zur Brust. Ein eindeutiges Ja.

»Warum? *Warum*!«

Ihre Mutter wurde unruhig.

»Schon gut, Maman, du darfst dich nicht aufregen. Ich werde es herausfinden. Sofort! Ich werde bei

Maurice deine Freilassung verlangen. Du bist seine Mutter! *Unsere* Mutter!« Sie ballte die Hände zu Fäusten. »Ich gehe jetzt gleich zu ihm!« Das Herz schlug ihr bis zum Hals, als sie hinausstürmte, zurück in die Kirche, und dort nahm sie eine der bereitgestellten Kerzenlampen, um auf dem kürzesten Weg durch den engen Brückenübergang zu den Räumlichkeiten ihres Bruders zu gelangen.

Unvermittelt stieß sie gegen einen Sack. Ein Sack? In diesem Verbindungsgang? Sie leuchtete mit der Lampe zu ihren Füßen hin. Das Kerzenlicht tanzte über einen leblosen Körper. Henri Pirou!

Ihr Pulsschlag beschleunigte sich. Genau wie Odette lag der tote Henri auf dem Rücken, die Augen starr geradeaus, die Hände über der Brust gefaltet, als warte er auf den kühlen Steinboden gebettet darauf, dass ihn der Schlaf übermannte. Ein balsamischer, würziger, leicht holziger Duft stieg ihr in die Nase. Weihrauch, ein seit Tausenden von Jahren begehrtes Räucherwerk voller Würde und Seele.

Hinter ihrer Stirn kribbelte es, als weigere sich ihr Gedächtnis, das Bild des Toten aufzunehmen. Es gab keine Blutspur, so sehr Amélie auch mit ihrem Blick danach suchte. Eine Verletzung hätte diesem rätselhaften Geschehen ein wenig seinen Schrecken genommen. Noch nie war ihr der Tod so nahe gekommen. In den letzten zwanzig Jahren war sie nur auf der Beerdigung einer entfernten Verwandten von Alphonse gewesen, und jetzt gab es schon die dritte Leiche innerhalb weniger Tage. Die Furcht kroch ihr in den Nacken. Sie glaubte, die langgliedrigen Finger des Sensenmannes bereits auf ihrer eigenen Schulter zu spüren.

Wie lange war Henri Pirou schon tot? Die Gefangenen vermissten ihn seit dem Vormittag. Aber das würde bedeuten, Maurice hätte seine Amtsräume seit dem Vormittag nicht mehr verlassen, er hätte ihn sonst entdecken müssen. Sie musste ihren Bruder verständigen, Pirous Leiche konnte hier nicht liegen bleiben, es mussten Nachforschungen angestellt werden.

In ihrer Verwirrung, ihre Knie waren butterweich, konnte sie kaum einen Fuß vor den anderen setzen. Vor ihrem Bruder würde sie wohl kaum mehr als ein Stottern zustande bringen. Wie sollte sie ihn in diesem Zustand dazu überreden, die Mutter freizulassen? Warum, kam ihr plötzlich der Gedanke, sollte sie es überhaupt auf einen Disput mit Maurice ankommen lassen? Der Gefängniswärter lag tot vor ihr – höchstwahrscheinlich war er noch im Besitz sämtlicher Schlüssel.

Amélie beugte sich über den leblosen Körper. Der aufsteigende Duft des Weihrauchs verursachte ihr Übelkeit. Sie würgte. Dennoch durchsuchte sie die Taschen des Wächters, ertastete schnell den großen Schlüsselbund und zog ihn hervor. Fest presste sie die Schlüssel in ihrer Hand zusammen und verhinderte so, dass das Metall verräterisch klimperte, während sie eilends durch die Kirche zurück zum Verlies lief.

Die Blicke der Gefangenen in den ersten Zellen fielen sofort auf den Schatz in ihrer Hand, sie riefen, ein Tumult entbrannte, sie bettelten sie an und flehten um Freiheit. Amélie fühlte sich in die Enge getrieben, in ihrem spontanen Entschluss hatte sie nur an die eigene Mutter gedacht, niemals aber daran, Fluchthelferin für sämtliche Häftlinge zu werden.

»Bitte …« Sie erhob ihre Stimme, um sich Gehör zu verschaffen, »ich kann nicht. Henri Pirou ist verstorben, aber bitte, verlangen Sie das nicht von mir.«

Die Gefangenen rüttelten lautstark an den Gitterstäben, die Nachricht über den Tod des Gefängniswärters ließ sie außer Rand und Band geraten. Sie rochen die Freiheit und wollten diesem Duft folgen.

»Ihre Flucht würde nicht lange währen«, versuchte sie die Gefangenen zur Vernunft zu bringen. »Schnell würde man Sie wieder aufgreifen, wenn die Flut sich nicht Ihrer ermächtigt!«

Der Häftling mit den halblangen Haaren, den sie zuvor nach dem Verbleib des Wächters gefragt hatte, presste seine Stirn gegen die Gitterstäbe. Seine Augen glänzten fiebrig. »Wir sind keine Mörder und Barbaren. Ich schwöre bei Gott, wir sitzen alle unschuldig!«

Aufgewühlt schaute Amélie zu ihrer Mutter hinüber. Sie fühlte die Schlüssel schwer in ihrer Hand, alle Macht lag bei ihr. »Nein, ich kann das nicht tun. Es tut mir leid.«

»Schenken Sie uns die Freiheit«, rief einer der Gefangenen, und der offensichtliche Wortführer fiel in diese Bitte ein. »Mein Name ist Dom Jean Suard, und ich sitze wegen Trunksucht hier ein. Ich bin ein Geistlicher, wurde von meinen Ordensbrüdern hierher überführt, ohne einen *Lettre de cachet*. Ich habe niemandem etwas zuleide getan, das schwöre ich bei Gott und allen Heiligen!«

Amélie versuchte die Konsequenzen ihres Handelns zu verdrängen, als sie entgegen ihrer Überzeugung zu den Zellen ging, die Schlüssel nacheinander ausprobierte und eine nach der anderen aufschloss.

Die Gefangenen wankten, kaum mehr ans Gehen gewöhnt, und trunken vor Glück an ihr vorbei.

»Das werden wir Ihnen niemals vergessen«, bedankte sich Dom Jean Suard mit Tränen in den Augen. »Ich werde dafür sorgen, dass Sie nicht in Schwierigkeiten geraten. Befreien Sie jetzt Ihre Mutter, solange die Mönche uns nicht verfolgen!«

»Möge Ihnen die Flucht gelingen.« Ihr halblaut gesprochener Wunsch erreichte die Männer schon nicht mehr. Nachdem die Gefangenen aus dem Verlies getürmt waren, fühlte sie sich, als tauche sie aus einem Albtraum auf, doch in Wahrheit befand sie sich noch mittendrin.

Ihre Mutter hatte sich mühsam aufgerichtet, mit halber Kraft auf einen Ellenbogen gestützt und beobachtete sie mit bebenden Lippen, wie Amélie einen Schlüssel nach dem anderen ins Käfigschloss führte. Keiner der acht Schlüssel passte. Verflucht! Sie versuchte es noch einmal von vorn. Ihre Hand zitterte so stark, dass sie kaum mehr das Loch traf, und währenddessen sickerte ihr die Vergeblichkeit ihres Tuns schmerzlich ins Bewusstsein.

»Suchst du etwas Bestimmtes?«

Amélie fuhr herum.

Ihr Bruder stand in seiner Abtskleidung in der Tür und kam nun gemessenen Schrittes näher.

»Du wirst keinen Erfolg haben, die Schlüssel passen nur für die Zellen. Den Käfigschlüssel trage allein ich bei mir.« Mit Daumen und Zeigefinger hielt er einen Ring in die Höhe, an dem ein Schlüssel baumelte. Maurice stellte sich so dicht vor sie, dass sie seinen Atem spüren konnte. »Dein Plan erscheint mir nicht ganz ausgereift, Amélie. Die Gefangenen sind bereits wieder auf dem Rückweg.«

Ihrer Mutter entwich ein Jammerlaut.

Maurice reagierte nicht darauf. »Schön, dich so schnell wiederzusehen, Amélie«, sagte er lächelnd. »Herzlichen Glückwunsch übrigens noch zur Eröffnung deiner Parfümwerkstatt. Was wohl aber deine Kunden dazu sagen werden, wenn sie von deiner Heldentat erfahren, Sträflingen bei der Flucht zu helfen?«

»Dass ich im Recht bin! Du hast Unschuldige hinter Gitter gebracht, Maurice! Und unsere Mutter eingesperrt! Dafür wirst du dich rechtfertigen müssen.«

»Du unterstellst mir Willkür? Für jeden Gefangenen existiert ein *Lettre de cachet*! Und was unsere Mutter anbelangt: Sie ist vom Teufel besessen. Das werden die Leute verstehen.« Er schaute sie durchdringend an. Seine blauen Augen wirkten kalt, seelenverlassen. »Aber was ich mich frage, liebste Schwester, wie wirst du die Parfümdüfte an den Leichen der Pirous erklären?«

***

Nachdenklich schaute Linnea auf die Weite des Meeres hinaus. Seit Tagen schon schlich Maman wortlos und untätig im Haus herum, lächelte nicht einmal mehr. Hingegen wurde ihr Drang, sich abzulenken, irgendetwas zu tun, immer stärker. Darum beschloss sie, sich heute selbst an einem Parfüm zu versuchen. Für Montagnard. Er wünschte sich das als Bezahlung für die Medizin, von der sie wieder gesund geworden war, davon hatte ihr Maman erzählt. Doch ihre Mutter fand keine Zeit, sich bei ihm zu bedanken. Sie hatte die Parfümwerkstatt nur betreten, wenn sich ein Kunde eingefunden hatte, und das war seither genau dreimal der Fall gewesen. Die Wünsche des einzelnen Herrn und der beiden Damen lagen auf Papier notiert unerfüllt auf dem runden Tisch in der Mitte des Zimmers.

Diesen hatte Amélie abgeräumt, weil sie immer wieder auf die merkwürdigen Gegenstände angesprochen worden war, die bei ihrer Ankunft darauf gelegen hatten. Die fehlende Erklärung dafür erschien den Leuten unheimlich und spätestens bei Erwähnung des Namens »Marianne Dupont« stand ihnen der Schrecken ins Gesicht geschrieben. Stimmte es wirklich, was man sich erzählte? War der Teufel in die Großmutter gefahren? Oder sollte sie Mamans Worten vertrauen, wonach das ein Aberglaube war? Aber es musste einen Grund geben, warum die Großmutter im Gefängnis saß! Dorthin kam nur, wer eine schwere Sünde begangen hatte.

Hoffentlich verlangte Maman nie von ihr, sie auf den morgendlichen Besuchen zu ihrer Mutter zu begleiten. Ihr war dieser unheimliche Ort irgendwo in der Abtei suspekt, und sie fürchtete sich jedes Mal, bis auch die Mutter wieder zurückkam. Mit ihr selbst konnte Linnea darüber nicht reden. Auch nicht über ihre Angst, die schlechten Träume und die Schmerzen in ihrem Herzen, weil Papa ihr so sehr fehlte. Es bestand die Regel, das, was zu Hause in Paris passiert war, niemals wieder zu erwähnen. Kein Sterbenswörtchen.

Wenn doch bloß Papa noch da wäre.

Maman hatte gesagt, es sei ein Unfall gewesen, keine Absicht. Daran wollte sie glauben. Wie konnte ihr Papa nur sterben? Sie hatte ihn so sehr geliebt. Er war groß und stark wie ein Bär gewesen, ihr Beschützer. Unsterblich. Unvorstellbar, dass sie ihn nie mehr wiedersehen würde. Gegen alles hatte er sich verteidigen können, warum war es ihm nicht auch gelungen, das Parfümflakon im Flug abzuwehren, ehe es ihn an der Schläfe traf?

Wenn Linnea in den Spiegel schaute, sah sie die Ähnlichkeit zu ihrem Vater. Sie hatte schmale Augen wie er, dünne Lippen, hohe Wangenknochen und eine kurze Stirn. Wegen der rötlichen Haare sagten viele, sie gliche ihrer Mutter, doch bis auf diese kleine Ähnlichkeit hatte sie äußerlich wenig mit ihr gemeinsam. Maman war die beste Mutter der Welt, das schon, im Gegensatz zu ihrem Papa war sie immer da gewesen, hatte jederzeit zu ihr kommen können, mit Kummer und Freude, doch das hatte sie gar nicht gewollt. Wenn es nach ihr gegangen wäre, hätte Papa immer alles als Erster erfahren, auch wenn sie manchmal stunden- oder sogar tagelang auf ihn warten musste. Bis dahin behielt sie meist alles für sich, und oftmals musste sie ihm gar nicht mehr von ihrem Problem erzählen, sondern von der Lösung, die sie selbst gefunden hatte. Dazu hatte er dann stolz genickt, während er sich an einer neuen Parfümkreation zu schaffen gemacht hatte.

Es war ihre Lieblingsbeschäftigung gewesen, still in der Parfümwerkstatt bei ihm zu sitzen und ihn zu beobachten. Je älter sie geworden war, desto öfter hatte er sie an einem Duft riechen lassen und sie sogar um ihre Meinung gefragt. So war auch sein allerletztes Parfüm entstanden. *Mitsommernacht* hatten sie es genannt. Kurz vor seinem Geburtstag hatten sie es gemeinsam vollendet.

Und nun wollte Maman keine Parfüms mehr mischen, sie ging kaum mehr aus dem Haus und wurde immer blasser. Seit sie heute Morgen von ihrem Besuch im Abteigefängnis zurückgekehrt war, saß sie in der Küche und starrte hinaus in den Garten. Über den genauen Grund dafür würde sie sich ausschweigen, schließlich war Maman der Meinung, ihren Kummer nicht mit ihrer angeblich dafür noch viel zu kindlichen Tochter teilen zu können, und im Gegenzug blieb Linnea nur eine Feststellung: Auf ihre Mutter war kein Verlass mehr.

In der Parfümwerkstatt lag Montagnards Fellschal unangetastet auf dem Tisch am Fenster. In einem Fell, so hatte Maman ihr erklärt, konnte sich ein Duft jahrzehntelang halten, doch den Kutscher verfolgte dennoch eine große Angst, den innewohnenden Geruch zu verlieren. Es galt also, die richtigen Essenzen aus dem Fell zu erschnuppern und seine Erinnerungen in einem Parfüm festzuhalten. Keine leichte Aufgabe, aber sie wollte es selbst in die Hand nehmen, sich bei Montagnard für ihre rasche Genesung zu bedanken.

Linnea nahm den Fellschal, streichelte eine Weile zaghaft darüber und roch dann daran. Eine Duftwoge überschlug sich über ihr. Tatsächlich, es war unglaublich, wie dieser besondere Geruch sich über all die Jahre darin gehalten hatte! Wie einen feinen Sprühregen spürte sie die Duftwogen im Gesicht, sie kitzelten sie in der Nase. Vor ihren Augen tauchten Bilder auf: eine Höhle, wie Maman sie beschrieben hatte, Montagnard neben dem Feuer, an dem er Fisch garte. Salzige Luft, Rauch, gebratener Fisch. Aber da war noch etwas: warm und süß wie Karamell und zartwürzig duftend wie frisches Heu. Der Geruch von ... Tonka.

Zielstrebig suchte sie in den Regalen die aus Tonkabohnen gewonnene Essenz und nach einiger Zeit hielt sie das Fläschchen in den Händen. Wieder hob

Linnea ihre Nase an das Fell. Ein süßblumiger Duft legte sich wie goldener Honig über den Heugeruch. Das deutete auf Ginsterblüten hin, sattgelb strahlend wie die Sonne. Aber was war dieser eigenwillige Duftklang, der wie eine Triangel im Orchester plötzlich zwischen Tonka und Ginsterblüten spielte? Neroli? Ja, das war süß und bitter zugleich. Unverzichtbar im Eau de Cologne und auch in diesem Parfüm der leuchtende Stern.

Skeptisch und mit in Falten gelegter Stirn sah sie die drei Fläschchen auf dem runden Tisch an. Tonka, Ginster und Neroli. Eine Kopfnote fehlte noch. Das könnte Limette sein, wie ihr Vater es auch oft verwendet hatte. Linnea stellte sich auf mehrere Versuche ein, um das richtige Mischungsverhältnis herauszufinden.

Von der zähflüssigen Tonkaessenz nahm sie nur so viel, wie sich an der Spitze eines Glasstabes hielt, dazu vier Tropfen Ginster und drei Tropfen Neroli. Aber von der Limette geriet ihr zu viel in das Parfüm. Das bemerkte sie erst, als sie wieder zum Vergleich am Fell roch. Der lebhafte, spritzige, fast übermütige Duft, den sie so intensiv wahrgenommen hatte, stammte nur in Teilen von der Limette, hauptsächlich aber von der Pampelmuse, wie sie jetzt verstand. Sie setzte die Mischung noch einmal an, beließ es bei zwei Tropfen Limette und fügte stattdessen Pampelmuse hinzu.

Tropfen für Tropfen erschnupperte sie die Veränderung. Sie war dicht an ihrem Ziel, das spürte sie. Oft hatte Papa ihr Talent gelobt, aber Linnea hatte immer geglaubt, er tat das nur, um sie aufzumuntern. Nach dem achten Tropfen jedoch kippte ihre Stimmung, sie befürchtete, auf dem falschen Weg zu sein. Doch bei der neuerlichen Riechprobe begann ihr Herz höher zu schlagen. Da war er, der Duft aus dem Fell! Das Parfüm für Montagnard. Sie hatte vor, es ihrer Mutter mit Stolz zu präsentieren und füllte es in ein helles Flakon.

Auf der Treppe jedoch kam ihr plötzlich in den Sinn, sofort und allein zu Montagnard zu gehen. Denn was hatte sie in diesen Tagen von ihrer Mutter schon zu erwarten, außer einen in Traurigkeit verzogenen Mund und das Versprechen, dem Heilkundigen das Parfüm irgendwann zu bringen?

Auf der Gasse zögerte sie, schaute zurück zum Haus, wo ihre Mutter in der Küche saß, den Kopf wahrscheinlich in die Hände gestützt, starr wie ein Fels. Montagnards Berghöhle auf der Nordseite der Insel würde sie schon finden. Linnea wandte sich entschieden vom Haus ab, schloss ihre Finger fest um das Flakon und machte sich auf den ihr unbekannten Weg.

***

Die fremde Frau war am Mittag ins Gasthaus *La Coquille* gekommen und hatte nach Raoul gefragt. Célestine bediente im Gastraum und ließ ihren Blick immer wieder zur Decke wandern. Vor über einer Stunde war die hübsche Frau, die etwas älter schien als sie selbst, mit Raoul nach oben verschwunden. Es schlich sich ein Gefühl von Eifersucht bei ihr ein. Schon lange hatte sie damit gerechnet, dass eine andere Frau ihre Stelle einnehmen würde. In ihrer Vorstellung geschahen jetzt im Raum über ihr die unanständigsten Dinge. Dieser Gedanke war ihr sofort beim Anblick der geschmackvoll gekleideten Dame gekommen. Unzählige Frauen hatten schon die Gastwirtschaft betreten, aber diese eine würde so schnell nicht wieder aus ihrem Leben verschwinden, das spürte sie.

Und sie sollte Recht behalten. Nach fast zwei Stunden bekam Célestine die beiden wieder zu Gesicht, während Raoul ihr mitteilte, dass seine Cousine, Françoise Bardeux, den Tod von Tante Odette und Onkel Henri sehr bedauere und nun gekommen sei, um sich ein paar Stücke aus dem Familienerbe auszusuchen. Und um alles in Ruhe sichten zu können, würde Françoise gerne einige Tage im Haus ihrer verstorbenen Verwandten wohnen, da sie aus dem Nordosten des Landes stamme, eine lange Reise hinter sich habe und die Unruhe im Gasthaus nicht vertrage. Célestine glaubte ihm kein Wort. Was hätte sie darum gegeben, in den hellblauen Augen von Françoise Bardeux die Wahrheit lesen zu können! Die Frau lächelte unentwegt, ihre makellose Haut wirkte wie Porzellan zu ihren dunklen Haaren, die sie zu einer hübschen Frisur aufgesteckt hatte.

Célestine schluckte hart an ihrer Eifersucht. Raoul bestimmte es zu ihrer Obliegenheit, das Liebesnest, wie Célestine es in ihren Gedanken umformulierte, herzurichten, die Betten frisch zu beziehen und Françoise die Räume zu zeigen. Um das Gepäck wolle er sich kümmern und nach Schließung des Gasthauses am späten Abend würde er bei ihr vorbeischauen und fragen, ob sie sich gut eingelebt habe. So hatte er es beschlossen und sein Wille geschehe ...

Nun begleitete Célestine in stummer Entrüstung die angebliche Cousine auf der breiten Pilgertreppe hinauf zum Haus der Pirous. Außer einer knappen Begrüßung war noch kein Wort zwischen ihnen beiden gefallen, und das schien auch ganz im Sinne von Françoise Bardeux zu sein, die das Gesicht abgewandt hielt und angelegentlich die Aussicht auf das Meer zu genießen schien. Was hätten sie sich auch zu sagen gehabt?

Weiße Schaumkrönchen ritten auf dem leicht bewegten Wasser, es schimmerte hellgrün, die Sonnenstrahlen tauchten bis auf den Sandboden hinab. Nur dort, wo ihnen eine vorbeiziehende Wolke den Weg versperrte, legten sich Schattenflecken auf das Meer.

Wahrscheinlich hatte Raoul die Frau bei einem seiner letzten Einkäufe auf dem Festland kennengelernt, und nun wollte er ihr stolz sein Gasthaus präsentieren, in dem sich buchstäblich Gold backen ließ. Zusätzlich hatte es durch den überraschenden Tod beider Eltern nun auch noch ein stattliches Häuschen mit Aussicht gegeben – hier könnte sich bald das zweite Gasthaus befinden, und es wäre zudem genügend Platz für die Kinder der beiden da, die ihr und Raoul in ihrer Ehe verwehrt geblieben waren, dachte Célestine. Natürlich würde das alles der neuen Frau gefallen, und sie vermochte ihr eigenes Leben darauf zu verwetten, dass Françoise Bardeux nicht nur ein paar Tage blieb.

Wie lange spielte Raoul seine Nebenrolle als Liebhaber überhaupt schon? War er seinem Liebchen erst auf einer seiner letzten Reisen begegnet, oder ging das schon länger? Im vergangenen halben Jahr war sie schlicht froh darüber gewesen, dass Raoul nur noch selten von seinem ehelichen Recht am Abend Gebrauch machte, stattdessen häufig zur Flasche griff und trotz des unwirtlichen Winterwetters ungewöhnlich oft die Insel verließ. Nach den tatsächlichen Gründen dafür hatte sie nie gefragt. Oder bildete sie sich alles nur ein, und Françoise war tatsächlich eine Cousine, die in Erbschaftsangelegenheiten angereist war?

»Sagen Sie ...«, hob Célestine an und bemerkte, wie die Frau neben ihr angesichts des Gesprächsbeginns zusammenzuckte, »mein Eheherr erwähnte, Sie kämen aus dem Nordosten des Landes?«

»Ja, aus Rouen.«

Kein verdächtiger Misston schwang in ihrer Antwort mit, stellte Célestine fest.

»Oh, aus Rouen? Das ist ja im Grunde gar nicht so weit von hier, also ich meine, da ist es doch sehr bedauerlich, dass Sie all die Jahre keinen Kontakt mit Tante, Onkel und Ihrem Cousin hatten. Und auch wir hätten uns schon längst einmal kennenlernen können. Aber ich freue mich, dass wir wenigstens jetzt dazu die Gelegenheit haben. Sie wollen nur ein paar Tage bleiben?«

Françoises Mundwinkel schnellten nach unten, so als ob sie sich für einen Moment offenbar nicht unter Kontrolle gehabt hatte. »Ja, ich denke«, sagte sie und lächelte wieder. »Je nachdem, wie lange ich brauche, vielleicht auch ein bisschen länger. Aber wenn ich nicht willkommen bin …?«

»Doch, gewiss. Wir freuen uns!«, versuchte Célestine diesen Eindruck abzuwehren und ärgerte sich, weil sie sich so schnell in die Defensive hatte drängen lassen. Warum passierte ihr das immer wieder? Schweigsam beobachtete sie ihre eigenen Füße beim Treppensteigen. Bei jedem Menschen, mit jeder Begegnung folgte sie demselben Verhaltensmuster. Selbst wenn sie ihre Wünsche vorbrachte, was sie schon einige Anstrengung kostete, machte sie sich schließlich doch den Willen ihres Gegenübers zu eigen. So verhielt es sich seit Kindertagen, auch gegenüber ihrer Schwester, wie sich jetzt aufs Neue bewies.

Schon bei ihrem ersten Besuch in der Parfümwerkstatt war Célestine länger als gewollt geblieben, und am nächsten Tag war Amélie im Gasthaus erschienen, um ihr das Fläschchen mit dem eigens für sie geschaffenen Duft zu bringen. Amélie hatte keinen Widerspruch geduldet und so lange auf sie eingeredet, bis sie sich erweichen ließ und das Geschenk annahm. Célestine hatte sich geschworen, das Parfüm niemals aufzutragen, und es im hintersten Winkel ihrer Kleidertruhe versteckt. Sie vergaß es jedoch nicht, genauso wenig wie das Gespräch über Daniel Malnieu, das Amélie an diesem Tag in Gang gebracht hatte. Ihre Schwester hatte sie über diesen Mann regelrecht ausgefragt: Wie alt er sei, wo genau er wohne, was er mache und überhaupt alles über seine Vergangenheit. Aber Célestine musste bei jeder Frage passen, sie wusste nur, dass er noch Junggeselle war, als nett und umgänglich galt, aber zurückgezogen lebte und seinen Dienst als Torwächter neben Raoul gewissenhaft versah.

Auf ihre unbedachte Gegenfrage hin, warum Amélie sich für Daniel interessiere, erntete sie einen zornigen Blick ihrer Schwester, und die Unterhaltung endete abrupt. Dieser unglückliche Gesprächsverlauf steigerte sich noch bei ihren nächsten Begegnungen, und in den letzten Tagen wollte Célestine überhaupt nicht mehr zu Amélie gehen, tat es aber dennoch. Sie fühlte sich verpflichtet, sich um ihre Schwester zu kümmern, ein Bedürfnis, das tief und unumgänglich in ihrem Herzen verwurzelt war, da sie sah, wie traurig und kleinlaut Amélie in der letzten Woche geworden war. Der Tod der Pirous schien ihrer Schwester nachzuhängen.

Wohl jeder im Dorf wusste mittlerweile vom Parfüm an den Leichen, und Maurice tat alles, um die Gerüchte um Amélie als Täterin zu nähren. Über ihren Bruder waren sie auch in Streit geraten. Amélie hing der Vermutung nach, mehr aus einem Gefühl heraus als aufgrund eines konkreten Anhaltspunkts,

Maurice sei für die Morde verantwortlich, schließlich sei er auch in der Lage, die eigene Mutter in einen Käfig zu sperren. Bei dieser Gelegenheit hatte Célestine zugegeben, vom Schicksal der Mutter gewusst zu haben. Daraufhin hatte Amélie die Fassung verloren, sie konnte es nicht glauben, wie ihre Schwester diesen Zustand über ein Dreivierteljahr lang hatte zulassen können. Amélie hatte getobt und geschrien, und Célestine ließ den Wutausbruch mit hochgezogenen Schultern über sich ergehen. Amélie hatte mit ihren Vorwürfen Recht, ohne Zweifel, aber nicht den Hauch einer Ahnung, warum ihre jüngere Schwester die Augen vor der Realität verschloss.

Sie hatten das obere Stufenende ereicht, der Weg zum Haus ihrer Schwiegereltern lag nun vor ihr, und Célestine ging ihn mit gesenktem Kopf. Wenn Odette noch erlebt hätte, dass hier eine andere Frau einzog! Allerdings hätte sie ihrem Sohn wohl keine Widerworte entgegenzubringen gewagt. Im Dorf jedoch würde sich seine Liebschaft bald herumsprechen und das könnte ihn in ernsthafte Schwierigkeiten bringen. Ihm musste etwas einfallen, er musste sein Verhältnis zu Françoise legitimieren, ohne dabei an Ruf und Ansehen Schaden zu erleiden, und das ließ sich am besten als Witwer bewerkstelligen. Der Gedanke kam ihr einfach so, als logische Schlussfolgerung. Plante Raoul bereits, sich seiner lästigen Ehefrau zu entledigen? Ein kalter Schauer lief ihr über den Rücken, und sie rief ihre blühende Fantasie zur Ordnung.

»Wir sind da«, kommentierte Célestine die Ankunft am Haus und durchbrach damit das lange Schweigen.

»Oh, das liegt aber wirklich sehr nett«, begeisterte sich Françoise. »Diese Aussicht, fabelhaft!«

Lauernd warf Célestine ihr einen Köder aus. »Es ist dennoch bestimmt nicht so schön wie bei Ihnen ...«

»Zugegebenermaßen ist das Haus nicht so groß wie meines, aber es hat eine traumhafte Lage.«

»Raoul, mein Ehemann«, Celestine wählte absichtlich diese Formulierung, »hat es geerbt, wie Sie wissen, und er will hier ein zweites Gasthaus einrichten. Eine hübsche Vorstellung, nicht wahr? Aber vielleicht haben Sie und Ihr werter Eheherr auch Interesse an dem Haus, sodann könnte man vielleicht über einen Kauf verhandeln.«

»Ich bin Witwe. Mein Ehemann ist einem plötzlichen Schlagfluss erlegen.«

Célestine schluckte trocken, da ihr Verdacht durch diese Worte neue Nahrung bekam, und kaute an einer mitfühlenden Erwiderung. »Eine schreckliche Vorstellung, den Angetrauten zu verlieren, wenn man doch noch so jung ist.«

»Ja, der plötzliche Tod eines geliebten Menschen ist schwer zu verkraften. Das musste ich schmerzlich erfahren, aber nun lassen Sie uns das Haus ansehen.«

»Natürlich, ich zeige Ihnen gerne die Räumlichkeiten.«

In dem Moment, als sie sich der Türe zuwandten, hörte Célestine von Ferne das Rufen ihrer Schwester und drehte sich um. Amélie eilte vom Friedhof her den Weg hinauf, ihr aufgeregt zuwinkend. Ein paar Minuten eher, dachte Célestine bitter, und sie wäre einer Begegnung entgangen. Abwartend sammelte sie Luft in den Lungen, um Amélie zuzurufen, dass sie wegen des Besuchs von Raouls Cousine nun wirklich keine Zeit für sie habe.

Dann erblickte sie Amélies tränenüberströmtes Gesicht.

***

3

Man füge Myrrhe hinzu …

Ein bittersüßer Duft, der die Angst lindert und empfindsame Gemüter stärkt.

Heute war seine Möwe nicht zu ihm gekommen. Es war schon später Nachmittag, und dunkle Wolken zogen sich über der Insel zusammen. Der böige Wind hatte ihm schon am Morgen die Kunde vom drohenden Gewitter gebracht, darum war er heute auch nicht aufs Watt hinausgefahren. Mochten die anderen Kutscher ruhig ihr Geld mit den Reisenden verdienen, die sich blind jeglicher Lebensgefahr auslieferten, um ihr Ziel zu erreichen.

Er trat vor die Höhle, stellte sich in den Wind, den Kopf mit zusammengekniffenen Augen gen Himmel gerichtet. Wenn er heute Abend etwas essen wollte, sollte er jetzt noch schnell den Klettersteig hinab zur kleinen Aubert-Kapelle an der Meeresküste auf sich nehmen, um ein paar Fische zu fangen. Um das zerklüftete Felsplateau schwammen um diese Jahreszeit Makrelen und Wolfsbarsche. In der Ferne grollte der

Donner, keine halbe Stunde mehr, schätzte er. Ein Wahnsinn, sich jetzt noch aufzumachen. Dennoch holte er die Angel.

Doch was war das? Was tat diese weibliche Gestalt dort auf dem Felsenpfad? Wenn sie zu ihm wollte, hatte sie sich dafür den denkbar ungünstigsten Zeitpunkt am heutigen Tage ausgewählt. Die Frau, dem schlanken Äußeren nach zu urteilen eher ein Mädchen, stolperte, schlug mit den Knien auf, fing sich an den Felsen, rappelte sich wieder auf, wischte sich unfein über die Nase und suchte nach Orientierung.

Dann endlich erkannte er seine herannahende Kundschaft: Es war die Schwiegertochter des Fischers Leclerc, in dessen Haus die Krankheit häufig zu Gast war. Die teuerste Medizin war der Familie gerade gut genug, um die Dämonen des Siechtums zu vertreiben.

»Madame Leclerc«, begrüßte er sie freundlich, als sie vor seiner Höhle auftauchte, und wies auf den gewölbten Bauch der jungen Dame. »In Ihrem Zustand sollten Sie besser auf solche Spaziergänge verzichten.«

»Ich weiß«, bestätigte die Schwangere, etwas blass um die Nase. »Aber mein Schwiegervater schickt mich, weil sich bei ihm ein Husten ankündigt, und meine Schwiegermutter und die Großmutter fühlen eine gewisse Schwäche. Ob Sie mir dagegen wohl etwas geben können?«

»Mein Liebchen, gegen die Hysterie in Ihrer angeheirateten Familie ist kein Kraut gewachsen. Aber ich will sehen, was ich für Sie tun kann.« Er ließ sie draußen warten und kehrte mit einem Fläschchen Weihrauchöl zurück. »Dieses Öl soll Ihr Schwiegervater morgens und abends inhalieren. Es wirkt beruhigend auf die Lunge, lindert Hustenanfälle und ist sogar bei fortdauernder, schleimiger Engbrüstigkeit dienlich. Und den beiden Damen empfehle ich Bergamotte. Das bewirkt eine Aufhellung des Gemüts. Wollen Sie davon auch ein Fläschchen mitnehmen?«

»Ja, gerne. Außerdem wollte ich Sie noch um Anisöl bitten.«

»Anisöl? Wozu benötigen Sie das?«

»Ich soll es auf Geheiß meiner Schwiegermutter anwenden, weil es den Milchfluss anregt.«

»Erstens ist es dafür noch ein bisschen zu früh, und zweitens sollte Ihre Schwiegermutter Sie nicht mit ihrem Halbwissen behandeln, es sei denn, sie hegt die Absicht, Sie langsam zu vergiften. Anisöl ist in der Tat förderlich bei Verdauungsbeschwerden, fraulichen Leiden und zur Linderung von Herz- und Lungenzufällen, aber in höherer Dosierung wirkt es auch als Betäubungsmittel. Und bei längerer Anwendung hemmt es zusätzlich den Blutfluss und greift das Gehirn mit aller erdenklichen Konsequenz an.«

»Um Gottes willen! Das wende ich gewiss nicht an! Aber das Salbeiöl kann ich weiterhin zum Gurgeln nehmen, wie es mir meine Schwiegermutter empfohlen hat?«

»Haben Sie Halsschmerzen?«

»Nein. Eine kleine Vereiterung am Zahn.«

»Machen Sie den Mund auf!«, forderte er die Frau auf, und sie gehorchte. Ein ausgewachsener Abszess hatte sich in einer Zahnlücke in ihrem Unterkiefer eingenistet, und mit Sicherheit bereitete dieser ihr Höllenqualen. »Das muss dringend behandelt werden, nicht das Hüstelchen Ihres Schwiegervaters! Mit Salbeiöl kommen Sie hierbei nicht mehr weit. Zudem kann dieses auch die Nervenstränge vergiften, und bei übermäßigem Gebrauch verursacht es sogar Lähmungen. Ich empfehle Ihnen heiße Kompressen mit Bergamotte, Lavendel und Kamille.«

»Ich weiß nicht ...«

»Es besteht Gefahr für Leib und Leben, wenn der Eiter ins Blut übergeht.«

»Aber das sind so viele Mittel! Wenn mein Schwiegervater die Rechnung dafür sieht ... Nein danke, ich versuche es lieber weiterhin mit Salbei.«

»Wollen Sie sich als junge Frau dem Tod in die Arme werfen und Ihren Ehemann als Witwer zurücklassen? Sie tun, was ich sage! Und wegen der Bezahlung machen Sie sich keine Sorgen. Ich brauche kein Geld. Das, was ich in der Tasche habe, genügt mir. Und Sie nehmen die Medizin jetzt mit.«

»Ich ... ich danke Ihnen. Ich werde ein paar Fische vom nächsten Fang für Sie beiseitelegen, dann müssen Sie nicht selbst angeln gehen«, sagte sie mit einem Blick auf die Angel.

Er lächelte. »Wir verstehen uns.«

Vereinzelte Tropfen fielen vom Himmel und gemahnten zusammen mit dem böigen Wind zum schleunigen Aufbruch.

Doch die junge Madame Leclerc blieb unschlüssig stehen, nachdem sie alle Medizin in ihr mitgebrachtes Säckchen gepackt hatte.

Nachdrücklich legte er ihr den raschen Heimweg ans Herz: »Es wird höchste Zeit. Bei Gewitter und Blitzschlag über die blanken Felsen zu klettern ist ein teuflisches Spiel.« Der Regen nahm zu. »Beeilen Sie sich! Ich komme morgen nach meiner Arbeit bei Ihnen vorbei und sehe mir auch den Abszess nochmals an. Hören Sie? Ich komme morgen Nachmittag vorbei! Und Sie unterstehen sich, noch einmal diesen beschwerlichen Weg auf sich zu nehmen!«

Die Schwangere zögerte sichtlich. »Sagen Sie ... bekomme ich die Essenzen vielleicht auch in der Stadt? Ich meine, in der *Welt der Sehnsüchte*?«

»Sicherlich. Amélie Dupont führt die gleichen Waren wie ich, nur zieht sie es vor, Menschen damit zu beduften anstatt zu heilen.«

»Glauben Sie, die Vorwürfe gegen Madame Dupont sind berechtigt?«

»Ich glaube vielmehr nur an eines: an unseren Herrgott. Alles andere wird sich weisen. Wenn Sie auch nur ein wenig gesunden Menschenverstand besitzen, kennen Sie die Antwort. Vertrauen Sie Ihrer eigenen Meinung und nicht dem Gerede der Leute.«

Sie nickte, in den Augen ein Lächeln der Dankbarkeit, und wandte sich zum Gehen.

Er schaute ihr nach, wollte sichergehen, dass sie heil

über die Felsen gelangte, und wartete ab, bis sie hinter der Bergkuppe aus seinem Blickfeld verschwand. Ein Blitz zuckte über den verdunkelten Himmel, und ein Donnerschlag erschütterte die Insel.

***

Die Dunkelheit war vor zwei Stunden hereingebrochen, die Luft bebte noch vom schweren Gewitter, und der Regen fiel mit unverminderter Stärke. Irgendwo da draußen war Linnea. Seit der Mittagszeit war Amélie auf der Suche nach ihrer Tochter, zuerst hatte sie sich alleine auf den Weg gemacht, dann mit Célestine und Françoise, und schließlich, kurz vor Beginn des Unwetters, war Daniel Malnieu zufällig zu ihnen gestoßen. Er war es gewesen, der sie zur Ruhe gezwungen hatte, um gemeinsam darüber nachzudenken, wohin Linnea verschwunden sein könnte.

Es donnerte und blitzte, während sie im Haus nach Hinweisen suchten. Irgendwann entdeckten sie dabei das Fell und die gebrauchten Essenzen in der Parfümwerkstatt, und Daniel machte sich entgegen aller Warnungen sofort zu Montagnards Höhle auf. Ängstlich fieberte Amélie der Rückkehr ihrer Tochter entgegen, doch nach einer langen Zeit des Wartens war Daniel allein in der Türe gestanden, völlig durchnässt und mit der Nachricht, nur den überraschten Montagnard vorgefunden zu haben, der versichert hatte, wegen des Wetters den ganzen Tag in seiner

Höhle gewesen zu sein und nur Besuch von der jungen Madame Leclerc bekommen zu haben. Von Linnea jedoch habe er weit und breit nichts gesehen.

Daniel nahm sich keine Zeit, sich auszuruhen und aufzuwärmen, stattdessen ließ er Alarm im Dorf schlagen, und trotz des Unwetters versammelten sich rund dreißig Männer, die mit Öllampen bewaffnet in die Dunkelheit ausschwärmten.

Jetzt saß Amélie heftig zitternd am Küchentisch. Sie war keine Träne zu weinen mehr fähig und konnte nur noch trocken schlucken. Mit jeder vergehenden Minute schlang sich die wachsende Sorge enger um ihren Hals. Amélie stützte die Ellenbogen auf den Tisch, verbarg ihr Gesicht in den Händen, versuchte klar zu denken und die schrecklichen Visionen zu verdrängen. Obwohl sie sich wie gelähmt fühlte, verspürte sie einen unbändigen Drang, etwas tun zu müssen.

Unwillkürlich zuckte sie zusammen, als sich Françoises Hand beruhigend auf ihre Schulter legte. Schon seit Stunden saß ihr Raouls Cousine gegenüber. Amélie sah ihr ins Gesicht. Sie war froh über die Anwesenheit der Verwandten, obwohl sie sich erst ein paar Stunden lang kannten. Sie fühlte eine tiefe Sympathie zu ihr, schon vom ersten Moment ihrer Begegnung an. Françoise sorgte sich um sie, das spürte sie, sie würde sie davon abhalten, in ihrem geschwächten Zustand noch einmal kopflos in den sintflutartigen Regen hinauszurennen. Es genüge eine vermisste Person, wie auch Daniel unwirsch bemerkt hatte, ein Tonfall den man von ihm nicht gewöhnt war.

Seither das Warten. Wäre Françoise nicht hier, würde ihr jetzt niemand beistehen, dachte Amélie. Célestine musste im Gasthaus arbeiten, weil Raoul sich an der Suche beteiligte, was sie ihm wiederum hoch anrechnete. Françoise hatte erleichtert gewirkt, als Célestine aufgebrochen war, und etwas von Einbildung und Eifersucht gemurmelt.

Nun zog Françoise ihre Hand langsam zurück, wobei ihr Blick Amélie weiter festhielt. Dankbar für den Beistand zuckten Amélies Mundwinkel, doch ein Lächeln misslang ihr.

»Erzählen Sie mir etwas«, bat Amélie, weil sie an der Stille zu ersticken drohte.

»Was möchten Sie hören?«

»Irgendetwas.« Amélie schlang die Arme um ihren zitternden Oberkörper und wankte hin und her. »Irgendetwas, damit ich aus diesem Albtraum aufwache.«

»Ich kann es Ihnen so gut nachfühlen. So erging es mir, als ich einen Tag und eine Nacht lang auf meinen Liebsten gewartet habe. Ich bin fast umgekommen vor Sorge. Zuerst dachte ich, es sei etwas passiert, später wurde ich wütend, bebte vor Zorn. Zum Abend hin glaubte ich, er würde mich nicht mehr lieben und suchte einen anderen Weg. Nach einer durchwachten Nacht musste ich erfahren, dass er umgekommen war. Mit fünfzig Jahren ein viel zu früher Tod, über den ich wohl nie hinwegkommen werde.«

»Das tut mir leid, Françoise ... Ihr Mann war auch viel älter als Sie?«

»Ja, Ihrer auch?«

Amélie nickte.

»Ein schwieriger Umstand, nicht wahr?«, fuhr Françoise fort. »Anfangs haben wir unsere Liebe heimlich gelebt, aber irgendwann habe ich mich über das Gerede der Leute hinweggesetzt. Ich wollte allen zeigen, wie gut es uns miteinander geht. Nur leider war er in der Öffentlichkeit immer sehr distanziert mir gegenüber.«

»Mein Ehemann verhielt sich auch zu Hause so.«

»Raoul sagte mir, Sie hätten ihn unlängst verloren?«

»Ja, aber bitte, ich möchte jetzt nicht darüber sprechen.«

»Natürlich, das verstehe ich. Es ist der denkbar ungünstigste Zeitpunkt, um über Trauer und Tod zu sprechen.«

Der gewaltige Schmerz, der sich in Amélie breitmachte, ließ keine Worte mehr zu, und die Stunden bis Mitternacht vergingen schweigsam. Immerfort starrte Amélie auf die Türe in der Hoffnung, dass jeden Augenblick Linnea dort auftauchen würde. Françoise hingegen konnte ihre Müdigkeit kaum mehr im Zaum halten, das Zucken ihres Kinns verriet das unterdrückte Gähnen.

»Françoise, gehen Sie doch zu Bett. Es ist schon spät.«

»Ich werde Sie hier doch nicht allein lassen!«

»Ich komme schon zurecht. Und wenn etwas ist, melde ich mich bei Ihnen.«

»Versprochen?«

»Ja, es ist ja auch nur eine Türe weiter. Vielen Dank, dass Sie so lange bei mir geblieben sind, sonst hätte ich bestimmt längst die Nerven verloren.«

»Es freut mich, wenn ich helfen konnte. Dabei habe ich gar nicht viel getan. Und lassen wir doch das alberne *Sie* weg. Durch Célestine gehören wir sozusagen zu einer Familie.«

»Das stimmt natürlich. Also – ich bin Amélie.«

»Françoise.«

Sie lächelten, als sie einander die Hand reichten, und Amélie fühlte eine starke Verbindung, so als sei sie einer Seelenverwandten begegnet. Françoise schien es ähnlich zu ergehen.

»Ich werde nur ein paar Stunden schlafen, Amélie, und wenn ich nichts von dir höre, komme ich morgen in aller Herrgottsfrühe zu dir, und dann werden wir beide gemeinsam nach Linnea suchen. Aber bleib bitte, bitte vernünftig, und geh jetzt nicht alleine los.«

»Versprochen.« Amélie erhob sich und umarmte die neu gewonnene Freundin.

»Es wird sich alles zum Guten wenden, hörst du? Daran musst du fest glauben«, sagte ihr Françoise zum Abschied.

Amélie ließ sich mit weichen Knien zurück auf den Stuhl fallen, während Françoise zur Türe ging. Wie gerne hätte sie Françoises Zuversicht geteilt, doch ihr

Bauchgefühl erzählte ihr von der bevorstehenden Hölle.

Ein leises Klirren ertönte vor der noch geöffneten Türe, und gleich darauf hörte Amélie Françoises Stimme: »Was ist denn das?«

Françoise erschien mit in Falten gelegter Stirn wieder im Zimmer, ein rotes Flakon in der Hand haltend. »Sieh mal, darüber bin ich gerade gestolpert. Ich dachte, du verkaufst Parfüm und lässt es dir nicht liefern«, bemerkte sie mit ironischer Verwunderung.

Noch ehe Amélie reagieren konnte, hatte Françoise das Fläschchen geöffnet. Sie verzog das Gesicht. »Wie riecht denn das? Da war wohl ein Kunde unzufrieden.«

Amélie war sofort bei ihr und nahm den süß-würzigen Duft wahr, ähnlich wie Weihrauch. »Das ist Myrrhe. Eine Essenz, kein Parfüm. Noch nicht.«

»Wie soll ich das verstehen? Deine Kunden haben eine seltsame Art, dir ihre Wünsche mitzuteilen, das muss ich schon sagen«, bemerkte Françoise leichthin, doch schnell änderte sich ihre Wahrnehmung. »Amélie? Was ist los mit dir? Du siehst aus, als sei dir der Leibhaftige begegnet. Amélie! So sag doch etwas!«

»Linnea«, brachte sie nur hervor und konnte nicht weiter sprechen.

Françoise, nun sichtlich voller Sorge, umfasste sanft rüttelnd Amélies Schultern. »Was ist mit Linnea? Was hat sie mit der Essenz zu tun?«

»Linnea kommt nicht zurück«, sagte Amélie leise, fast tonlos.

»Was ist denn das für ein Unsinn?«, rief Françoise.

Amélie rang um Fassung. »Das ist tödlicher Ernst. Es gab zwei deutliche Warnungen, die ich ignoriert habe ...«

»Welche Warnungen, weshalb?«

»Ich weiß nicht, ob du mir das glauben wirst ...«, zweifelte Amélie, doch sie erzählte stockend weiter, während sie sich wieder an den Tisch setzten. Sie teilte Françoise alles mit, was sie über die Nachbarn Pirou wusste, dann sprach sie davon, wie sie die Leichen gefunden hatte, vom Sandelholzduft an Odettes Leiche, vom Weihrauchgeruch an Henri. Da erkannte sie an Françoises bestürztem Gesichtsausdruck, wie gefährlich diese die Lage nunmehr selbst einschätzte.

»Um Gottes willen! Wer tut so etwas? Hast du jemanden im Verdacht?«, fragte Françoise geradeheraus.

»Meinen Bruder«, antwortete Amélie ebenso unumwunden. »Für ihn als Abt ist meine Parfümwerkstatt Teufelswerk.«

Zweifel zeigten sich auf Françoises Stirn. »Amélie, ich weiß, wir kennen uns kaum, und ich möchte dir nicht zu nahetreten – aber glaubst du wirklich, er würde dir oder deiner Tochter etwas antun wollen? Immerhin ist er dein Bruder und zudem noch ein Mann Gottes!«

»Mein Gefühl sagt mir, dass ich mich vor ihm hüten muss. Aber gewiss wünsche ich mir, dass du Recht behältst.«

»Es wird sich alles aufklären. Bestimmt hat Linnea einen sicheren Unterschlupf gefunden. Sie ist kein kleines Kind mehr!«

»Doch, das ist sie für mich! Und ich werde meines Lebens nicht mehr froh, wenn ihr etwas passiert ist!«

»Sie wird zurückkommen«, sagte Françoise beschwörend. »Du musst nur fest daran glauben.«

***

Françoise war gegangen, und Amélie mit dem Kopf auf die Tischplatte gesunken, als es erneut klopfte. Zuerst dachte sie schlaftrunken, Françoise käme noch einmal zurück, doch auf dem Weg zur Türe bemerkte sie, dass es draußen schon hell geworden war. Um Gottes willen, sie war tatsächlich eingeschlafen. Und jetzt, wer wollte etwas von ihr? War es Françoise oder ... Eine Hoffnung erglühte in ihr wie die aufgehende Sonne am Horizont.

Zaghaft zog sie die Türe auf und äugte durch den Spalt. Tatsächlich, Daniel stand da. Mit hängenden Schultern, müdem Blick, Schatten unter den Augen und regensträhnigen Haaren.

Amélie fühlte den Boden unter ihren Füßen wanken. »Nichts?«, hauchte sie und suchte am Türstock Halt wie bei einem starken Menschen.

»Doch. Ich habe Ihre Tochter gefunden.«

Amélie folgte seinem Seitenblick und riss die Türe auf.

»Linnea!« Da stand ihre Tochter, unversehrt, nicht einmal besonders mitgenommen sah sie aus. Was für ein unbeschreibliches Gefühl, sie umarmen zu dürfen ... »Gott sei Dank, du bist wieder da!« Unter fortwährenden Küssen zog sie Linnea in die Küche, und Daniel Malnieu folgte ihnen.

»Setzt euch!«, sagte Amélie und ließ sich selbst als Erste auf einen Stuhl fallen. »Linnea, meine Kleine, wo warst du denn?« Amélie griff nach der Hand ihrer Tochter, doch diese lehnte sich mit verschränkten Armen auf dem Stuhl zurück.

»Ich wollte zu Montagnard gehen, bin aber auf halbem Weg vom Gewitter überrascht worden. Ich habe in der Abtei Zuflucht gesucht, und als das Unwetter nicht nachließ, bot mir Onkel Maurice eine Schlafgelegenheit an. Das war doch nett von ihm.«

»Kannst du dir vorstellen, welche Sorgen ich mir um dich gemacht habe?«, erzürnte sich Amélie. »Was wolltest du überhaupt bei diesem Höhlenmenschen?«

»Ach, seit wann kümmert dich denn mein Wohlergehen?«, fragte Linnea mit hochgezogenen Augenbrauen, ohne auf ihre Frage einzugehen.

»Linnea!«

»Ist doch wahr! So wichtig scheint es dir nicht gewesen zu sein, mich zu finden.«

»Was redest du da? Das halbe Dorf hat die Nacht über nach dir gesucht!«

»Ach? In der Abtei jedenfalls war niemand. Und du? Was hast du getan, um mich zu finden? Bist hier zu Hause gesessen!«

»Schluss jetzt!«, fuhr Daniel mit ungeahnter Schärfe dazwischen, sodass sogar Linnea ihre Aufsässigkeit vergaß und ihr der Mund offen stehenblieb. »Deinetwegen, Fräulein, habe ich mir die Nacht um die Ohren geschlagen und bin bei Wind und Wetter über den Mont gekrochen. Dafür könntest du dich wenigstens bedanken!«

»Danke«, entgegnete Linnea halbherzig.

»Noch einmal werde ich dich nicht suchen, du junges Gemüse, das kannst du dir hinter die grünen Ohren schreiben!«

»Nun ist ja wieder alles gut«, versuchte Amélie zu vermitteln. »Daniel, ich werde Ihnen nie vergessen, wie Sie sich für mich eingesetzt haben. Ich will uns jetzt allen etwas kochen, damit wir wieder zu Kräften kommen, und Sie, Daniel, dürfen sich wünschen, was es geben soll.«

Dabei sah sie sich in der leeren Küche um, in der nur ein paar Eier, Mehl und ein Glas eingelegtes Wurzelgemüse herumstanden.

»Ich gehe einkaufen«, erbot sich Linnea unerwartet. Amélie staunte über das Einlenken ihrer Tochter, die offensichtlich doch etwas gutmachen wollte, aber noch einmal würde sie Linnea heute nicht aus den Augen lassen.

»Du gehst nirgendwo mehr hin! Begreifst du immer noch nicht, welche Angst ich um dich gehabt habe?«

»Willst du mich hier festbinden? Dann schreie ich das ganze Dorf zusammen! Ich war vernünftig genug, bei dem Unwetter Schutz in der Abtei zu suchen und ich bin wohl alt genug, jetzt in dieses kleine Bauerndorf hinunterzugehen. Wir sind ja hier nicht in Paris. Leider!«

»Du musst deine Mutter auch verstehen, Linnea«, mischte sich Daniel wieder ein.

»Ich begreife nicht, warum sie mich jetzt hier einsperren will. Und mich versteht auch offensichtlich keiner!«

»Doch, natürlich …«, lenkte Amélie ein.

»Dann lass mich in die Stadt gehen!«, unterbrach sie Linnea.

»Bitte, heißt das!«, wies sie ihre Tochter zurecht.

»Bitte, Maman«, schob Linnea in friedfertigem Tonfall hinterher.

Amélie willigte schließlich ein. Sie gab ihr einige von den Münzen, die ihren kärglichen Verdienst darstellten.

»Aber bitte sei vorsichtig, und pass gut auf dich auf.«

»Ja, ja, gewiss doch. Was soll ich denn mitbringen?«

Amélie gab die Frage mit einem Kopfnicken in Richtung Daniel weiter. »Was möchten Sie gerne essen?«

»Nun gut, wenn ich mir etwas aussuchen darf, dann hätte ich gerne Lamm, schön knusprig gebraten mit grünen Bohnen und jungen Möhrchen.« Während er seine Bestellung aufgab, blitzte ihm der Schalk aus den Augen, und nun wartete er gespannt, ob Linnea noch einen Angriff wagen würde.

»Sehr wohl, der Herr«, bemerkte Linnea und knickste in formvollendeter Höflichkeit. »Für junges Gemüse ist leider noch keine Erntezeit, ich bedaure, aber die Küche wird sehen, wie sie den Gaumen des Gastes dennoch erfreuen kann. Vielleicht finde ich ein wenig Süßholz.« Linnea machte auf dem Absatz kehrt und rauschte hinaus.

»Ihre Tochter hat ganz schön viel Temperament«, bemerkte Daniel, während er der Entschwundenen versonnen hinterhersah.

»Bis vor kurzem war sie noch nicht so. Erst seit wir unser altes Leben verlassen haben und hier angekommen sind, verhält sie sich aufsässiger und wird zunehmend angriffslustiger. Ich glaube, sie kommt in ein schwieriges Alter ...«, sagte sie entschuldigend.

Nachdem beide eine Weile unschlüssig im Raum umhergestanden waren, und Amélie ihm ein Leinenhandtuch zum Trocknen gereicht hatte, ergriff sie die Initiative: »Ich würde gerne die Zeit nutzen und ein Parfüm für Sie entwerfen, ganz nach Ihren Wünschen. Mögen Sie?«

»Sehr gerne«, gab Daniel zur Antwort, und wieder schlich sich eine Röte in sein männliches Gesicht.

Von seiner Befangenheit, die ihn befiel, als er sich das erste Mal in der Parfümwerkstatt umgesehen hatte, war jetzt allerdings nichts mehr zu spüren. Neugierig ging er auf die Regale zu und schritt diese langsam ab. Während er die Beschriftung der unterschiedlich großen Flaschen und Tiegel studierte, schien er die Welt um sich herum zu vergessen: *Rose, Zedernholz, Iris, Opoponax, Sandelholz, Galbanum, Kamille, Bergamotte, Lavendel …*

»Darf ich?«, fragte er und zeigte auf das ockerfarbene Fläschchen mit der Aufschrift *Kostus.*

»Natürlich«, gewährte sie ihm.

»Das riecht …«, er bewegte den Flaschenhals genussvoll unter seiner Nase hin und her, »wie das Holz eines alten Baumes, wie ein kostbares Möbelstück, es erinnert mich an den Tisch im Schreibzimmer meines Vaters.«

»Hat er auch für die Abtei gearbeitet?«

»Nein. Er war ein Dichter, ein unverbesserlicher Freigeist. Von ihm habe ich meine besonnene, manchmal zurückhaltende Seite und von meiner Mutter die Lebenslust.« Wieder zeigte er sein offenes Lächeln. Wie gerne hätte sie ihre Sympathie für ihn ausgelebt, doch der Zugang zu ihrem Herzen war fest von der Schuld verschlossen, die sie in Paris auf sich geladen hatte.

»Kenne ich Sie eigentlich von früher? Ich habe bis zu meinem sechzehnten Lebensjahr meine Kindheit hier verbracht.«

»Alsdann kennen wir uns nicht, ich bin erst seit fünfzehn Jahren auf dem Mont … Dennoch haben wir etwas gemeinsam: Auch ich habe mit sechzehn einen Ortswechsel mitmachen müssen, denn ich zog gezwungenermaßen mit meinen Eltern hierher, weil meinem Vater das Leben in Paris zu laut geworden war und er sich von der Weltabgeschiedenheit dieser

Insel Inspiration erhoffte. Nichtsdestotrotz, heute gefällt es mir hier. Und warum sind Sie damals fortgegangen, wenn ich fragen darf?«

Durfte er? Er war Kunde in der Parfümwerkstatt, und doch hatte er seit letzter Nacht mehr mit ihrem Leben zu tun, als ihr vielleicht lieb war.

»Ich bin durchgebrannt, um mit einem wesentlich älteren Mann die Ehe einzugehen. Ich hielt seine Liebe für einzigartig und fühlte mich vom großen, fernen Paris wie magisch angezogen ... Aber ich liebe meine Heimat.« Wenn es nicht diese schattigen Ereignisse gäbe, setzte sie im Stillen hinzu.

»Gewiss hat alles seine Schattenseiten«, redete er weiter, als hätte er ihren Gedanken gehört. »Seit dem Tod meiner Eltern bin ich allein, weil ich beide über Jahre hinweg gepflegt habe und keine Zeit hatte, mir eine Frau zu suchen.«

»Aber jetzt gibt es eine Liebe in Ihrem Leben?«

Sogleich errötete er wieder. »Ja, das kann man wohl so sagen. Seit dem ersten Augenkontakt kann ich nicht mehr klar denken und nachts kaum mehr schlafen. Wie ein junger Lehrbursche, ehrlich!« Er lachte und roch noch einmal an der Essenz. »Mir gefällt der Duft. Tiefgründig, weich und würzig, wie der feuchte Waldboden an einem warmen Sommermorgen. Die Bäume, der Wald, das fehlt mir hier. Aber in dieser Essenz offenbart sich die Erinnerung.«

»Kostuswurzel ist recht eigenwillig, man muss bei der Verwendung achtgeben, aber schon eine winzige

Menge kann eine wunderbar haftende, holzige Basisnote hervorzaubern.

»Und dieses hier ...« Auf den Namen konzentriert, griff er die nächste Essenz aus dem Regal. »Tuberose«, murmelte er und schwenkte die braune, zähe Flüssigkeit in dem durchsichtigen Fläschchen. »Stammt das nicht von der Blume mit diesen weißen, wachsartigen Blüten?«

»Doch. Sie scheinen sich in der Natur gut auszukennen.«

»Das täuscht, oder vielmehr kenne ich vieles nur aus Büchern, in diesem riesigen Steingarten hier wächst ja nichts. Wenn ich mich recht erinnere, ist die Tuberose eine unscheinbare Blume, die kaum duftet?«

»Im Gegenteil. Sie verströmt einen Duft wie ein ganzer Paradiesgarten, aber sie erwacht erst nach Sonnenuntergang zum Leben, weshalb die Tuberose im Volksmund auch *Herrin der Nacht* genannt wird.«

»Geheimnisvoll ...« Daniel löste den Verschluss ab. »Oh«, sagte er nur und hielt das Fläschchen auf Abstand, »ist das ein schwerer, sinnlicher Duft! Unglaublich. Fast zu intensiv.«

»Mir verursacht er sogar Brechreiz, wenn ich zu lange daran rieche«, sagte Amélie. »Aber auch hier gilt: Mit Bedacht verwendet, erschafft die Tuberose eine neue Welt in einem Parfüm – oder zerstört es, ganz nach Belieben.«

Nachdenklich wiegte er den Kopf. »Ein und dasselbe Ding ist Schöpfung und Zerstörung zugleich, wie zwei Seiten einer Medaille. Oder so wie es die

Alchemisten sehen: ›Was oben ist, ist das, was unten ist, und das, was unten ist, ist das, was oben ist‹.«

»Sie kennen sich in der Alchemie aus?«

»Ich? Gott bewahre! Mir ist mein Leben zu lieb, als dass ich es im Gefängnis verbringen will.«

»Daniel, wissen Sie mehr darüber, warum meine Mutter als *spinnendes Weibsbild* bezeichnet wird und in diesem gottverdammten Käfig eingesperrt ist?«

»Fluchen Sie nicht so laut«, mahnte Daniel eindringlich und schaute sich um, als hätten die Wände Ohren. Mit verhaltener Stimme sprach er weiter: »Ich weiß nicht viel darüber, es stimmt wohl, Verzeihung, wenn ich das so sage, dass Ihre Mutter etwas wunderlich geworden ist. Dennoch hat sie niemandem etwas zuleide getan. Ich denke vielmehr ...«, jetzt flüsterte er und schien sich seine Äußerung genau zu überlegen, »ich denke, Ihr Bruder wollte das Haus leerstehen haben ...«

»Warum?«, fiel Amélie ihm ins Wort.

»Ihr Schwager Raoul hat ein starkes Interesse, hier oben in Ihrem Elternhaus und in dem seinigen ein großes Gasthaus zu errichten. Ihre Mutter war damit nicht einverstanden. Ich glaube, sie hing sehr an dem Haus und wollte aus dem Tempel ihrer Erinnerung kein Säufergelass werden lassen.«

»Ich habe sofort vermutet, dass Maurice unsere Mutter aus dem Weg schaffen wollte ... Nur weshalb er Raouls doch so weltlichen Größenwahn unterstützen sollte, ist mir nicht klar.«

»Das ist doch naheliegend! Er ist als einziger Sohn

der Erbberechtigte, doch als Mönch kann er das Haus nicht für sich verwenden, und Raoul würde es ihm sicher für gutes Geld abkaufen.«

»*Geld*. Das ist immer ein Argument, aber gleichzeitig der Haken: Maurice ist Benediktiner, der nach Gottgefallen strebt und nicht nach Reichtum. Er darf nichts besitzen.«

»Er nicht, die Kirche schon! Die Pirous werden ihm das Geld spenden.«

»Célestine war noch nie besonders fromm, und ich denke, Raoul auch nicht. Würde das nicht auffallen?«

»Ich weiß es nicht«, gab Daniel zu und sein soeben noch sicher geglaubtes Theoriegebäude bekam Risse in der Fassade. »Es ist nur eine Vermutung.«

»Zudem fehlt mir immer noch die Erklärung, wofür Maurice so viel Geld bräuchte.«

»Lassen sich Kostus und Tuberose eigentlich in einem Parfüm vereinen?«, wechselte er abrupt das Thema und hielt ihr das durchsichtige und das ockerfarbene Fläschchen entgegen.

Amélie nickte geistesabwesend.

Daniel, dessen Gedanken bereits wieder der Parfümherstellung galten, hakte nach: »Und was könnte zu den beiden Essenzen noch passen?«

Amélie schob ihre Nachdenklichkeit beiseite und überlegte. »Kostus und Tuberose sind schwierige Weggefährten, für die es umgängliche Partner braucht. Die Absolues von Orangenblüte und Jasmin wären wohl geeignet.«

In Daniels Miene spiegelte sich leichte Unzufriedenheit wider.

»Sind Sie nicht einverstanden?«, fragte Amélie. »Der Duft wird Ihrer Liebsten gefallen.«

»Ich ... nun ja ...« Er presste die Lippen zusammen und kaute an der richtigen Formulierung. »Ich dachte eher an ... wie soll ich sagen, an einen Lust erweckenden Duft. Haben Sie so etwas vielleicht auch?« Er lief hochrot an. »Falls nicht, oder falls Sie meinen unschicklichen Wunsch nicht erfüllen wollen, dann vergessen Sie meine Frage bitte sofort wieder!«

Ein Kribbeln erfasste Amélie, aber sie ließ sich ihre Aufregung nicht anmerken, um seine augenscheinliche Unsicherheit nicht noch zu verstärken. So als habe er einen lieblichen Frühlingsduft von ihr erbeten, antwortete sie ihm: »Das können wir selbstverständlich herstellen. Ich habe alle Essenzen dafür da.«

Gespannt trat Daniel zum Parfümtisch und überließ ihr die Herrschaft über die Welt der Düfte.

Im Becherglas erzitterte die Oberfläche des Weingeists, als sie mit einem Tropfen Zibet die Erschaffung des Parfüms begann. Sie rührte die an Zauberei erinnernde Essenz mit einem Glasstab unter, und der ekelerregende Gestank des Zibet verwandelte sich in einen unerhört anziehenden Duft.

Diese Wirkung übertrug sich auch auf Daniel. Voller Unruhe umkreiste er den Tisch, schaute mehrmals zur Türe, so als befürchte er, sie könnten ertappt werden.

»Stimmt es, was man sich über Zibet erzählt?«,

fragte er mit rauer Stimme, erfüllt von der Faszination des Verbotenen. »Ich meine, Sie wissen schon, dass es ein Mann auf ein bestimmtes Körperteil auftragen soll, wenn er einer Frau beiwohnen möchte.«

Amélie nickte peinlich berührt und fühlte, wie sie auf unsittliche Weise von seiner Frage erregt wurde. Deshalb konzentrierte sie sich mit allen Sinnen auf eine im Tonfall sachlich klingende Antwort. »Man sagt, Zibet mache den Uterus der Frau begierig nach dem Samen ihres Mannes und steigere ihr Verlangen, den Koitus mit ihm zu vollziehen, wenn er einen Tropfen Zibet auf die Eichelspitze gibt.«

»Oh«, machte Daniel nur.

Amélie wandte sich schnell zum Regal um und spürte, wie ihr Herz aufgeregt pochte, als sie nach der Ambrette-Essenz griff, die dem Moschus ähnlich war, aber aus dem Samen des Hibiskus stammte. Dieses Öl erforderte ebenfalls eine unglaubliche Vorsicht. Behutsam ließ sie zwei Tropfen in den Becher fallen, und die Essenz entfaltete sich zu einer wunderbaren Herznote, weich und voll. Ein lang anhaltender, intensiver Duft nach Weinbrand und überreifem Obst erfüllte ihre Nase.

Schwaches Morgenlicht fiel zum Fenster herein. Sie standen sich in der Mitte des Zimmers gegenüber und wagten kaum sich anzusehen. Die Spannung zwischen ihnen war schier greifbar. Schüchtern den Blick des Gegenübers vermeidend, konzentrierten sie sich beide auf das Becherglas. Mit einer Glaspipette gab Amélie nun noch zwei Tropfen Kostus hinzu.

Sie fühlte, wie sie unter Daniels Beobachtung wagemutiger wurde. Beginnend mit sechs Tropfen Orangenblüten-Absolue, fielen noch acht Tropfen Jasmin-Absolue und schließlich noch zehn Tropfen Tuberose in das Mischbehältnis. Amélie roch die verführerische Schwere, sie atmete tief ein und aus und sog die pure Sinnlichkeit in sich hinein. Beim nächsten Atemzug machte sie sich bewusst, dass er das Parfüm einer Frau schenken wollte, die er zu seiner Liebsten auserkoren hatte.

»Ich fürchte«, bemerkte sie leise, »der weibliche Anteil im Parfüm ist noch etwas schwach. Die männlich auftretenden Essenzen sind zu dominant.«

»Oh, das macht rein gar nichts.«

»Verzeihung, wenn ich widerspreche, aber hier sollten Sie meiner Erfahrung vertrauen. Das Parfüm soll den natürlichen Duft einer Frau unterstreichen und ihren Charakter betonen.«

»Sie missverstehen mich. Ich möchte ein Parfüm, das meiner Liebsten gefällt – aber ich möchte es selbst tragen. Deshalb darf es ruhig die männliche Seite betonen.«

Amélie war sprachlos. Zwar gehörte es unter den Männern der feinen Pariser Gesellschaft schon lange zum guten Ton, die Handschuhe mit Zibet zu beduften, und manch einer, der sich dem Königshaus sehr zugetan fühlte, tränkte auch in Nachahmung seine Perücke in Parfüm oder verwendete flaschenweise Eau de Cologne. Hier auf der Insel aber würde ein gut riechender Mann das Weltbild der Montois gehörig erschüttern. War Daniel sich dessen bei seinem Vorhaben bewusst?

Amélie horchte auf. Im unteren Stockwerk hatte sie das dumpfe Geräusch der sich schließenden Eingangstüre vernommen. Wahrscheinlich war Linnea mit ihren Einkäufen zurückgekehrt.

Unruhe erfasste Amélie. Auch Daniel hatte den Laut gehört und starrte unentwegt zur Türe. Ihm stand die Befürchtung ins Gesicht geschrieben, Linnea könne jeden Moment hereinkommen. Es fehlten noch zwei Tropfen einer Essenz, dachte Amélie, unabdingbar wichtig, wenn sie das Parfüm vollenden wollte. Sie schickte sich an, schnell die letzte Zutat aus dem Regal zu holen. Zwei Tropfen Schwarzer Pfeffer waren das Geheimnis.

Daniel stand bereits an ihrer Seite, um nach Vollendung an dem Parfüm zu riechen. Ihre Schultern berührten sich für einen Augenblick, als er sich über das dargebotene Becherglas beugte. Ihre Hand verkrampfte sich um den Behälter.

Der betörende Duft spiegelte sich als sinnliches Lächeln in Daniels Gesicht wider. »Oh ja, sehr schön. Vielen Dank, Madame Dupont, das ist Ihnen wunderbar gelungen.« Er reichte ihr voller Verlegenheit die Hand.

Amélie erwiderte seine förmliche Geste. »Keine Ursache, Monsieur Malnieu.« In Gedanken nannte sie ihn längst Daniel. Bislang hatte sie Männer in seinem Alter immer von oben herab betrachtet, weil sie nur die älteren und reiferen Männer ernst nehmen konnte. Bei Daniel war das zum ersten Mal anders.

»Was bin ich Ihnen schuldig?«, fragte er.

»Schuldig? Das fragen Sie mich? Sie haben mir heute Morgen meine Tochter zurückgebracht. Ich bin Ihnen etwas schuldig!«

»Aber Sie laden mich doch schon zum Essen ein. Das ist mehr als genug! Linnea hätte auch ohne mich den Weg nach Hause gefunden. Aber wenn Sie partout kein Geld von mir annehmen möchten, so darf ich Ihnen einen Vorschlag machen? Ich würde mich gerne in Ihrem verwilderten Garten ein wenig nützlich machen. Was halten Sie davon?«

Amélie zeigte sich überrascht. Es schien fast so, als wolle er in ihrer Nähe sein, war ihr erster Gedanke. Das schmeichelte ihr, und sie handelte entgegen ihrer sonst üblichen abwehrenden Reaktion, als sie sagte: »Darüber würde ich mich freuen. Aber nur, wenn Sie das wirklich wollen. Ich möchte nicht, dass Sie sich als mein Arbeiter fühlen! Darum schlage ich auch vor, Sie lassen mir gegenüber diese höfliche Anrede weg. Ich heiße Amélie.« Dieses Mal bot sie ihm die Hand. Als sie seine raue Haut, den kräftigen Druck spürte, stieg Hitze in ihr auf. Sie sehnte sich nach Gesellschaft, besonders nach der von Daniel, das musste sie sich eingestehen.

Wahrscheinlich hatte sie seine Hand für einen Augenblick zu lange gehalten, denn er schaute sie mit einem durchdringenden Lächeln an.

Benommen von seiner Nähe ließ sie abrupt seine

Hand los und suchte im Regal nach einem zum Parfüm passenden, kantig geschliffenen Flakon und wählte schließlich ein Glas in goldbrauner Farbe. In diesem Augenblick hörte sie die Türe hinter sich aufgehen. Linnea betrat den Raum.

»Hier seid ihr«, bemerkte sie vorwurfsvoll. »Das hätte mir auch jemand sagen können! Muss nur ich Bescheid geben, wenn ich weggehe? Ich komme mit einem vollen Marktkorb zurück und finde die Küche leer vor ...« Sie sah sich um. »Was macht ihr hier?«

»Nichts«, erklärten sie beide wie aus deinem Mund.

»*Nichts*?«, fragte Linnea und zog die Stirn in Falten. »Das sehe ich.«

Keiner konnte so schnell reagieren, wie Linnea das Becherglas in der Hand hielt. Sie roch daran.

»Schön«, stellte sie fest. »Für wen ist das? Für Daniel?«

»Das geht dich nichts an!«, wies Amélie ihre Tochter brüsk zurück.

Linnea zuckte mit den Schultern und setzte eine überlegene Miene auf. »Das heißt also, es ist für Daniel. Und was ist so schlimm daran?«

Daniel sah aus, als würde er am liebsten im Erdboden versinken. Er murmelte etwas vor sich hin und betrachtete angelegentlich seine Fußspitzen.

Linnea schnupperte erneut an dem Parfüm. »Zibet, Ambrette, Kostus und Blütenduft. Darunter sehr viel Tuberose.« Sie tauchte die Spitze ihres kleinen Fingers in das Becherglas. Mit einem Lächeln ging sie auf Daniel zu, der sich nicht zu rühren wagte.

Sie nahm seine Hand, er folgte ihrem sanften Druck, mit dem sie sein Handgelenk drehte, und bot ihr die weißliche Innenseite dar, wo unter der kleinen Wölbung sein Blut in den kräftigen Adern pulsierte. Genau dort berührte Linnea ihn sachte mit ihrer Fingerkuppe, die eine schimmernde Feuchte auf der Haut hinterließ.

Daniel wollte sofort daran riechen, doch Linnea hielt ihn ohne erkennbare Scheu mit ihrem Blick fest. Sie schauten sich an, beide voller Neugier. Erst nach geraumer Zeit entließ sie seine Hand aus der ihren, und er durfte den Geruch in sich aufnehmen. Offenbar wusste Daniel danach nicht mehr, was er sagen sollte.

»Mögen Sie das Parfüm?«, fragte Linnea nach.

»Ja«, brachte Daniel nur hervor und wich ihrem Blick aus.

Doch Linnea hatte sich bereits von ihm abgewandt und suchte in den Regalen nach einem bestimmten Fläschchen. Überrascht ließ Amélie ihre Tochter gewähren. Noch nie hatte sie sie so bestimmt und eigenmächtig handelnd gesehen.

Für welches Fläschchen sich Linnea entschieden hatte, konnte Amélie nicht erkennen. Es war nur ein Tropfen, den ihre Tochter von der gewählten Essenz zum Parfüm hinzufügte. Sie hielt ihre sommersprossige Nase über das Becherglas, schnupperte, zog die Augenbrauen nach oben und ließ noch einen Tropfen hineinfallen. Dann rührte sie bedächtig um. Ihre Nasenflügel füllten sich mit dem Duft, ihr Gesichtsausdruck war konzentriert, ihr Blick richtete sich auf irgendetwas in der Ferne.

Langsam tauchte sie nun ihre Fingerspitze ein, fing Daniels Blick auf, trat zu ihm und blieb kaum eine Armlänge entfernt von ihm stehen. Sie hob ihre Hand, sodass der Duft, es war nur ein Hauch, sein Gesicht streifte, ehe er Linneas Fingerkuppe an seinem Halsansatz spürte, in der empfindlichen Kuhle hinter seinem Ohrläppchen. Der Duft entfaltete sich auf der pulsierenden Stelle.

»Das ... das ist ...«, stammelte Daniel und fasste sich tastend an den Hals, »ganz unglaublich. Einfach unglaublich!« Offenkundige Begeisterung erhellte sein Gesicht. »So etwas Wundervolles habe ich noch nie gerochen. Und es ist so ...« Er suchte nach Worten, doch Linnea kam ihm zuvor: »Anschmiegsam.«

»Es passt zu mir, als ob das Parfüm lebendig wäre, als ob sein Herz auf meiner Haut schlägt.« Mit einem bewundernden Blick maß er Linneas Erscheinung. »Das grenzt an Zauberei. Wie hast du das gemacht?«

»Muskatnuss«, antwortete Linnea lapidar. »Muskatnuss hat gefehlt. Jetzt ist das Parfüm vollkommen.«

Amélie wollte etwas sagen, doch ihr fehlten die Worte. Mit einem Schulterzucken begegnete Linnea der Sprachlosigkeit ihrer Mutter. »Ihr könnt eure Unterhaltung gerne ohne mich fortsetzen, ich wollte ohnehin nicht stören. Ich mache mich jetzt an die Vorbereitung des gewünschten Mahls.« Kaum hatte Linnea diese brüske Ankündigung kundgetan, war sie auch schon aus der Parfümwerkstatt verschwunden. Daniel schaute ihr hinterher, selbstvergessen stand er da, ein Schmunzeln in den Mundwinkeln, in seinen Augen aber lag der Ausdruck von Bewunderung. Als Amélie das sah, spürte sie ein merkwürdiges Gefühl in sich aufkeimen, und dann stach die Eifersucht zu. So unvermittelt und heftig, dass ihr die Luft wegblieb.

***

Das Lamm mit dem Wurzelgemüse hatte Daniel sichtlich gemundet. Dennoch hatte ihn die bei Tisch angespannte Atmosphäre wohl dazu bewogen, sich bald nach dem Essen wortreich und entschuldigend zu verabschieden, weil er die Wache antreten und sich vorher noch umziehen müsse.

Nachdem er aufgebrochen war, räumte Linnea flink die Küche auf, vermied dabei aber jegliches Gespräch. Schließlich bemerkte sie nebenbei, sie wolle sich nun ausruhen, da sie in der letzten Nacht wegen des Gewitters und der ungewohnten Umgebung in der Abtei nicht besonders viel Schlaf bekommen habe. Beinahe wäre Amélie eine zynische Erwiderung herausgerutscht, doch sie verschloss ihre Lippen, weil ein Streit das Letzte war, was sie jetzt wollte.

Nachdem Linnea in die Schlafkammer hinaufgegangen war, blieb Amélie unschlüssig in der Küche stehen, betrachtete den Tisch, an dem sie eben noch zu dritt gesessen hatten, und kämpfte gegen ihre erneut aufwallenden Gefühle.

Linnea hatte ein hervorragendes Mahl gezaubert, wie Amélie vor sich selbst erstaunt zugeben musste. Zwar hatte sie ihre Tochter in Paris in der Haushaltsführung unterrichten lassen, doch das Kochen war dabei nie von Bedeutung gewesen, weil sie stets der Meinung war, Linnea würde dafür immer Bedienstete haben. Natürlich war ihr das Interesse ihrer Tochter für die Kochkunst nicht entgangen, ebenso wenig wie ihre Aufmerksamkeit dem Handwerk ihres Vaters gegenüber. Dass aber Linnea unendlich viele Stunden in der Parfümwerkstatt verbracht hatte und dabei so viel von Alphonse gelernt haben könnte, war ihr nie bewusst gewesen.

Mit einem Mal musste Amélie erkennen, wie selbstständig Linnea geworden war. Ein Mädchen, das offenkundig zu einer jungen Dame heranreifte, in ihren Augen jedoch noch ein schutzbedürftiges Kind war. Darum hielt sich auch ihr Stolz auf Linneas Entwicklung in Grenzen. Besonders die intensiven Blicke zwischen Daniel und ihrer Tochter waren ihr ein Dorn im Auge. Linnea hatte das sehr wohl bemerkt und Daniel erst recht schöne Augen gemacht, vor ihm kokettiert und sich wie eine umsichtige erwachsene Gastgeberin gezeigt.

Amélie begann in der Küche auf und ab zu laufen, rückte abwesend hier und da einen Gegenstand zurecht, lief weiter, blieb wieder stehen, schaute zur Zimmerdecke und setzte erneut zu ihrer Wanderung an. Die Einzige, die ihr jetzt zur Ruhe verhelfen könnte, war Françoise. Kurz entschlossen hinterließ

Amélie ihrer Tochter eine Nachricht auf dem Küchentisch und begab sich nach draußen.

Erst beim Schließen der Haustüre bemerkte sie eine mit schwarzem Stoffband am Knauf festgebundene Briefrolle. Sofort dachte sie an Paris ... Man war ihr auf die Schliche gekommen. Eilig entrollte sie das Papier. Beim Anblick der unbekannten Handschrift runzelte sie die Stirn. Dann sah sie die Unterschrift, das Signet ihres Bruders. Maurice? Was wollte er von ihr? Ihr schwante nichts Gutes, als sie zu lesen begann:

Hiermit bringe ich der selbst ernannten Eignerin der unlängst eröffneten »Monde des fantasmes«, Amélie Dupont, Folgendes von Seiner Majestät erlassene Gesetz zur Kenntnis:

Alle Frauen, gleich welchen Alters, Ranges, Berufes oder Standes, ob Jungfrauen oder Witwen, die einen Seiner Majestät männlichen Untertanen mittels Schminke, Schönheitswässer, falschem Haar, spanischer Wolle, hochhackigen Schuhen, gepolsterten Hüften oder eines Parfüms zur Ehe verführen, zwingen oder überlisten, machen sich der Strafe des jetzt in Kraft befindlichen Gesetzes gegen Hexerei und ähnliche Vergehen schuldig.

Ihr wurde flau in der Magengegend. *Der Hexerei schuldig machen ...*

Sie rollte das Blatt zusammen und behielt es in der Hand. Die Kirchturmuhr schlug Mittag, als Amélie an die Türe des Pirou-Hauses klopfte. Ungeduldig musste sie das Glockengeläut abwarten, weil Françoise wohl deshalb nichts hörte. Ein wenig gram war sie ihrer Freundin schon, weil diese nicht wie vereinbart am frühen Morgen zurückgekommen war, aber wahrscheinlich hatte Françoise ihren Schlaf gebraucht. Offenbar schlief sie trotz der fortgeschrittenen Uhrzeit immer noch tief.

Als Amélie die Türe öffnete, zwickte sie das schlechte Gewissen, ungebeten zu Françoise vorzudringen, doch die unverschlossenen Türen waren nun einmal üblich auf der Insel, und wer sich einschloss, galt als Sonderling, der etwas zu verbergen hatte. Ein Grund, warum sie bis heute kein Schloss an ihrer Türe hatte anbringen lassen.

»Françoise?«, rief sie fragend in den Flur und gleich darauf noch einmal etwas lauter. Die gleichbleibende Stille verursachte ihr ein merkwürdiges Gefühl im Bauch. Wie konnte um diese Uhrzeit ein so fester Schlaf noch möglich sein?

Unter mehrmaligen Rufen begab sie sich ins obere Stockwerk, horchte, ob sich Françoise bemerkbar machte, doch es geschah nichts. Mit einem unangenehmen Kribbeln im Nacken äugte sie in die Schlafkammer hinein.

Françoise war nicht da, das Bett gemacht. Ratlos schaute sich Amélie um. Die Schlafkammer der Pirous war ebenso spartanisch eingerichtet wie die ihrer eigenen Eltern. Gegenüber dem Doppelbett aus dunklem, wurmstichigem Holz stand ein Bauernschrank mit bemalten Doppeltüren, der wohl einst die Hochzeitsgabe gewesen war, weil er die geschwungenen

Initialen der Pirous in den unteren Ecken trug. Ein entsetzliches Gefühl, so plötzlich keinen der beiden mehr am Leben zu wissen.

Es drängte sie, diesen Raum wieder zu verlassen. Nachdenklich stieg sie die Treppe hinunter, doch anstatt aus dem Haus zu gehen, zog es sie in die Küche, an den Ort, wo sie Odette tot aufgefunden hatte. Sie wusste nicht, was sie sich davon erhoffte, es war schlicht ein Gefühl, dem sie folgte. Wenn sie nur wüsste, was an jenem Morgen geschehen war! Hatte Odette ihren Mörder gekannt, ihn ins Haus gebeten, oder hatte er sich, wie sie jetzt, ins Haus geschlichen und die alte Frau in der Küche überrascht? Doch beide, Odette und Henri, waren nicht eines von außen ersichtlichen gewaltsamen Todes gestorben. Jemand hatte sie vergiftet, und dieses Gift hatten die Pirous wohl freiwillig, weil unwissentlich, zu sich genommen. Vielleicht dachten beide, es sei Medizin?

Amélie setzte sich auf den Küchenstuhl, mit Blick zum Fenster. Auch Odette musste das Meer gesehen haben, während sie ihrem Mörder in die Augen blickte und den Becher leertrank. Worüber hatten sie sich unterhalten? Fiel überhaupt ein Wort zwischen ihnen? Oder spürte Odette die Klinge eines Messers an ihrem Hals, als sie das Gift schlucken musste? Schaute ihr der Mörder anschließend befriedigt dabei zu, wie sie nach Luft rang und sich röchelnd an den Hals griff? Amélies Blick glitt zu Boden, dorthin, wo Odette zwischen Tisch und Herd gelegen hatte.

Jetzt erinnerte nichts mehr an jenen schrecklichen Morgen. Es roch wie in jeder Küche, alles stand an seinem Platz, einzig der tote Käfer, der direkt neben dem Tischfuß sein Ende gefunden hatte, zeugte davon, dass die stets auf Sauberkeit bedachte Odette nicht mehr auf Erden weilte.

Amélie bückte sich nach dem Ungeziefer und bemerkte dabei, dass es sich vielmehr um einen stoffbezogenen Knopf handelte. Sie hob ihn auf und drehte ihn um, wobei die Vorderseite silbern schimmerte. Wie die Knöpfe an den Wächteruniformen ...

***

Das Mittagessen für die Gäste war vorgekocht, und bis zur Öffnung des Gasthauses verblieb Célestine noch eine Stunde Zeit, die sie für ihre Zwecke zu nutzen gedachte.

Im Morgengrauen war Raoul erschöpft von der Suche nach Linnea heimgekehrt. Er hatte es gerade noch geschafft, sich seiner nassen Kleidung zu entledigen, bevor er sich ins Bett fallen ließ. Er war sofort eingeschlafen, ohne noch ein Wort an sie gerichtet zu haben, obwohl er im Mondlicht ihre offenen Augen bemerkt haben musste. Einen Moment hatte er sie sogar direkt angesehen. Aber das war nichts Neues. Auch tagsüber hatte Raoul keine Augen mehr für sie, von Gefühlen ganz zu schweigen. Ein lebloser Gegenstand war sie für ihn geworden, und das schmerzte Célestine bis ins Mark.

Leise stieg sie die ausgetretenen Stufen von der Küche in die Schlafkammer hinauf und öffnete die Türe. Raoul schlief im zerwühlten Bett noch immer in Bauchlage. Die Bettdecke war weit bis zu seinem Gesäß nach unten gerutscht, sein breiter Rücken hob und senkte sich unter seinen tiefen Atemzügen. Sein Körper war nicht der Grund, warum er die Frauen anzog, dachte Céléstine, diese verliebten sich vielmehr in sein Geld. Die mit dem Reichtum verbundene Sicherheit war allerdings auch für sie ein Argument gewesen, im Hinblick darauf, ihren künftigen Kindern ein unbeschwertes Aufwachsen zu ermöglichen. Da sich jedoch kein Nachwuchs eingestellt hatte, musste sie sich nun um ihre eigene Zukunft sorgen. *Sorgen* traf es jedoch nicht ganz, vielmehr begann sie sich zu ängstigen. Es war die nackte Angst vor dem Alleinsein, die sie zu ihrem nächsten Schritt trieb. Raoul sollte wissen, wohin er gehörte. Ihren Platz an seiner Seite würde sie um keinen Preis freiwillig räumen.

Auf Zehenspitzen verfolgte sie ihren Plan. Sie ging hinüber zu ihrer Seite des Bettes, wo sie sich nach der Kleidertruhe an der Wand bückte und suchte, bis sie im untersten Winkel das Parfümflakon fand, das Amélie für sie erschaffen hatte. Célestine öffnete es und benetzte ihren Zeigefinger damit. Zart strich sie sich am Hals entlang, über ihr Dekolleté und verharrte an der Kuhle zwischen ihren Brüsten. Raoul bewegte sich. Die Zudecke rutschte noch weiter nach unten, bis zu den Kniekehlen, und mit einem Seufzer rollte er sich auf den Rücken. Célestines Blick glitt auf die schamhaarumkränzte Stelle zwischen seinen Beinen. Sie atmete tief durch und genoss die Berührung ihres Fingers auf dem Dekolleté, wo sie noch mehr Parfüm auftrug. Noch nie hatte sie den ersten Schritt getan, stets hatte er seine Lust mit kräftigen Stößen auf ihr ausgelebt, während sie auf dem Rücken liegend mit geschlossenen Augen gewartet hatte, bis er schwer über ihr zusammensackte.

Célestine stellte das Parfümflakon auf ihren Nachtkasten und ließ ihren Mann dabei nicht aus den Augen. Sie löste ihre Schürze, ließ diese zu Boden fallen und nestelte an ihrem Mieder. Aufregung umwehte sie. Raouls Atemzüge wurden unruhig, während sie sich entkleidete. Schließlich stand sie im wadenlangen Hemdchen, durch dessen dünnen Stoff sich ihre aufgerichteten Brustwarzen abzeichneten, vor ihm. Achtsam kniete sie sich aufs Bett und schlich wie eine Katze auf ihn zu. Für einen Augenblick verließ sie der Mut, doch dann schwang sie ohne Zögern ihr Bein über seinen Körper und setzte sich rittlings auf ihn.

Raoul erwachte augenblicklich. Ungläubig streckte er seine Hände aus, berührte vorsichtig ihre angewinkelten Knie und tastete sich streichelnd an ihren Oberschenkeln bis zum Saum ihres hochgerutschten Hemdes hinauf. Seine erwachende Erregung wuchs in ihrem nackten Schoß. Mit kreisenden Hüftbewegungen rieb sie sich an seinem Glied, brachte es näher an ihre Öffnung. Sie las die Begierde in seinen

Augen und fühlte eine nie gekannte Macht über ihn. Nun würde sie ihn besitzen, ihn locken und verstoßen, ganz nach Belieben, so wie er es all die Jahre mit ihr getan hatte. *Jetzt gehörst du mir. Mir ganz allein,* dachte sie.

»Raoul, wo bist du? Raoul?«, hörte sie plötzlich auf der Treppe eine Frau rufen. »Ich bin es. Françoise! Bist du hier oben?«

Raoul erstarrte unter ihr, doch schon im nächsten Augenblick geriet sein Körper in Bewegung. Unsanft stieß er sie von sich herunter, sie landete rücklings wie ein hilfloser Käfer neben ihm im Bett, und schon war er auf den Füßen. Wie gelähmt schaute sie dem Geschehen zu.

Raoul ordnete sich die Haare, schlüpfte in seine Schuhe und zog sich sein knielanges Unterhemd an, das seine erregte Männlichkeit nur leidlich kaschierte. Er eilte zur Türe und verschwand hinaus auf den Flur.

Er zieht einfach die Türe hinter sich zu und geht zu der anderen Frau. So einfach war das. Ihre Fingernägel gruben sich schmerzhaft in ihre Handflächen. Sie schluckte, würgte an den aufsteigenden Tränen und kämpfte gegen die unumstößliche Gewissheit, die sich wie Gift in ihrem Herzen ausbreitete. Françoise war die neue Frau in Raouls Leben. Ihre Gegnerin in einem Kampf bis aufs Blut.

»Nicht so laut«, hörte sie draußen im Flur Raouls besänftigende Stimme.

Françoise erwiderte etwas, gurrend wie eine Taube.

Von Eifersucht gejagt sprang Célestine aus dem Bett, ihre Muskeln standen unter Spannung wie bei einem angriffsbereiten Tier. Sie war schon bei der Türe, da erinnerte sie der kalte Dielenboden unter ihren nackten Füßen an ihre spärliche Bekleidung, und sie bremste sich in ihrem Vorhaben.

So gedemütigt soll mich diese Schlange nicht sehen, dachte sich Célestine und schlüpfte in Windeseile in ihr schönstes Kleid, das Raoul ihr zum ersten Hochzeitstag geschenkt hatte, als er noch stolz gewesen war auf seine hübsche Frau mit den langen Haaren. Heute zeugten ihre blonden Stoppeln und ihr abgemagerter Körper davon, wie sehr sie unter seiner rasenden Eifersucht auf jedes männliche Wesen im Gasthaus litt. In ihrem dunkelroten Kleid mit goldbrauner Schürze und spitzenbesetzten Ärmeln und einem hellseidenen Tuch im Ausschnitt fühlte sie sich beim Blick in den Spiegel nach zwölf Jahren zum ersten Mal wieder als Frau. So lange hatte sie Raoul zuliebe dieses Kleid nicht getragen, weil er den Anblick ihrer Schönheit mit niemandem teilen wollte. Jetzt musste er, weil auch sie teilen musste.

Célestine ertappte sich dabei, wie sie ihrem Spiegelbild zulächelte. Munter schlüpfte sie in ihre ornamentbestickten Sonntagsschuhe, die wegen der von den Montois als unziemlich erachteten Absatzhöhe lange Zeit unbenutzt im Schrank gestanden hatten. Auch trug sie kurz entschlossen noch mehr Parfüm auf, gerade so viel, bis der anschmiegsame Duft ihre

Sinne fest umschlossen hielt. Sie war für ihren Auftritt gewappnet.

Die Hand auf den Türgriff gelegt, atmete sie noch einmal tief durch, dann riss sie die Tür auf. Ruhigen Schrittes trat sie hinaus auf den Flur.

Raoul und Françoise starrten ihr gleichermaßen erschrocken entgegen. Ein geradezu lächerliches Bild, wie Raoul im langen Unterhemd vor seiner hübsch angezogenen Geliebten stand.

»Guten Tag, Françoise«, grüßte Célestine mit ausgesuchter Höflichkeit und bahnte sich einen Weg an den beiden vorbei, die wie Untertanen vor einer Königin zurückwichen. »Lasst euch nicht stören«, sagte sie im Vorbeigehen. »Ich öffne jetzt das Gasthaus«, warf sie ihrem Ehemann über die Schulter zu und lächelte ihn an. »Es wird höchste Zeit.«

Célestine spürte die Blicke der beiden im Rücken und schritt die Treppe hinunter auf dem Weg zu ihrem ersten Sieg.

***

Die Glocke rief nach dem Mittagsmahl zum Kolloquium und läutete damit die Zeit der Entspannung und geistigen Erquickung ein. Die Mönche flanierten in Zweier- oder Dreiergruppen durch den Kreuzgang und genossen aufgrund seiner einmaligen Bauweise zu einer Seite hin den freien Blick auf das Meer. Die Zeit des aufgehobenen Schweigegebots nutzten sie für Gespräche miteinander.

Maurice folgte ihnen mit auf dem Rücken verschränkten Händen.

Innerlich bereitete er sich auf das Gespräch mit Amélie vor, das in einer halben Stunde stattfinden sollte. Er hatte dem Anliegen seiner Schwester stattgegeben und die Anfrage im Grunde auch schon erwartet, seit er die Briefrolle zu ihr hatte bringen lassen. Zuerst hatte er sogar noch mit dem Gedanken gespielt, sie höchstpersönlich in ihrer Parfümwerkstatt aufzusuchen, um dem gotteslästerlichen Treiben ein Ende zu setzen, doch dann hatte er sich auf sein klösterliches Dasein besonnen, das sein eigen gewähltes Schicksal war.

Dieses gottgefällige Leben hatte er sich einst anders vorgestellt. Die Blütezeit des Klosters war längst vorbei. Vom Wirken der Mönche, einst waren es sechzig gewesen, war nichts mehr zu spüren, die traditionsreichen Blätter fielen und übrig geblieben waren zehn Ordensbrüder, mit denen er leidlich alle Ämter besetzen konnte. Dann gab es noch den Prior, der ihn während möglicher Reisen oder im Krankheitsfall vertrat und nun direkt vor ihm herspazierte, daneben den Subprior, dann den Kantor und den Säckelmeister, die sich um die Belange in der Kirche kümmerten. Ihnen konnte er in ihren Ämtern vertrauen, ebenso dem von ihm ernannten Vogt, der die Ausgaben überwachte, und dem Kellermeister, dem die Nahrungsversorgung oblag.

Anders hingegen verhielt sich das bei jenem Mönch in der vierten Reihe, Bruder Laurentius, dem der

Dienst des Krankenpflegers oblag und der zu seinem Verdruss einen verhärteten Muskel nicht von einem Knochen zu unterscheiden wusste. Viel zu oft mussten sie deshalb auf Montagnards Heilkünste zurückgreifen, obwohl er nicht dem Kloster zugehörig war. Lange schon dachte Maurice darum über einen Aufgabentausch von Bruder Laurentius mit dem Almosenier nach, der für die Spendenverteilung an die Armen zuständig war, aber die Pilger meist nicht mit besonderer Freundlichkeit empfing, oder mit jenem Mönch, der sich mit der Beherbergung der Fremden manchmal überfordert sah. Aber damit waren die Probleme nicht gelöst. Ohnehin musste er auf erlaubte Laiendienste zurückgreifen, sei es in der Küche, im Garten oder bei der Korrespondenz, weil sein Kaplan mit anderen Tätigkeiten ausgelastet war.

Würden nicht die Offizien, beginnend mit der Matutin, gefolgt von Laudes, Terz, zweier Messen, Vesper oder Komplet, dem Tagesablauf ein enges klösterliches Korsett anlegen, so würde er sich angesichts der königlichen Fremdbestimmung aus Paris, wo auch die finanzielle Hoheit über das Kloster lag, guten Gewissens als Gefängniswärter und Gastwirt einer besseren Schenke verstehen. Gegen die anonyme Anklageschrift aus dem Dorf vom Jahresbeginn hatte er sich heftig gewehrt: Es war darin die Rede gewesen vom Sittenverfall der Mönche, von Dekorationsfrömmlern, Schwindelprioren und lustigen Brüdern, und man erachtete deshalb eine Reform für dringend notwendig und habe dies mit gleichem Schreiben auch Seiner Majestät mitgeteilt.

Bislang war er noch nicht zu einer Anhörung nach Paris gebeten worden, aber die zugesagten Gelder für den Abbruch der baufälligen Kuppel über der Vierung hatte man empfindlich gekürzt, sodass man diese durch ein gewöhnliches Pyramidendach ersetzen musste.

Mit liturgischen Festen und zahlreichen Prozessionen, die entsprechend des Anlasses mit dem Umschreiten des Chors endeten oder durch das Dorf bis auf das Watt hinausführten, sollte die Moral der Mönche gestärkt werden. Hinzukamen eigene Feiertage, die den Beinamen *mit dreißig Kerzen* erhielten, weil ebenso viele Lichter während der Messe auf dem Altar brannten. Dies setzte sich fort bis hin zu Festtagen mit sieben oder gar nur fünf Kerzen an sämtlichen Aposteltagen, sodass kaum ein Tag verging, an dem nichts gefeiert wurde, was der Gemeinschaft wiederum den Hohn und Spott der Dorfbewohner eintrug.

Maurice besann sich auf die kontemplative Ruhe und den beschaulichen Ausblick auf das ruhige Meer, das vor den kunstvoll gemeißelten Steinbögen des Kreuzgangs wie ein in einem Bilderrahmen festgehaltenes Gemälde wirkte. Mit einem Seufzer wandte er sich ab, weil es Zeit wurde, sich in seine Abtsräume zu begeben, die abgeschieden vom Dormitorium und den Aufenthaltsorten der Mönche über dem Wachsaal lagen.

In seinem persönlichen Empfangsraum, dem Belle-Chaise-Saal, der nach dem imposanten Abtsessel benannt war, stellte er sich an strategischer Position ans Fenster der Galerie, von wo aus er das Kommen und Gehen in sein Reich über die große Treppe und den langen Stiegenschlund beobachten konnte. Außerdem war es ihm von dort aus möglich, das halbe Dorf und das Geschehen in der Bucht zu überblicken. Das Haus seiner Eltern, in dem nun wieder die personifizierte Sünde lebte, konnte er von hier oben aus ebenfalls sehen.

Maurice musste nicht mehr lange warten, und seine Schwester kam eiligen Schrittes die Treppe herauf. Lächelnd zog er sich vom Fenster zurück auf den prächtigen rotsamtenen Abtsessel und rückte die bereitgelegten Papiere auf dem massiven Schreibtisch vor sich zurecht. Er war vorbereitet.

Entspannt lehnte er sich zurück, um die Buchrücken der seit dem 11. Jahrhundert angewachsenen Bibliothek rundum an den Wänden zu betrachten, wobei sein Blick an einer der Handschriften des Kirchenvaters Augustinus hängenblieb, als es auch schon an der Tür klopfte und ihm die Ankunft seiner Schwester gemeldet wurde. Er ließ Amélie hereinbitten.

»Gott mit dir, liebste Schwester«, begrüßte er sie. »Was kann ich für dich tun?«

»Mich meine Arbeit machen lassen. Und zwar in Ruhe!«, fuhr sie ihn ohne weiteren Gruß an, kam um den Schreibtisch herum und warf ihm die Briefrolle vor die Füße. Er bückte sich nicht danach, sondern verharrte mit eingefrorenem Lächeln.

»Du hast mehr als zehn Gefangenen zur Flucht verholfen, denen die Freiheit mit dem Wort des Königs entzogen wurde und die unter meiner Aufsicht standen!«, echauffierte er sich, obwohl er sich vorgenommen hatte, ruhig zu bleiben. »Ist das etwa keine Einmischung in *meine* Arbeit? Ich bin geneigt, das eine persönliche Kriegserklärung zu nennen!« Er machte eine gebieterische Handbewegung. »Meine Abtei gilt als das ausbruchssicherste Gefängnis in ganz Frankreich! Ich muss dem König die Flucht der Gefangenen melden. Glaubst du, er wird mir auf die Schulter klopfen und mich trösten, wenn ich ihm sage, ein Weibsbild, noch dazu meine eigene Schwester, hat den Wächter umgebracht, ihm den Schlüssel abgenommen und alle Zellen aufgeschlossen?«

»Ich habe Henri Pirou nicht umgebracht!«, empörte sich Amélie lautstark.

»Ach nein? Bruder Laurentius, unser Krankenpfleger, sagt, er sei an einer Vergiftung gestorben, und Montagnard bestätigte den Verdacht eines widernatürlichen Todes. Und wer kennt sich besser aus als du mit Pflanzen und deren Wirkung, und damit meine ich nicht nur deren Duft?«

Ein hysterisches Lachen entfuhr ihrer Kehle. »Ich bin doch nicht wahnsinnig! Wäre ich so dumm und würde die Ermordeten beduften, um den Verdacht auf mich zu lenken?«

»Ich weiß nicht, was in deinem süßen Köpfchen vorgeht, liebste Schwester. Deinen Willen hast du jedenfalls immer durchgesetzt, auch gegen deinen kleinen Bruder, aber damit ist jetzt Schluss! Ich fordere dich hiermit ein letztes Mal auf, deine Parfümwerkstatt, diesen Sündenpfuhl, augenblicklich zu schließen!«

Amélie wurde bleich. »Maurice, warst du es, der mir die Flakons vor die Türe gestellt hat?«

»Wie bitte?«, fragte er bass erstaunt.

»Jemand bedroht mich, indem er mir genau jene Essenzen vor die Türe legt, die sich auch an den Leichen gefunden haben. Sandelholz, Weihrauch und zuletzt ... Myrrhe.«

»Myrrhe? Noch ein Toter?«

»Ich weiß es nicht! Maurice, der Mörder hat es auf Linnea abgesehen! In der Nacht, als sie verschwunden war, tauchte die dritte Essenz auf. Maurice, ich habe solche Angst!«

Ihre plötzliche Vertrauensseligkeit rührte ihn fast ein wenig. Offenbar glaubte sie trotz aller Zwistigkeiten immer noch an das enge familiäre Band zwischen ihnen.

»Deine Tochter hat die Nacht behütet hier im Kloster verbracht. Und dafür hast du dich übrigens noch mit keinem Wort bedankt. Doch gib dir keine Mühe ...«, er winkte ab, »keine Lobeshymnen jetzt. Feststeht wohl, dass es jemanden gibt, der noch weniger über dein Erscheinen auf dem Mont erfreut ist als ich.« Er rieb sich die Nasenwurzel. »Aus welchem Grund bist du überhaupt nach dem Tod deines Eheherrn aus Paris fortgegangen? Dort hattest du doch alle denkbaren Annehmlichkeiten, und ich bin mir sicher, dein Alphonse hat dir nach seinem Ableben ein schönes Vermögen hinterlassen.«

»Darüber bin ich dir keine Rechenschaft schuldig!«, fuhr sie ihn an.

»Oh, Verzeihung!«, meinte er und hob in gespielter Abwehr die Hände. »Ich konnte nicht ahnen, in ein Wespennest gestochen zu haben.«

»Der Tod meines Ehemannes kam für uns alle sehr überraschend«, lenkte Amélie ein. »Alphonse ist in der Parfümwerkstatt einfach zusammengebrochen. Nach diesem Schock wollte ich in den Schoß meiner Heimat zurück. Ist das so verwerflich?«

»Gewiss nicht. Nur dein Aufbruch erscheint mir etwas überstürzt. Hattest du wenigstens noch Zeit, deinem toten Eheherrn die Augen zu schließen und für ein ordentliches Begräbnis zu sorgen?«

Offenbar hatte er einen wunden Punkt getroffen. Amélie starrte ihn an und dann wanderte ihr Blick durch ihn hindurch, meilenweit weg. »Ja, sicherlich«, sagte sie nur, doch es blieb ungewiss, ob sie ihren Aufbruch gemeint oder seine Frage beantwortet hatte. »Kann ich jetzt bitte unsere Mutter sehen? Maurice, ich möchte, dass du sie freilässt.«

Er merkte, wie sie es im Guten versuchte. »Du kannst zu ihr, aber eine Freilassung ist leider nicht möglich«, beschied er ihr mit mönchischer Gelassenheit. »Für unsere Mutter liegt, ich erwähnte es bereits, ein *Lettre de cachet* vor. Bitte, sieh selbst.« Er schob ihr das vorbereitete Papier hin.

Auf Anordnung des Königs

TEURER FREUND, WIR BITTEN UND HEISSEN SIE, MARIANNE DUPONT UNTER IHREM DACH ZU EMPFANGEN UND ZU BEWACHEN, BIS WIR DIESEN BEFEHL WIDERRUFEN. LEISTEN SIE DIESER ANORDNUNG UNVERZÜGLICH FOLGE, DENN DIES IST UNSER WILLE.

ERTEILT IN VERSAILLES, DEN 21. JULI 1775

GEZEICHNET: *Louis* GEGENGEZEICHNET: *Amelot*

Amélie hatte die Zeilen kaum überflogen, da rief sie: »Das ist doch alles eine Lüge! Du sperrst Maman hier ein, und bis zu ihrem Tod kann es dir gar nicht schnell genug gehen!«

Ein heftiger Schmerz, gespickt mit den Dornen der Wahrheit, durchfuhr ihn. Seiner Schwester gegenüber ließ er sich nichts anmerken. »Das ist eine Unterstellung! Ich behüte unsere Mutter und versuche, den Teufel mit Gebeten aus ihrer Seele zu vertreiben. Doch sie ist einen engen Bund mit dem Höllenfürsten eingegangen und hat sich als Hexe zu seiner Dienerin gemacht.«

»Du bezeichnest allen Ernstes unsere Mutter als Hexe? In dir steckt doch selbst der Teufel!«

Er schnappte nach Luft und bekreuzigte sich. Im Verlaufe des Gesprächs hatte er zunehmend die Überzeugung gewonnen, dass der Teufel auch in seine Schwester gefahren sein musste und er den rechten Plan verfolgte. »Hüte deine Zunge!«, herrschte er sie an.

»Ich will dir etwas sagen, Maurice«, entgegnete Amélie gefährlich ruhig. »Das Hemd war dir schon immer näher als die Hose, auch wenn du jetzt diese Kutte trägst! Du tust so, als würdest du an diesem Sessel hier kleben, aber in Wirklichkeit bereitest du dich aus Angst vor einer Auflösung des Klosters auf eine Rückkehr in ein weltliches Leben vor! Und zwar seitdem du weißt, wie viel Raoul dir für unser Elternhaus zu bieten bereit ist, damit er dort ein Gasthaus in goldwerter Aussichtslage eröffnen kann!«

Seine Schwester hatte ihn schneller durchschaut, als er es für möglich gehalten hätte. Darum war es nur allzu richtig, in ihr eine Gefahr zu sehen. »Ich denke, es ist besser, du gehst jetzt, Amelie.«

»Willst du mich hinauswerfen? Ich verlasse die Abtei nicht eher, als dass ich unsere Mutter wiedergesehen habe. Das kannst du mir nicht verwehren! Und ich werde zudem nicht einen Fuß von der Insel setzen, solange ich sie hier eingesperrt weiß.«

Er überging ihre letzte Bemerkung, denn auf einen handfesten Streit wollte er es nicht ankommen lassen. Wenn sie erst im Gefängnis war, würde Amélie noch genügend körperlichen Widerstand leisten ... »Natürlich kannst du unsere Mutter sehen«, sagte er. »Du bist jedoch sicherlich damit einverstanden, dass ich dich begleite.«

Auf dem gesamten Weg dorthin sprachen sie kein Wort. Amélie war in Gedanken wohl längst bei Marianne, während er den Ablauf der nächsten Minuten durchdachte. Er würde seiner Schwester den Vortritt lassen, sich im Gefängnis dicht hinter sie stellen, während sie nur Augen für ihre Mutter haben würde, dann ihre Arme packen und sie nach hinten auf den Rücken drehen. Alsbald würde er sie in eine der leeren Zellen stoßen und schnell das Gitter verschließen. Sollte sich anschließend jemand bei ihm beschweren, so würde er demjenigen den *Lettre de cachet* zeigen, den er für Amélie mit gebotener Dringlichkeit beim König hatte ausstellen lassen. Bei der Formulierung hatte er sich keine weitere Mühe machen müssen, konnte er doch im Antrag an Seine Majestät den Namen der Mutter lediglich durch den seiner Schwester ersetzen.

Offenbar konnte Amélie es kaum erwarten, ihrem Schicksal in die Arme zu laufen, denn ihre Schritte wurden schneller und schneller. Und so betrat sie wie geplant ihm voran das Gefängnis. Die Ratten flohen quiekend vor dem hereinfallenden Lichtbündel in die hinterste dunkle Ecke.

Die Mutter lag reglos mit geschlossenen Augen auf dem Käfigboden. Offensichtlich hatte sie keine Kraft mehr, auf Geräusche zu reagieren. Sie schlief tief und fest. Seltsam war nur dieser Myrrhe-Geruch, der intensiver wurde, je näher sie der Wahnsinnigen kamen.

Amélie stürzte zum Käfig, klammerte sich an die Gitterstäbe und rüttelte daran. »Maman!«, schrie sie. »Maman, lebst du noch?« Sie fuhr herum. »Was hast du mit ihr getan? Du hast sie auf dem Gewissen!«

»Bist du von Sinnen?« Vor Überraschung vergaß er sogar für einen Moment seinen Plan. Seit Tagen war er nicht im Verlies gewesen. »Was redest du da? Wenn unsere Mutter verstorben ist, dann gewiss nicht durch mein Verschulden!«

»Du ... du ...« Der blanke Hass glomm in den Augen seiner Schwester. Sie ging unvermittelt auf ihn los, ihre Hände griffen um seinen Hals. Er spürte ihre Daumen an seiner Kehle, sie drückte zu, er würgte. Er wand sich, keuchend griff er nach ihren Fingern. Mit einem Ruck löste er ihre Umklammerung, packte sie an den Händen und drehte ihr die Arme auf den Rücken. Nun würde er seinen Plan ausführen. Amélie schrie und wehrte sich wie eine gefangen genommene Bestie. Er schleifte sie zur nächstgelegenen freien Zelle, dort stemmte sie ihre Füße in den Boden und warf sich mit ganzem Gewicht gegen ihn. Er taumelte, hatte Mühe, sie zu halten, doch er war der Stärkere.

»Hinein mit dir!«, knurrte er zwischen zusammengebissenen Zähnen.

»Maman!«, schrie Amélie gellend und versuchte einen letzten Blick auf ihre Mutter zu erhaschen.

Schwankte da der Käfig? Hatte die Mutter sich bewegt? Tatsächlich, ihre Augen waren geöffnet, ihre Hand hob sich.

Einen Augenblick zu lange hatte er sich nicht auf Amélie konzentriert – ein Tritt prallte jäh gegen seine Kniescheibe. Vom Schmerz abgelenkt lockerte sich sein Griff, sie entwand sich ihm und versetzte ihm aus der Drehung heraus einen Schlag in den Magen.

Ihm blieb die Luft weg. Übelkeit stieg in ihm auf.

»Bleib hier, du Hexe!«, stieß er hervor, doch Amélie war bereits bei der Türe.

Er setzte ihr nach, schaffte es bis nach draußen, doch dort wurde ihm schwindlig. Sein fastengeschwächter Magen kapitulierte nach dem erlittenen Schlag. Ein Rauschen legte sich auf seine Ohren, und ihm wurde schwarz vor Augen.

***

»Dann habe ich einen dumpfen Schlag hinter mir gehört, und als ich mich umdrehte, lag Maurice ohnmächtig am Boden. Zuerst wollte ich weglaufen, doch dann bin ich zu ihm zurück und habe seine Kutte nach dem Käfigschlüssel durchsucht.«

Wie gebannt hörte Françoise der Erzählung zu. Amélie war gerade völlig aufgelöst aus der Abtei zurückgekehrt und hatte sich atemlos an den Küchentisch gesetzt.

»Offenbar jedoch hatte er Vorsorge getroffen, denn er trug den Schlüssel nicht bei sich. Ich zitterte am ganzen Körper und heulte vor Wut und Enttäuschung.«

Françoise nickte mitfühlend. Sie hatte sich mehrmals bei ihr entschuldigt, weil sie am frühen Morgen nicht wie versprochen erschienen war, doch sie habe einfach zu fest geschlafen. Und als sie am späten Vormittag aufgewacht sei und herüberkommen wollte, habe sie Linnea vom Fenster aus mit den Einkäufen gesehen. Sie sei schnell zu ihr hinaus und habe alles

Wichtige von ihr erfahren, auch dass Daniel als Gast zum Mittagsmahl geladen sei, und da wollte sie nicht stören.

Stattdessen sei sie ins Gasthaus *La Coquille* hinuntergegangen, um mit Raoul über eine Verlängerung ihres Aufenthalts zu sprechen. Zu ihm habe sie gesagt, sie brauche mehr Zeit, um den Nachlass zu sichten, aber das war nur ein Vorwand, denn sie habe das Gefühl, hier von ihrer neuen Freundin gebraucht zu werden. Amélie war ihr dafür um den Hals gefallen.

Seither saßen sie in der Küche beisammen, und Amélie erzählte, während Linnea schlief und von all den Ereignissen nichts mitbekam.

»Und, wie ging es weiter?«, fragte Françoise ungeduldig.

»Ich wollte unbedingt den Käfigschlüssel finden ... Also habe ich die Zeit seiner Ohnmacht genutzt und bin zurück in sein Abtszimmer, denn wo sonst sollte er ihn versteckt haben?«

»Du hast seine persönlichen Sachen durchsucht?« Françoise wusste augenscheinlich nicht, ob sie vor Furcht erzittern oder nervös kichern sollte.

»Ja, aber leider ohne Erfolg. Und es kam noch schlimmer: Einer der Mönche hat mich ertappt.«

»Um Gottes willen! Zum Glück sitzt du hier vor mir, so weiß ich wenigstens, dass die Sache gut ausgegangen sein muss.«

»Françoise, ich bekomme den Käfigschlüssel, wenn ich fünfhundert Livres beschaffen kann.«

»Grundgütiger! Warum das denn?«

»Was soll ich sagen? Der Mönch bot mir an, mich nicht zu verraten und mir den Käfigschlüssel zu besorgen, wenn ich ihm das Geld bezahle.«

»Und darauf hast du dich eingelassen?«

»Bleibt mir eine andere Wahl?«

»Hast du überhaupt so viel Geld?«

»Im Moment nein, Gott sei's geklagt.« Jetzt verfluchte Amélie die Tatsache, ihre Kontakte zu wohlhabenden Freunden in Paris nicht nutzen zu können.

»So viel Geld habe ich leider auch nicht in der Hinterhand. Seit mein Mann gestorben ist, muss ich sparen. Er hat mir nichts hinterlassen ...«

»Gar nichts? Das muss ein Schock gewesen sein, dass er zu Lebzeiten nichts zur Seite gelegt hat.«

»Ja, aber so ist es nun einmal. Dennoch, ich weiß, ich kann es auch allein schaffen, so wie du. Und dieser Gedanke verbindet uns ... Sag, Amélie, wie lange wirst du brauchen, das Geld zu verdienen?«

»Ein halbes Jahr oder noch länger, Mutter wird gestorben sein, wenn das so weitergeht! Es kommen ja keine Kunden«, fügte sie betrübt hinzu.

»Dann müssen wir das ändern! Und wenn die Kunden nicht zu dir kommen, so müssen wir eben die Welt der Düfte zu ihnen bringen. Wie lange hätte Alphonse gebraucht, eine solche Summe zu verdienen?«

»Mein Mann? Ich weiß nicht genau, vier Wochen vielleicht? Aber das kannst du nicht vergleichen.«

»Gut, dann werden wir beide es zusammen in zwei Wochen schaffen.«

»Niemals wird uns das gelingen!«

»Verlierst du den Mut, ehe du angefangen hast? Es geht um das Leben deiner Mutter!«

Bei diesem Stichwort spürte Amélie, wie sich alle Kraft in ihr bündelte und die Angst vor den Widerständen und der schriftlich verbreiteten Drohung ihres Bruders schwand. »Und du würdest mir dabei helfen?«

»So wahr ich hier stehe!«

***

Interessant, eurem Gespräch zu folgen. Ich kann gar nicht vom Fenster weggehen ... Du willst also nicht aufgeben. Diese verfluchte Françoise. Ich hasse sie! Beinahe hatte ich dich schon so weit, den Mont wieder zu verlassen. Du hast keinen Fuß mehr in die Parfümwerkstatt gesetzt, und ich dachte, das Wohlergehen deiner Tochter läge dir am Herzen. Mein Verschwinden sollte dir eine Warnung sein, aber für dich ist die Welt mit meiner Rückkehr wieder in Ordnung. Nichts ist in Ordnung! Ich will mein altes Leben zurück.

Weißt du überhaupt noch, wie es an jenem Abend zum Streit zwischen dir und Papa gekommen ist? Ich habe ja längst in meinem Zimmer geschlafen, war traurig darüber gewesen, dass Papa meine schöne Frisur, die ich mir eigens für seine Geburtstagsfeier durch fünf Stunden Stillsitzen erobert habe, gar nicht gesehen hat. Aber ich wusste, dass er mich trotzdem liebt, auch wenn er an diesem Tag nicht mit uns feiern wollte.

Warum hast du eigentlich nie wissen wollen, wer diese andere Frau war, bei der er so viel Zeit verbrachte? Du kanntest nicht einmal ihren Namen, dabei wusste ihn sogar Marie, unser Dienstmädchen, aber du hast lieber die Augen verschlossen und darauf gewartet, dass sich alles von selbst zu einem glücklichen Ende fügt und Papa die Liebschaft beendet. Ich habe mir diese Françoise Bardeux immer als hübsche, liebenswürdige und umgängliche Frau vorgestellt, die mit Neugierde durchs Leben geht, und so war sie auch, als ich sie hier auf dem Mont-Saint-Michel endlich kennenlernte. Du hast sie auf Anhieb gemocht, weil du nicht wusstest, wer sie ist. Ich hingegen habe begonnen, sie zu hassen, weil sie dich darin bestärkt hat, hierzubleiben und nicht nach Paris zurückzukehren.

Und ich hasse dich, aber das begreifst du nicht. Manchmal denke ich, du hast keine Ahnung von meinen Gefühlen. Du bist unsicher, wie du mit mir umgehen sollst, behandelst mich nach wie vor wie ein kleines Kind, mit dem man nicht reden kann. Und ich will, dass du mit mir so schnell wie möglich zurück nach Paris gehst!

Und was tust du stattdessen? Schmiedest mit dieser gottverdammten Françoise einen Kriegsplan, damit du genügend Geld hast, der Bestechung eines Mönches Folge zu leisten. Wie tief willst du noch sinken? Ich weiß, mir musst du nicht erzählen, wie schrecklich es ist, einen Elternteil zu verlieren. Aber warum kannst du deine Mutter nicht in Frieden sterben lassen? Glaubst du, sie wird sich je erholen, nachdem du sie befreit hast? Und denkst du vielleicht ein einziges Mal an die Gefahr, der du uns aussetzt? Offenbar nicht.

Gerade noch rechtzeitig kann ich zur Haustür hinaus verschwinden, bevor ihr aus der Küche eilt. Aber ihr seid blind vor Tatendrang! Was du wohl gesagt hättest, wenn du mich im Flur angetroffen hättest? Wahrscheinlich wärst du im ersten Moment sprachlos gewesen, aber dann hättest du die Flucht nach vorne ergriffen. Du hättest mich zurechtgewiesen, man dürfe nicht lauschen, aber weil du dir sicherlich deines unrechten Handelns genauso bewusst bist, hättest du versucht herauszufinden, wie viel ich gehört habe. Natürlich hätte ich meine Unschuld beteuert.

So kann ich mich nun ungesehen hinters Haus auf meinen Stammplatz im Garten zurückziehen und abwarten. Ich setze mich zwischen die Büsche ins Gras, mit dem Rücken an die Hauswand gelehnt, und zupfe die Unkrauthalme aus dem Boden. Der Garten hat wirklich dringend Pflege nötig, da hat Daniel schon Recht gehabt.

Lange hänge ich meinen Gedanken nach, während es hinter mir in der Küche rumort und klappert und die Stiege unter ständigen Tritten seufzt. Vor Schreck zucke ich zusammen, als plötzlich die Hintertür aufgeht. Ich wähne mich schon entdeckt, aber du willst wohl nur für frische Luft in der Küche sorgen.

Plötzlich ziehen Düfte wie aus dem himmlischen Paradiesgarten in meine Nase. Süß und trocken im ersten Atemzug, danach holzig und würzig, wie die Moose und Farne auf einer sonnigen Waldlichtung, übergehend in eine Schwüle, wie vor einem Gewitter, honigschwer, in Erwartung des erlösenden Schauers, der mir jetzt als feinperliger Zitronenduft in der Nase kitzelt.

Ich rapple mich auf und traue meinen Augen nicht, als ich zum Fenster hineinspickle – ihr habt die Parfümwerkstatt auf die Küche und die Wohnstube ausgedehnt, die Tische stehen voller Essenzen, Tiegelchen und Fläschchen! Du werkelst in der Küche, Françoise in der Wohnstube. Sie ist gerade dabei, beschriftete Zettel an die Wand zu nageln, sodass von der Holzverkleidung dort fast nichts mehr zu sehen ist. Auf den Papieren steht in großen Buchstaben, ich kann es bis hierher lesen: Bouquet du Roi, Bouquet d'Amour, Italienisches Perlwasser, Gesundheitsessig, Eau de Cologne, Mercurialis: haarfärbende Tinktur, Orientalische Pomade (blau und rot), Französisches Weiß: Puder, Rindsmarkpomade zur Förderung des Haarwachstums, Bartwichse in Stangen, parfümierte Räucherkerzchen, duftende Rosenkranzperlen, Mailänder Parfümsäckchen, Rotschminke aus Sandelholz, Pariser Zahnpulver, parfümiertes Briefpapier ...

»Um das Bouquet du Roi und das Bouquet d'Amour kümmere ich mich«, rufst du Françoise zu. »Rosenholz, Moschus, Ambra, Gewürznelkenöl, Vanille und Bergamotte habe ich, aber Vetiver fehlt mir noch. Steht das bei dir?«

»Vetiver?«, fragt Françoise zurück, gebeugt über ein Rezeptbuch.

»Ja, das muss ein bernsteinfarbenes Öl sein.«

»Ah ja, hier steht es! Warte, ich bringe es dir.«

Ich sehe, wie Françoise zu dir in die Küche hinübereilt und sich währenddessen die Essenz unter die Nase hält. »Hm, irgendwoher kenne ich das ... Erdig und holzig, aber mit einem süßen Grundton.«

»Vielleicht hat man in deiner Familie die getrockneten Wurzeln des Vetivergrases verwendet anstelle von Lavendel zur Beduftung der Schrankwäsche?«

»Ja, natürlich, das ist es! Das weckt Erinnerungen. Ach, Amélie, ist das interessant! Ich habe solche Lust mit dir zu arbeiten.«

»Und du bist mir auch eine sehr große Hilfe!«

Mich fragt niemand, ob ich helfen würde. Aber so gut wie Françoise könnte ich das allemal, auf diesen Gedanken kommst du jedoch gar nicht, weil du mir nichts zutraust. Oh, ich könnte Françoise an die Gurgel springen, weil sie dir so voller Eifer zur Hand geht.

»Ach, wo ich gerade das Sandelholz sehe«, sagst du und schaust Françoise bittend an, »könntest du für die Rotschminke ein Pfund von dem roten Sandelholzpulver in vier Pfund Weingeist auflösen und in der Schale auf den Ofen stellen? Es muss bei gelinder Wärme acht Tage ziehen.«

»So lange?«

»Leider ja, anschließend folgt auch noch die Prozedur des Filtrierens. Aber dann haben wir ein rotes Harz, das getrocknet und fein gerieben den geheimen Schönheitsbedürfnissen der Frauen entsprechen wird, die die Damenwelt hier auf dem Mont noch nie ausleben konnte.«

»Das stimmt. Wenn sie erst ihren Mund im Spiegel sehen werden, Lippen verführerisch wie reife Kirschen, dann werden sie nichts anderes mehr kaufen wollen.«

Ihr beiden glaubt tatsächlich, ihr könntet mit eurer Monde des fantasmes, mit eurer Welt der Sehnsüchte, die Frauen in Scharen anlocken, damit sie wie einst Eva im Paradies vom Baum der Sünde naschen – von jenen Früchten, die ihnen seit jeher als Verführung des Teufels gepredigt werden? Das kann nicht gutgehen! Hör endlich auf mich, und geh zurück nach Paris.

»Was meinst du, Françoise, sollen wir die Pomade mit etwas Moschus verfeinern? Das könnte den Männern noch besser gefallen.«

»Wir müssen auch an die Frauen denken. Wenn ihnen der Duft zu aufdringlich erscheint, werden die Männer unsere Pomade nicht kaufen und stattdessen lieber zur Perücke greifen. Wir sollten einen frischen, herben Geruch wählen, der jedoch auch eine gewisse Süße in sich birgt.«

Du wirfst Françoise einen erstaunten Blick zu, so als würdest du stolz die ersten Gehversuche deines Kindes verfolgen. Hast du bei deiner Tochter auch so einen Glanz in den Augen gehabt, als sie in ihrer Entwicklung Fortschritte machte? Deine Wangen haben eine zartrosa Färbung angenommen, wie man sie sonst nur bei spielenden Kindern findet. Parfümierte Bartwichse und Rindsmarkpomade, um das Haarwachstum zu fördern – abscheulich ist das, wie ihr auch die Männer süchtig machen und als Kunden an eure Brust ketten wollt.

»Du hast Recht, wir nehmen Bergamotte als Zusatz – das wird ein Treffer ins Schwarze. Danke, Françoise, du bist ein Schatz!«

Hör endlich auf, sie dauernd zu umarmen! Ich ertrage diesen Anblick nicht.

»Soll ich die Pomade fertigen, Amélie?«, fragt Françoise und hält deine Hände. »Traust du mir das zu?«

»Gewiss doch! Du musst nur flüssiges Wachs mit Rindsmark versetzen, und ehe es richtig fest wird, gibst du das Bergamotteöl hinzu. Ein Pfund von dem Mark müsstest du zuvor allerdings noch besorgen.«

»Sodann laufe ich geschwind in die Coquille. Raoul wird mir sicherlich etwas borgen.«

»Nimm Geld von mir mit! Er soll es dir nicht umsonst geben.«

»Meinetwegen. Ist vielleicht auch besser, falls ich auf Célestine treffe … Ich bin gleich wieder zurück!«

»Warte noch! Hast du das Rezept für das Eau de Cologne gefunden?«

»Ja, hier, ich habe die Seite im Buch eingemerkt. Es gibt mehrere Varianten, ich weiß nicht, welche wir nehmen sollen.«

»Sein originales Erfinderrezept hat Farina leider nie preisgegeben und vor zehn Jahren mit ins Grab genommen … Aber bis du wiederkommst, kann ich dich an meinem Eau de Cologne riechen lassen, und dann bin ich auf dein Urteil gespannt.«

»Ich habe den Duft seinerzeit bei einem Besuch in Paris kennengelernt, in der Rue Dauphine, dort wurde er verkauft. Wirklich einmalig, diese Komposition. Wohlan, bis gleich!«

Kaum hat Françoise die Küche verlassen, schaust du ihr einen Moment irritiert hinterher, dann schüttelst du kurz den Kopf und schaust wieder ins Rezeptbuch. Die Möglichkeit, dass du es hier mit der ehemaligen Geliebten deines Mannes zu tun hast, kommt dir wohl nicht …

Mit zielsicheren Handgriffen stellst du die benötigten Essenzen zusammen. Italienische Limette, Bergamotte, Neroli, Petitgrain, Orange, Zitrone, Pampelmuse und Cedrat, eine süßlich-vollmundige Zitrusfrucht aus südlichen Ländern.

Johann Maria Farina hat seine Zutaten sogar unter falschem Namen bestellt, und selbst die engsten Familienangehörigen nicht in sein Geheimnis eingeweiht. Eine gute Nase kann die verwendeten Essenzen natürlich annähernd erschnuppern, und so trat sein eigener Bruder in Konkurrenz zu ihm. Das alles hat mir Papa erzählt. Angefangen hat die Geschichte des Eau de Cologne schon um 1690 mit dem Barbier Paolo Feminis, der mit seinem Maultier über die Alpen gezogen und nach Köln gekommen war. Dort wollte er ein Kräuterwasser namens Aqua Mirabilis vertreiben, von dem er behauptete, es sei nach dem Originalrezept des berühmten, wunderheilkräftigen Regina-Wassers aus Florenz hergestellt; die Äbtissin des Klosters Santa Maria Novella habe es ihm unter äußerster Geheimhaltungspflicht überlassen. Um das Kräuterwasser besser zu verkaufen, nannte er es Aqua Coloniensis. So hat Paolo Feminis bis zu seinem Tod ein stattliches Vermögen angehäuft, und als er kinderlos starb, vererbte er seinen Neffen, den Farinas, das Rezept. Ungewiss bleibt, ob Johann Maria Farina die Zusammensetzung veränderte, feststeht nur, dass er in heftigen Zwist mit seinem Bruder Johann Anton geriet. Der eröffnete in Köln ein Geschäft in der Glockengasse und brachte den Duft ebenfalls nach Paris, wo er ihn an der Place Michel vertreiben ließ, als das einzig wahre Kölnische Wasser ...

Das alles hat mir Papa erzählt. Ich wollte noch so viel von ihm lernen!

Du bist damit beschäftigt, die richtige Tropfenmenge der einzelnen Essenzen in die große Karaffe mit Weingeist zu zählen. Immer wieder riechst du daran, um dich zu vergewissern. Schlussendlich gibst du noch fünf Tropfen Kardamomöl hinzu, und jetzt erhellt sich dein Gesicht. Sichtlich zufrieden füllst du das Eau de Cologne in Fläschchen ab.

Nach kurzer Zeit kehrt Françoise wieder zurück. Sie hält eine Schale in Händen, in der sie dir stolz das Rindsmark präsentiert.

»Raoul war nicht da, aber ich konnte Célestine überreden, mir das Mark auszuhändigen. Das Geld hat sie angenommen, obwohl ich ihr erklärt habe, wofür ich es benötige.«

»Das ist schon in Ordnung. Meine Schwester kann es gebrauchen. Raoul hält sie streng und gibt ihr kein Geld. Ich hätte ihr einen besseren Ehemann gewünscht, entschuldige, wenn ich das dir gegenüber so sage.«

»Weshalb entschuldigst du dich bei mir?«

»Er ist schließlich dein Cousin.«

»Ach so, natürlich. Aber deshalb muss ich ihn ja nicht gleich lieben. Raoul ist so wie der Regen: unberechenbar, selten liebenswert und doch tut er Gutes. Das Wohl seiner Gäste liegt ihm jedenfalls sehr am Herzen.«

»Genauso sehr wie sein prall gefüllter Münzbeutel ... Aber nun lass uns nicht mehr davon reden. Er macht es einem zugegebenermaßen schwer, ihn zu mögen.«

***

Bis zum Abend gab es keinen freien Platz mehr in der *Coquille*. Dicht gedrängt saßen die Männer auf Stühlen an den Tischen sowie auf den Bänken entlang der Wand, stimmten Lieder an, lachten und grölten. Viele Pilger waren darunter, die das Erreichen ihres Ziels ausgelassen feierten.

Raoul hatte sich zum Wachdienst am Haupttor umgezogen, den engen Uniformrock der freien Atmung wegen jedoch noch nicht zugeknöpft, und beobachtete argwöhnisch von der Küche aus die Fremden. Sie brachten zwar viel Geld ins Gasthaus, waren ihm aber dennoch ein Dorn im Auge. Kein Montois hätte es jemals gewagt, seiner Célestine zu nahezukommen. Diese Reisenden allerdings stellten eine Gefahr dar: Die Verlockungen der weiten Welt wirkten auch auf sein Eheweib, das wusste er.

Oft genug hatte Célestine von ihrer Schwester gesprochen, immerzu davon erzählt, wie damals dieser reiche Parfümhändler als Pilger auf den Mont gekommen sei und mit Amélie an der Hand die Insel wieder verlassen habe. Nach Paris! In diese unvorstellbar große, lebendige Stadt, von der sich Célestine die schönsten Bilder ausgemalt hatte. Da half es auch nichts, wenn er dieses verklärte Gemälde realistisch zeichnete und sie auf die stinkenden Abwasserkanäle und Misthaufen in den Gassen aufmerksam machte.

Zu Anfang ihrer Ehe hatte alles so harmonisch ausgesehen, er hatte Célestine aufrichtig begehrt, überhaupt konnte er es sich erstmals vorstellen, sein Leben mit einer Frau zu teilen und Kinder zu bekommen.

Bei allen Liebschaften zuvor, die sich bis zu seinem dreißigsten Lebensjahr ohnehin selten genug angebahnt hatten, war von seiner Seite aus niemals echtes Interesse da gewesen. Es waren kurze Begegnungen auf Reisen gewesen, die sich wie Randnotizen in seine Lebensgeschichte einfügten. Wie schmerzlich war es da gewesen, selbst irgendwann zu bemerken, nicht mehr die Hauptrolle bei Célestine zu spielen.

Es musste ein Jahr nach der Hochzeit gewesen sein, als sich noch immer kein Nachwuchs eingestellt hatte. Aus ihrer anfänglichen Wortkargheit entwickelte sich eine handfeste Abneigung gegen ihn, die keine körperliche Nähe mehr zuließ. Und damit begann seine Angst, sein Eheweib an einen anderen Mann zu verlieren, der in der Lage war, Nachkommen zu zeugen. Aus seiner Unruhe heraus begann er sie bei ihrer Arbeit im Gasthaus zu beobachten, und er trug schwer daran, abends seinen Dienst als Torwächter anzutreten. Er war gereizt und so unfreundlich zu den Einlass Begehrenden, dass es Daniel Malnieu oftmals die Sprache verschlug.

Dieser Zustand besserte sich ein wenig, als er ihr nach einem Streit eigenhändig die blonden Haare abschnitt, raspelkurz, bis die Kopfhaut durchschimmerte. Damit gewann er wieder Macht über sie, und diese Eroberung wollte er nicht wieder verlieren. Wie gut ihm das gelang, bemerkte er, als ihm erstmals die Hand ausrutschte. Von jenem Abend an hatte Célestine die Männer mit zu Boden gewandtem Blick bedient. So gefiel ihm das, und er konnte sich wieder etwas entspannen. Sein Eheweib wusste offenbar, was sie falsch gemacht hatte, und lernte jetzt schnell. Damit sie ihre Lektion aber nicht vergaß, musste er diese regelmäßig wiederholen.

So hatten das auch schon sein Vater und seine Mutter mit ihm gemacht. Diese liebreizenden Alten, die nach außen hin die Sanftmut in Person verkörperten, hatten ihn als Kind bei der kleinsten Verfehlung grün und blau geschlagen. Und später, als Heranwachsender, bekam er Prügel allein für die Tatsache, auf der Welt zu sein. Früh zog er sich in sich selbst zurück, und sein Traum reifte, möglichst bald Geld zu verdienen und somit unabhängig zu werden. Als der Entschluss gefasst war, mit achtzehn auszuziehen und das Gasthaus zu übernehmen, waren die Züchtigungen leichter zu ertragen. Zuletzt vergoss er keine Träne mehr und ließ die Riemenschläge auf seinen Hintern in stummem Widerstand über sich ergehen. Aus dem Groll gegen seine Eltern entwickelte sich Hass.

Schon am Tag seines Auszugs hatte er sich Rache geschworen. Im Laufe der Jahre wurde sein nie gestillter Hunger nach Anerkennung unersättlich, und er trachtete danach, diesen mit Macht und Reichtum zu befriedigen. Ein zweites Gasthaus wurde sein Ziel, doch die Örtlichkeit wurde nicht frei, der Tod seiner Eltern ließ auf sich warten, da fasste er das Nachbarhaus der Duponts ins Auge ...

Beladen mit acht Krügen Wein auf einem Brett, kämpfte sich Célestine zu den lautstark nach mehr

Alkohol verlangenden Gästen vor. Dabei streifte sie mit ihren schmalen Hüften die Rücken und Schultern der Betrunkenen. Sie trug das rote Kleid mit der goldfarbenen Schürze stolz wie eine Königin, und Raoul musste an sich halten, nicht sofort einzuschreiten. Auf ihre Ruflaute hin rückten die Männer die Stühle und gaben ihr mit anzüglichen Blicken und unter derben Sprüchen den Weg frei. Einer der Kerle holte mit seiner fleischigen Pranke aus und versetzte seinem Eheweib einen Hieb auf den Hintern. Célestine stieß einen spitzen Schrei aus, der aber sogleich in ein Lachen überging.

Ihm gefror das Blut in den Adern. Wie konnte sie es wagen, sich darüber zu amüsieren? Célestine musste seinen durchdringenden Blick gespürt haben. Er lockte sie mit dem Zeigefinger und vertrauenerweckenden Schnalzlauten wie ein Kätzchen in Richtung Küche. Doch Célestine blieb misstrauisch mitten im Raum stehen. So hatte sie sich noch nie verhalten! Sonst war sie immer sofort zu ihm geeilt. Wollte sie sich ihm heute etwa widersetzen? Dann sollte sie ihn jetzt erst richtig kennenlernen ...

Geduld war noch nie seine Stärke gewesen, darum hatte er auch bei seinen Eltern der Sache nachgeholfen. Täglich hatte er eine Topfportion vom übrig gebliebenen Essen mit Quecksilber angereichert, und seine Mutter hatte die Gabe nichtsahnend und mit dankbarer Miene entgegengenommen. Sie hatte sich gefreut, in ihrem Alter nach der anstrengenden Arbeit nicht auch noch kochen zu müssen und dennoch ihrem Eheherrn eine warme Mahlzeit servieren zu können. Er hatte gesehen, wie sein Plan aufzugehen schien, und mit jedem Tag gespannt die zunehmenden Vergiftungserscheinungen beobachtet, doch die Alten waren zäh. Besorgt darüber, jemand könne ihm auf die Schliche kommen, beschloss er, dem Tod der beiden mit giftigem Schierling auf die Sprünge zu helfen. Der Morgen, als Célestine zum ersten Mal ihre Schwester besuchte, erschien ihm wie geschaffen dafür.

Seine Finger fanden den obersten Knopf seiner Uniform, er hielt kurz die Luft an und er presste ihn mit sorgsamer Gewalt durch das zugehörige Loch. Dabei ließ er sein Eheweib nicht aus den Augen.

Wie hätte er ahnen können, dass diese Françoise ihn beobachtet hatte? Ein purer Zufall, wie sich herausstellte. Seine Mutter wollte oben ein Zimmer an die Fremde vermieten, und Françoise tauchte an jenem Morgen dort auf, weil sie fragen wollte, ob sie ihre Kammer wohl schon ein wenig früher als ausgemacht beziehen könne, da es ihr im Gasthaus zu laut, dreckig und viel zu teuer war. Wie er heute wusste, sah sie ihn gerade noch bei ihrer Ankunft aus seinem Elternhaus kommen; wohl dachte sie sich zunächst nichts dabei und betrat nach ihm das Haus. Dabei fand sie die Tote in der Küche. Doch erst nachdem auch sein Vater mit seiner Hilfe die Augen für immer geschlossen hatte, stand diese Hexe plötzlich in der *Coquille* und verlangte das Gespräch mit ihm.

Ihm sei doch sicher daran gelegen, nicht in den Verdacht zu geraten, seine Eltern ermordet zu haben, sagte sie. Alles, wofür er gearbeitet und gelebt hatte, stand auf einmal auf dem Spiel. Umso überraschter griff er ihren Vorschlag auf, sie zu seiner Cousine zu erklären und für die nächsten Wochen im Haus seiner Eltern wohnen zu lassen. Würde er sogleich damit beginnen, die Wohnräume zum Gasthaus umzubauen, sähe das schließlich so aus, als habe er auf den Tod seiner Eltern gewartet. Einige Zeit später jedoch, wenn keine Gefahr mehr bestünde, würde Françoise nach eigenem Gutdünken die Heimreise antreten, und er würde nie wieder etwas von ihr hören. Einstweilen täte er jedoch gut daran, den Verdacht weiter auf seine Schwägerin Amélie zu lenken, was ihm doch mit den nach Parfüm duftenden Leichen bereits gut gelungen sei.

Doch hier war ein anderer am Werk gewesen, das konnte er ihr gegenüber ohne schlechtes Gewissen schwören. Plötzlich war auch Françoise nervös geworden, da sie nicht mit einem zweiten Mitwisser gerechnet hatte. Dennoch hielt sie an ihrer Erpressung fest.

Nachdem er sich den Rock glattgestrichen hatte, straffte er den Rücken. Er verschränkte die Arme vor der Brust, ein Zeichen, dass sein Geduldsfaden zum Zerreißen gespannt war. Célestine sah das sehr wohl, drehte sich aber von ihm weg und ging in die entgegengesetzte Richtung zum Tresen, um eine Bestellung auszuführen. Ungläubig starrte er ihr nach. Er spürte, wie Hitze in ihm aufstieg. Wenn sie jetzt nicht sofort käme ...

Er ballte die Hände zu Fäusten und zählte innerlich bis drei. Jetzt löste sie sich wieder vom Tresen, allerdings mit zwei Krügen in der Hand, und schickte sich an, diese zum Tisch nahe der Küche zu bringen. Wohl musste sie dabei den gefährlichen Ausdruck in seinem Blick bemerkt haben, denn plötzlich hatte sie es eilig, die Gäste zu bedienen, und nur einen Augenblick später stand sie endlich vor ihm.

Raoul zog sich noch ein paar Schritte in die Küche zurück und hieß sie, ihm zu folgen. Auch Célestine verschränkte nun die Arme vor der Brust. Aus Angst oder war das Ausdruck ihrer Rebellion?

»Was willst du von mir, Raoul? Ich muss arbeiten. Das Haus ist voll, das siehst du doch«, raunte sie trotz der lauten Umgebung.

In ihrer Stimme fehlte das Zittern, dieses feine Tremolo, an das er sich gewöhnt hatte, wenn er sie herzitierte und sie mit ihm sprach.

»Was ist mit diesem Mann? Kennst du ihn?«, forschte er nach.

»Welchen Mann?«, fragte Célestine und ihre Stirn zog sich kraus.

»Du weißt, wen ich meine! Der Dicke, der dir auf den Hintern gehauen hat. Ist er ein reicher Händler?«

Célestines Augen wurden groß wie die eines Kindes. »Ich weiß es nicht, ich kenne ihn nicht.«

»Spiel nicht die Unschuld vor dem Richter, der um die Wahrheit weiß! Ich habe dich längst durchschaut.

Mir setzt du keine Hörner auf!« Er machte zwei Schritte auf sie zu, sie versuchte ihm rückwärts auszuweichen und stieß dabei gegen den Herd, auf dem noch der Rest der Tomatensuppe vom Mittagstisch im Kessel stand. Raoul kam seinem Eheweib nahe, sehr nahe, und spürte, wie sich ihr Körper versteifte. Indem er sich am Herd festhielt, versperrte er ihr den Durchgang und begrenzte ihren Fluchtweg. Jetzt roch er es. Ihr Parfüm. Sie trug es wieder.

»Es hat dir gefallen, nicht wahr?« Seine Hand suchte die kleine Rundung ihres Gesäßes. »Wie er dich da angefasst hat.«

»Aber das war doch nur ...«, hob sie zur Verteidigung an.

»Es hat dir Vergnügen bereitet.« Langsam wanderte seine Hand ihren Rücken hinauf bis in den Nacken. »Du hast gelacht.« Er packte sie im Genick, sodass ihr ein entsetzter Laut entfuhr. »Du hast mich zum Gespött der Leute gemacht!«

Mit roher Gewalt drehte er ihren Kopf zum Herd, zwang sie, sich zu bücken. Mit der anderen Hand schob er ihre Röcke hoch, nestelte an den beiden Knopfreihen seines Hosenlatzes und ließ sie sein starkes Gemächt spüren. Er drängte sich an sie. Célestine hielt still, zum ersten Mal wehrte sie sich nicht gegen diese unsittliche Beiwohnung von hinten. Mit seinem steifen Glied spreizte er ihre Pobacken und glitt an der warmen Spalte entlang, bis ihre geschwollenen Schamlippen seine Eichelspitze liebkosten. Mit einem lustvollen Druck überwand er mit der Kraft seiner Lenden den verführerischen, weichen Widerstand und stieß in ihre warme Grotte vor, in der es schon erstaunlich feucht war.

Raoul hielt sich an Célestines Schultern fest, um tief in sie eindringen zu können und presste mit heftigen Bewegungen all seine Wut und seine gedemütigten Gefühle in sie hinein. Mit jedem Stoß musste sie seine Macht spüren. Ihr entwich ein leises Stöhnen, das ihn noch wilder machte. Hemmungslos ließ er sich treiben, er wollte, dass das Bad in diesen Wellen niemals ein Ende haben würde. Sein Saft staute sich in seinem wild arbeitenden Glied, er biss sich auf die Zähne, schloss die Augen und versuchte es hinauszuzögern, bis er glaubte zu platzen. Er hielt es nicht mehr aus und schoss seinen Samen in sie hinein. Célestine stieß einen spitzen Schrei aus.

Überrascht öffnete er die Augen. Sie lächelte.

Ungläubig starrte er sie an. Célestine, sein ihm untergebenes Eheweib, wandte ihm ihr Gesicht zu und lächelte?

Fassungslos ließ er von ihr ab und schaute ihr zu, wie sie seinen Samen, der an ihren weißen Schenkeln hinunterlief, mit einem Tuch auffing und ihre Röcke ordnete.

»Danke, mein guter Eheherr. Nichts anderes wollte ich von dir.«

»Du Miststück, du elendes Weibsbild!« Mit zwei Schritten war er bei ihr, packte sie, schleifte sie zum Herd und drückte ihr Gesicht in den Kessel mit der Suppe.

Wie von Blut überströmt tauchte sie wieder auf und rang nach Luft. Er ließ von ihr ab, spuckte vor ihr aus und trat zurück.

»Mach dich sauber, du dreckiges Hurenweib, und geh wieder an die Arbeit!«

Célestine gehorchte.

***

4

Man gebe Rosenholz und Rosenblüten hinein …

Denn diese Düfte erhellen alle Kümmernis,
geschöpft aus dem Füllhorn von Weiblichkeit und Gefühlen.

Es war Mai geworden, und in der *Welt der Sehnsüchte* herrschte ein Summen und Brummen wie in einer Honigwabe. Die Leute gaben sich die Klinke in die Hand, bestaunten die süßlich duftenden Verlockungen und ließen sich die Verwendung von Schönheit fördernden Wässerchen, Pomaden und Schminken erklären. Angefangen hatte es mit der jungen Madame Leclerc, die sich nach medizinischen Essenzen erkundigt hatte und mit einem Parfüm in der Hand wieder gegangen war.

Diese Parfümkreation wiederum hatte auf die Damen der Familie Leclerc einen solchen Eindruck gemacht, dass eine jede ebenfalls ihren eigenen Duft haben wollte. Und von nun an verbreitete sich die Kunde von Amélies Können wie ein Lauffeuer im Ort. Die Frauen waren wie berauscht, trunken von der Aufmerksamkeit, die sie nach einem Parfümkauf plötzlich bei ihren Männern und im Wettstreit mit ihren Konkurrentinnen erzielten. Keine wollte dabei den letzten Platz belegen, es gab kein anderes Gesprächsthema mehr auf der Insel, und die Kasse klingelte.

Amélies Vorräte gingen wieder einmal zur Neige, und bereits vor einer Woche hatte sie Montagnard beauftragt, eine halbe Wagenladung an Ingredienzien auf dem Festland zu kaufen und auf den Mont zu bringen. Zu ihrer Überraschung hatte er seinen Dienst gewissenhaft erledigt, dieses Mal zog sich seine Rückkehr jedoch unverhältnismäßig lange hin, schon vor zwei Tagen hatte sie ihn zurückerwartet.

Heute, am späten Nachmittag, sobald der Ansturm nachgelassen hatte, wollte sie selbst zu seiner Höhle gehen und nachsehen, ob er womöglich unverrichteter Dinge das Festland wieder verlassen hatte. Es würde ihm jedenfalls ähnlich sehen, sich dann auch noch still zu verhalten, dachte sie.

Einstweilen musste Amélie den wie ein Regenschauer auf sie einprasselnden Wünschen der Kunden gerecht werden, die alle gleichzeitig bedient werden wollten. Denn allzu lange wollte man sich doch immer noch nicht in diesem Haus aufhalten: Der Reiz der angebotenen Waren lockte zwar, das Wissen um den Teufel aber, der hier aus und ein gegangen war, steckte den Menschen noch immer in den Köpfen.

Ohne Françoises Hilfe wäre sie verloren gewesen, und auch Linnea war ihr willig zur Seite gestanden:

Sie machte sich nicht schlecht im Geschäft, musste Amélie zugeben, auch wenn sie sich das Ruder von ihr nicht aus der Hand nehmen lassen wollte. Zu dritt bedienten sie die Frauen und Männer in Küche und Wohnstube, die nunmehr in reine Ausstellungsräume verwandelt worden waren, und berieten die neugierig an den Tischen entlangflanierenden Interessenten. Jeder durfte an verschiedenen Düften schnuppern, so lange, bis er eine Wahl getroffen oder eine Bestellung für ein individuelles Parfüm in Auftrag gegeben hatte, an deren Ausführung sich Amélie dann sogleich machte.

Seit nunmehr einer Stunde war Amélie allerdings nicht mehr ganz bei der Sache und ertappte sich selbst immer wieder dabei, wie sie aus dem Fenster in den Garten schaute. Daniel war gekommen. Er hatte das Haus nicht betreten, um sie zu begrüßen, sondern war einfach plötzlich im Garten aufgetaucht, hatte ihr mit einem Lächeln durch das Fenster zugewinkt und sich an die Arbeit gemacht. Natürlich war auch Linnea seine Anwesenheit nicht verborgen geblieben, und seither bediente sie die Kundschaft mit doppeltem Eifer.

Zwei Frauen, ein Beutelchen mit sich tragend, verließen hochzufrieden das Geschäft, während Amélie sich noch immer um eine Dame im reiferen Alter bemühte, die an allem etwas auszusetzen hatte, aber unbedingt etwas kaufen wollte.

»Wenn es kein Parfüm sein soll, Madame, dann vielleicht ein wohlriechendes Rouge für die Wangen?«, schlug ihr Amélie vor. »Das trägt man jetzt in Paris.«

»Ich bin doch kein junges Mädchen, das wie ein reifes Äpfelchen die vorübergehenden Männer anlacht und zum Naschen verführt!«, entrüstete sich die in Dunkelbraun gekleidete Kundin.

»Dann vielleicht ein Gesichtswässerchen zur Entspannung?«

»Das klingt schon besser. Zeigen Sie mal her.«

Amélie präsentierte der Wählerischen mit einem Lächeln und innerlich wachsender Ungeduld eine nach Lavendel, Rosmarin und Thymian duftende Tinktur.

Die Frau verzog das Gesicht und schüttelte ihren Kopf mit der strengen Grauhaarfrisur. »Das riecht ja wie in der Kleidertruhe meiner seligen Großmutter. Ich bin doch noch keine alte Dame!«

Amélie atmete tief durch. »Ich fürchte, es wird schwer, Ihren Wohlgefallen zu treffen. Vielleicht möchten Sie sich noch alleine ein wenig umsehen?«

»Nein. Ich wünsche, dass Sie mir etwas empfehlen! Man erzählt sich von Ihnen, dass Sie auf wundertätige Weise mit Ihren Mittelchen das Leben einer Frau verändern können. Sie soll schöner, glücklicher und von ihren Mitmenschen geliebt werden. Wohlan, so verkaufen Sie mir doch etwas!«

»Ja, aber ...«, setzte Amélie zum Widerspruch an, um diese Mär zu entkräften, die ihr ein Ziehen in der Magengegend verursachte, doch da wurde sie von ihrer Tochter unterbrochen, die unbemerkt zu ihnen getreten war.

»Madame, ich habe mir erlaubt, Ihr Gespräch mit meiner Mutter zu verfolgen. Ich heiße Linnea. Vielleicht darf ich Ihnen einen Duft empfehlen?«

»Linnea!«, zischte Amélie von der Kundin abgewandt.

»Oh, das wäre ganz reizend«, ging die Dame auf Linneas Angebot ein. »Da haben Sie aber eine hübsche und schon so große Tochter, die auch noch höflich und zuvorkommend ist. Allerliebst! Wie alt bist du denn?«

»Fünfzehn«, erwiderte Linnea über die Schulter hinweg, bereits den Tisch nach einem passenden Parfüm absuchend. »Und ich kenne mich in der Welt der Parfümdüfte schon besser aus als auf der Landkarte.«

Der strenge Gesichtsausdruck der Kundin verklärte sich und wurde mild. »Fünfzehn ... ihr ganzes Leben hat sie noch vor sich, und ihre Seele kennt noch kein Herzeleid.«

»Sie sieht schon reifer aus, als sie es tatsächlich ist«, bemerkte Amélie missbilligend und erntete dafür einen zornigen Blick ihrer Tochter.

»Mein Vater ist vor wenigen Wochen ganz plötzlich verstorben«, erklärte Linnea in gefasster Würde und schob hier und da einen Flakon zurecht, um die Beschriftung besser lesen zu können.

»Ach, herrje, ach herrjemmine«, bekümmerte sich die Dame. »Das kann ich dir so gut nachfühlen! Auch mein Vater ist verstorben, als ich noch ein junges Mädchen war, und ich habe seinen Verlust nie verwunden. Selbst meine Mutter konnte mich darüber nicht hinwegtrösten. Seine Liebe war einfach unersetzlich. Aber bald wird ein Mann kommen, dein Herz erwärmen, und du wirst mit ihm den Bund der Ehe eingehen. So war es auch bei mir und meinem Gustave, Gott hab ihn selig.«

»Ich denke«, mischte sich Amélie abermals in das Gespräch ein, »meine Tochter hat ebenfalls nichts gefunden, womit wir Ihnen dienen können. Es tut uns aufrichtig leid, Ihre Wünsche nicht erfüllt zu haben.«

»Einen Augenblick ...«, forderte Linnea, »mir ist gerade ein Einfall für ein eigens für Sie entworfenes Parfüm gekommen.«

»Madame wünscht das nicht, Linnea. Geh jetzt bitte sofort zu Françoise hinüber und frag sie, ob du ihr helfen kannst.«

»Ich will aber nicht!«

»Linnea!«

»Einen Moment bitte, Madame Dupont«, ereiferte sich die Dame. »Seien Sie doch nicht so streng mit dem Mädchen. Ich würde gerne den Vorschlag Ihrer Tochter hören.«

»Aber Sie wollten doch gar kein Parfüm?«, fragte Amélie gereizt und am Ende ihrer Geduld.

»Gewiss keines von jenen, die Sie hier im Angebot haben. Aber ich bin neugierig, welche Düfte Ihre Tochter für mich auswählen würde.« Erwartungsvoll richtete die Kundin ihren Blick auf Linnea, die es nun doch mit der Aufregung zu tun bekam.

»Ich dachte, Madame, nun ... Ich habe Ihnen gut zugehört, und ich glaube, Ihnen könnte ein Parfüm aus wenigen Essenzen gefallen. Nichts Üppiges oder gar Überladenes. Ich würde nur drei Duftkomponenten wählen. Und jede Essenz soll für eine Person stehen: Mutter, Vater, Ehemann.« Linnea machte eine hoffnungsvolle Pause, warf einen bedeutungsvollen Seitenblick auf ihre Mutter, doch niemand sagte etwas. Selbst die Angesprochene nickte nur stumm, aber das gab Linnea offenbar noch genug Selbstsicherheit, ihre Vorstellungen weiter ausreifen zu lassen.

»Wir nehmen einen warmen, anschmiegsamen Duft als sichere, mütterliche Basis. Dafür ist Benzoe geeignet, es besitzt auch noch genügend Leichtigkeit, um die anderen Düfte nicht einzuengen. Alsdann würde ich Pelargonie nehmen, denn die Geranie riecht leicht und frisch mit einem Hauch von Rose, hilft gegen jegliche Verdrießlichkeit und schafft ausgleichende Zuversicht, ganz wie ein treusorgender Vater. Schließlich würde ich noch Eisenkraut wählen. Es belebt die Gedanken, macht offen für Neues und wirkt vor allem herzkräftigend.«

»Das klingt ja ganz wunderbar, mein Mädchen. Genau das, wonach ich suche! Und dieses Parfüm wird eigens für mich gefertigt?«

»Sehr gerne sogar. Ich habe auch einen Namen dafür, falls er Ihnen gefällt – Chrysolith.«

»Aber das ist doch ein Stein ...«, verwunderte sich die längst in Begeisterung schwelgende Dame.

»Ja, ein Edelstein mit heilkräftiger Wirkung, die schon Hildegard von Bingen kannte. Wer Fieber, Herzschmerzen oder schlechte Gedanken hatte, soll sich diesen durchsichtigen Stein, in dem ein Hauch vom Maigrün des Frühlings eingefangen ist, auf die Brust legen ... So wie dieser Stein ist auch unser Parfüm, voller Schönheit und Heilkraft zugleich. Ich will es für Sie herstellen. Gedulden Sie sich nur einen Augenblick ... Maman, ich gehe hinauf in die Parfümwerkstatt.«

Amélie schnappte nach Luft. »Das wirst du nicht tun! Sei froh, dass ich dir überhaupt erlaube, hier auszuhelfen ... In diesem Haus entwerfe *ich* das Parfüm und niemand sonst, auch du nicht.« Es war ihr gleichgültig, dass alle Köpfe sich nach ihr umwandten.

»Gut zu wissen, dass ich hier nicht weiter erwünscht bin«, schnaubte Linnea. »Schön, dann gehe ich jetzt zu Daniel in den Garten, *er* wird sich über meine Hilfe sicher freuen!«

»Linnea, du bleibst jetzt hier!«

»Warum sollte ich?« Mit wenigen Schritten war Linnea zur Hintertür hinaus und ließ diese mit einem Knall zufallen.

In beiden Räumen herrschte plötzlich Stille, so als sei kein Kunde mehr anwesend.

»Bitte, *Mesdames et Messieurs*, schauen Sie sich doch weiter um«, rief Amélie in aufgesetzt fröhlichem Tonfall.

Die Gespräche kamen wieder in Gang, und Amélie linste nach draußen, wo ihr Blick auf Daniels dankbares Lächeln traf. Mit einer beschützenden Geste legte er den Arm um ihr kleines Mädchen, wohl im Glauben, sie habe ihm ihre Tochter geschickt.

Wie sehr man sich doch täuschen konnte ...

***

»Wie nett, dass du mir helfen willst!«, sagte Daniel und wischte sich die Hände an der Hose ab.

»Keine Ursache«, sagte Linnea und gab sich gelangweit. »Hier draußen ist es allemal besser, als in dieser Parfümwolke da drinnen zu ersticken. Ich brauche ein bisschen frische Luft.«

»Ach, wohlan, ich dachte, deine Mutter hätte dich geschickt, um mir zur Hand zu gehen.«

»Ich bin alt genug, selbst zu entscheiden, was ich tue, und außerdem wollte ich nur eine kleine Pause machen.«

Mit dem Armrücken wischte sich Daniel über die leicht verschwitzte Stirn. »Das Gröbste habe ich schon geschafft. Ist ja zum Glück kein großer Garten.«

Das mit der Sense geschnittene Gras lag zu einem ordentlichen Haufen zusammengefasst in der hinteren Ecke des abschüssigen Gartens. Ein sanfter, leicht kitzelnder Geruch umschmeichelte Linnea.

»Was meinst du«, sagte Daniel und zeigte auf die vereinzelten, vor den Fenstern wachsenden Büsche. »Eigentlich sind die ganz schön, oder? Soll ich sie vielleicht nicht einkürzen, sondern lediglich ein wenig in Form schneiden?«

Linnea besah sich mit kritischem Blick die Höhe der Büsche, die bis weit über die Fensterkante ragten. »Hast du dich vorhin hier ausgeruht?« Sie deutete auf das niedergedrückte Gras zwischen den zwei Büschen vor dem Stubenfenster.

»Ich? Nein. Vielleicht war es ein Tier, eine Katze oder dergleichen, das hier geschlafen hat.«

»Möglich. Dann sollten wir ihm diesen Rückzugsort vielleicht lassen, wenn ihm diese geschützte Stelle gefällt.«

Daniel lächelte. »Du sorgst dich gerne um das Wohl anderer, nicht wahr? Auch wenn du dadurch manchmal selbst auf der Strecke bleibst? Übrigens, dort an der Hausecke wächst auch Eisenhut, den sollte ich auch noch rausnehmen. Die Pflanze blüht zwar im Sommer in einem wunderschönen Blau, aber auch deine Mutter sollte wissen, dass Blätter und Knollen sehr giftig sind. Im Grunde hat so eine Pflanze in einem Garten nichts verloren.«

»Hm«, machte Linnea und beobachtete ihre Mutter, die gestikulierend einer Gruppe von drei Männern das Verkaufsangebot zeigte. Die beiden rothaarigen Männer, augenscheinlich Zwillinge, lachten und scherzten und stupsten sich gegenseitig an wie kleine Jungen. Ihr beleibter Begleiter verfolgte Amélies Ausführungen hingegen mit absolutem Ernst und gerunzelter Stirn. Nun hätte sie doch zu gerne gewusst, was dort drin gesprochen wurde. Aber sie konnte sich jetzt in Daniels Gegenwart nicht auf die ausgetauschten Worte konzentrieren.

»Kennst du diese Männer?«, fragte sie Daniel, weil diese nur wenig älter als er sein mochten.

»Ja, gewiss. Die Zwillinge heißen ... ach, ihr richtiger Name fällt mir gerade gar nicht ein: *Les brigands rouges*, die roten Räuber, nennt man sie, und der Mann daneben ist unser Herr Graf, weil er sich offensichtlich schon als Kind von den anderen abgehoben hat und etwas sonderbar war. Gut möglich, dass deine Mutter mit ihnen aufgewachsen ist ... Aber du hast mir meine Frage noch nicht beantwortet: Hast du nicht manchmal das Gefühl, nur die Wünsche deiner Mutter zu erfüllen und es allen recht zu machen – nur du kommst dabei zu kurz?«

Linnea war sprachlos über seine einfühlsame Beobachtung. Bislang hatte nur ihr Vater diese Gabe gehabt, in sie hineinzuschauen und unausgesprochene Worte zu hören.

»Ich kann schon auf mich aufpassen«, versicherte sie Daniel. »Immer lasse ich mir das auch nicht gefallen, besonders in letzter Zeit nicht mehr.«

Daniel nickte und begann damit, die Büsche zurechtzuschneiden, indem er die besonders vorwitzigen jungen Triebe mit einer Hand zusammenfasste und mit einem rostigen Messer einkürzte.

»Du wirst eben ein erwachsenes Mädchen«, stellte Daniel in einer Selbstverständlichkeit fest, dass ihr die Röte ins Gesicht schoss.

Mit kribbelnden Wangen wandte sie sich ab und ging ein paar Schritte durch den Garten, bis sie sich wieder beruhigt hatte. Zu ihrer Mutter zurück wollte sie jedenfalls noch nicht, dafür war sie viel zu neugierig auf Daniel.

Linnea ließ sich in dem vermeintlichen Katzennest an der sonnenbeschienenen Hausmauer nieder, zog ihre Beine an und lächelte Daniel zu, nun wieder ganz Herrin ihrer Gefühle.

»Kann schon sein, dass ich erwachsen werde. Aber ich habe jetzt keine Lust, mich an dem Leben da drin zu beteiligen, sondern ich will einfach tun, wonach mir ist – wie ein Kind.«

Daniel ließ das Messer sinken. »Danach ist es mir manchmal auch. Frei sein, weg von hier, von dieser begrenzten Welt, in der ich nie leben wollte.«

Linnea hörte auf, an den Grashalmen zu zupfen, und hob den Kopf. »Wohin willst du gehen?«

Überrascht von der direkten Frage zuckte Daniel mit den Schultern und warf die abgeschnittenen Zweige in Richtung des Grashaufens. »Die Welt ist groß. Vielleicht erst einmal reisen und dann lasse ich mich dort nieder, wo es mir gefällt.« Er steckte das Messer in die Lederscheide und nach kurzer Überlegung setzte er sich zu ihr ins sonnenwarme Gras, überkreuzte die Beine und betrachtete sie neugierig.

Was sah er in ihr? Ein kleines Mädchen oder wirklich schon eine junge Frau? Spielte das überhaupt eine Rolle? Für sie nicht. Es gab kein Entrinnen vor der Faszination, die er auf sie ausübte. Mochten auch fünfzehn oder mehr Jahre zwischen ihnen liegen … Er trug das Parfüm. Linnea sog den Geruch in sich ein, es war, als ob unzählige kleine Funken in ihrer

Nase tanzten und ihren Glanz versprühten. Jene verbotenen Essenzen, die ihr Vater immer unter dem Ladentisch verkauft hatte. Mit Moschus, Zibet und Ambra experimentierte er am liebsten, weil auch die Kundschaft diese verführerischen Düfte liebte. Alles in ihr vibrierte, öffnete sich. Was waren das für Gefühle? Sie begann sich dafür zu schämen, und darum tat sie so, als habe sie lange über seine Worte und über das Leben auf dem Mont nachdenken müssen.

»Welche Länder hast du schon gesehen, Daniel?«

»Länder? Ich kenne nur Frankreich und zwar den Weg von Paris hierher auf den Mont.« Er erzählte ihr, wie er dem Wunsch des Vaters gehorchend mit seinen Eltern auf die Insel umziehen musste und wie er seine Eltern hernach bis zu deren Tod gepflegt hatte und an seiner Aufopferung selbst fast zerbrochen wäre.

»Du stammst aus Paris?«, fragte Linnea mit vor Begeisterung leuchtenden Augen. »Und willst du wieder zurück in deine Heimat?«

»Heimat? Was ist das? Dort lebt niemand mehr, mit dem ich verbunden wäre. Ich bin damals herausgerissen worden, und hier konnte ich nie Wurzeln schlagen. Viele Länder kenne ich nur aus Büchern. In meiner Vorstellung habe ich mich jedoch schon oft dort aufgehalten. Bis über die Alpen nach Italien bin ich gekommen. Rom ... Venedig ...«

»Davon hat mir mein Vater erzählt! Er war als Händler ständig unterwegs. Wunderschön muss es da sein!«

Daniel lachte befreit auf und rief übermütig: »Sodann lass uns eines Tages gemeinsam nach Italien reisen!«

»Wir beide? Heißt das, du magst mich ein bisschen?« Kaum hatte sie die Frage ausgesprochen, biss sie sich auf die Zunge. Aber nun war es zu spät.

Daniel zupfte an den Grashalmen und nach geraumer Zeit schaute er auf. »Von dem Moment an, als ich dich zum ersten Mal bei eurer Ankunft am Tor gesehen habe.«

Vor Glück wusste Linnea nicht, was sie erwidern sollte. Als ihr Vater noch lebte, hätte sie sich niemals vorstellen können, einen anderen Mann zu mögen. Mit dem Tod ihres Vaters war alles anders geworden. In den vergangenen Wochen hatte sie sich zwar nach Hause zurückgesehnt, aber gerade eben hatte sie verstanden, wie Recht Daniel hatte – dort wartete niemand mehr auf sie. Die Trauer um ihren Vater überwältigte sie, Tränen stiegen in ihr auf. Sie wischte sich verstohlen über die Augen.

»Was ist mit dir?«, fragte Daniel. »Hast du Kummer?«

»Nein, nein. Es ist alles in Ordnung«, versicherte sie schnell und blinzelte in die Sonne, als trüge diese Schuld daran.

»Du hast von deinem Vater die Kunst der Parfümherstellung erlernt, nicht wahr? Du bist begabt, du hast eine feine Nase dafür.«

Linnea riss Grashalm für Grashalm aus der Erde. »Was nützt mir das, wenn ich nie in diesem Beruf werde arbeiten können?«

»Wer sagt das?«

»Meine Mutter und ... eigentlich jeder. Als Frau bin ich schließlich dazu da, Haus und Kinder zu versorgen«, fügte sie verwundert hinzu.

»Hm«, machte Daniel. »Willst du das?«

»Natürlich nicht. Ich will fremde Länder bereisen. Zusammen mit dir!«, platzte es aus ihr heraus.

»Aber Linnea«, entgegnete Daniel sanft. »Das war doch nur so dahingesagt. Ein kleiner Spaß. Du bist doch noch viel zu jung!«

»Ach ja?« In ihr erstarben die zart gewachsenen Knospen ihrer Gefühle. »*Nur ein Spaß*?« Sie stemmte ihre Arme auf den Boden und erhob sich ruckartig. »Ich bin zumindest alt genug, um die Dinge ernst zu meinen, die ich sage!« Schnurstracks ging sie auf den Hintereingang der Küche zu.

»Linnea, warte!«

»Auf Wiedersehen, Daniel, und einen schönen Tag noch!«, rief sie ohne sich umzudrehen und verschwand im Haus.

***

Aus dem Augenwinkel bemerkte Amélie die wutentbrannte Miene ihrer Tochter und empfand dabei eine tiefe Befriedigung. Auch wenn sie sich für dieses Gefühl sogleich schämte, ihrer Tochter kein Glück zu gönnen, doch für eine Beziehung zu einem Mann, noch dazu zu einem wesentlich älteren, war Linnea zu jung. Vor allem für Daniel! Und nicht nur das: Ihr

Kind musste ganz entschieden davor behütet werden, denselben Fehler wie seine Mutter zu machen! Wenn sie ihre Tochter so betrachtete, sah sie sich selbst als junges Mädchen, damals blind vor Liebe zu Alphonse. Für ihn war sie bereit gewesen, alles aufzugeben – in seinem Leben hatte sich hingegen nichts geändert, außer dass nunmehr jemand die ihm lästige Leitung der Hauswirtschaft übernahm und er ein schmückendes Beiwerk für gesellschaftliche Abende besaß – das er nach aufgekommener Langeweile bedenkenlos gegen eine neue Frau ausgetauscht hatte.

Linnea verschwand aus ihrem Blickfeld mit der Bemerkung, sie gehe in die Kammer hinauf, und Amélie ließ ihre Tochter ziehen. Sie verlor sich in Gedanken, während sie die Einkäufe ihrer Kunden in rot- und grünsamtene Säckchen packte: Die Zwillinge hatten je ein Parfüm für ihre Ehefrauen ausgesucht, was Amélie gelinde erstaunt hatte, hätte sie doch dem bodenständigen Monsieur le Comte eher eine Eheschließung zugetraut. Doch dieser war offensichtlich bis heute ohne Frau geblieben. So wie Daniel, der mit seiner einfühlsamen Art und seinem guten Aussehen wohl jede Frau haben könnte ...

Niemals durfte seine Wahl auf Linnea fallen! Daniel hatte kein Recht darauf, den Rest ihrer kleinen Familie auseinanderzudrängen. Dann wäre sie ganz allein. *Allein*. Wie furchtbar dieser Gedanke war! Bislang hatte sie immer jemanden um sich gehabt. Als ihr das Nest der Familie zu eng geworden war und sie ihre Flügel strecken wollte, kam Alphonse, der ihr den Mut und das Vertrauen schenkte, mit ihm in die Welt hinauszufliegen. Er war wie ein Adler für sie gewesen. Der Herr der Lüfte, frei und unabhängig, ein stolzer Einzelgänger. Er konnte mit sich allein sein und genau von dieser Lebenskunst fühlte Amélie sich angezogen – ein fataler Fehler, wie ihr zu spät bewusst wurde.

Ihre Mutter hatte das sofort geahnt und war strikt gegen diese Bindung gewesen, was ihr wenig geholfen hatte, denn Amélie war längst entschlossen, ihren Willen durchzusetzen. Auch ihrer Mutter war der Altersunterschied zu Alphonse ein Dorn im Auge gewesen, doch je länger sie jetzt darüber nachdachte, desto mehr gewann sie den Eindruck, Marianne wusste schon damals, sie würde den frühen Weggang ihrer Tochter nicht verkraften. Die Familie brach auseinander, und für ihre Mutter, die sich über ihren Ehemann zwar nicht beklagen konnte, aber auch keine Beachtung von ihm fand, waren ihre Kinder ihr Ein und Alles. Erst jetzt konnte Amélie den Schmerz nachfühlen, den ihre Mutter am Tag des Wegzugs ihrer gerade erst sechzehnjährigen Tochter erlitten haben musste.

Bilder vom Tag des Abschieds stiegen in Amélie auf, Bilder, die sie verdrängt hatte. Schon damals hatte sie den Schmerz ihrer Mutter nicht wahrhaben wollen, schließlich galt es mehr, der Liebe ihres Lebens zu folgen. Alphonse wäre ihr niemals begegnet, wäre sie nicht an einem sonnigen Junitag mit ihrer Mutter in der Unterstadt unterwegs gewesen, als er ihren Weg kreuzte und sie nach einer guten Herberge fragte. Schon während er die günstigste Nächtigungsgelegenheit empfohlen bekam, konnten sie die Augen nicht voneinander lassen. Natürlich präzisierte er sofort seinen Wunsch nach einem gehobenen Gasthaus und entschied sich für die *Coquille.*

Dort begegnete er Marianne schon am nächsten Morgen wieder, weil diese dort aushilfsweise arbeitete. Er unterhielt sich mit ihr, erzählte von seinem Leben als Händler und Parfümeur, von Paris und vom Tod seiner Mutter, der er diese Pilgerreise auf dem Sterbebett versprochen hatte. Zu groß war deren Angst gewesen, ihre Seele könne im Höllenfeuer verbrennen. Anstelle der Kirche das halbe Familienerbe zu übereignen, was eine nicht unbeträchtliche Summe gewesen wäre, überzeugte er die Sterbende davon, dass er mit einer Pilgerreise auf den Mont-Saint-Michel ihr Seelenheil retten könne.

Interessiert hatte Marianne seinen Ausführungen gelauscht, lebhaft erinnerte sich Amélie auf einmal daran, wie ihre Mutter dabei aufgeblüht war. Auch konnte sie sich nun deren versteckte Eifersucht vorstellen, als Alphonse in den nächsten Tagen vermehrt das Gespräch mit ihrer Tochter gesucht und zwei Wochen später, am Sonntag vor seiner Abreise, um Amélies Hand angehalten hatte. Ihr Vater nahm dieses Ansinnen erfreut auf und stimmte ohne Umschweife zu, konnte er sich doch keine bessere Partie für seine Tochter wünschen. Auf die Gefühle der Mutter hatte niemand Rücksicht genommen ...

»Amélie, bitte, wie viel kostet dieses Mittel für die Haare?«, fragte Monsieur le Comte unsicher, weil er sah, dass er sie in ihren Gedanken störte. Kurz zuvor hatten sich die Zwillinge von ihr verabschiedet, indem sie ihr kumpelhaft auf die Schulter klopften, aber das hatte sie nur am Rande registriert. Sie musste jetzt wieder in die Welt des Parfüms zurückfinden.

Amélie überreichte ihrem Freund aus Kindertagen das rote Säckchen, das sie schon längere Zeit in der Hand gehalten hatte, erfreut darüber, dass auch er den Duft »Célestine« gewählt hatte, den sie mittlerweile ins Sortiment aufgenommen hatte. »Du hast schon dieses Parfüm gekauft – das Mittel für die Haare schenke ich dir.«

»Oh, das ist aber großzügig von dir, vielen Dank! Alsdann bezahle ich nur das Parfüm.« Monsieur le Comte griff unter dem Justaucorps an seinen Hosenbund, und als Amélies Blick auf den Münzbeutel fiel, wurde ihr siedendheiß. Helles, weiches Ziegenleder mit einer dunklen Kordel zusammengezogen ... Konnte dies ein Zufall sein? Und wenn nicht – wäre er so dreist, den gestohlenen Beutel vor ihren Augen zu verwenden?

Monsieur le Comte, der für sie in diesem Augenblick seinen Kosenamen verlor und zu Guillaume wurde, zählte ihr seelenruhig die Münzen auf den Tisch. Amélie blieb wie versteinert vor ihm stehen, konnte nur auf das Corpus Delicti starren.

Sie räusperte sich und sagte: »Einen schönen Lederbeutel besitzt du da.«

Sogleich schoss ihm die Röte in die fülligen Wangen. »Ja, nicht wahr? Ich habe ihn mir erst vor kurzem gekauft, es ist ein ganz seltenes Stück.«

»Gewisslich war er nicht billig. Darf ich dich fragen, was du dafür bezahlt hast und wo du ihn erstanden hast?« *Er* hatte ihr damals nach dem kleinen Zusammenprall mit dem Müllersburschen wieder auf die Beine geholfen!

»Das war bei einem ... Es muss wohl ein fliegender Händler gewesen sein, der vom Festland auf den Mont gekommen war. Ein echter Glücksfall also! Und, was ich bezahlt habe ... ich glaube, das weiß ich gar nicht mehr so genau. Jedenfalls kaufe ich mir äußerst selten derartige Luxusware, nicht dass du denkst, bei mir lebe Väterchen Wohlstand.«

Amélie blieb das Lachen im Hals stecken, mit dem sie auf seine Heiterkeit hin reagieren wollte. »Ist ja auch nicht so wichtig ...«, entgegnete sie leichthin. Sie würde schon noch Gelegenheit bekommen, ihn zur Rede zur stellen.

»Ich schließe jetzt gleich. Außerdem wollte ich noch zu Montagnard, um zu sehen, wo er mit meiner bestellten Ware bleibt.«

Guillaume schaute um sich, es waren alle Kunden gegangen. »Oh, ich bin wie immer der Letzte. Bitte entschuldige, dass ich dich so lange aufgehalten habe. Alsdann hab vielen Dank für deine freundliche Bedienung und das Geschenk.«

»Gern geschehen«, brachte Amélie hervor.

Unter dem Türrahmen blieb Guillaume noch einmal stehen. »Was ich dich noch fragen wollte, Amélie ... Glaubst du, deine Schwester wird sich über das Parfüm freuen? Ich meine, weil es ihren Namen trägt.«

»Du verehrst meine Schwester wohl immer noch sehr.« Ein Seufzer entfuhr ihr. »Du solltest deine Hoffnungen wirklich langsam begraben. Sie hat sich damals gegen dich entschieden – und das wohl aus gutem Grund.«

***

Erwartungsvoll sahen ihm die Zwillinge entgegen, als er aus Amélies Haus trat. Guillaume wünschte, sie hätten nicht auf ihn gewartet und er könnte seinen Gedanken auf dem Heimweg nachhängen.

»Wohlan, Monsieur le Comte, wir dachten schon, du kämst gar nicht mehr dort heraus! Respektabel, was unsere kleine Amélie sich da aufgebaut hat, nicht wahr?«

»Und das in nicht einmal zwei Monaten«, fügte sein Bruder hinzu. »Wirklich erstaunlich.«

Außenstehende hatten es längst aufgegeben, die beiden zu unterscheiden, Guillaume verstand es jedoch, die eineiigen Zwillinge auseinanderzuhalten, weil er wie ein Bruder vertraut mit ihnen war. Antoine hatte die größeren grünblauen Augen und insgesamt das weichere Gesicht, die Lippen seines Bruders waren schmaler und die Wangenpartie kantiger ausgeformt. Auguste war auch meist der Tonangebende in dem Zweigespann, dieses Recht beanspruchte er als Erstgeborener für sich.

Charakterlich waren sich die beiden jedoch sonst sehr ähnlich. Sie bezeichneten sich als Lebenskünstler, andere hielten sie für Faulpelze, denn wo Arbeit war, waren die Zwillinge nie zu finden. Ihre Frauen kochten, was im Garten wuchs und das Meer ihnen schenkte. Geld kam nur ins Haus, wenn Antoine und Auguste sich doch zu kurzfristigen Aushilfsdiensten hinreißen ließen, ansonsten lebten sie von der Vorstellung des nahenden Paradieses, in dem man nur die Hände aufhalten musste, um all die Reichtümer aufzufangen.

»Ja, der Laden läuft ganz gut«, antwortete Guillaume unbestimmt. »Ich wünsche euch noch einen schönen Tag. Ich gehe jetzt nach Hause.«

»Wir begleiten dich!«, entschied Auguste.

»Der Tag ist schließlich noch viel zu jung, um nach Hause zu gehen«, stimmte Antoine zu. »Außerdem wollten wir noch mit dir über Amélie reden.«

»Über Amélie? Weshalb?« Er wartete nicht auf Antwort, sondern machte sich auf den Weg an der Friedhofsmauer entlang hinunter in die Stadt. Die Zwillinge hefteten sich an seine Fersen. Natürlich wollte er noch nicht nach Hause gehen, ganz im Gegenteil, aber seine Pläne gingen die beiden roten Räuber nichts an.

Die Sonne schien vom wolkenlosen Himmel und wärmte sein Gesicht. Der Frühling stand bereits seit Tagen in voller Blüte, die Bäume trugen ihre grünen

Kleider, und er genoss in tiefen Atemzügen das eigene Aufblühen seiner Seele nach dem langen Winter samt der unbändigen Vorfreude auf den Sommer. Ein Sommer, der endlich alles verändern sollte ...

»Amélie ist doch unsere Freundin aus Kindheitstagen«, bemerkte Antoine dicht hinter ihm. »Und unter Freunden teilt man, ist es nicht so?«

»Ich finde auch«, stimmte Auguste ihm zu, »sie könnte uns ein Stück vom Kuchen abgeben. Oder vielmehr zwei Stückchen!« Er lachte über seinen eigenen Witz und klopfte seinem Bruder beifallheischend auf die Schulter.

»So ist es. Früher haben wir auch alles geteilt. Und jetzt mussten wir sogar für die Parfüms bezahlen! Das ist nicht gerecht!«

Guillaume blieb abrupt stehen, sodass die Zwillinge auf ihn aufliefen. »Seid ihr ganz von Sinnen? Das ist Amélies Parfümwerkstatt, was wollt ihr euch da einmischen?« Unleidig wandte er sich von den beiden ab und setzte das kleine steile Wegstück hinunter bedächtig einen Fuß vor den anderen.

Das eilige Knirschen der Kiesel hinter ihm kündigte die Fortsetzung des Gesprächs an, und er wäre am liebsten davongelaufen, denn er wollte mit seinen Gedanken ganz woanders sein.

»Wir haben da einen Plan«, verriet ihm Auguste ein wenig außer Atem. »Bleib doch mal stehen! Bist du nun unser Freund oder etwa nicht?«

Er hielt abermals inne und drehte sich abrupt zu den Zwillingen um. »Ich bin euer Freund, ja, aber ich habe jetzt keine Lust mit euch zu reden, geschweige denn irgendwelche absurden Pläne zu schmieden!«

»Oh, keine Sorge, wir haben unseren Plan schon fertig – und der ist genial! Hör zu!« Auguste rückte ihm noch näher zu Leibe und senkte seine Stimme, obwohl weit und breit niemand zu sehen war. »Jedes Kind weiß, dass im Haus zum spinnenden Weibsbild der Teufel umgeht … Aber hat jemals irgendwer den Beelzebub leibhaftig gesehen? Amélie würde bei einer solchen Begegnung wohl aufs Heftigste erschrecken, besonders wenn ihr der Teufel nachts erscheint und sie auffordert, ihre Einnahmen mit ihm zu teilen, oder ihr andernfalls androht, sie in sein Reich mitzunehmen. Sie wird vor Angst erzittern und alles tun, was wir wollen.«

»So ist es! Ich werde mich täuschend echt als Teufel verkleiden, und Guillaume, du stehst unten an der Türe und beobachtest die Gasse. Und ich halte mich bereit und nehme meinem Bruder das Geld ab. So können wir, falls es brenzlig wird, in unterschiedliche Richtungen fliehen.«

»Ihr seid ja nicht mehr ganz bei Trost! Den Teufel spielen! Werdet endlich erwachsen, ihr Kindsköpfe!« Seine Geduld war am Ende. Im Weitergehen, kurz bevor er auf die *Escalier des Monteux* einbog, rief er den beiden über die Schulter zu: »Zudem solltet ihr Amélie besser kennen! Sie würde sich niemals vor dem Teufel erschrecken, weil sie gar nicht an ihn glaubt!«

»Doch, das wird sie, du wirst schon sehen!«, rief ihm Antoine hinterher.

»Macht, was ihr wollt, aber lasst mich damit in Ruhe!« Er hob die Hand zum Gruß, ehe die Zwillinge aus seinem Blickfeld verschwanden. Noch auf der Treppe drangen Augustes Worte an sein Ohr: »Aber du weißt jetzt von unserem Plan, Guillaume! Du musst mitmachen! Mitgefangen, mitgehangen.«

»Ohne mich!«, schrie er zurück, sodass es von den Steinwänden hallte.

»Komm zurück!«, rief Antoine.

»Lassen wir ihn«, beschloss da Auguste. »Er wird schon noch von selbst zur Vernunft kommen. Eine andere Wahl lassen wir ihm gar nicht …«

Vielleicht hätte er das als Warnung verstehen sollen, doch er schenkte dieser Aussage keine weitere Beachtung. Er war schon viel zu sehr auf den Moment konzentriert, in dem er Célestine gegenübertreten würde. Deswegen bemerkte er erst im letzten Moment Amélies Tochter, die die Treppe hinaufeilte und fast mit ihm zusammengestoßen war.

»Linnea«, begrüßte er sie, »was machst du denn hier? Musst du nicht deiner Mutter bei der Vorbereitung der Abendmahlzeit helfen?«

»Guten Tag, Monsieur«, erwiderte das Mädchen höflich. »Nein, sie braucht mich nicht. Auf Wiedersehen, Monsieur.« Kaum ausgesprochen, war sie auch schon an ihm vorbei.

Schmunzelnd und kopfschüttelnd ging er weiter treppab. Wohl vermochte Amelies Tochter ihren Willen durchzusetzen, und wenn sie nach ihrer Mutter käme, würden sich an ihrem Dickschädel wohl noch einige Männer die Zähne ausbeißen.

Célestine war ihrer Schwester da ganz ähnlich, sie war eine starke Frau, doch Raoul war es gelungen, den Willen seiner Ehefrau zu brechen. Bis heute konnte er nicht verstehen, warum sie damals dieses Raubein geheiratet hatte und dagegen seinem eigenen Werben kaum Beachtung geschenkt hatte. Er war nie aufdringlich gewesen, hatte ihr über rund ein Jahr hinweg hier und da eine kleine Aufmerksamkeit geschenkt, selbst gepflückte Blumen oder Äpfel aus dem Garten, ihr höfliche Briefe geschrieben, in denen er sie zum Tanz oder zum Essen eingeladen hatte. Hätte sie ihn auch nur ein einziges Mal abgewiesen, ihm auch nur einmal zu verstehen gegeben, er solle sie in Ruhe lassen, hätte er das Gefühl gehabt, sie würde ihn nicht mögen, und die bleierne Frage nach dem Warum würde nicht mehr auf ihm lasten.

So aber hatte er sich zum Zeitpunkt ihrer Heirat vor zwölf Jahren trotz seiner ungestillten Liebe zu ihr zurückgezogen. Das geboten ihm die Vernunft und der Anstand. Doch sein Herz hatte in den vergangenen Jahren keine Ruhe gefunden, so krampfhaft er den Abstand zu ihr auch eingehalten hatte. Vielleicht hätte er seinen Frieden irgendwann gefunden, hätte er Célestine mit Raoul glücklich gesehen. Seit allerdings seine Vermutungen über ihr Leiden auch körperlich an ihr sichtbar wurde, die kurzgeschnittenen

Haare und die blauen Flecken im Gesicht, da wurde ihm klar, dass er handeln musste.

Bis zur *Coquille* waren es nur noch ein paar Schritte und wieder überlegte er sich, umzukehren oder an der Schenke vorbeizugehen. Er könnte sich auch vor sein Lieblingsgasthaus in der Nähe setzen, etwas trinken und darauf hoffen, wenigstens einen Blick auf Célestine zu erhaschen, sobald sie mal aus dem Haus trat. Das war auch der einzige Grund, warum er oft stundenlang mit den Zwillingen draußen am Tisch saß und Karten spielte. Doch heute war die Gefahr zu groß, dass Auguste und Antoine ihn am gemeinsamen Stammplatz aufspürten und ihn weiter in ihre tollkühnen Pläne verstrickten.

Also fasste er sich ein Herz und schob die Tür zum Gasthaus auf. In der *Coquille* war heute vergleichsweise wenig los. Zwar konnte er das nicht recht beurteilen, weil er sich wegen Raouls stadtbekannter Eifersucht schon lange dort nicht mehr hatte blicken lassen, doch bei dem schönen Wetter waren nur zwei Tische besetzt. Und da kam auch schon Célestine mit zwei Schüsseln Suppe aus der Küche. Trotz ihrer kurzen Haare war sie so schön wie eh und je. Aber irgendwie hatte sie sich verändert, fand er. Es war nicht nur das ungewohnt farbige Kleid, das ihr ein wenig Fröhlichkeit ins Gesicht zauberte, nein, Célestine ging fast stolz, aufgeblüht wie eine Rose durch den Raum. In andächtiger Bewunderung blieb er stehen und versperrte ihr ungewollt den Weg zum Tisch.

»Achtung, bitte! Ach, du bist es, Guillaume! Möchtest du etwas essen? Du warst schon lange nicht mehr hier. Nimm doch bitte Platz. Es gibt heute Bohneneintopf mit Speck.«

»Schön, dich zu sehen, Célestine. Danke, ich wollte nur …«

»Setz dich doch! Ich komme gleich zu deinem Tisch und nehme deine Bestellung auf!«, erwiderte sie freundlich, und er wollte ihr Lächeln am liebsten festhalten, als sie an ihm vorbeiging, um den beiden männlichen Gästen, offenkundig Pilger, ihre Suppe zu bringen. Ein zweites Paar saß am Nebentisch, vor sich zwei Trinkbecher, und verfolgte stumm und mit neugierigen Blicken, wie er sich den abseitigen Platz nahe der Küche aussuchte.

Schon bald kam Célestine zu ihm, sein Herz klopfte, und er stand sofort auf.

»Bleib doch sitzen! Oder willst du wieder gehen? Ich weiß, draußen ist es heute schöner.«

Er wollte nirgendwohin, sondern sie einfach nur ansehen, stundenlang in ihrer Nähe und glücklich sein. So glücklich, dass es schmerzte.

Seine Finger umschlossen das Samtsäckchen in seinem Justaucorps. »Nein, ich bin gekommen, weil …« Er fühlte sich noch immer beobachtet. Mit einem unauffälligen Kopfnicken deutete er auf die anderen Gäste. »Könnten wir vielleicht einen Augenblick woanders hingehen? Ich würde gerne einen Moment alleine mit dir sprechen.«

»Guillaume, ich kann hier nicht weg! Ich muss bedienen, das siehst du doch.«

»Bitte, Célestine.«

Sie bemerkte wohl den flehenden Ausdruck in seinen Augen. »Was gibt es denn so Wichtiges?«

»Ich muss mit dir reden, bitte«, beschwor er sie. »Die Gäste sind doch erst mal versorgt. Können wir vielleicht kurz in die Küche gehen?«

»Wenn Raoul das mitbekommt ... Er schläft oben.«

»Bitte, Célestine. Nur einen Augenblick.«

Sie schien zu überlegen, wischte sich ihre Hände an der Schürze ab und nickte schließlich. »Wohlan, so sei es denn. Aber wirklich nur kurz.«

»Danke!« Während er ihr in die Küche hinaus folgte, fühlte sich sein Kopf an wie ein Kochtopf, alles war heiß und schwappte durcheinander.

Célestine postierte sich so, dass sie den Gastraum im Blick behielt, und forderte ihn mit einem Kopfnicken zum Sprechen auf.

Im Hintergrund knisterte das Herdfeuer, und Guillaume versuchte, zwischen all den Töpfen, Pfannen und Schüsseln seine Gedanken zu ordnen. Die Küche, das Gasthaus, die Pilger, all das war Célestines Leben, es umgab ihn von allen Seiten und sie stand stirnrunzelnd mittendrin und sah ihn fragend an. Er hatte kein Recht, sie hier herauszureißen, ihre Gefühle auf den Kopf zu stellen, ihre Ordnung und ihre Werte zu hinterfragen, alles, wofür sie in den letzten Jahren gelebt hatte, ins Wanken zu bringen. Sie war eine verheiratete Frau – daran gab es nichts zu rütteln. Es sei denn Raouls Tod würde eintreffen ... Warum also sollte er ihr seine Liebe gestehen, wenn er mit seiner Offenbarung doch nichts ändern konnte? Sein Anliegen kam ihm auf einmal sinnlos vor.

»Entschuldige, Célestine, es gibt nichts zu sagen. Lass uns wieder nach vorne gehen. Ich hätte gerne den Bohneneintopf, oder, nein, besser ich mache mich gleich wieder auf den Weg. Es war schön, dich einmal wieder gesehen zu haben, Célestine.« Wie gerne hätte er jetzt ihre Hände aus der verkrampften Gebetshaltung gelöst, ihre Finger gestreichelt und angehoben und ihr sanfte Küsse auf die Fingerspitzen gehaucht. Stattdessen wandte er sich von ihr ab.

»Guillaume, was ist denn in dich gefahren? Erst willst du mich ganz dringend sprechen und dann hast du mir plötzlich nichts mehr mitzuteilen?«

»Doch, Célestine, es gäbe ganz viel, was ich dir sagen möchte, aber ich habe gerade einsehen müssen, dass es besser ist, wenn ich es für mich behalte. Verzeih mir, ich habe einfach nicht richtig nachgedacht.« Er wollte gehen, doch Célestine erwischte ihn am Ellenbogen und hielt ihn auf.

»Es geht um uns beide, nicht wahr?«

»Ich …« Hitze stieg in ihm auf und mit gesenktem Kopf sah er auf seinen Fußspitzen all seine Träume vor sich liegen. Das Leben, das er sich schon in jungen Jahren mit Célestine gewünscht hatte … »Ich suche nach einer Antwort, die nur du mir geben kannst. Ich komme sonst nicht zur Ruhe.«

»So frag mich!«

»Ich weiß nicht, ob du mir eine Antwort geben willst oder kannst. Ach, ich hätte nicht herkommen sollen. Es tut mir leid.«

»Aber du hast mir noch nicht einmal die Frage gestellt«, verwunderte sie sich.

Er fasste sich ein Herz. *Jetzt oder nie.* Seit Jahren nicht, genau genommen noch nie, hatte er das Gespräch so weit in diese Richtung gelenkt. »Bitte versteh mich nicht falsch, ich will dein Leben nicht in Frage stellen, aber bitte ... Bitte sag mir, warum hast du dich damals für Raoul und nicht für mich entschieden.« Jetzt war es heraus, und er hielt die Luft an.

»*Warum*?« Célestine schien mit allem gerechnet zu haben, nur nicht mit dieser Frage. »Warum ich Raoul geheiratet habe? Nun, weil er bei meinen Eltern um meine Hand angehalten hat. Und weil ich mir an seiner Seite eine sichere Zukunft versprochen habe – für die Kinder.«

»Und du glaubst, das hätte ich dir nicht bieten können? Nun gut, vielleicht nicht diese Reichtümer, ich besitze kein Gasthaus, aber als Kantor unserer Dorfkirche verdiene ich doch ganz gutes Geld.«

»Guillaume!«

»Ja, natürlich muss ich auch bei Beerdigungen spielen, das ist nicht immer schön, aber es ist auch nicht verwerflich ...«

»Guillaume, was redest du denn da? Willst du mir etwa sagen, ich meine ... Hattest du etwa ernsthafte Absichten? Aber du hast mir doch nur hin und wieder ein Brieflein geschrieben, mir ein paar Äpfel geschenkt und mich auf der Straße nett gegrüßt. Du hast mir nie deine Gefühle gezeigt, ich dachte, du magst mich, aber zum Heiraten würdest du doch eine Bessere suchen.«

»Und ich habe immer nur dich geliebt!«, platzte es aus ihm heraus. »Und das ist auch heute noch so …«, setzte er leise hinzu.

Célestine schlug die Hände vors Gesicht. »Oh, mein Gott.«

»Entschuldige, Célestine, ich wollte dich nicht bedrängen. Bitte vergiss das alles wieder.«

»Guillaume, warum hast du mir nie etwas gesagt?«

»Ich wollte schon damals, dass du dich aus freien Stücken für mich entscheidest, und dann wäre ich erst zu deinen Eltern gegangen. Raoul ist mit der Tür ins Haus gefallen, er hat dich zuvor überhaupt nicht gefragt, soviel ich weiß. Und dein Vater hat der Hochzeit sofort zugestimmt. Ich kam zu spät!«

»Oh, mein Gott, oh, mein Gott«, jammerte Célestine erneut und sank in die Knie.

»Bitte, steh auf, bitte!« Er trat hinter sie, griff ihr unter die Arme und half ihr auf. So nahe war er ihr noch nie gewesen, sein Gesicht dicht an ihrer Halsbeuge. Er könnte sie küssen … Plötzlich war da dieser Duft, zart, wie ein seidenes Tuch konnte er ihn wahrnehmen. Dieser Geruch machte Célestine zu einem so vollkommenen Wesen, wie es Gott in seiner Schöpfung nur selten vorgesehen hatte.

»Du trägst ein Parfüm«, flüsterte er. »Wer hat es dir geschenkt?«

»Meine Schwester. Sie hat es für mich entworfen und nach mir benannt.«

Traurig ließ Guillaume die Arme sinken. »Ich hätte es mir denken können.« Er zog das Samtsäckchen aus der Tasche und legte es auf den Küchentisch. »Ich komme wieder einmal zu spät. Das ist wohl mein Schicksal. Ich überlasse es deiner Wahl, ob du mein Geschenk behalten möchtest. Es kommt von Herzen, und ich würde mich freuen, wenn du es annimmst. Mehr darf ich nicht erwarten. Ich werde mich in nächster Zeit nicht mehr so oft in der Unterstadt sehen lassen. Was immer ich jetzt in dir angerichtet haben mag, bitte verzeih mir. Es war nicht meine Absicht. Ich wollte immer nur, dass es dir gutgeht, Célestine. Gib auf dich acht. Auf Wiedersehen.«

Als er eilig den Gastraum durchquerte, hörte er hinter sich Célestines Rufen. »Guillaume! Warte!«

Doch er kehrte nicht um. Es zerriss ihm fast das Herz, als er aus der Tür ins Freie trat, aber er konnte nicht zurückgehen, sonst wäre er für immer dageblieben.

Célestine stützte sich am Herd ab. Plötzlich spürte sie, wie sich eine Hand schwer auf ihre Schulter legte.

»Er kommt nicht zurück, mein Kätzchen. Du brauchst nicht so laut zu rufen. Es kommt dir niemand zu Hilfe.«

Panisch wollte sie sich umdrehen, sich seinem Griff entwinden, um ihm etwas zu entgegnen. Doch Raoul packte ihre Arme, drehte sie nach hinten und zwang sie in die Knie. Oder sank sie von selbst auf den Boden? Was war das für ein stechender Schmerz im Rücken?

Ihr wurde schwarz vor Augen.

***

»Ist da wer?« Der Wind trug ihre Stimme in die Höhle hinein.

Auf der Nordseite des Berges war es empfindlich kühl, Amélie fröstelte, seit sie die Sonne an der Bergkuppe hinter sich gelassen hatte. Sie trat noch ein paar Schritte näher an den Höhleneingang heran. Feucht schimmerndes Moos und kleine Pflänzchen überwucherten die Felsen, die bei ihrem ersten Besuch noch kahl gewesen waren. Schon damals hatte sie eine Wut auf Montagnard verspürt, weil ... ja, weil er so dreist war, einfach das zu tun, wonach ihm gerade war.

»Hier ist Amélie Dupont! Sind Sie in Ihrer Höhle?«

Wie zu befürchten stand, war er nicht da, und sie hatte den beschwerlichen Weg umsonst auf sich genommen. Aber bei der Vorstellung, er könnte in seiner eigenwilligen Behausung gemütlich sitzen, ohne ihren Auftrag erfüllt zu haben und ihr Bescheid zu geben, hatte sie in der Parfümwerkstatt vor lauter Zorn keine ruhige Minute mehr gehabt.

Unvermittelt umschmeichelte Wärme ihre Beine. Ein Luftzug, der nur aus der Höhle kommen konnte. Aber wie war das möglich, wenn Montagnard seit

Tagen unterwegs war? Neugierde trieb sie noch einen Schritt weiter. Sie zog den Kopf ein, trat über eine Schwelle und richtete sich in der Höhle wieder auf.

In den hinteren Ecken war es dunkel, doch es fiel genügend Licht herein, um zu erkennen, dass sich außer ihr hier drinnen niemand aufhielt. Wie konnte man es überhaupt über Wochen, Monate, sogar Jahre in diesem Gelass aushalten? Feuchtigkeit an den Wänden, dieser fellnasse, muffige Geruch, nur eine Pritsche zum Schlafen, ständig Wind und Wetter ausgesetzt, weil man keine Türe schließen konnte ... Zugegeben, er hatte sich gemütlich eingerichtet, zwar nicht nach ihrem Geschmack, aber die fellüberzogenen Hocker und die mit einem Tischtuch bedeckte Kiste strahlten eine gewisse Behaglichkeit aus.

Dennoch, was war das für ein Leben? Wie konnte er diese Abgeschiedenheit ertragen? Sicher, er war mit seiner Kutsche unterwegs, und es kamen hin und wieder Leute mit der Bitte nach Medizin zu ihm, doch er brauchte wohl diesen Rückzugsort in seiner selbst gewählten Einsamkeit. Dafür musste es einen Grund geben, irgendein Vorkommnis, das sein Vertrauen in die Menschen zerstört hatte – aber das war noch lange keine Rechtfertigung, andere mit seiner Unzuverlässigkeit zu konfrontieren. Oder verurteilte sie ihn möglicherweise zu früh, weil er auf dem Festland aufgehalten wurde?

Wäre er nicht zu Anfang ihrer Begegnung so mit ihr umgesprungen, hätte sie heute auch eine freundlichere Meinung über ihn. Die Fischerfamilie Leclerc und einige andere waren voll des Lobes über ihn, weil er jede Krankheit schnell heilen konnte. Und seine Patientin, die junge Madame Leclerc, hatte sich ja schließlich in der Parfümwerkstatt erkundigt, ob sie bei ihr wohl auch heilende Essenzen kaufen könne. Da die Heilkunst und die Parfümerie wie Geschwister waren, konnte sie ihrer ersten Kundin weitgehend dienen, wenn auch nicht alle Wünsche erfüllen, schließlich eignete sich nicht jede Duftessenz gleichermaßen für die Verwendung als Medizin. Montagnard hatte immer noch die größere Auswahl, immerhin hatte er sich auf die Heilkunde spezialisiert.

Neugierig streifte sie an den selbst gezimmerten Regalen entlang. Dabei fiel ihr Blick auf eine Kiste neben dem Höhleneingang, die ihr beim Hereinkommen nicht aufgefallen war. Die rote Markierung ... das ... Das war doch ihre! Sie stürzte darauf zu und hob den Deckel der Kiste an. Darin fanden sich tatsächlich die auf dem Watt verloren geglaubten Essenzen!

Vor der Höhle baute sich ein Schatten auf. »Suchen Sie etwas Bestimmtes, Madame Dupont?«, fragte die Stimme.

Sie fuhr zusammen.

Die Angel unter den Arm geklemmt und einen Eimer in der Hand, in dem ein paar blutverschmierte Fische lagen, betrat Montagnard seine Behausung und schaute sich um, als wäre er hier fremd. »Gefällt Ihnen die Einrichtung? Etwas spartanisch, gewiss, aber ich finde es ganz hübsch. Was sagen Sie, nachdem Sie alles besichtigt haben? Möchten Sie hier einziehen? Alsdann müssten Sie nur leider auch mit mir vorliebnehmen.«

»Hören Sie auf mit Ihrem Gerede!«, fuhr ihn Amélie an. »Was fällt Ihnen ein, mir meine Habseligkeiten zu stehlen?«

»*Stehlen*? Ich habe die Kiste im Watt gefunden und geborgen. Wäre sie versunken, hätten Sie sich auch nicht mehr darum geschert. Außerdem fehlt nichts, wie Sie sich überzeugen konnten. Ich habe Ihnen nichts weggenommen.«

»Aber Sie hätten mir mein Hab und Gut zurückgeben müssen!«

»Gar nichts muss ich! Und wenn Ihnen die Essenzen so wichtig sind, dann nehmen Sie die Kiste doch mit. Aber tragen müssen Sie Ihre Sachen schon selbst.«

»Das wird Ihnen eines Tages noch leidtun, wie Sie mit mir umspringen! Und jetzt erklären Sie mir gefälligst, warum Sie diesmal meinen Auftrag nicht ausgeführt haben und mir nicht einmal Bescheid geben! Stattdessen gehen Sie seelenruhig angeln!«

»Ich habe gefischt, weil ich Hunger habe. Außerdem hatte ich bisher noch keine Gelegenheit, zu Ihnen zu kommen, denn kaum dass ich von meiner Reise zurück bin, stehen Sie wie ein Drache in meiner Höhle und spucken Feuer! Und wer behauptet, ich hätte Ihren Auftrag nicht ausgeführt? Es war kein Tag ausgemacht, an dem Sie die Einkäufe erhalten sollten – Sie aber setzen es voraus, dass ich mich ausschließlich um Ihre Bedürfnisse kümmere. Es trug sich zu, dass mir ein älterer reisender Herr in Genêts ein einträgliches Angebot gemacht hat, weil er unbedingt sofort auf den Mont wollte. Um sein Gepäck auf meiner Karre unterzubringen, mussten Ihre Waren leider noch auf dem Festland zurückbleiben.«

»Seit wann scheren Sie sich um Geld? Ich dachte, das wäre Ihnen nicht wichtig!«

»Habe ich gesagt, es ginge um Geld? Meine beiden schwarzen Pecheron-Stuten haben es ihm angetan, und er versprach mir, ersatzweise zwei Kaltblüter aus Paris kommen zu lassen, die Kraft für sechs Ochsen haben. Er züchtet Pecherons, und da Rappen so selten sind, wollte er meine beiden bildhübschen Stuten für seine Deckhengste. Soll er sie haben, dachte ich mir, wenn ich dafür zwei kraftstrotzende Jungpferde bekomme. Die werde ich an den Zügel bringen, und Ihre Sachen hole ich dann auch noch, nur keine Sorge, aber Sie gestatten, dass ich mich hierbei nach den Gesetzen der Natur und dem Wettergott richte und nicht nach Ihren weibischen Befehlen.«

Amélie war mit ihren Gedanken woanders, sodass sie seinen neuerlichen Affront kaum zur Kenntnis nahm. »Ein Pferdezüchter aus Paris, sagen Sie? Hat er seinen Namen genannt?«

Montagnard rieb sich nachdenklich den Vollbart, und nach einer Zeit des Stirnrunzelns mutmaßte er: »So etwas wie Douraint oder Duchaint. Kennen Sie den Herrn?«

Amélie atmete erleichtert aus. »Nein, der Name ist mir nicht bekannt.«

»Merkwürdig. Er hat sich nämlich bei Ankunft am Mont unmittelbar nach Ihnen erkundigt – allerdings bin ich nicht sofort daraufgekommen, weil er nach einer *Amélie du Maurier* gefragt hat.«

»Wie sah der Mann aus? Montagnard! Beschreiben Sie ihn mir!«

»Bitte – heißt das. Wo bleibt Ihre gute Kinderstube, Madame?«

»Sie geben mir Auskunft, augenblicklich! – Bitte.«

»Nun, also, er war um die fünfzig, normal groß, wenn ich mich recht erinnere, etwas stämmig mit leichtem Bauchansatz, und er trug seine angegrauten Haare zum Zopf. Aber insgesamt würde ich sagen, wäre er eine gute Partie für Sie. Ich habe ihm direkt Ihre *Welt der Sehnsüchte* empfohlen, und er bedankte sich bei mir überschwänglich für diesen Hinweis. Jetzt wäre ich Ihnen dankbar, wenn ich in Ruhe mein Essen zubereiten könnte. Es tut mir leid, aber für zwei wird es nicht reichen. Mit einem ungebetenen Gast habe ich nicht gerechnet.«

***

Die Ruhe war eine Wohltat, und Françoise genoss das Alleinsein. Sie streifte durch das verlassene Haus der Duponts, oder Mauriers – wenn man so wollte. Amélie war noch unterwegs zu Montagnard, und Linnea trieb sich irgendwo in der Stadt herum, wahrscheinlich in der Hoffnung, Daniel über den Weg zu laufen. Die Kleine war ja zuckersüß, ein Unschuldslämmchen, das von der Liebe noch nie enttäuscht worden ist oder je Herzschmerzen gefühlt hatte. Beneidenswert.

Françoise begab sich in den anderen Teil des Hauses, in das obere Stockwerk, denn Küche und Wohnstube waren ihr nach drei Wochen gemeinsamer Arbeit hinlänglich bekannt. Und wieder einmal hatte sie den ganzen Tag mit zusammengebissenen Zähnen und aufgesetztem Lächeln beim Verkauf der Waren geholfen. Doch diese Mühe lohnte sich, sie gewann zunehmend Amélies Vertrauen, und das war wichtig, damit sie endlich eine Antwort darauf fand, wer diese Frau war, von der Alphonse nicht losgekommen war und die ihn schlussendlich getötet hatte.

In Paris, gerade als Françoise nach einem Jahr heimlicher Liebschaft zuversichtlicher geworden war, Alphonse würde sich nun gegen seine Familie entscheiden, gegen seine Ehefrau, die in ihren jungen Jahren nicht mehr als ein kurzes Feuer seiner Begierde gewesen war, und stattdessen mit ihr, seiner wahren Liebe, den Rest seines Lebens verbringen. Doch genau da geschah das Unfassbare: An jenem Abend, als er ihr tatsächlich dieses ersehnte Versprechen gegeben hatte, an seinem sechzigsten Geburtstag, ging sie beseelt vor Glück zu Bett, doch am nächsten Morgen wartete sie vergeblich auf Alphonse, ihren Lebensinhalt. Stunde um Stunde, immer mit dem Gedanken daran, dass seit einem Jahr kein Tag vergangen war, an dem er ihr nicht wenigstens eine kleine liebevolle Nachricht hatte zukommen lassen.

Als der zweite Abend hereinbrach, ließ sie sich von einer Kutsche zu ihm in die Rue Dauphine fahren, von Zweifeln geplagt, er könne sich anders entschieden haben, doch ihre innere Überzeugung sagte ihr, dass ihm etwas zugestoßen sein müsse. Das Dienstmädchen ihres Vertrauens sprudelte wie eine Quelle hervor, dass Madame am gestrigen frühen Morgen überraschend mit ihrer Tochter zu einer Erholungsreise in ihre alte Heimat aufgebrochen sei und Monsieur in dringender geschäftlicher Angelegenheit wohl für einige Wochen das Land habe verlassen müssen. Darüber sei sie stutzig geworden, denn der Herr des Hauses habe sich stets bei ihr abgemeldet, selbst wenn er nur für ein paar Stunden zu einem Kunden wollte. Gemeinsam beschlossen sie, in der Parfümwerkstatt nachzusehen, ob sich dort ein Hinweis auf das Ziel seiner Reise fand.

Zunächst bemerkten sie nichts Außergewöhnliches, alles stand ordentlich an seinem Platz, so wie jemand seine persönlichen Räume für längere Zeit verlassen würde. Sein Refugium kannte Françoise nur aus seinen Erzählungen, doch genauso hatte sie sich alles vorgestellt, die Wände mit Regalen voller Essenzen, und dort in der Ecke vor dem Ofen die Holzbank, von der aus seine Tochter ihm oft bei der Arbeit zugesehen hatte. Wäre sein kleines Mädchen nicht gewesen, hätte er wohl längst seine Frau verlassen. Doch Alphonse liebte Linnea mehr als sein eigenes Leben ...

Während sie in dem Raum stand, fühlte es sich so an, als ob Alphonse ihr ganz nah wäre. Der Grund dafür war insbesondere auch der intensive Geruch nach Sandelholz, eine Hauptkomponente jenes Parfüms, das er ihr zuletzt präsentiert hatte und das für ihr Empfinden sein Meisterwerk darstellte. Weich und anschmiegsam, betörend geheimnisvoll die weiteren Essenzen. Kein anderes Parfüm hatte er je selbst getragen, nur dieses. Und sie liebte diesen Duft an ihm. Was hätte sie dafür gegeben, diesen Raum nie mehr wieder verlassen zu müssen, doch das Dienstmädchen drängte zum Gehen. Dabei fielen ihnen die winzigen Glasscherben auf, die verstreut auf dem Holzboden rund um eine dunkelrot verfärbte Stelle lagen. Françoise bückte sich und strich vorsichtig mit ihren Fingern über den Fleck.

Das Dienstmädchen war ihrem Tun gefolgt und mutmaßte, im Bemühen um eine harmlose Erklärung: »Bestimmt ist Monsieur nur ein Flakon mit einer roten Essenz zu Boden gefallen.«

Die beiden hatten sich angesehen und gewusst, dass diese Möglichkeit nicht der Wahrheit entsprach. Françoises Herz begann wie wild zu schlagen, und sie dachte fieberhaft nach.

»Marie, wann und wo hast du Alphonse zuletzt gesehen?«

»Das war an seiner Geburtstagsfeier. Monsieur kam allerdings erst nach Mitternacht, begrüßte die noch anwesenden Gäste, und Madame bat ihn um ein Gespräch unter vier Augen.«

»Und danach? Hast du danach noch einen der beiden gesehen?«

»Nein, weder Madame noch Monsieur. Aber ich habe auch nur nach dem Herrn des Hauses gesucht, weil sich seine Gäste verabschieden wollten.«

»Hast du auch in der Parfümwerkstatt nachgesehen?«

»Ich wollte, aber die Türe war verschlossen. Das war sonst nie seine Angewohnheit, allerdings habe ich mir das damit erklärt, dass er dies wohl vorsorglich wegen der unüberschaubaren Gästeanzahl getan habe.«

»Ich habe einen schrecklichen Verdacht«, sprach Françoise ihre Befürchtung laut aus und begann unter den erstaunten Blicken des Dienstmädchens, die Regalwände abzutasten. Dabei übte sie nur vorsichtig Druck aus, und kurz vor der Zimmerecke gab das Regal samt augenscheinlichem Mauerwerk auf Türbreite tatsächlich nach. Vor nicht allzu langer Zeit hatte ihr Alphonse als Zeichen seiner Liebe und des Vertrauens von dieser Geheimtüre erzählt, hinter der er sein Geld lagerte und von der bislang einzig seine Frau wusste.

Ein milchiger Lichtschein fiel in den kaum mannslangen Raum, in dem es nichts als ein paar leergeräumte Regale gab. Zunächst wollte sie es nicht wahrhaben. Doch am Boden lag Alphonse, mit grotesk abgewinkelten Gliedmaßen und einer blutverkrusteten, aufgeklafften linken Gesichtshälfte. Den ekelerregend süßlichen Geruch würde sie bis in alle Ewigkeit nicht mehr vergessen ...

Ziellos wanderte Françoise jetzt umher, auf der Suche nach irgendetwas, nach einer schönen Erinnerung, nach einem Zauber des Vergessens, nach einem Duft, in dem Alphonse lebte, doch sie fand sich dabei auf dem Mont Saint Michel wieder, in Amélies Parfümwerkstatt.

Ein Geräusch hatte sie aus ihrem Tagtraum geweckt. Da, da war es wieder. Es kam vom Flur her. Sie erstarrte. War es Amélie oder Linnea? Sie musste sich verstecken. Nur wo? Françoise brach der Schweiß aus. Wahllos griff sie nach drei Essenzen und ließ diese in ihren Rocktaschen verschwinden. Jetzt am besten die Flucht nach vorne antreten, dachte sie, und erklären, sie habe für eine Kundin noch etwas gesucht. Ja, so könnte sie sich aus ihrer misslichen Lage bringen.

»Verzeihung«, rief da eine männliche Stimme, »Madame Dupont? Ist da jemand?«

Nur ein Kunde ... Françoise ließ die angestaute Luft lautlos aus ihren Lungen entweichen. Ein ahnungsloser Kunde.

»Einen Augenblick, bitte!«, rief sie, schaute sich noch einmal im Raum um, ob auch nichts auf ihren verbotenen Streifzug hindeutete und eilte vor die Türe.

Dort wurde sie von einem etwa fünfzigjährigen Mann mit stattlichem Erscheinungsbild erwartet, er trug ein weinrotes Justaucorps mit vergoldeten Knöpfen, hielt seine Kopfbedeckung unter den Arm geklemmt und stützte sich in vornehmer Manier auf einen Spazierstock mit Elfenbeinkopf. Sein spitzer Bart verlängerte sein ohnehin markantes Kinn und erzitterte mit jeder seiner Mundbewegungen.

»Gott zum Gruße. Sie sind aber nicht Madame Dupont, oder vielmehr Amélie du Maurier«, stellte er fest.

»Nein ... ich bin ... ich wohne eigentlich nebenan. Wir hatten heute großen Verkaufstag.«

»Wohlan, und wo ist Madame du Maurier? Ich möchte sie gerne sprechen. Ich bin ihretwegen aus Paris angereist.«

»Oh, ich bedaure. Sie musste noch einmal außer Haus. Ich kann nicht genau sagen, wann sie wieder zurück ist.«

Missfallen spiegelte sich in seinem Gesichtsausdruck. »Alsdann richten Sie ihr bitte meine Empfehlung aus, und bestellen Sie ihr die besten Grüße von César du Soutain.«

»Sehr gerne, Monsieur du Soutain. Sagen Sie, sind Sie nicht der berühmte Pferdezüchter, von dem ganz Paris spricht?«

Er lächelte. »Der bin ich wohl, aber das tut nichts zur Sache. Ich werde also morgen noch einmal vorbeischauen. Madame ...« Er verbeugte sich und setzte im Hinausgehen seinen Dreispitz wieder auf.

Françoise wartete, bis er auf die große Pilgertreppe abgebogen war, ehe sie den anderen Hausteil betrat. Wahrscheinlich löste die gefahrlos überstandene Situation einen gewissen Leichtsinn in ihr aus, jedenfalls machte sie sich schnurstracks an die Vollendung ihres Plans und somit auf die Suche nach dem Tagesverdienst. In irgendeinen der Küchentöpfe hatte Amélie den Münzbeutel gelegt, ehe sie sich zu Montagnard aufgemacht hatte.

Eilends stellte sich Françoise auf Zehenspitzen, zog ein Behältnis nach dem anderen ein Stückchen vom Regal und tastete hinein. Im vierten Topf hatte sie Erfolg. Ihr Atem ging schneller, ein kurzes Zögern noch, sie schaute sich um, behielt dabei die Türe im Blick, und der Münzbeutel verschwand in ihrer Rocktasche.

Ein erster Anfang, eine kleine Entschädigung für den erlittenen Schmerz, dachte sie trotzig.

Nun war es aber an der Zeit, aus dem Haus zu verschwinden. Sie sah an sich herab und stellte fest, dass sich ihr Rock leicht verdächtig über der Beute wölbte. Françoise war kaum zwei Schritte in Richtung Türe gegangen, als diese mit einem Ruck geöffnet wurde und Amélie mit windzerzaustem Haar und geröteten Wangen völlig außer Atem hereinkam.

»Dieser Montagnard«, schimpfte sie vor sich hin. »Ich könnte ihn ... – Françoise, was machst du denn noch hier? Ist irgendetwas passiert?«

»Nein, nein, alles in Ordnung.« Die Lüge schmeckte bittersüß auf ihrer Zunge. Vorsorglich legte sie ihre Unterarme über die ausgebeulte Stelle an ihrem Rock. »Ich wollte mich gerade ein wenig ausruhen gehen. Ach, übrigens, ein Mann war noch hier, Amélie. Aus Paris.«

»*Aus Paris?*«, echote sie und erbleichte dabei.

»Sein Name ist César du Soutain. Ich soll dir beste Grüße bestellen, und morgen will er noch einmal vorbeikommen. Bestimmt ein guter Kunde, der wird Geld bringen. Er hat eine Pferdezucht in Paris.«

»Ich weiß«, brachte Amélie hervor und suchte Halt am Küchentisch.

»Kennst du ihn persönlich? Du siehst so blass aus. Stimmt etwas nicht?«

Amélie ließ sich auf den Stuhl sinken. »Alles in Ordnung, Françoise. Der Weg zu Montagnard war nur etwas anstrengend. Ich denke, ich möchte mich jetzt auch noch ein wenig hinlegen. Weißt du, wo Linnea hingegangen ist?«

»Sie wollte noch in die Stadt, vermutlich hofft sie, Daniel dort zu treffen«, mutmaßte sie lächelnd.

»Dann wird sie von mir etwas zu hören bekommen, wenn sie nach Hause kommt. Diese Herumtreibereien dulde ich nicht!«

»Sieh das nicht zu eng, Amélie. Du bist müde und etwas überreizt, kein Wunder nach diesem langen Tag. Gönn deiner Tochter doch dieses kleine harmlose Vergnügen, schließlich hat sie sonst nicht viel Freude.«

»Ich erziehe meine Tochter, wie ich das für richtig halte!«, entgegnete Amélie mit ungewohnter Schärfe. »Und ich kann ihr nicht alles durchgehen lassen, nur weil sie ihren Vater verloren hat!«

»Ganz wie du es für richtig hältst, natürlich bist *du* die Mutter. Bitte entschuldige mich jetzt.«

***

5
Man mische Muskatellersalbei unter …

Mit diesem Duft verziehen sich die Wolken, die Sicht wird klar, und nichts wird mehr so sein, wie es einmal war.

Der siebente Bußpsalm, ein Psalm Davids. Lass ihn uns gemeinsam beten: ›Herr, erhöre mein Gebet, vernimm mein Flehen um deiner Treue willen …‹«

Maurice beugte sich zum Käfig vor und schob die kleine Schale mit dem noch warmen Hirsebrei zwischen den Stäben durch. Seine Mutter rührte sich nicht. Sanft legte er seine Hand auf ihren knochigen Schulterrücken, der sich unter ihren schwachen Atemzügen kaum fühlbar hob und senkte. Mit leiser Stimme fuhr er fort: »Erhöre mich um deiner Gerechtigkeit willen, und geh nicht ins Gericht mit deinem Knecht, denn vor dir ist kein Lebendiger gerecht. Denn der Feind verfolgt meine Seele und schlägt mein Leben zu Boden, er legt mich ins Finstere wie die, die lange schon tot sind. Und mein

Geist ist in Ängsten, mein Herz ist erstarrt in meinem Leibe.«

Er ging um den Käfig herum und schaute ihr nach einigem Zögern ins Gesicht. Ihre eiterverklebten Augen waren geschlossen, nur ihre Lippen bewegten sich, als wolle sie tatsächlich den Worten des Psalms folgen. Ihr zuliebe hatte er sich damals für das klösterliche Leben entschieden. Als Jüngster unter den Geschwistern hatte er mit ansehen müssen, wie seine Mutter angesichts der Lebenswege ihrer Töchter verzweifelte, sich selbst die Schuld für Célestines Leid an Raouls Seite gab und den Wegzug von Amélie ins ferne Paris nicht verkraftete. Er versprach ihr ein gottgefälliges Leben ganz in ihrer Nähe zu führen und für sie zu sorgen, wenn der Vater eines Tages sterben sollte. Die überraschende Ernennung zum Abt hatte Richard nicht mehr erleben dürfen, doch auch Marianne konnte die Freude darüber nicht mehr auskosten, weil sie der Welt allmählich entrückte und dem Teufel verfiel.

»›Ich denke an die früheren Zeiten‹«, setzte er den Psalm flüsternd fort, »›ich sinne nach über all deine Taten und spreche von den Werken deiner Hände. Ich breite meine Hände aus zu dir, meine Seele dürstet nach dir wie ein dürres Land. Herr, erhöre mich bald, mein Geist vergeht; verbirg dein Antlitz nicht vor mir, dass ich nicht gleich denen werde, die in die Grube fahren.‹«

Er hätte ihr dieses Leid so gerne erspart, doch wo wäre seine Glaubwürdigkeit als Abt geblieben, wenn er gegen die Besessenheit seiner eigenen Mutter nichts hätte ausrichten können? Und was hätte es für eine andere Möglichkeit gegeben, als sie hier im Verlies einzusperren? Zugegeben, in den letzten Wochen hatte der Teufel nicht mehr aus ihr gesprochen, aber konnte man sicher sein, dass er aus ihrem Körper gewichen war? Die vergangenen Nächte hatte Maurice in ständigem Gebet zugebracht mit der inständigen Bitte an den Herrgott, Er möge ihm den rechten Weg weisen, regelrecht angefleht hatte er seinen Herrn, Er möge ihm sagen, ob er, Maurice, die Mutter aus dem Käfig befreien solle.

Sie war dem Tode nahe, daran bestand kein Zweifel, aber konnte das der Wille Gottes sein? Nein, dessen war er sich sicher. Doch es könnte auch eine himmlische Prüfung sein, ob er eisern bleiben und der Versuchung des Teufels widerstehen könnte. Er drohte, an dieser Entscheidung zu verzweifeln. Was, wenn er sie aus dem Käfig holen und der Teufel hernach sein Unwesen in der Abtei treiben würde? Das konnte er nicht verantworten. Außerdem sollte seine Mutter Buße tun, sie, der er sein Leben verdankte, sie sollte so wie er gefangen sein an diesem Ort, den er erst mit seinem Tod wieder würde verlassen dürfen.

Maurice schloss sein Gebet mit der bittenden Hoffnung: »›Lass mich am Morgen hören deine Gnade, denn ich hoffe auf dich. Tu mir kund den Weg, den ich gehen soll, denn mich verlangt nach dir.‹«

Gerade als er sich vom Käfig abwenden wollte, bemerkte er, dass seine Mutter sich bewegte. Ganz langsam streckte sie ihre Hand aus und griff nach der Schüssel mit dem Hirsebrei. Ihre rissigen Lippen öffneten sich leicht. Sie war viel zu schwach, um alleine zu essen. Wie lange würde sie noch ohne Nahrung überleben? Der Herrgott würde das entscheiden.

Er drehte sich um, weil er ihr Elend nicht mehr mit ansehen konnte. Warum war er überhaupt hierhergekommen? Was hatte er sich davon erhofft? Ein kurzes Wimmern seiner Mutter, wie das Fiepen eines aus dem Nest gefallenen Vogels. Sie hatte nach der Schale greifen wollen und diese dabei nur weiter von sich geschoben. Jammernd startete sie erneut einen Versuch, traf dabei aber nur den Löffel, der in die Luft emporschnellte. Brei verspritzte im Käfig. Kraftlos sank ihr Arm wieder zu Boden.

Ihre Zeit auf Erden schien abgelaufen zu sein, und man durfte sich Gevatter Tod nicht entgegenstellen, dennoch fragte er sich, ob er den Sensenmann nicht in gewisser Weise herbeigerufen hatte. Womöglich stand es jetzt in seiner Pflicht, ihr diese letzten Tage nicht weiter zur Qual werden zu lassen.

Ergeben kehrte er zu ihr zurück. Er streckte den Arm aus und fasste durch die Gitterstäbe. Aus Vorsicht trug er den Käfigschlüssel nun nicht mehr bei sich, sondern hielt ihn im Abtszimmer versteckt. Maurice nahm den Löffel, tauchte ihn in den Brei und hielt ihn seiner Mutter an den Mund.

Doch sie reagierte nicht.

»Iss, das ist gut für dich«, forderte er sie auf.

Sie öffnete die Lippen ein wenig, sanft drückte er

mit dem Löffel gegen ihre Zähne, doch der Brei gelangte nicht in ihren Mund.

»Iss doch«, bat er sie. Nach dem dritten Versuch gab er auf. Er konnte nichts mehr für sie tun, außer sie in seine Gebete einschließen. Oder sollte er es doch wagen und sie befreien? Zumindest könnte er sie in eine der Zellen sperren, dort wäre sie wenigstens nicht mehr den Schwankungen des Käfigs ausgesetzt. Vielleicht hatte diese Kur gewirkt und der Teufel war wirklich aus ihr geflohen? Möglich wäre das. Sollte er es darauf ankommen lassen? Sein innerer Zwiespalt zerriss ihn förmlich, und je länger er seine Mutter anschaute, desto klarer erschien ihm die Antwort vor Augen.

»Ich bin gleich wieder zurück, Mutter«, kündigte er ihr an und verließ das Gefängnis. Er hatte einen Entschluss gefasst.

Auf dem Weg zu den Abtsräumen versuchte er dennoch, diese Entscheidung ein wenig hinauszuzögern, und wählte anstelle des direkten kurzen Wegs von der Kirche über die Brücke ausnahmsweise den Außengang, um die Lieferung der benötigten Vorräte an Nahrung und Medizin zu überwachen. Im Inneren einer mühlradgroßen Holzkonstruktion lief unaufhörlich ein Tagelöhner in durchgeschwitzter Leinenkleidung, durch seine Bewegung wurden an einem Seil Kiste um Kiste auf der steinernen Rampe den steilsten Teil des Südhangs hinaufgezogen, wodurch sich die Lastenträger die letzten Treppen ersparten. *Wenigstens hier verlief alles in bester Ordnung*, dachte er.

»Wenn du fertig bist …«, rief er dem jungen Mann, der schon seit einem Jahr diese Schinderei auf sich nahm, über das Knirschen des Rades hinweg zu, »dann geh in die Klosterküche und lass dir dort einen Krug Wein und ein sattes Stück Fleisch geben!«

Völlig verdattert wandte der Jüngling, dessen Namen er nicht einmal kannte, den Kopf nach ihm. »Für mich?«

»Gewiss doch, oder siehst du hier noch jemand anderen, der eine Belohnung für seine harte Arbeit verdient hätte?«

»Danke … meinen allerherzlichsten Dank, hochwürdigster Vater Abt, für Eure Güte und Großzügigkeit!«

Im Weitergehen fühlte sich Maurice jämmerlich, trotz der Freude, die er dem Arbeiter gemacht hatte. Nach einem Jahr wäre es längst an der Zeit für eine solche Geste gewesen, und selbst jetzt hatte sich der junge Mann sogar noch überrascht gezeigt. Kein Wunder bei seinem gestrengen Ruf, der ihm vorauseilte. Und tatsächlich fühlte sich die ausgeübte Mildtätigkeit, für die er stets nur seine Mönche zuständig erklärt hatte, zwar richtig, aber doch sehr ungewohnt an. Gedankenverloren legte er den restlichen Weg zur Abtswohnung zurück.

Er glaubte nicht recht zu sehen, als er dort den Krankenpfleger vorfand. »Bruder Laurentius! Was hast du hier zu suchen? Ich bin erbost!«

Der Angesprochene fuhr vom Schreibtisch herum, wo er offenbar die darauf liegenden Papiere studiert hatte. »Hochwürdigster Herr Abt … vielmals … ich bitte vielmals um Vergebung!«, stammelte der ertappte Mönch.

»Das ist unverzeihlich! Und das in Folge! Hast du beim ersten Mal nicht gefunden, wonach du gesucht hast? Trachtest du nach Besitz? Hier findest du kein Geld!«

»Ich wollte ... ich habe ... Hochwürdigster Herr Abt wollten mich sprechen!«, stieß er hervor, Schweißperlen waren auf seine Stirn getreten, weil er wusste, welche Strafe diese neuerliche Verfehlung nach sich ziehen konnte.

»Dich sprechen? Oh, ich vergaß. Ich wollte dir auftragen, dich künftig in besonderer Aufmerksamkeit um meine Mutter zu kümmern und bei Bedarf Montagnard zurate zu ziehen. Aber das hat sich nun erledigt! Du bist ab sofort aus der Gemeinschaft ausgeschlossen.«

»Hochwürdigster ...« Laurentius ließ sich auf die Knie fallen und warf sich seinem Abt zu Füßen. Er tat Buße, wie das bei kleineren Verfehlungen wie Unpünktlichkeit oder Nachlässigkeiten bei der Arbeit vorgeschrieben war, und wartete auf den Segen und die erlösenden Worte, *es sei genug* und er wieder aufstehen dürfe.

Die würde Laurentius jedoch nicht zu hören bekommen, der Bogen war überspannt. Zum wiederholten Male in die Räume seines Abtes einzudringen, darin herumzuschnüffeln, wohl auch noch mit dem Hintergedanken, etwas stehlen zu wollen, gar Besitz an sich zu nehmen.

»Erheb dich, Laurentius. Ich habe dich bereits verwarnt und dich in Gnade wiederaufgenommen. Und nun gelte, was der Apostel sagt: ›Schafft den Übeltäter weg aus eurer Mitte‹.«

Das Gesicht noch immer nahe über dem Boden flehte Laurentius: »Bitte habt Erbarmen mit meiner sündigen Seele. Wohin soll ich denn gehen? Ich habe nichts!«

»Das hätte deine Sorge zuvor sein müssen. Ich spreche nach den Regeln unseres heiligen Benedikts, wenn ich dir nach Kapitel 28 sage: ›Wenn der Ungläubige gehen will, soll er gehen. Ein räudiges Schaf soll nicht die ganze Herde anstecken.‹ Und nun geh! Ich will dich schon zur Vesper nicht mehr in der Gemeinschaft sehen. Bis zum Einbruch der Dunkelheit hast du das Kloster verlassen.«

»Hochehrwürdiger ...«, stammelte Laurentius und rappelte sich auf. Tränen liefen ihm über die Wangen. »Ich weiß nicht, wohin ich gehen soll. Ich habe keinen Besitz, kein Geld, keine Familie.«

»Der Herr wird dich deiner Wege leiten. Und möge Er, der alles vermag, deiner Seele Heilung schenken. Meine Salben der Ermahnung, die Arznei der Heiligen Schrift und das drohende Brenneisen der Ausschließung waren dir nicht Wirkung genug. Und wer sich also nicht heilen lässt, an dessen kranke Wurzeln muss ich das Messer ansetzen. Und nun geh mir aus den Augen, du Quell meiner Enttäuschung!«

***

Hoffentlich würde Montagnard bald den Nachschub bringen. Amélie saß in der mit Kerzen erleuchteten Wohnstube, die Hände zum Gebet gefaltet, und schickte stumme Bitten gen Himmel, der Herrgott möge ein Einsehen haben – gerade jetzt, wo ihr Geschäft die ersten Früchte trug.

Die heutigen Einnahmen hatte Amélie noch gar nicht gezählt, aber in der Schatulle unter dem Bett befand sich schon über die Hälfte der von Bruder Laurentius geforderten Summe für den Käfigschlüssel. Damit konnte sie mehr als zufrieden sein und dennoch ging ihr natürlich alles viel zu langsam.

Tag für Tag bangte sie darum, keine schlimmen Nachrichten aus dem Kloster zu erhalten. Der Mönch hatte ihr zugesichert, ihr umgehend eine Botschaft zukommen zu lassen, sollte ihre Mutter ins Himmelreich übertreten wollen. In die Nähe von Maurice wagte sie sich nicht mehr, auch wenn es ihr das Herz zerriss, ihre Mutter in ihrem Leid allein lassen zu müssen. Nur wäre es töricht, ihn angesichts des Hexereivorwurfs zusätzlich zu reizen, indem sie ihm erneut unter die Augen trat und ihre Herzensforderung an ihn stellte.

Aber nicht nur diese Sorgen beschäftigten sie, auch kreisten ihre Gedanken unaufhörlich um die Ankunft des Pferdezüchters auf dem Mont. César war ein guter Freund, um nicht zu sagen der einzige Mann, zu dem Alphonse eine Beziehung gepflegt hatte, die nicht an der Oberfläche der Pariser Gesellschaftsbegegnungen geblieben war.

Kaum hatte sie diese Erinnerung zugelassen, klopfte es an der Türe. Sie schrak auf.

»Madame du Maurier? Würden Sie mir bitte öffnen?«

Als sie Césars Stimme hörte, erstarrte sie. Wohin sollte sie fliehen? Für seinen Besuch hier könnte es andernteils auch eine ganz harmlose Erklärung geben, vielleicht war er auf der Durchreise und wollte sich dabei ihren Heimatort näher ansehen. Sie glaubte nicht daran. Nur nicht rühren, ganz still verhalten, schärfte sie sich ein.

»Sie können sich nicht vor mir verstecken, Madame du Maurier. Ich habe das Kerzenlicht in der Wohnstube gesehen. Ich weiß, dass Sie zu Hause sind. Ich würde gerne mit Ihnen sprechen.«

In Paris gab es niemanden, der ihm ihren Aufenthaltsort hätte nennen können. Er musste einen triftigen Grund gehabt haben, sich nicht mit der vagen Auskunft des Hauspersonals abfinden zu wollen.

Noch während sich Amélie hektisch nach einem Versteck umsah, hörte sie, wie sich die Türe öffnete. Was tun? Zur Hintertür hinaus? Sie sprang auf, stieß sich die Hüfte an der Tischkante und unterdrückte einen Schmerzenslaut.

»Madame du Maurier?« Seine Stimme kam näher, sie hörte Schritte, er musste bereits in der Küche sein.

Wenn sie jetzt davonliefe, würde sie sich erst recht verraten. Besser also so tun, als habe sie ein reines Gewissen.

»Einen Moment bitte, ich komme!«, rief sie und fasste sich beim Hinübereilen an die hochgesteckten Haare, als müsse sie ein paar Strähnen ordnen. »Monsieur du Soutain!«, tat sie freudig überrascht, als sie ihm in der Küche gegenüberstand. »Verzeihen Sie bitte, ich hatte mich in der Wohnstube in den Lehnstuhl gesetzt, und dabei müssen mir die Augen zugefallen sein. Es war ein anstrengender Tag heute.«

Mit steifem Rücken, als habe er seinen eleganten Gehstock verschluckt, schaute er sich in der Küche um. »Wohlan, das sehe ich«, bemerkte er und strich sich gedankenverloren an seinem spitzen Bart entlang. »Es tut mir leid, dass ich Madame so spät noch störe.«

»Aber bitte, nicht der Rede wert«, reagierte sie verbindlich auf seine Höflichkeit. »Ich freue mich über Ihren Besuch. Setzen Sie sich doch!« Sie bot ihm den Küchenstuhl an und schämte sich unvermittelt für das schäbige Inventar. In Paris hatten selbst ihre Küchenmägde auf besserem Mobiliar gesessen.

»Das Haus meiner Eltern«, fügte sie fast entschuldigend hinzu. »Hier wohne ich vorübergehend, weil ... weil beide verstorben sind und ich mich um den Nachlass kümmere.« Ja, das hörte sich gut an, dachte sie. »Darum musste ich auch vor knapp zwei Monaten überraschend aus Paris abreisen. Was führt Sie hierher, Monsieur? Wie haben Sie mich gefunden?«

»Oh, das war nicht schwer«, meinte er und ließ sich auf dem dargebotenen Stuhl nieder. »Ich musste nur eins und eins zusammenzählen. Nachdem ich das

Dienstmädchen nichtsahnend nach Alphonse gefragt habe, weil ich ihn zu meiner Fohlenschau einladen wollte, brach die Arme in Tränen aus und geriet völlig außer sich. Ich solle ihr doch bitte helfen, vor drei Tagen habe sie mit Alphonses Maitresse zusammen den Toten aufgefunden, und nun wisse sie nicht mehr weiter.«

»Oh Gott«, brachte Amélie nur hervor und sank in sich zusammen. Die Welt hörte auf, sich zu drehen, alles um sie herum verdunkelte sich. Er wird mich vor Gericht bringen, dachte sie in Panik. Was geschieht mit meiner Tochter, wenn der Richter keine Gnade kennt? Das war von Anfang an ihre größte Sorge gewesen. Sie fröstelte.

Wie aus weiter Ferne hörte sie César sagen: »Ich habe mich um die Beerdigung meines besten Freundes gekümmert und hernach, so dachte ich mir, statte ich Ihnen einen kleinen Besuch ab, um Sie über die Geschehnisse in Kenntnis zu setzen. Und wie ich sehe, haben Sie sich hier häuslich niedergelassen und eine hübsche Parfümwerkstatt aufgebaut.«

»Was haben Sie mit mir vor?«, fragte Amélie mit halb geschlossenen Augen.

»Oh, ich dachte, Sie kommen augenblicklich mit mir, und ich bringe Sie vor den Richter.«

»Tun Sie das nicht!«, bat Amélie flehentlich. »Was soll dann aus Linnea werden?«

»Das hätten Sie sich früher überlegen sollen, Madame. Packen Sie jetzt bitte das Notwendigste, verabschieden Sie sich von Ihrer Tochter oder nehmen

Sie sie mit, das ist mir ganz gleich. Heute Nacht werden Sie unter meiner Aufsicht im Gasthaus übernachten und morgen früh fahren wir aufs Festland zurück nach Paris.«

»Aber ich habe doch nicht gewollt, dass mein Eheherr stirbt!«

»Das spielt keine Rolle. Alphonse ist tot, und daran tragen Sie die Schuld, also wird man über Sie richten.«

»Man wird mich töten oder mich für immer einsperren, bis ich von selbst sterbe!«, verzweifelte Amélie. Tränen brannten ihr in den Augen.

»Sind Sie der Meinung, Sie hätten etwas anderes verdient?«

»Meine Tochter ... ich kann sie nicht allein lassen. Sie braucht ihre Mutter!«

»Und dafür würden Sie alles tun?«

»Alles!«, versprach sie ohne nachzudenken.

»Wohlan, ich bin kein Unmensch, deshalb will ich Ihnen einen Vorschlag machen: Die Beerdigung hat mich einen Beutel voll Geld gekostet und abgesehen davon bin ich ... Sagen wir, ich habe einen kleinen finanziellen Engpass. Und Alphonse hätte mir in dieser Lage sicher ausgeholfen. Bislang hatte er hinter seiner Geheimtüre immer ein paar Münzen für mich übrig. Doch an jenem Tag fand ich die Regale verwaist vor. Und darum wende ich mich nun an die besitzende, trauernde Witwe.«

»Ich habe nichts! Ich habe Alphonses Geld nicht genommen. Nur einen Beutel voll, ja, der uns über die erste Zeit hinweghelfen sollte, aber dieser wurde mir selbst gestohlen!«

In Césars Gesichtsausdruck spiegelte sich Enttäuschung wider. »Das ist bedauerlich. Aber wie ich vernommen habe, haben Sie in letzter Zeit gut mit Ihrer Parfümwerkstatt verdient und sicher etwas beiseitegelegt.«

»Das sind meine Ersparnisse!« Panik überfiel sie.

»Das klingt so, als wollten Sie mir nichts davon abgeben. Gut, dann bleibt es dabei, und ich bringe Sie umgehend vor den Richter.« Er stand auf und ging auf sie zu.

»Warten Sie!«, wehrte sie ihn ab. »Ich gebe Ihnen das Geld ...« Wenn es doch nur einen anderen Weg gäbe! Wenigstens soll er nicht alles bekommen, nur was in der Schatulle war, fügte sie im Stillen hinzu. Die Tageseinnahmen von heute wollte sie unberührt lassen. Gott sei Dank bewahrte sie diese getrennt auf.

Ein begieriges Lächeln stand César fratzenhaft ins Gesicht geschrieben. »Wohlan, so sind wir beide zufrieden.« Er zog seine weißen Handschuhe zurecht und stützte sich auf seinen Stock. »Wenn Sie mir Ihr gesamtes Geld sogleich aushändigen, bin ich geneigt zu vergessen, was ich in der Rue Dauphine in Paris gesehen und gehört habe.«

»Ich muss nach nebenan, dort verwahre ich die Schatulle.« Amélie sprach die Worte wie einen Befehl an sich selbst aus, doch sie verharrte. Ihre Muskeln sträubten sich gegen jegliche Bewegung. Wie ein Delinquent, der zum Schafott geführt wird. Das Unvermeidliche nahte.

»Bitte nach Ihnen, Madame«, forderte er sie mit einer höflichen Verbeugung auf und wies ihr den Weg aus dem Haus. Vor der Tür erschrak Amélie. Im Mondschein stand ein Maultier und döste vor sich hin. César ging auf das Tier zu und löste die Stricke, mit denen zwei leere Säcke am Tragegeschirr festgebunden waren.

»Wenn Sie bitte so freundlich wären«, wandte er sich ihr wieder zu, »mir die Münzen hier hineinzufüllen?«

Amélie nahm die Säcke an sich wie ein Sündermal. »Sie ... Sie wollten mich gar nicht nach Paris bringen, das war nur vorgeschoben. Sie erpressen mich, denn es ging Ihnen vom ersten Moment an einzig um das Geld, nicht wahr?«

»Nun, damit ist uns beiden doch gedient? Zugegeben, ich hatte mir von dieser Reise sogar eine noch reichere Ernte versprochen, aber Ihre Ersparnisse sind immerhin ein Anfang. Wenn Sie nun also die Güte besäßen, mich nicht zu lange hier draußen warten zu lassen ...« Er deutete auf seinen fehlenden Kragenumhang und fügte hinzu: »Abends ist es doch noch empfindlich kühl.«

Auf ihrer Zunge sammelten sich Flüche und Verwünschungen, doch ihre Finger krallten sich in den groben Leinenstoff, und sie verkniff sich eine Entgegnung.

»Haben Sie noch Fragen zu unserer Abmachung?

Stimmt etwas daran nicht? Ihr Geld für Ihre Freiheit. Ich denke, das ist ein gutes Angebot.«

Amélie schluckte den Kloß an Erwiderungen hinunter und glaubte daran zu ersticken. »Ich bin gleich zurück«, presste sie hervor und verschwand hinüber in das obere Stockwerk. In der Schlafstube angekommen, atmete sie erst einmal tief durch. Dann bemerkte sie, dass Linneas Bett leer war. Ihre Tochter war zwar vor Einbruch der Dunkelheit nach Hause gekommen, sie hatten sich gestritten, weil Linnea so lange ausgeblieben war, und die Frage, wo sie gewesen war, war unbeantwortet geblieben. Schlussendlich hatte ihre Tochter sich aber entschuldigt und Besserung gelobt. Dann war sie ins Bett gegangen. Natürlich nicht, um zu schlafen, vielmehr war die Kammer Linneas Reich geworden, und Amélie respektierte ihren Rückzugsort.

Aber nun hatte sich Linnea tatsächlich noch einmal davongeschlichen. Morgen würde sie mit Daniel ein ernstes Wort sprechen müssen, wenn ihre Tochter von sich aus nicht hören wollte. Nicht auszudenken, was alles passieren könnte, wenn die beiden sich näherkommen würden. Und noch größer war ihre Furcht vor dem Mörder, der es womöglich auch auf Linnea abgesehen hatte, wenn sie alleine draußen herumlief. Oder war ihre Tochter vielleicht in einem der anderen Zimmer? Nachdem sie überall nachgesehen hatte, musste sie auch diese Hoffnung begraben. Nun konnte sie auch die Position der Eltern damals verstehen, warum diese die getrennten Eingangstüren verflucht hatten.

»Madame du Maurier?«, ertönte ein ungeduldiger Ruf von der Eingangstüre her. »Was gibt es denn so lange da zu tun?«

»Ich komme schon!«, beeilte sie sich, ihm zu versichern. Zurück in der Schlafkammer zog sie die große Schatulle unter dem Bett hervor und öffnete diese mit dem unter ihrem Kopfkissen versteckten Schlüssel. So viele Münzen, und das alles sollte César bekommen? Sie fuhr mit der Hand in die klimpernde Menge, öffnete den ersten großen Beutel, brachte es aber nicht übers Herz, ihn zu befüllen. Sie verharrte mit gesenktem Kopf vor dem Bett kniend und dachte fieberhaft nach, wie sie der Situation entkommen könnte. Sollte sie doch fliehen? Aber wie? Er würde ihr ohnehin hinterherkommen. Vielleicht behaupten, das Geld sei ihr gestohlen worden? Ihn um Zeit bitten? Einen Versuch wäre es wert. Wenn sie an das Schicksal ihrer Mutter dachte, durfte sie nichts unversucht lassen, das mühsam gesparte Geld zu retten.

Eilends verschloss sie die Kiste und schob sie zurück unter das Bett. Da hörte sie Schritte hinter sich. Sie drehte sich um und blickte auf ein langes Messer. Er hielt es ihr auf Kopfhöhe entgegen, während er auf sie zukam.

»Kann ich damit Ihre letzten Zweifel ausräumen, was zu tun ist, Madame du Maurier?« Er setzte die Messerspitze an ihrem Hals an. Die Spitze auf ihrer Haut schoss wie ein Blitzschlag durch ihren Körper. Blutete sie schon? Amélie hielt den Atem an.

»Wir sind allein, nicht einmal Ihre Tochter ist offensichtlich hier«, flüsterte er. »Es wird niemand bemerken, wenn ich Sie jetzt umbringe.«

»Nicht«, hauchte sie, darauf bedacht, nur die Lippen zu bewegen. In ihrem Mund sammelte sich Speichel, sie wagte nicht zu schlucken.

»Nein?«, fragte er. »Dann sind Sie also bereit, mir Ihr Geld zu geben?«

»Ja«, versprach sie sofort.

»Und keine Spielchen mehr?«

»Nein.« Tränen stiegen ihr in die Augen. Wenn er nur endlich von ihr ablassen würde ...

Er ließ das Messer ein wenig sinken und hielt es jetzt nahe an ihren Rippen. »Wohlan, ich zähle bis dreißig.«

Mit zitternden Fingern schloss sie die Schatulle wieder auf und häufte mit beiden Händen die Münzen in die Säcke, bis die Schatulle leer war.

»Verbindlichen Dank auch.« César übernahm die Säcke, deutete eine Verbeugung an und verließ den Raum.

Binnen Sekunden hatte sie alles verloren. Amélie sank in sich zusammen, und die Tränen begannen zu fließen, haltlos rannen sie ihr über die Wangen. Schluchzend vergrub sie ihr Gesicht in den Händen, mit denen sie gerade all ihr Geld und ihre Hoffnung weggegeben hatte. Sie sah ihre Mutter vor sich, wie sie im Käfig lag, und ihr Herz schmerzte zum Zerreißen. Alle Rettung war vergebens. Wieder hatte sie alles verloren. Wie lange würde ihre Mutter noch durchhalten? Dieser Gedanke quälte sie so sehr, dass sie körperliche Schmerzen litt.

Sie wusste nicht, wie lange sie so auf dem Boden gekauert war, neben sich die leere Schatulle. Bis sie auf einmal aufschrak, weil sie ein Geräusch an der Türe vernahm. Hatte jemand geklopft, oder hatte der Wind etwas gegen das Holz geschlagen? War César noch einmal zurückgekehrt? Oder Linnea nach Hause gekommen? Hektisch wischte sie sich die Tränen aus den verquollenen Augen und wartete.

Als einige Minuten lang nichts passierte, rappelte sie sich auf und schob die Schatulle unter das Bett zurück. Erschöpft und mit wackeligen Beinen ging sie die Treppe hinunter, öffnete die Haustüre und trat vorsichtig hinaus in die Dunkelheit. Sie sah niemanden. Es musste wohl doch der Wind gewesen sein, sie drehte sich um, aber ein ungutes Gefühl bewegte sie.

Plötzlich hörte sie eine männliche Stimme hinter sich fragen: »Sind Sie allein?«

Zu Tode erschrocken fuhr sie herum.

Vor ihr stand fröstelnd Bruder Laurentius, in einem Bauernhemd und knielangen Hosen. Sie musste zweimal hinschauen, weil er seinen gegürteten Mönchshabit nicht mehr trug.

»Kann ich hereinkommen?«, drängte er, ehe sie etwas sagen konnte.

»Gewiss, gewiss doch.« Eilends hielt sie ihm die Türe auf und wies ihm den Weg in die Küche. »Sagt, Bruder Laurentius, ist etwas mit meiner Mutter geschehen?« Für einen winzigen Moment hoffte sie dies sogar, strafte sich aber sogleich für diesen unredlichen Gedanken.

»Nein, ihr Zustand ist unverändert. Aber ich heiße nicht mehr Laurentius. Mein weltlicher Name ist Gaspard Molin.«

»Sind Sie aus dem Kloster ausgetreten, Bruder … ich meine, Gaspard?«, fragte Amélie ungläubig.

»Nein, ich wurde aus der Gemeinschaft ausgeschlossen.«

»Ausgeschlossen? Aber was haben Sie getan?«

»Ihr Bruder hat mich wiederholt in seinen Abtsräumen erwischt. Zuletzt hatte ich den Käfigschlüssel gefunden, ich war nur nicht rechtzeitig wieder draußen.«

»Sie haben den Schlüssel?«, fragte Amélie und ahnte, dass die Schwierigkeiten heute nicht abreißen würden.

»Ja, und nun benötige ich das Geld mehr denn je. Ich muss mich auf ein Leben jenseits der Klostermauern vorbereiten und befinde mich mitten im Kampf ums nackte Überleben. Verstehen Sie? Auf der Insel bin ich nun ein Geächteter. Man wird mich mit faulem Gemüse und Dreck bewerfen – und das werden noch die harmlosen Gemeinheiten sein, die als Hohn und Spott auf mich einprasseln werden.

Ich habe meine Würde verloren. Darum werde ich die Nacht im Schutz der Dunkelheit verbringen und morgen in aller Herrgottsfrühe auf das Festland übersetzen. Und schon dafür benötige ich Geld. Wie viel haben Sie von der Summe beisammen?«

Das durfte nicht wahr sein. Das musste ein böser Traum sein! »Ich ...«, begann sie den Versuch einer Erklärung, »ich hatte bereits die Hälfte, aber dann ... vorhin ...«

»Was wollen Sie mir sagen?«

»Es ist weg. Alles.«

Gaspard erbleichte. »Sie haben nichts? Gar nichts? Das gibt es nicht ... Sie haben es mir doch zugesagt! Es tut mir leid, aber alsdann werde ich Ihnen den Schlüssel auch nicht aushändigen.«

»Bitte, ich habe ... Warten Sie, die Einnahmen von heute sind noch da ... Hier in dem Topf!« Sie streckte sich am Regal, doch ihre Finger griffen ins Leere. Zunächst glaubte sie, sich im Gefäß vertan zu haben und suchte in allen anderen. Der Beutel mit dem Tagesverdienst blieb verschwunden. »Das kann nicht wahr sein ...«, murmelte sie vor sich hin. »Das Geld muss da sein!«

Gaspard Molin stand die Hilflosigkeit ebenfalls ins Gesicht geschrieben. »Nun, da kann man wohl nichts machen.«

Er wandte sich zum Gehen, doch Amélie hielt ihn zurück. »Bitte, Sie können den Schlüssel nicht mitnehmen aufs Festland. Ich brauche ihn hier! Das Leben meiner Mutter hängt daran!«

»Und mein Leben hängt an dem Geld! Haben Sie sonst noch irgendwo welches?«

»Das war alles ... alles was ich habe. Ich weiß nicht, wer es genommen hat, wie es weitergehen soll.«

Gaspard schien in sich gekehrt und nickte. »Leben

Sie wohl, Amélie. Der Herrgott wird alles richten, so wie er auch über mich gerichtet hat.« Mit diesen Worten ging er hinaus.

Amélie rannte ihm hinterher. »Bitte geben Sie mir den Schlüssel!«, flehte sie ihn an.

Unbeirrt schritt Gaspard weiter aus, den Weg zum Friedhof hinunter. »Ich habe den Schlüssel nicht bei mir, und bei meinem Leben werde ich Ihnen das Versteck nicht verraten, solange Sie mir kein Geld geben. Ich kann nicht warten, bis Sie wieder genügend verdient haben. Ich muss von hier verschwinden.«

»Ich werde herausfinden, wer das Geld gestohlen hat! Bitte, Gaspard, geben Sie mir Zeit, wenigstens bis morgen Abend!«

»Ich erwarte Sie morgen früh noch vor Sonnenaufgang in der kleinen Friedhofskapelle. Andernfalls sehen Sie mich nie mehr wieder.«

»Ich werde da sein! Mein Ehrenwort! Und ich werde Ihnen so viel Geld geben, wie ich nur auftreiben kann!«

»So sei es denn.« Er wandte sich von ihr ab, und seine Silhouette verschmolz nach wenigen Schritten mit der Dunkelheit.

Amélie eilte zurück zum Haus. *Françoise*. Sie musste dringend mit Françoise sprechen.

***

Célestine blinzelte müde, es gelang ihr kaum, die Augenlider offen zu halten. Sie lag im Bett, es war dunkel, doch irgendwo brannte eine Kerze. Seltsam ausgeruht fühlte sie sich, ihr Geist war hellwach, nur ihr Körper war wie von Steinen beschwert. Wie war sie in die Schlafkammer gekommen? Sie konnte sich nicht erinnern, sich hingelegt zu haben. Und wer hatte vergessen, die Kerze zu löschen? Wie spät war es?

Beim Versuch, sich auf die Seite zu drehen, fuhr ihr ein stechender Schmerz in den Rücken, so als würde sich ein Messer zwischen ihre Rippen bohren. *Ein Messer* ... Eine vage Erinnerung stieg in ihr auf. Sie sah sich in der Küche, ja, dort war sie zuletzt zur Mittagszeit gewesen.

»Célestine, mein armes Kätzchen, wie geht es dir?«

Sie wandte ihren Kopf nach der Stimme am Fußende des Bettes. Raoul war aufgesprungen, an ihre Seite geeilt und ergriff nun ihre Hand.

»Endlich bist du aufgewacht! Hast du große Schmerzen?«

Irritiert über seine Fürsorglichkeit schüttelte Célestine den Kopf. »Nur, wenn ich mich bewege. Was ist mit mir passiert?«

Erstaunen zeigte sich in seinem Gesicht. »Das weißt du nicht?«

»Nein, ich kann mich nur daran erinnern, dass ich in der Küche stand und ...« Sie brach ab, weil sie sich auf einmal unsicher war, ob sie ihm von dem Messer erzählen sollte.

»Und?«, hakte er nach.

»Und mir plötzlich schwarz vor Augen wurde.«

Raoul nickte. »Ja, ich habe einen dumpfen Aufprall gehört und bin sogleich zu dir gelaufen. Und da lagst du vor dem Herd.«

»Aber warum tut mir mein Rücken so weh?«

»Du bist wohl beim Fallen gegen die Tischkante gestoßen. Vielleicht wolltest du dich noch daran festhalten.«

»Hm«, gab sie unbestimmt von sich und dachte angestrengt nach. Sie war nicht alleine in der Küche gewesen, als es passierte. Bevor Raoul aufgetaucht war, hatte sie noch eine blasse Erinnerung an jemand anderen. Sie horchte in sich hinein. Guillaume! Er hatte mit ihr in der Küche gesprochen. Nach und nach tauchten die Bilder auf, bis sie die Geschehnisse wieder klar vor sich sah. Ihr Herz schlug schneller und schneller.

»Wie geht es dir, mein Kätzchen?«, sorgte sich Raoul, nachdem sie die Augen erneut geschlossen hatte und nichts mehr sagte. »Seit Mittag wache ich an deinem Bett. Ich bin so froh, dass du endlich zu dir gekommen bist! Meinst du, du kannst aufstehen?«

Sie schüttelte langsam den Kopf.

Er fühlte ihre Stirn, und sie zuckte unter der Berührung zusammen. »Du hast Fieber. Hohes Fieber. Du musst wieder gesund werden, hörst du? Ich brauche dich. Du bist doch mein Ein und Alles!«

Überrascht schaute sie ihn an. »Du lügst«, kam es ihr gallebitter über die Zunge.

»Célestine! Wie kannst du so etwas behaupten? Ich weiß, ich war nicht immer gut zu dir, aber manchmal musste ich dich züchtigen, um dir den rechten Weg zu weisen.«

Du hast mir ein Messer in den Rücken gerammt. Du wolltest mich umbringen.

»Was ist mit Françoise?«, fragte sie geradeheraus und starrte dabei auf die Wölbung ihrer Fußspitzen unter der gräulichen Bettdecke.

»Françoise? Was soll mit ihr sein?«

»Ich bin nicht blind«, gab sie müde zurück. »Sie ist nicht deine Cousine«, konfrontierte sie ihn.

Er schaute über sie hinweg an einen Punkt an der Wand und schwieg. Es dauerte geraume Zeit, bis er mit einem Seufzer seine Antwort formulierte. »Ich habe nicht erwartet, dass du mir das glauben würdest.«

»Warum hast du mich angelogen?« Mit geballter Wut schoss die Frage trotz ihrer Kraftlosigkeit auf ihn zu.

Er betrachtete seine Hände. »Weil die Wahrheit unerträglich für dich wäre.«

»Welche Wahrheit? Dass du diese Heimlichkeiten schon länger treibst und mich jetzt so schnell wie möglich loshaben willst?«

»Célestine, was redest du da?«, empörte er sich.

»Hältst du mich wirklich für so dumm?«

»Nein, im Gegenteil. Ich hätte dich für intelligenter gehalten.« Er senkte seine Stimme und beugte sich zu ihr vor. »Françoise ist nicht meine Cousine, wohl wahr«, sagte er leise. »Aber sie ist auch nicht meine Geliebte, so wie du denkst.«

»Nein?«, überrascht stützte sie sich auf und sank mit einem Schmerzensschrei in ihr Kissen zurück.

»Nicht bewegen!«, mahnte er sie und streichelte ihre Hand. »Du musst dich schonen.«

»Sag mir die Wahrheit«, forderte sie, nachdem sie wieder Luft bekam.

»Ich weiß nicht, ob das gut für dich ist …«, versuchte er es noch einmal.

Seine Ausflüchte brachten sie zur Weißglut. »Ich will alles wissen, auf der Stelle!« Noch nie hatte sie ihm gegenüber derart die Stimme erhoben, doch das schien ihn glücklicherweise nicht zu reizen. Er blieb ruhig und sammelte sich wie jemand, der zu einem Geständnis anhob.

»Ich werde von Françoise erpresst«, begann er zögerlich und brach sogleich kopfschüttelnd wieder ab. »Ich weiß wirklich nicht, ob das gut ist, wenn ich dir alles erzähle.«

»Raoul, bitte …« Sie sah ihn fordernd von unten herauf an, und er lenkte ein. »In Ordnung. Du willst es so.«

Und so erfuhr sie, was sie niemals aus dem Mund ihres Eheherrn, dem Menschen, mit dem sie seit Jahren Tisch und Bett teilte, hören wollte: Raoul war ein Mörder. Er hatte seine Eltern umgebracht, damit er schneller sein Gasthaus eröffnen konnte, und wenn Maurice nicht eine unmoralisch hohe Geldforderung ausgesprochen hätte, um sein Erbe an seine Schwestern abzutreten, wäre wohl auch aus ihrem Elternhaus längst eine noble Herberge geworden.

Ihre Gedanken schweiften ab, zu schwer verdaulich war Raouls eindringlich vorgetragenes Geständnis, mit dem er um ihr Verständnis buhlte. Wie wäre es, wenn sie doch aufstehen könnte? Sie würde sich anziehen, ihren braunen Umhang umlegen, in den Flur hinausgehen, in dem es nach kaltem Essen und Alkohol stank, zur Türe, ohne ein Wort des Abschieds.

Sie könnte einfach alles hinter sich lassen und ihren Träumen entgegengehen. Ziellos durch das Land streifen, Neues sehen, dort bleiben, wo es ihr gefiel. Wer sollte sie aufhalten? Sie musste einfach nur ihren Mut zusammennehmen, etwas riskieren. Dazu war es höchste Zeit. Rücksichtslos hatte Raoul seinen Lebenstraum zu erfüllen versucht, nur leider war Françoise Bardeux Zeugin seiner Tat geworden und schien dies nun zu ihren Gunsten auszunutzen.

»Und das war zu gefährlich für mich, verstehst du, Célestine? Daran musste ich etwas ändern.«

Etwas ändern ... zu gefährlich ... in Gedanken drehte sie um, kehrte in die *Coquille* zurück, ging die Treppe hinauf und legte sich wieder ins Bett.

»Célestine? Hörst du mir zu? Was ist mit dir?«

Sie lächelte ihn an, wie es ihr längst zur Gewohnheit geworden war. Wie einen Fremden, den man täglich im Vorbeigehen grüßte. »Nichts, was soll schon sein?«

»Dann ist ja gut. Ich hatte die Befürchtung, du könntest etwas überreagieren, jetzt, nachdem du alles weißt.«

»Was meinst du damit?«, horchte sie auf.

»Nun, du wolltest von mir weglaufen, zu einem anderen Mann. Deshalb musste ich dir leider ...«, er räusperte sich, »ein bisschen wehtun, damit du keine Dummheiten machst und schön bei mir bleibst. Ich brauche dich doch, mein Kätzchen.«

Sie musste husten und glaubte, an den Schmerzen im Rücken sterben zu müssen. Es trieb ihr die Tränen in die Augen, und sie rang nach Luft.

»Mein Kätzchen, beruhige dich. Es wird alles gut. Nachdem du auf der Wahrheit bestanden hast und nun um mein dunkles Geheimnis weißt, werde ich besonders auf dich achtgeben müssen ... Brauchst du noch irgendetwas, damit du es bequemer hast? Ein zweites Kissen vielleicht oder noch eine Decke?«

Sie schlug die Hand weg, mit der Raoul fürsorglich ihren Arm berühren wollte.

Brüskiert erhob er sich, und im Hinausgehen lächelte er ihr noch einmal zu. »An deiner Stelle würde ich mir das gut überlegen, denn die Kammer wird auf unbestimmte Zeit dein Zuhause werden. So lange, bis mir einfällt, was ich mit dir tun werde. Mitwisserinnen mag ich nämlich nicht besonders, wie Françoise unlängst am eigenen Leib erfahren durfte.«

***

»Françoise?«, rief Amélie ins Nachbarhaus hinein. Sie war so mit sich selbst und dem Verbleib des Geldes beschäftigt, dass ihr erst im dunklen Flur der Gedanke kam, Françoise könne nach der Anstrengung des heutigen Tages schon zu Bett gegangen sein. »Ich weiß, es ist schon spät, aber ich muss dich dringend sprechen!«, rief sie. »Hörst du? Ich bin es, Amélie!« Ihre Lampe warf einen schwankenden Lichtschein an die weiß gekalkten Wände. Zaghaft gab sie der angelehnten Tür zur Schlafkammer oben einen Stoß.

»Françoise?«, fragte sie nunmehr mit gedämpfter Stimme, um ihre Freundin im Schlaf nicht zu erschrecken. Sie hielt ihre Lampe in Richtung des Bettes und stellte verwundert fest, dass auch dieses leer war. Es war rund zwei Stunden nach Sonnenuntergang. Wo könnte sie um diese Uhrzeit sein?

Kopfschüttelnd machte sich Amélie auf den Weg nach unten. Nur der Vollständigkeit halber wollte sie noch in der Küche nachschauen, obwohl sie die Gesuchte dort nicht anzutreffen vermutete, denn sonst hätte diese sie doch längst gehört. Tatsächlich aber saß Françoise mit dem Rücken zu ihr nach vorne gebeugt auf dem Küchenstuhl, den Kopf mit gekreuzten Armen auf die Tischplatte gebettet.

Amélie musste bei dem Anblick unwillkürlich lächeln. Françoise hätte sich heute wohl doch übernommen. Sanft rüttelte sie an deren Schulter, doch ihre Freundin reagierte nicht. Amélie führte ihren Weckversuch noch einmal nachdrücklicher aus, erfolglos, und nun bekam sie es doch mit der Angst zu tun. Ihr Herz hämmerte wild, als sie Françoises Oberkörper an der Schulter zurück an die Stuhllehne zog.

»Du bist am Küchentisch eingeschlafen«, sagte Amélie voller Mitgefühl, als Françoise noch immer nicht zu sich kommen wollte. Sie schien komplett die Orientierung verloren zu haben und starrte sie mit schreckgeweiteten Augen an. »Ich bin es doch nur, Amélie. Komm, ich bringe dich in deine Kammer.« Besorgt griff sie ihrer Freundin unters Kinn. Ihre Finger ertasteten feuchte Haut, und sie zog erschrocken ihre Hand zurück. Blut.

Die Erinnerung an Alphonses Tod brach wie eine große Welle über sie herein. Amélie begann am ganzen Leib zu zittern und schrie, schrie, um den Anblick des Grauens zu vertreiben. Sie ging in die Knie, verharrte vor Françoises Leiche, und sah, dass deren Kehle mit einem Messer sauber durchtrennt war.

Sie konnte keinen klaren Gedanken fassen, aber begriff doch die ausgesprochene Warnung. Amélie beugte sich widerwillig vor, innerlich auf das Schlimmste gefasst. Dachte sie, denn als sie einen milden, krautigen, leicht süßlichen Duft wahrnahm, brach Panik in ihr aus. Muskatellersalbei. Unverkennbar.

Raus hier, nur raus, dachte sie panisch. Und sofort nach Linnea sehen. Auf dem Weg nach nebenan schickte sie Stoßgebete gen Himmel, ihre Tochter möge inzwischen heimgekehrt sein. Doch im Haus war keine Spur von ihr.

Wie von Sinnen griff Amélie nach ihrem Umhang im Flur und stolperte im Halbdunkeln den Weg in die Unterstadt hinunter, zu Daniel, in der Hoffnung, ihre Tochter dort zu finden. Er hatte bei der Esseneinladung erwähnt, wo er wohnte, und Amélie hoffte, das kleine Häuschen an der Ringmauer, das in zweiter Reihe hinter den Gasthäusern stand, nicht lange suchen zu müssen.

Amélie leuchtete mit ihrer Öllampe in die stockdunkle schmale Gasse, in der sich die windschiefen Häuser wie verängstigte Nesthocker aneinanderdrängten. Aus den Gasthäusern in der vorderen Reihe drang noch der Lärm der fröhlichen Zecher, und die Luft war geschwängert vom Geruch nach gebratenem Fleisch.

In tippelndem Laufschritt eilte sie über das halsbrecherisch unebene Steinpflaster, bis ihr in etwa der Mitte der Gasse der Türklopfer auffiel, von dem Daniel erzählt hatte: ein handtellergroßes, vergoldetes Buch mit fein gegossenem Schnitt, so als könne man darin blättern. Hinter dem einzigen Fenster im Erdgeschoss brannten Kerzen. Gott sei's gelobt. Auf ihr Klopfen hin erschien Daniel kurz darauf in der Türe, doch er kam gar nicht dazu, sie zu begrüßen, denn sie überfiel ihn sofort in harschem Tonfall: »Ist meine Tochter hier?«

»Ich bin hier, Maman«, kam die seufzende Antwort aus dem Hintergrund.

Eine Last fiel Amélie von den Schultern. Ungebeten drängte sie sich an Daniel vorbei ins Haus.

In der kleinen Küche saß Linnea am Tisch und hielt es nicht einmal für notwendig aufzustehen, geschweige denn die mütterliche Ansicht über den sich für diese Uhrzeit unziemlichen Aufenthaltsort zu teilen.

Wut machte sich in Amélie breit. »Was fällt dir eigentlich ein?«

Daniel schob sich an ihr vorbei in den Raum. »Bitte setz dich ... setzen Sie sich doch«, bot er ihr mit verunsicherter Stimme an, sichtlich bestrebt, einen sich anbahnenden Streit im Keim zu ersticken.

Kopfschüttelnd lehnte Amélie sein höflich gemeintes Angebot ab. Sie hatte gar nicht vor, es sich hier gemütlich zu machen. Zudem wollte sie sich nicht mit ihrer Tochter auf Augenhöhe begeben. Sie stemmte die Hände in die Hüften. »Linnea, was ist das für ein Benehmen? Dich nachts im Haus eines fremden Mannes herumzutreiben?«

Ihre Tochter hob die Augenbrauen. »Erstens ist Daniel ein guter Freund, zweitens ist es erst Abend, und wir sitzen hier in der Küche und unterhalten uns. Ist das verboten?«

»Einem jungen Mädchen wie dir allerdings, meine Liebe!«

»Bitte, Amélie«, sagte Daniel beschwichtigend, »wir beide unterhalten uns wirklich nur. Ich bin selbst erst vor einer halben Stunde von meinem Wachdienst zurückgekehrt. Und ich wollte deine ... Ihre Tochter gerade nach Hause begleiten.«

»Das sehe ich!«, höhnte Amélie mit Blick auf die halb vollen Becher, in denen sich zu ihrer Beruhigung lediglich Milch befand. »Du kommst jetzt sofort mit, Linnea! Das heißt, du wartest draußen im Flur auf mich. Ich habe erst noch etwas mit Daniel zu besprechen.«

Wider Erwarten fügte sich Linnea ohne Widerrede, und Amélie schloss die Küchentüre hinter ihr. Sie nahm den von Daniel abermals wortlos angebotenen Stuhl nunmehr an, und er selbst setzte sich ihr gegenüber an den kleinen Holztisch, offenkundig bereit für ein längeres Gespräch. »Möchtest du auch etwas trinken?«, bot er ihr an.

»Nein, danke.« Sie wollte es kurz machen, ihm nicht aus seiner Verlegenheit helfen und ihn auch nicht weiterhin zum Du ermuntern. Die Zeiten der Vertrautheit waren für sie vorbei.

»Ich möchte nicht, dass Sie weiterhin Umgang mit meiner Tochter pflegen. Ich dulde diese Verbindung nicht«, stellte sie unmissverständlich klar.

»Ich habe Linnea nicht hergebeten«, verteidigte er sich. »Sie hat vor meinem Haus auf mich gewartet, und weil sie ausgekühlt war, habe ich ihr einen Becher warme Milch angeboten, ehe ich sie nach Hause bringen wollte. Aber wir haben uns wirklich nur unterhalten.«

»Das können Sie auch zu einer anderen Tageszeit und nicht in Ihrem Haus tun! Sie sind alt genug, um die Regeln des Anstands zu kennen und meine Tochter nicht zu sittenwidrigem Verhalten zu verführen! Linnea weiß nicht, was sie tut, sie ist noch viel zu jung! Sie tragen die Verantwortung, ihr wieder den Kopf zurechtzurücken. Sie ... Sie haben nicht das Recht, sich in das Leben meiner Tochter einzumischen!«

Daniel sah sie eine Weile stumm an, ehe er ihr entgegnete: »Ich verstehe Sie. Aber dies kann nicht der alleinige Grund sein, weshalb Sie so ungehalten gegen mich sind. Irgendetwas hat Sie aufgewühlt, sodass Sie weder aus noch ein wissen.«

Amélie schüttelte den Kopf. Doch was sie mühsam verdrängt hatte, brach sich jetzt Bahn. Tränen brannten ihr in den Augen, und der Kloß in ihrem Hals wurde zu dick, um ihn hinunterzuschlucken. Die unterdrückten Schluchzer konnten den Kummer und die Angst nicht mehr aufhalten, die mit aller Gewalt nun aus ihr herausdrängten. Sie sackte am Tisch zusammen und verfiel in haltloses Weinen, währenddessen sie Daniel in abgehackten Worten zu berichten versuchte, was mit Françoise geschehen war.

»Und da war wieder dieser Duft?«, fragte Daniel, nachdem er sich vom ersten Schock etwas erholt hatte.

»Muskatellersalbei«, bestätigte Amélie kraftlos und wischte sich die immer wiederkehrenden Tränen von den Wangen. »Nun ist das Parfüm bald vollendet ...«

»Was meinst du damit?«, fragte Daniel, in seiner Besorgnis wieder zur vertraulichen Anrede zurückkehrend.

»Der Weihrauch an Henri Pirous Leiche und Sandelholz bei Odette, diese beiden Düfte bilden die Basisnote. Als Herznote Muskatellersalbei und Myrrhe bei meiner Mutter, wobei es hier der Täter nicht übers Herz gebracht hat, sie zu töten, dafür ging er bei Françoise besonders grausam vor ...« Ihre Stimme stockte, während sie es aussprach. »Es fehlt nur noch die Kopfnote.«

Nachdenklich drehte Daniel seinen Becher hin und her und beobachtete die Milch darin. »Wenn wir wüssten, welches die fehlende Essenz ist, bekämen wir vielleicht einen Hinweis auf den Mörder.«

»Daniel! Das hier ist kein Kriminalspiel. Ich kann dem Mörder nicht zuvorkommen. Es gibt zu viele Möglichkeiten, zu viele flüchtige Geliebte, die sich als Kopfnoten an das Parfüm schmiegen könnten. Wo sollte ich da anfangen? Sämtliche Zitrusnoten, Rosenholz, Bergamotte ... Und wie sollte ich durch diese Essenzen einen Hinweis auf den Täter erhalten?«

Die Tür ging auf, und Linnea streckte den Kopf herein. »Seid ihr bald fertig? Im Flur ist es kalt. Was gibt es denn so Wichtiges?«

»Du wartest draußen!«, herrschte sie ihre Tochter an, und diese zog sich erschrocken zurück.

»Was passiert jetzt mit Françoise?«, flüsterte Amélie, nun doch in der stillen Befürchtung, ihre Tochter könne etwas mitgehört haben.

»Ich werde wie bei den Pirous alles Notwendige veranlassen«, versicherte Daniel ihr sogleich.

Amélie schenkte ihm einen dankbaren Blick, brachte aber kein Wort heraus, zu stark waren ihre eigenen widerstreitenden Gefühle für ihn. »Ich hoffe, wir verstehen uns, was Linnea anbelangt. Ich will den Mont so schnell wie möglich verlassen, allerdings nur im Beisein meiner Mutter. Ich werde sie nicht in diesem Käfig sterben lassen.«

»Gewiss. Dennoch solltest du dich in acht nehmen und dir vielleicht überlegen, deine *Welt der Sehnsüchte* wieder zu schließen, da dies der Stein des Anstoßes zu sein scheint.«

»Ich brauche aber das Geld!«

Daniel runzelte die Stirn. »Für die Rückfahrt nach Paris wird es doch allemal reichen, was du bislang verdient hast.«

»Darum geht es nicht. Ich brauche mehr! Ich hatte schon so viel beisammen, aber dann ...« Erschrocken brach sie ab, da sie ihn nicht zum Mitwisser machen wollte.

»Ist dir etwas gestohlen worden?«, folgerte er ungläubig.

»Ja, das kann man so sagen ...«

»Aber, Amélie! Warum hast du das nicht bei der Wache gemeldet? Wann ist das passiert? Wir hätten jeden bis in die Innentaschen kontrolliert, der die Insel verlassen will.«

»Das hätte nichts geholfen«, wehrte Amélie ab.

»Warum? Glaubst du, es war jemand von den Einheimischen? Ich kann mich nicht erinnern, wann eine solche Tat zuletzt vorgekommen wäre. Jeder sorgt für sein eigenes Auskommen, und das siebte Gebot ist einem jeden Montois heilig.«

»Ja, das mag sein«, bestätigte Amélie halbherzig und erhob sich, um das Ende des Gesprächs anzudeuten. Dann jedoch zögerte sie und spielte mit dem Gedanken, sich ihm gänzlich anzuvertrauen, in der Hoffnung, er könne ihr helfen, bis zum Morgengrauen so viel Geld aufzutreiben, dass der Mönch bereit wäre, ihr den Schlüssel auszuhändigen.

»Worüber denkst du nach?«, fragte er aufmerksam nach.

»Ach, nichts«, schüttelte sie den Kopf. »Nichts.

Nur über das, was geschehen ist. Wir gehen dann jetzt. Und ich möchte Sie bitten … ich bitte dich, zu beherzigen, was wir angesichts meiner Tochter besprochen haben.«

»Ich habe dich verstanden«, versicherte er und stand nun ebenfalls auf, um ihr die Hand zu reichen.

Dabei streifte ihr Blick seinen Bauch, und irgendetwas missfiel ihr dabei an seiner Wächteruniform. Sie schaute genauer hin. Er hatte das Justaucorps falsch zugeknöpft, und sie belächelte unwillkürlich die Ungeschicklichkeit eines Junggesellen, doch dann stockte ihr der Atem. Ein Knopf fehlte.

»Einen schönen Abend noch«, brachte sie so gefasst als möglich hervor und kehrte ihm abrupt den Rücken. Sie riss die Tür auf, und Linnea wusste gar nicht, wie ihr geschah, als ihre Mutter sie grob am Oberarm packte und mit sich auf die Gasse hinauszog.

Auf dem Rückweg sprachen sie kein Wort miteinander, und beide starrten geradeaus. Linnea wohl aus Wut und Unverständnis, Amélie jedoch wusste nicht mehr, was sie denken sollte. Schweißgebadet, trotz der kühlen Nachtluft, erreichten sie ihr Zuhause.

»Wir schlafen heute in der Wohnstube«, kündigte sie ihrer Tochter an.

»Wie bitte?«

»Keine Fragen und kein Widerspruch. Ich hole unsere Decken und Kissen aus der Schlafkammer und richte uns ein Lager. Und du zündest keine Kerzen an! Niemand darf uns hier unten vermuten, jedermann soll glauben, wir würden wie gewöhnlich in unseren Betten schlafen.«

»Wovor hast du Angst, Maman?«

»Ich habe keine Angst, Linnea. Ich habe Gewissheit.«

***

Hier also fühlst du dich sicher. Eingeklemmt auf der harten Eckbank versuchst du in der Wohnstube deinen Schlaf zu finden. Und mit mir hast du gar kein Mitleid? Du gönnst es deiner Tochter wohl auch nicht, von einem anderen Menschen geliebt zu werden. Warum nicht? Weil du eifersüchtig bist, du dir verlassen vorkommst und sie nichts haben darf, von dem du glaubst, es würde dir ebenfalls zustehen? Ich denke, du verhältst dich so, wie du es damals an deiner Mutter verurteilt hast. Doch auch du wirst dein Kind eines Tages gehen lassen müssen.

Du überhörst mein Stöhnen, mit dem ich mich steif vor Schmerzen von einer Seite auf die andere drehe. In deiner Schlafkammer wähnst du dich in Gefahr, befürchtest, der Mörder könnte dich im Schlaf überraschen, doch du vergisst dabei, dass er seine Opfer stets wach an anderen Orten heimgesucht hat. Er hat sie sehenden Auges den Tod erblicken lassen.

Den Duft hast du übrigens ganz richtig erkannt: Muskatellersalbei, das wird auch als Heilpflanze verwendet, ein Absud davon insbesondere zu Reinigung verschleimter Augen, weshalb ihn der Volksmund auch ›Klares Auge‹ nennt.

In letzter Zeit denke ich oft über den Tod nach. Wie ist es wohl dort oben im Himmel? Wird Papa mich erwarten? Bestimmt könnte ich spüren, wenn er mich in die Arme schließt. Ich vermisse seinen Schutz, diese Geborgenheit so sehr. Ich möchte meinen Papa wieder bei mir haben.

Du bist schuld, du hast ihn mir weggenommen. Hättest du dich nicht so furchtbar mit ihm gestritten, wäre alles Weitere nicht passiert ... Du sollst auch leiden, so wie ich. Du sollst wissen, wie sich das anfühlt. Und was wäre wohl schlimmer für dich, als deine Tochter zu verlieren?

Die Hintertüre zum Garten ist nicht verschlossen, du hast zwar einen Stuhl davorgeschoben, aber wen sollte das schon hindern? Hörst du denn gar nichts? Die Stimmen vor dem Fenster, die sich nähernden Schritte?

***

Stuhlfüße schabten nebenan über den Dielenboden. Linnea starrte mit weit aufgerissenen Augen in die Dunkelheit. Sie lag auf der langen Eckbankseite am Fenster, ihre Füße stießen an das Kopfkissen von Maman und zeigten in Richtung Speisekammer. Was hinter ihr in der Küche vorging, konnte sie nur erahnen.

Mit Leichtigkeit hatte jemand also die errichtete Barriere überwunden. Ein kühler Luftzug streifte ihr übers Gesicht. Sie hörte Schritte über den Dielenboden gehen, in unregelmäßiger Abfolge, das mussten mindestens zwei Personen sein. Die Eindringlinge sprachen leise miteinander. Linnea hielt den Atem an.

»Da ist die Kleine«, hörte sie einen der beiden sagen.

»Sei vorsichtig«, raunte der andere.

Zwei Männer.

Oh Gott, nein, dachte Linnea. Panik kroch in ihr hoch. Unvermittelt spürte sie eine raue Hand auf Mund und Nase. Das Atmen wurde ihr schwer. Sie wollte schreien, brachte aber keinen Ton heraus. Um ihre Mutter zu warnen, war es ohnehin zu spät.

»Wenn du ruhig bist, passiert dir nichts«, flüsterte der Mann an ihrem Ohr. Fieberhaft versuchte sie seine Stimme, die seltsam gedämpft klang, zuzuordnen, glaubte diese auch schon einmal gehört zu haben. »Wehe, wenn ein Laut deine Mutter weckt! Steh auf! Du kommst mit uns mit. Leise!«

Ein Traum, ging es Linnea durch den Kopf. Sie hatte einen Albtraum. Wie oft hatte sie ihre Mutter in den letzten Tagen verflucht, aber niemals wollte sie auf diese Weise von ihr getrennt werden. Wohin wollte man sie bringen? Nicht weg von hier ohne Daniel ...

»Vorwärts!«, befahl der Mann, der noch immer seine Hand auf ihren Mund gepresst hielt und sie mit der anderen ungeschickt am Arm packte, um sie zum Aufstehen zu bewegen. Hatte sie eine andere Wahl, als sich zu fügen?

Ihr gelang ein erster Blick auf die Männer. Beide trugen eine mönchsähnliche Kapuze, die allerdings bis über das Kinn reichte und nur von Augenschlitzen durchbrochen war. Schwarze Löcher, hinter denen sie nichts erkannte. Wegen der weiten Umhänge ließ sich auch deren Körperbau nicht bestimmen. Sie waren beide fast gleich groß und überragten sie selbst um zwei Köpfe, einzig das konnte sie feststellen, als sie zitternd vor ihnen stand.

Wie sie den ersten Schritt weg von ihrer Mutter tun sollte, sperrte sie sich und der Griff des Mannes an ihrem Oberarm wurde sogleich schmerzhafter.

»Du sollst gehorchen! Dann passiert dir nichts und deiner Mutter auch nicht«, zischte er.

Vielleicht bringen sie mich zu Daniel, dachte Linnea in einem Anflug von Hoffnung, obwohl sie wusste, wie absurd das klang. Vielleicht war er es auch, der sie entführen ließ? Damit sie endlich zusammen sein könnten? Die Angst ihrer Mutter gestern war groß gewesen, und sie hatte von einer Gewissheit gesprochen, die für Linnea unverständlich geblieben war.

Zögernd, aber mit zunehmender Bereitwilligkeit ließ sie sich von den Männern in die Küche zur Hintertüre führen. Tausend Fragen gingen ihr durch den Kopf, die ungestellt blieben, weil ihr der Mund zugehalten wurde. Als der zweite Mann leise die Türe aufzog, schlotterten ihr die Knie, nicht nur vor Angst, sondern auch vor Kälte. Sie sah zu Boden, doch ihre Entführer bemerkten in diesem Moment selbst ihre nackten Füße, die unter dem langen Nachthemd hervorlugten.

»Wir haben keine Zeit, ihre Schuhe zu suchen!«, zischte einer der Männer.

»Aber sie darf nicht krank werden. Am Ende stirbt sie womöglich, und was wird dann aus unserem Plan?«

»Mal den Teufel nicht an die Wand! Aber wenn es dich beruhigt, ich werde sie tragen. Wir haben es ja nicht weit.«

Linnea fühlte, wie sie hochgehoben wurde, und spürte auf merkwürdige Weise eine Geborgenheit in diesen Armen.

»Aber die Kleine hat doch nur ihr Nachthemdchen an«, wandte der Erste ein.

»Untersteh dich, ihr deinen Umhang zu geben. Niemand darf uns erkennen! Lass uns jetzt endlich verschwinden!«

»Aber so können wir sie doch nicht mitnehmen! Ich will wenigstens ihre Bettdecke holen ...«

»Bist du von allen guten Geistern verlassen?«, schimpfte ihr Träger halblaut, doch es war schon zu spät, und der andere war noch einmal zurück in die Wohnstube gegangen, während sie eilig in den Garten hinausgebracht wurde.

Dann hörte sie die durchdringenden Schreie ihrer Mutter. »Hilfe! Raus hier, raus! Raus! Raus!« Unvermittelt endete das Geschrei, und es ertönten die Geräusche eines wilden Gerangels. »Linnea! Wo bist du? Wo ist meine Tochter?«, rief Amélie.

»Wehe, du gibst auch nur einen Ton von dir!«, warnte der Mann Linnea, während er sie unsanft auf die Erde setzte und ihr weiterhin den Mund zuhielt.

Doch sie hatte gar nicht vor zu schreien. Sie hatte sich längst mit dem Gedanken an Daniel getröstet und die Gewissheit, dass er sie retten würde.

***

Die Hoffnung hielt Amélie am Leben. Gegen die in den vergangenen Nachtstunden durchlebten Sorgen um Linnea mochten sich Höllenqualen wie Liebkosungen anfühlen. Wollte der Herrgott sie tatsächlich in die Verdammnis führen? Hätte sie nur, als Linnea das erste Mal verschwunden war, auf ihr Gefühl gehört und das Geschehen als Warnung verstanden. Stattdessen hatte sie ihr Ausbleiben im Nachhinein verharmlost, schließlich hatte ihre Tochter zu keiner Zeit in wirklicher Gefahr geschwebt, sondern nur im Kloster Zuflucht gesucht. Tatsächlich aber hatten sie sich allesamt in falscher Sicherheit gewogen.

Amélie saß angekleidet in der Wohnstube am Tisch, die Ellenbogen aufgestützt und ihre Lippen gegen die zum Gebet gefalteten Hände gepresst, damit der Schmerz nicht als gellender Schrei nach außen drang. Solange sie sich nicht bewegte und keine Tränen flossen, konnte sie den Glauben an einen Albtraum aufrechterhalten, den sie zwar durchleben musste, aus dem sie jedoch bald wieder erwachen würde.

Längst hatte sie beim Dorfvorsteher Alarm geschlagen, doch dieser hatte ihr die abermalige Hilfe der Montois bei der nächtlichen Suche verwehrt, nachdem Linnea beim letzten Mal wohlbehalten zurückgekehrt war. Er hatte sie ausgelacht, und sie für wunderlich erklärt, als sie von einer Entführung gesprochen hatte.

Mit einem Messer unter dem Rock bewaffnet hatte sie sich daraufhin schweren Herzens aufgemacht, um bei Daniel anzuklopfen. Dieser war schlaftrunken in der Türe erschienen, heftig erschrocken über das, was sie ihm kurz und bündig an Vorwürfen entgegenschleuderte. Doch als sie an ihm vorbei in sein Haus stürmte, war es mit seiner Betroffenheit vorbei. Noch nie hatte sie ihn so wütend erlebt, tobend verwies er sie jenseits allen Verständnisses seiner Räume und warf ihr die Warnung hinterher, ihn niemals mehr mit unüberlegten Schuldbezichtigungen heimzusuchen.

Reglos am Tisch sitzend sah Amélie nun zu, wie der Morgen hereinbrach und sich das Meer vor dem lichtschimmernden Horizont als graublaue Weite aus der Dunkelheit löste. Erschreckend, wie schnell die Zeit vergangen war. Seit der Mann ins Haus eingedrungen waren, stand die Welt still, und sie selbst war nunmehr in eine Starre verfallen, in der sich einzig ihre Gedanken um die Frage drehten, wer der Täter gewesen sein konnte.

Was hatte er mit Linnea getan? War ihre Tochter geknebelt und gefesselt gewesen? Wo hatte man sie hingebracht? Wie erging es ihr? An die schlimmste aller Möglichkeiten mochte sie gar nicht denken.

Es verblieb angesichts der mönchsähnlichen Bekleidung nur die Spur zu ihrem Bruder oder zu einem Mitglied aus der klösterlichen Gemeinschaft. Waren nicht immer dort die Schuldigen zu finden, wo man diese am wenigsten vermutete?

Ein Gedankenblitz durchfuhr sie. Was, wenn es der enttäuschte Gaspard auf eine Erpressung anlegte? Darauf hätte sie aufgrund seines dringlichen Geldbedarfs schon eher kommen können. Aber der ehemalige Mönch musste doch verstanden haben, dass sie wirklich kein Geld hatte – oder glaubte er, sie wolle ihn täuschen? Wie viel Uhr mochte es jetzt sein? Sie hatte nicht mehr auf die Kirchenglocken geachtet, das Verstreichen der Zeit wahrzunehmen war ihr unerträglich geworden.

In der Morgendämmerung entschloss sie sich, eilig zur Kapelle zu gehen, wo Gaspard hatte übernachten wollen. Grundgütiger, warum hatte sie nicht früher daran gedacht? Vielleicht weil es ihr zu absurd erschien, einen Mann Gottes zu verdächtigen?

Doch je näher sie bald darauf dem Friedhof kam, desto zögerlicher wurden ihre Schritte. Zu vage waren die Bilder dessen, was sie dort erwarten könnte. Oder noch schlimmer: Gaspard hatte diesen Ort längst verlassen – mit Linnea.

Vorsichtig lehnte sie sich mit der Schulter gegen die schwere, mit gusseisernen Beschlägen versehene Kirchentüre und verstärkte nur langsam den Druck, um jegliches Quietschen der Türangeln zu vermeiden; sie hielt die Luft an und ließ diese erst wieder entweichen, als ein handbreiter Spalt entstanden war.

Stimmen – tatsächlich, das musste Linnea sein, die

beiden trugen in gedämpftem Tonfall ein Wortgefecht miteinander aus. Der Mann, wahrscheinlich Gaspard, musste sich irgendwo vorne in der Nähe des Altars befinden. Amélie verstand keines der Worte, aber das war auch nebensächlich, Hauptsache, Linnea war gesund und lebendig! Jetzt galt es, besonnen zu handeln.

Fieberhaft dachte sie nach. Sollte sie Hilfe holen? Nach Hause laufen und sich mit einem Messer bewaffnen? Hier draußen warten und den Täter überrumpeln, sobald er aus der Türe trat? Sie lauschte angestrengt, während sie im Kopf die verschiedenen Möglichkeiten durchspielte. Sollte sie unter wildem Geschrei hineinstürmen und den Überraschungsmoment ausnutzen? Irgendwie anschleichen? Amélie wusste selbst, dass ihre Pläne alles andere als ausgereift waren, und mit dieser zunehmenden Erkenntnis kroch die Verzweiflung wie die aufsteigende Flut in ihr hoch. Sie fühlte sich wie kurz vor dem Ertrinken, der Situation hilflos ausgeliefert. Sie war ihrer Tochter so nahe und konnte doch nichts tun.

Es dauerte eine Weile, ehe Amélie etwas Schreckliches begriff. Die weibliche Stimme gehörte nicht ihrer Tochter. Das durfte nicht wahr sein! Sie wollte sich vergewissern und vergrößerte zaghaft den Türspalt. Eine junge Frau saß auf einer der Kirchenbänke und sprach. Es war beileibe nicht Linnea.

Mit einem Ruck stieß Amélie den Türflügel auf, und das Gespräch verstummte augenblicklich. Amélie sah sich Montagnard gegenüber – und der schwangeren Schwiegertochter des Fischers Leclerc. Beide starrten ihr gleichermaßen erschrocken entgegen.

»Madame Dupont! Was haben Sie hier im Morgengrauen zu suchen?«, beschwerte sich Montagnard. »Spionieren Sie uns womöglich nach?«

»Wie käme ich dazu?«, empörte sich Amélie. »Umgekehrt könnte ich fragen, was Sie beide an diesem heiligen Ort tun?«

»Bitte«, flehte die junge Madame Leclerc, »verraten Sie uns nicht. Wir haben auch nichts Unanständiges getan.«

»Das geht Madame Dupont ohnehin nichts an«, sagte Montagnard, wobei er ihren Mädchennamen besonders betonte.

»Es würde mich allerdings interessieren«, nunmehr neugierig und misstrauisch geworden, wandte sich Amélie mit ausgesuchter Höflichkeit an Madame Leclerc.

»Es ist so, dass mir der Weg zu Montagnards Höhle in diesen Umständen zu beschwerlich geworden ist, ich ihn aber an einem ungestörten Ort sprechen wollte«, gab diese bereitwillig Auskunft.

»Ich verstehe. Aber warum diese Heimlichkeit? Es lässt sich doch jeder von Montagnard behandeln, allen voran Ihre Familie. Ich muss schon sagen, dass mir diese Zusammenkunft recht merkwürdig erscheint.«

Madame Leclerc tauschte einen Blick mit Montagnard. »Ich kann Ihr Misstrauen verstehen, doch es ist anders, als Sie denken. Ich habe den Verdacht, dass meine Schwiegermutter mir absichtlich Mittel verabreicht, die für die Frucht in meinem Leib schädlich sind. Und darum suche ich Rat bei Montagnard.«

»Ist das wahr?«, fragte Amélie ungläubig. »Sie erzählen mir doch eine Geschichte!«

»Jedes Wort davon stimmt«, mischte sich Montagnard ein. »Aber Sie sind uns noch eine Erklärung schuldig, weshalb Sie uns gefolgt sind.«

»Ich bin Ihnen nicht nachgegangen, ich bin auf der Suche nach Linnea!«

»Und wie sind Sie der Meinung verfallen, Ihre Tochter könnte sich hier befinden?«, fragte Montagnard.

Amélie hatte bereits Luft geholt, um zu antworten, als sie sich darauf besann, dass niemand von dem Mönch und dem geplanten Befreiungsversuch ihrer Mutter erfahren durfte. Stattdessen berichtete sie ihm hastig von der Entführung und dass sie Linnea überall suchen würde, weil sie keinerlei Anhaltspunkt habe.

»Das ist ja furchtbar«, bekundete Madame Leclerc mit ehrlich wirkender Bestürzung. »Das Dorf muss sofort geweckt werden, damit sich alle an der Suche beteiligen können, und die Tore müssen geschlossen werden!«

»*Entführung*«, höhnte stattdessen Montagnard, »dass ich nicht lache! Ihre Tochter wird so langsam flügge, da kommt es eben vor, dass sie auch mal über Nacht nicht nach Hause kommt, wenn man die Leine zu lang lässt. Damit werden Sie sich wohl abfinden müssen, anstatt dass Sie das Dorf abermals umsonst in helle Aufregung versetzen.«

»Herzlichen Dank für Ihre Anteilnahme«, beschied ihm Amélie. »Übrigens warte ich immer noch auf meine Vorräte. Wann fahren Sie endlich aufs Festland und bringen mir diese?«

»Sie haben mir den Auftrag ohne Zeitmaßgabe erteilt, also teile ich mir diese auch nach meinem Ermessen ein und nicht nach Ihren Befehlen. Das sagte ich Ihnen bereits.«

»Ich hielt es für selbstverständlich, dass Sie meine Bestellung unverzüglich liefern, so wie beim ersten Mal auch!«

»Man sollte nie etwas für selbstverständlich nehmen«, meinte er schulterzuckend.

»Ach, wissen Sie, ich habe Besseres zu tun, als mich mit Ihnen zu streiten. Und wenn mir niemand hilft meine Tochter zu suchen, dann muss ich das eben alleine tun. Es geht um Leben und Tod!«

»Ich helfe Ihnen!«, bot sich Madame Leclerc spontan an.

»In Ihrem Zustand? Ganz gewiss nicht!«, lehnte Amélie ab. »Ich will nicht, dass man mir auch noch einen Kindsmord anlastet. Oder was auch immer den Montois sonst noch einfällt, mich loszuwerden.«

***

Zurück ins weltliche Leben geworfen, duckte sich Gaspard Molin in die Nische nahe dem Königstor und wartete auf Montagnard. Der hatte ihm versprochen, ihn, den ehemaligen Mönch in Bauernkleidung, noch in der Dämmerung, sobald das erste Morgenlicht über den Sand kroch, ohne weitere Fragen aufs Festland zu fahren.

Ungeduldig trat er von einem Bein aufs andere. Wann hatte er zuletzt auf etwas gewartet? Die vergangenen siebzehn Jahre im Kloster waren von Gleichförmigkeit geprägt gewesen, von einem Rhythmus, an den er sich zunächst hatte gewöhnen müssen, der ihm aber bald die notwendige Sicherheit vermittelt hatte.

Nun lauerten überall böse Menschen und Gefahren, Unwägbarkeiten, Überraschungen, unberechenbare Dinge wie die Liebe, all dieser Lug und Trug, vor dem er bewahrt worden war, solange er dem Herrgott hatte dienen dürfen.

Wo blieb nur dieser Montagnard? Ahnte er, dass er ihn nicht würde bezahlen können? Würde dieser Bergmensch ihn hier versauern lassen, obwohl er sich angeblich nichts aus Geld machte? Für seine medizinischen Konsultationen im Kloster hatte Montagnard auch niemals etwas verlangt, hin und wieder hatte er sich lediglich ein paar medizinische Kräuter aus dem Klostergarten erbeten, um seinen eigenen Vorrat wieder aufzustocken.

Ungern dachte Gaspard an Montagnards Wutausbrüche zurück, wenn er wegen angeblich dringlich zu behandelnder Krankheiten gerufen worden war, die sich dann aber mit angewärmtem Wein und Bettruhe behandeln ließen. Bei solchen Gelegenheiten hielt ihm Montagnard wiederum medizinisch unzulängliche Kenntnisse vor und ließ ihn seine Verachtung spüren. Dies wiederholte sich immer wieder aufs Neue, wenn der Abt Montagnard hatte rufen lassen. War sein Ausbleiben nun Montagnards Art, sich zu rächen?

Es war kalt, in der Ecke fing sich der Wind, und sein Umhang schützte ihn nur notdürftig vor den Launen des Wetters. Er konnte sich noch gar nicht vorstellen, kein Dach mehr über dem Kopf zu haben. Kein wärmendes Feuer, nichts zu essen.

Er hatte so auf Amélie und ihr Geld gehofft. Weshalb hatte er sich überhaupt darauf eingelassen, den Käfigschlüssel für sie zu stehlen? Zugegeben, damit hatte er sich auf einen kleinen Schritt in die Welt außerhalb des Klosters vorbereiten wollen. Nicht sofort, nur zur Sicherheit, weil immer wieder Gerüchte kursierten, wonach alle Klöster die Jahrhundertwende nicht mehr überleben sollten. Die Proteste aus dem Volk und mangelnde Verständigung mit dem Königshaus ließen den Glauben daran wachsen und ihn seine Entscheidung binnen Sekunden treffen, als er Amélie Dupont im Abtszimmer überrascht hatte.

Nun hatte Gaspard die Nacht über Stunde um Stunde auf Amélies Erscheinen gehofft und dabei in der Kapelle kein Auge zugetan. Im Morgengrauen hatte er im Schutz der Kirchenmauer abgewartet, ehe er sich mit den letzten Nachtschatten in die Unterstadt geschlichen hatte, schlussendlich angetrieben von den Stimmen, die sich von der Nordseite her der

Kapelle genähert hatten. Niemals hätte er um diese Zeit mit Kirchgängern gerechnet. War das ein Fingerzeig Gottes gewesen? Sollte es wirklich der Wille seines Herrn sein, als mittelloser Bettler durch die Lande ziehen zu müssen? Dies war wohl die gerechte Strafe für seine Sünden.

Unwillkürlich fuhr er sich über den Hinterkopf, seine Tonsur, spürte die kreisrund rasierte Schädelplatte und richtete seinen Blick hinauf zum Kloster. Merkwürdig, seine Heimstätte von außen zu betrachten, zuletzt hatte er diese majestätischen Mauern bei seiner Ankunft auf dem Mont-Saint-Michel vor bald zwanzig Jahren gesehen. Natürlich hätte er den Klosterbereich verlassen dürfen, um die kranken Montois zu versorgen, es war anfangs sogar der Wunsch seines Abtes gewesen, um sich größerer Beliebtheit zu versichern, doch nachdem sich einige bedrohliche Zufälle nach seinen Behandlungsmethoden ereignet hatten, zog er sich sogleich wieder in seine sichere Welt zurück und betete jeden Tag um die Gesundheit seiner Mitbrüder.

Ein letztes Mal prägte er sich den Verlauf der Mauern ein. Die Steine wirkten auffällig hell, wie vom Mond beschienen, obwohl dieser gerade von einer vorüberziehenden Wolke verdeckt war. Es war ein merkwürdiges Licht, es zuckte unruhig über die Fassade. Gaspard schälte sich aus seinem Versteck und blieb inmitten des Wegs stehen, um sich einen Reim auf dieses Schauspiel machen zu können. Es erweckte den Eindruck, als seien Fackelträger unterwegs, doch ihm war nichts über Wachen bekannt, die am Fuße der Abtei patrouillierten. Es mutete auch eher wie eine Prozession an, so kräftig wie der Flammenschein war. Oh Gott, es brannte, wurde ihm schlagartig bewusst. Das Kloster, seine Heimstätte, hatte Feuer gefangen.

»Zu Hilfe! Zu Hilfe!«, schrie er und rannte durch das zweite und dritte Tor die Grande Rue entlang. Wie ein Hase hakenschlagend hieb er rechts und links an sämtliche Türen. »Feuer! Feuer! Die Abtei brennt! Zu Hilfe!«

Als er völlig außer Atem die Pilgertreppe hinaufhastete, hatte er bereits einen Tross mit Eimern bewaffneter Montois hinter sich, die meistenteils noch ihr Nachtgewand trugen und in seine Schreie einfielen. Gaspard keuchte, seine Lungen schmerzten, denn sein Körper sträubte sich gegen diese außergewöhnliche Bewegung.

Die Glocken der Dorfkapelle jagten in hohen, galoppierenden Tönen die noch schlafenden Dorfbewohner aus ihren Betten. Hoffentlich erwachte einer seiner Mitbrüder durch den Lärm aus der Unterstadt und rechnete die Gefahr der Abtei zu, anstelle sich seufzend in seinem Bett umzudrehen, im Irrglauben, die Montois hätten wieder einmal mit einem ihrer hausgemachten Probleme zu kämpfen, für die es außer eines stillen Gebetes keiner klösterlichen Hilfe bedurfte.

Das Feuer wütete an der Westseite der Kathedrale, ganz in der Nähe des Dormitoriums. Rauch kratzte in seinem ausgetrockneten Hals, als Gaspard sich über die Schlundtreppe dem Eingangstor näherte, das seit Henri Pirous Tod gänzlich unbewacht war. Er roch die Zerstörungswut der Flammen, spürte deren tödliche Wärme und betete zu Gott, der Weg zum Abteibrunnen möge nicht vom Feuer abgeschnitten sein.

***

»Raoul, wach auf. Ich glaube, es brennt! Raoul!« Célestine rüttelte ihren Mann, der sie nachts wie ein schlafendes Ungeheuer bewachte.

Er gab einen unduldsamen Laut von sich und wälzte sich aus der Seitenlage auf den Rücken. »Was ist?«

»Das Kloster ... Feuer!«

»Hast einen Albtraum«, knurrte er undeutlich, wuchtete sich zurück in seine Schlafposition und zog die Bettdecke stramm.

»Ich bin hellwach! Die Glocken läuten, hörst du das nicht? Und die vielen Stimmen auf der Gasse, die es immer wieder rufen. Das Kloster brennt!«

»Was sagst du da?« Er regte sich und kam langsam zu sich.

»Ja, wach auf, Raoul, bitte! Wenn meine Mutter da drin verbrennt! Du musst beim Löschen helfen!« Sie rüttelte ihn an der Schulter.

Unwirsch zog er die Stirn in Falten und horchte, dann gab er einen abgrundtiefen Seufzer von sich und rappelte sich auf. »Ich gehe erst einmal nachsehen, was dort unten los ist. Und du rührst dich nicht von der Stelle.«

»Das wird auch kaum möglich sein«, sagte sie ihm mit bitterem Unterton. Ihr verletzter Rücken machte ihr das Aufstehen nach wie vor unmöglich.

Raoul nickte und schlurfte im Nachtgewand aus der Schlafkammer, die Treppe hinunter. Als er die Eingangstüre zur Gasse hin öffnete, konnte sie das Geschrei verstärkt durch den Gastraum und die Küche bis in die Schlafkammer hinauf hören. Noch nie hatte sie die sonst in sich ruhenden Montois in solch heller Aufregung erlebt.

Sie starrte an die dunkle Zimmerdecke, an der sich das Morgenlicht festzuhalten versuchte, und sie verzweifelte fast daran, nicht aufstehen zu können ... Roch es von draußen her tatsächlich schon nach Feuer? Die Menschen schrien um Hilfe, als ginge es um ihr eigenes Leben; Rufe nach Wasser, Eimern und die Aufforderung an Frauen und Kinder, in ihren Häusern zu bleiben.

Am Ende war das Dorf in Gefahr, wenn sich das Feuer über die vereinzelten Bäume am Hang nach unten fraß, dachte sie erschreckt. Sollte der Brand wirklich so bedrohlich sein, dass Raoul sich den Montois sofort angeschlossen hatte? Warum sonst kam er nicht zurück? Er musste sich doch noch sein richtiges Schuhwerk anziehen und sich zumindest einen Umhang umlegen.

Célestine versuchte, sich im Bett aufzustützen, und biss die Zähne zusammen, als ihr der Schmerz in den

Rücken stach. Doch es war auszuhalten. Schlimmer war der Gedanke an ihre Mutter, die lebendigen Leibes verbrennen musste, wenn ihr niemand rechtzeitig zu Hilfe käme. Wie sollte sie da ruhig bleiben? Sie schob ihre Beine über die Bettkante und setzte sich tapfer auf. Doch das war zu viel gewesen. Ihr wurde übel. Sie atmete tief durch. Nicht übergeben, nur nicht übergeben, befahl sie sich.

Wo wollte sie eigentlich hingehen? Vom Fenster aus konnte man ohnehin nichts sehen, es zeigte zur Stadtmauer hin und bot über die niedrigen Häuser einen freien Blick auf das offene Meer. Wie sehr hatte sie diese Aussicht immer geliebt, glaubte sie doch dadurch ihrer Schwester auf dem Festland näher zu sein. Bestimmt war auch Amélie längst erwacht, schließlich stand das Haus ihrer Eltern direkt am Fuße der Abtei. Hoffentlich hatte sie sich mit ihrer Tochter in Sicherheit gebracht, dachte Célestine und ertappte sich gleichzeitig bei dem schändlichen Gedanken, dass es ihr um die Parfümessenzen fast noch mehr leidtun würde.

Die Eifersucht auf ihre Schwester bekam sie einfach nicht in den Griff. Amélie hatte vom Leben alles geschenkt bekommen: eine hübsche Tochter, einen reichen Mann, der gut zu ihr gewesen war, ein Leben in Paris, dazu auch noch das Wissen um die Parfümkunst. Für ihr Dasein wiederum hatte der Herrgott die Knechtschaft gewählt, unter dem Joch ihres gewalttätigen Eheherrn, ohne Kindersegen, einzig zum Kochen, Putzen und Waschen geschaffen. Das hätte sie vielleicht gar nicht so sehr gestört, wäre nicht Amélie gekommen und hätte ihr das Bild einer eigenständigen Frau vor Augen geführt. Der Beischlaf in der Küche sollte ihr letzter Versuch sein, ein Kind von Raoul zu bekommen, so wie es ihr in einer Ehe zustand ...

Am Bettpfosten suchte Célestine Halt und zog sich daran auf die Beine. Die Schlafkammer drehte sich um sie herum, und sie musste innehalten, bis der Schwindel etwas nachließ und ihr Körper sich an die aufrechte Haltung gewöhnt hatte. Tastend versuchte sie im Halbdunkel ein paar Schritte zu gehen. Ihre Knie waren weich, die Schmerzen trieben ihr die Tränen in die Augen, und sie hielt die linke Hand in die Taille, um ihren Rücken zu stützen. Wie lange würde sie das durchhalten? Sich zurück ins Bett legen, kam jedoch nicht in Frage. Sie musste gehen, so weit ihre Füße sie trugen. Raoul hatte alle Türen offen stehen lassen – da blieb ihr keine andere Wahl.

***

Die Flammen schlugen in den Himmel. Gaspard konnte sie sehen, als er unter der Abtsbrücke hindurch auf das Ende des großen Treppenschlunds zulief, und dann, nach zahllosen Stufen, stand er endlich auf dem kleinen Vorplatz beim Kircheneingang. Der westliche Teil des Langhauses steckte bereits in Brand. Balken knirschten, es krachte. Die Montois brachten von der Almosenzisterne Eimer um Eimer heran und drängten sich an ihm vorbei in den mittleren Teil der Kirche, um von dort aus dem Brandherd so nahe wie möglich zu kommen, ohne sich durch einstürzende Gesteinsbrocken selbst in Gefahr zu bringen.

Gaspard folgte den mutigen Leuten. Das hohe Kirchenschiff war von Rauch erfüllt, er hustete und sah durch den Qualm, wie auf der anderen Seite vier oder fünf seiner Mitbrüder die kunstvoll geknüpften, meterlangen Behänge von den Wänden rissen, ehe diese Feuer fangen konnten; dabei begruben sich die Mönche jedoch beinahe selbst unter den schweren Fadenkunstwerken. Wann hatte dieses Gotteshaus zuletzt solche Schreie vernommen? Konnte der Herrgott denn kein Erbarmen haben?

Siebenmal am Tag, acht Stunden lang hatte er hier Jahr um Jahr im Gebet zugebracht, Gott zu ehren und zu dienen, und nun musste er dieses Werk der Zerstörung hilflos mit ansehen. Der Boden unter seinen Füßen bebte. Links von ihm stürzte ein Teil der Decke ein.

Schreiend zogen sich die Helfer zurück, doch ihn selbst drängte es vorwärts, durch den mittleren Teil der Kirche, hinaus in den nach oben hin offenen Durchgang. Der Himmel über ihm war nebelgrau, vom Rot der Flammen durchzogen. Hinter sich hörte er wieder Gesteinsbrocken zu Boden donnern, und er rannte die vor dem Kreuzgang abzweigende, glitschige Treppe hinunter zum Verlies. Er konnte diese arme Frau doch nicht bei lebendigem Leib im Käfig verbrennen lassen!

Den Schlüssel hatte er die ganze Zeit über bei sich getragen und noch bis vor kurzem hatte er nicht gewusst, was er damit tun sollte, nachdem Amélie sich nicht an die Abmachung gehalten hatte. Nun verstand er die Wege seines Herrn. Er riss die Tür zum Gefängnis auf, stockte jedoch nach wenigen Schritten, da er sich seinem Abt gegenüberfand, der schweißgebadet und wie von Sinnen an den eisenbeschlagenen Holzstangen rüttelte und den Käfig dadurch derart ins Wanken brachte, dass die Gefangene darin ein einziges hustendes, würgendes Bündel war, das Galle spuckte und fast keine Luft mehr bekam.

»Aufhören!«, herrschte Gaspard den Abt an und war selbst von seinem befehligenden Tonfall überrascht. »Hochwürdigster Herr Abt«, fügte er hinzu, »Sie schütteln die arme Frau ja zu Tode! Aufhören, sage ich!«

»Was tust du hier?«, keuchte dieser und starrte ihn mit aufgerissenen Augen an. »Verschwinde!«

»Ich habe den Schlüssel!«

Der Abt ließ augenblicklich von seinem Tun ab. »Was hast du? Also du hast ihn doch gestohlen, du Ausgeburt ...« Er bremste seine Worte. »Du hast wirklich den Schlüssel?«, wiederholte er, als kehre sein Verstand zurück. »Möge der Herr dich als Engel zu uns zurückgesandt haben. Ich flehe dich in seinem Namen an, befreie meine Mutter aus dem Käfig!«

Gaspard zog den großen Schlüssel unter seinem Umhang hervor und überreichte ihn seinem Abt. »Es ist Euer Werk.«

Während die Feuerhitze näher kroch, machte dieser sich am Käfig zu schaffen.

Hätte Gaspard gewusst, was sie gleich erwartete, hätte er die unendlich lang erscheinende Zeit, bis sein Abt das schwer gängige Schloss aufbrachte, im Gebet verharrt. Er half mit, die knochendürre Mutter in gebotener Eile, jedoch mit aller Behutsamkeit, zu schultern. Ihr Kopf und ihre Arme hingen schlaff über den Rücken ihres Sohnes hinab, doch ihre geöffneten Augen zeugten von ihrem unbändigen Lebenswillen.

»Wir müssen hier heraus, ehe uns das Feuer einschließt!«, drängte er und lief seinem Abt voraus, um ihm die Türe zu öffnen.

»Geh, geh! Wenn es uns gelingt, meine Mutter sicher aus dieser Feuerhölle zu erretten, sollst du die selige Gnade Gottes erfahren und auf meinen Wunsch hin wieder in die Klostergemeinschaft aufgenommen werden.«

Der Gedanke der Wiederkehr verursachte ihm plötzlich Angst ... Aber hatte er sich die Vergebung seiner Sünde nicht von Herzen gewünscht? Er hielt die Hand einen Moment lang auf dem warmen Türgriff, was ihm einen Schauer den Rücken hinunterjagte. Doch er ließ sich nichts anmerken.

»Weiter!«, befahl der Abt. »Wir fliehen über den Kreuzgang in den Unterbau der Kirche und von dort über die Nordostseite hinunter ins Dorf.«

Gaspard nickte und zog die Türe auf. Flammen schlugen über dem Treppenaufgang zusammen.

Er wich zurück, und die Türe fiel wieder ins Schloss.

Ergeben ließ er sich zu Boden sinken und hörte nicht mehr darauf, was sein Abt auf ihn einschrie. Diese grelle Feuerwand war das Letzte, was er in seinem Leben sehen durfte – dessen war er sich sicher.

Gaspard schloss die Augen und hoffte auf das Paradies.

***

6

Zuletzt füge man Bergamotte hinzu …

… um mit diesem frischen und ermutigenden Duft die letzte Wegstrecke zu bewältigen.

Seelenruhig wartete Linnea ab, was die Entführer mit ihr vorhatten. Mit verbundenen Augen, die Handgelenke in ihrem Schoß ebenfalls mit einem Tuch gefesselt, saß sie in irgendeinem Haus auf einer Holzbank in der Nähe des Ofens. Die beiden Männer hatten ihr den Platz zugewiesen in der Sorge, sie könnte frieren. Ihr Vater hatte sie immer vor derartigen Banditen gewarnt, und zunächst hatte sie auch mit der Angst zu kämpfen gehabt, doch mittlerweile fand sie das Geschehen recht amüsant, besonders weil sie nunmehr eine recht genaue Vermutung hatte, wer diesem absurden Gedanken verfallen war, sie zu entführen und Lösegeld von ihrer Mutter zu erpressen … Auch glaubte sie nicht, dass die Männer zu wahrhaft schlimmen Dingen fähig waren.

Seit das Feuer ausgebrochen war, stritten sich die Zwillingsbrüder wie Kinder, was nun weiter zu tun sei.

»Sollen wir wirklich nicht beim Feuerlöschen helfen?«

»Bin ich schuld an dem Brand? Wohlan, weshalb sollte ich etwas für diese Scheinfrömmler tun? Die dort oben fühlen sich unserem Herrgott sowieso näher, als wir es tun, also sollen sie sich von ihm auch helfen lassen.«

»Aber wenn die Flammen auf das Dorf übergreifen? Wir können nicht hier im Haus bleiben, wir müssen uns in Sicherheit bringen!«

»Und die Kleine willst du mitschleppen wie einen Präsentkorb, damit jeder sie sieht?«

»Dann bleibt uns nichts anderes übrig, als sie freizulassen.«

»Hat dich der heilige Michael gezwickt?«

»Es war alles von Anfang an ein Fehler!«

»Aber du hast diesen Vorschlag doch gemacht! Ich wäre ja nur bei Amélie verkleidet aufgetaucht, um ihr einen kleinen Schrecken einzujagen ... Und überhaupt, bisher geht unser Plan doch auf.«

Linnea räusperte sich zum Zeichen, dass sie alles mit anhören konnte, schließlich befanden sie sich in einem Raum.

»Rede nicht so laut, die Kleine hört mit ... Außerdem macht uns dieses gottverdammte Feuer einen Strich durch die Rechnung!«

»Und was sollen wir jetzt tun?«

»Etwas Vernünftiges!«

»Und was wäre vernünftig?«

»Das weiß ich doch nicht!«

Schmunzelnd wandte Linnea ihren Kopf in die Richtung, aus der die Stimmen kamen. »Wenn ich bitte einen Vorschlag machen dürfte?«

Keiner gab ihr eine Antwort, vermutlich waren die beiden zu erschrocken, also redete sie einfach weiter: »Ich kann euch sagen, dass meine Mutter ohnehin kein mehr Geld hat und vielleicht sogar recht froh darüber ist, mich los zu sein. Euer Plan kann also gar nicht aufgehen. Somit könntet ihr mich freilassen, vor allem, weil ich weiß, wer ihr seid.«

»So?«, höhnte der eine. »Wer sind wir denn, wenn du das so genau weißt, junges Fräulein?«

»Die Zwillinge, genannt die Roten Räuber, Freunde meiner Mutter aus Kindertagen. Schöne Freunde hat sie da, kann ich nur sagen!«

»Wir wollten doch nur ein bisschen von dem Geldkuchen aus ihrer Parfümwerkstatt abhaben«, meinte der Zweite entschuldigend. »Wir konnten ja nicht ahnen, dass sie nichts mehr hat! Dir Küken hätten wir keine einzige Feder gerupft! Aber jetzt können wir dich nicht mehr gehen lassen, schließlich weißt du, wer wir sind, und wirst uns verraten.«

»Ich gebe euch mein Ehrenwort, dass ich schweigen werde wie ein Grab, wenn ihr mich laufen lasst. Ich werde behaupten, ihr hättet mich mit verbundenen Augen auf dem Friedhof ausgesetzt, und natürlich habt ihr mich schon beim Verlassen des Hauses ein paarmal um die eigene Achse gedreht, damit ich mir nicht merken konnte, aus welcher Richtung wir gekommen sind.«

»Aber wenn uns jemand sieht?«

»Noch sind die Montois alle beim Feuerlöschen, deswegen müssen wir uns ja auch beeilen.«

»Ist das Wort einer Frau etwas wert, was meinst du?« Die beiden begannen sich zu beratschlagen, bis es Linnea zu bunt wurde.

»Entweder ihr nehmt mir jetzt sofort meine Fesseln ab, oder ich vergesse mein Angebot, euch nicht ans Messer zu liefern!«

»Hehehe, wie redest du denn mit uns? Wir haben dich schließlich in unserer Gewalt.«

»Und wozu? Geld hat meine Mutter keines, wie oft soll ich das noch sagen! Und ihr müsstest mich schon umbringen, wenn ihr sichergehen wollt, dass ich kein Wort über euch verlieren werde. Aber ich denke, dazu wärt ihr gar nicht in der Lage.«

Schweigen. Wahrscheinlich berieten sich die Zwillinge in einer Zeichensprache.

Da wurde es Linnea doch auf einmal etwas mulmig zumute. In ihrer Selbstsicherheit war sie zu weit gegangen. Eindeutig. Verzweifelt dachte sie darüber nach, wie sie ihre Provokation ein wenig abmildern könnte, denn ungeschehen ließ sich das nun nicht mehr machen. Sie hatte sich gerade ein paar Worte zurechtgelegt, mit denen sie ihren Vorstoß in eine Bereitschaft zur Zusammenarbeit umwandeln wollte, als sie einen der Zwillinge seufzen hörte.

»Das Spiel ist vorbei. Binden wir sie los.«

Schritte näherten sich ihr und kurz darauf löste sich das Tuch von ihrem Gesicht. Sie blinzelte und nahm überrascht wahr, dass sie sich in einem abgedunkelten Raum mit Kerzenlicht befand und sich ihre Augen gar nicht an die Helligkeit gewöhnen mussten. Die Fensterläden waren geschlossen, sodass sie sich nicht durch einen Blick hinaus orientieren konnte. Die Wände waren schmucklos, wobei vereinzelt herausstehende Nägel auf abgehängte Malereien oder dergleichen hindeuteten. Offenbar hatten sich die Geschwister doch gut vorbereitet und sämtliche mögliche Hinweisstücke entfernt.

Sie schaute in die betretenen Gesichter der beiden Männer.

»Verzeihung«, sagten die Zwillinge wie aus einem Mund. »Wir wollten uns wirklich nur einen kleinen Scherz erlauben«, fügte einer der Brüder an und kam mit ausgestreckter Hand auf sie zu. Er hatte das markantere Gesicht von den beiden und war es offenbar gewohnt, den ersten Schritt zu tun. »Mein Name ist Auguste und das ...«, er deutete nach hinten, »ist Antoine.«

Der Angesprochene mit der runderen Gesichtsform und den auffallend großen grünblauen Augen knetete seine ineinanderverschränkten Finger und nickte ihr zu, brachte aber kein Wort heraus.

Auguste ging im Zimmer auf und ab. »Lasst uns nicht seelenruhig abwarten, bis wir durch das Feuer vielleicht doch noch in Gefahr kommen. Wir sollten uns lieber in Sicherheit bringen.«

»Einen Augenblick noch!«, forderte Linnea. »Warum wolltet ihr meiner Mutter Schaden zufügen? Weshalb gönnt ihr ihr nicht den Erfolg mit der Parfümwerkstatt?«

Auguste zuckte mit den Schultern. »Du hast doch die Insel gesehen. Hier gibt es nichts, womit man Geld verdienen, geschweige denn reich werden kann, es sei denn man besitzt eines der Gasthäuser. Da kommt man eben mal auf dumme Gedanken. Aber wir haben persönlich nichts gegen deine Mutter.«

»Schließlich ist sie tatsächlich unsere alte Freundin«, bekräftigte Antoine, der anscheinend seine Sicherheit wiedergefunden hatte. »Da gibt es andere, die ihr nicht das Schwarze unterm Fingernagel gönnen.«

Linnea wurde hellhörig. »Wen meinst du damit?«

»Ach, Antoine«, fuhr sein Bruder dazwischen, »fang doch nicht mit solchen Geschichten an, solange du nichts Genaues über die Morde weißt. Außerdem will ich jetzt das Haus verlassen!«

»Ihr wisst etwas über die Morde? Denkt ihr auch, dass diese mit meiner Mutter zu tun haben?«

»Sie passierten jedenfalls, seit deine Mutter zurück auf der Insel ist. Damit will ich ihr die Toten aber nicht anlasten, nur damit wir uns richtig verstehen.«

»Wem dann?«, hakte Linnea nach.

Auguste schwieg.

»Raoul«, ließ sich Antoine wiederum vernehmen.

»Bruder, bitte! Unterlass diese Mutmaßungen.«

»Ist doch wahr! Bald jeder im Dorf spricht darüber. Er hat seine Eltern auf dem Gewissen und womöglich auch seine Cousine, diese Françoise Bardeux.«

»Ihr glaubt, Raoul ist der Schuldige?«, hakte Linnea nach. Ich habe noch nichts mit ihm zu tun gehabt, aber meine Mutter mag ihn nicht besonders. Meine Tante ist mit ihm verheiratet.«

»Im Dorf ist er allgemein recht unbeliebt, weil ihm sein Reichtum über alles geht. Mag sein, er sieht in der Rückkehr deiner Mutter die Gefahr, ihr Elternhaus nicht zum Gasthaus umbauen zu können.«

»Fraglich bleibt nur«, merkte Auguste an, »wie Raoul Pirou in den Besitz dieser Essenzen gekommen ist, um den Duft an den Leichen zu hinterlassen.«

Linnea nickte nachdenklich. »Haltet ihr einen zweiten Täter für möglich?«

»Wir halten uns da ohnehin raus«, sagte Auguste und machte eine abwiegelnde Geste in Richtung seines Bruders. »Und wir entschuldigen uns noch einmal bei dir und hoffen, du kannst uns diesen kleinen nächtlichen Scherz verzeihen und verrätst uns nicht. Ehrenwort?«

»Ehrenwort. Wenn ich euch dafür vielleicht bei Gelegenheit um einen Gefallen bitten darf?«

»Aber gewiss!«, versicherte Auguste mit feierlichem Ernst und reichte ihr die Hand.

»Auch wenn wir uns manchmal danebenbenehmen«, Antoine trat hinzu und bot ihr nun ebenfalls die Hand, »für dich und deine Maman sind wir immer da. Du wirst übrigens mindestens so hübsch wie sie«, fügte er mit einem verschmitzten Lächeln hinzu.

»Lass sie in Ruhe«, mahnte Auguste mit gespielter Strenge. »Du bist schon verheiratet. Außerdem gefällt dem Mädchen unser Daniel recht gut, habe ich den Eindruck. Als wir bei Amélie das Parfüm gekauft haben, habe ich die beiden ganz vertraut miteinander zusammen im Garten gesehen.«

Linnea schoss die Röte ins Gesicht. »Ach, Unsinn, ich habe mich doch nur mit ihm unterhalten ...«

»Deine Mutter macht sich bestimmt schon große Sorgen um dich«, mutmaßte Auguste mit sichtlich schlechtem Gewissen.

Linnea schüttelte entschieden den Kopf. »Das glaube ich nicht. Sie hat im Moment wohl größere Angst um ihre eigene Mutter, die noch immer in der Abtei eingesperrt ist. Und das bei dem Feuer ...«

»Es wäre auch besser, wenn du jetzt vielleicht erst einmal zum Haupttor hinunterläufst und dort das Geschehen aus sicherer Entfernung betrachtest. Euer Haus liegt doch sehr nahe an der Abtei. Komm, wir begleiten dich«, schlug Antoine vor.

»Das ist nicht notwendig. Ich bin zwar jung, aber ich kann gut auf mich selbst aufpassen.«

»Keine Widerrede«, beschloss Auguste. »Wenn ich bitten darf?« Mit einer übertriebenen Verbeugung bot er ihr galant den Arm.

Linnea zögerte kurz, hakte sich dann aber lächelnd ein.

Draußen auf der Gasse wurde ihnen das Atmen schwer. Schwarze Rauchwolken drückten sich in den Himmel, die Kirchturmspitze war darin verschwunden, es zuckten vereinzelte Flammen empor, die offenbar keine Nahrung mehr fanden. Das gesamte Ausmaß der Zerstörung blieb unsichtbar.

Alle hatten ihre Häuser verlassen, so schien es, sie begegneten keiner Menschenseele, als sie den schmalen Weg an der Stadtmauer entlanggingen. Einige Schritte weiter erkannte Linnea am Türklopfer Daniels Häuschen.

Er war die ganze Zeit über nicht weit von ihr gewesen und hatte sie dennoch nicht gefunden. Das gab ihr einen Stich ins Herz. Gut, wenn sie ganz ehrlich war, wie hätte es ihm auch gelingen sollen? Für einen Augenblick versuchte sie sich diese Möglichkeit tröstend vor Augen zu halten, doch sie kannte ihre Mutter und wusste, dass diese sofort zu Daniel gelaufen war, sobald sie das Verschwinden ihrer Tochter bemerkt hatte. Daniel war nicht gekommen, um sie zu retten, so wie sie sich das erträumt hatte. Er war nicht ihr großer Held, auf den sie sich verlassen konnte … Wieder einmal war niemand für sie da gewesen, und sie hatte sich selbst helfen müssen. Die Wahrheit schmeckte bitter.

Linnea ging, flankiert von den Zwillingen, die gewundenen Stufen hinunter, die beim Königstor auf die Grande Rue führten. Dort war mehr Leben, Frauen, die angstvolle Blicke zur Abtei hinaufwarfen, von der außer einer Brandwolke nichts zu sehen war, und die ihre weinenden Kinder an der Menschentraube vorbeizerrten, die sich in der engen Gasse gebildet hatte. Auch für Linnea gab es kein Vorbeikommen. Was war da los?

Zwischen den zahllosen Beinen und Röcken sah sie eine Frau am Boden liegen, sie schaute genauer hin und erkannte ihre Tante. Ruckartig blieb Linnea stehen und schob sich zwischen zwei Schaulustige. Warum half der armen Célestine denn niemand? Doch, da kniete ein Mann in Uniform bei ihr und prüfte ihren Puls. Es war Daniel. Er half Célestine vorsichtig auf. Sie war kreidebleich und vom Gassendreck beschmutzt, sie hielt die Augen geschlossen, und ein schmerzerfülltes Stöhnen war das einzige Lebenszeichen. Man sah Daniel die Sorge an, als er sich bückte, um sie aufzunehmen und wegzutragen. Die raunende Menge wich zurück und besann sich wieder auf ihr Vorhaben, sich selbst vor der Feuersbrunst in Sicherheit zu bringen. Nur Linnea blieb gedankenverloren stehen und versperrte Daniel den Weg.

»Kannst du nicht achtgeben?«, fuhr er sie an. »Siehst du nicht, dass Célestine dringend Hilfe braucht? Was stehst du hier herum wie ein kleines Kind und hältst Maulaffen feil? Deine Mutter sucht dich. Geh nach Hause!«

Linnea tat erschrocken einen Schritt zur Seite und holte Luft, um etwas zu sagen, doch Daniel beachtete sie nicht mehr und ging an ihr vorbei. Sie schaute ihm hinterher, wie er Célestine in die Richtung trug, in der sein Haus lag. Leichtfüßig stieg er die Treppenstufen am Königstor hinauf und achtete darauf, dass Célestines Kopf geschützt war. Ihr Gewicht schien ihm nichts auszumachen.

Brüsk wandte sich Linnea ab und ging auf die Zwillinge zu, die ein wenig abseits auf sie gewartet hatten.

»Ich sollte jetzt besser nach Hause gehen«, rief sie ihnen zu und konnte dabei ihren Groll nicht verbergen.

»Ja, aber vielleicht ist es doch besser, wenn wir …«

»Wir haben doch unsere Abmachung«, unterbrach Linnea sofort. »Ich mache mich allein auf den Weg.« Linnea legte ihren Kopf in den Nacken und sah zum Brand hinauf. »Scheint so, als hätten die Männer beim Löschen langsam Erfolg. Ich denke nicht, dass das Feuer sich weiter ausbreiten wird.«

Die Zwillinge schauten zweifelnd. »Wenn du deine Mutter nicht zu Hause antriffst«, sagte Auguste, »kommst du sofort wieder zum Haupttor zurück. Hier ist es am sichersten, und wir sind bereit zur Flucht aufs Festland.«

»Gewiss doch!«, rief Linnea den beiden noch zu, als sie sich bereits ein paar Schritte entfernt hatte und die Pilgertreppe hinaufging. Längst hatte sie einen Entschluss gefasst. Daniel sollte sehen, was er davon hatte, sie wie ein kleines Mädchen nach Hause zu schicken. Sie würde seiner Aufforderung Folge leisten, ein letztes Mal, und sich hernach von niemandem mehr etwas sagen lassen. Kein Erwachsener hatte fortan mehr das Recht, über ihre Entscheidungen zu bestimmen. Es war ihr eigenes Leben, und sie würde in Zukunft tun und lassen, was *sie* wollte. Und das sollte Maman nun als Erste erfahren ...

Schnell hatte sie die nahezu einhundertvierzig Stufen erklommen und stand nun vor dem Haus, in das sie vor einiger Zeit mit ihrer Mutter hatte ziehen müssen. Die Fenster waren rußgeschwärzt, und als Linnea die Türe öffnete, wurde ihr schnell klar, dass ihre Mutter natürlich nicht da war.

Sie trat wieder hinaus und beobachtete den brennenden Westteil der Kirche. Von hier aus sah das Feuer doch noch um einiges bedrohlicher aus, als sie gedacht hatte. Linnea wurde es mulmig zumute, als sie sich bewusst machte, dass ihre Mutter sich womöglich dort oben aufhielt, irgendwo inmitten der Flammen, um Marianne zu retten, ihre Großmutter. Vielleicht würde sie Maman nie mehr wiedersehen ...

***

Es wurde Abend, und Linnea verlor ihre Zuversicht. Weinend versuchte sie sich von dem Gedanken abzulenken, dass sie womöglich vergeblich auf ihre Mutter wartete, und suchte dort Zuflucht, wo sie sich geborgen fühlte – nicht etwa bei Daniel, denn der hatte sie bitter enttäuscht, sondern in der Parfümwerkstatt, inmitten von Düften, in Erinnerung an ihren Vater.

Ziellos streifte sie durch den Raum, wanderte die Regale ab, studierte die Aufschriften, zog hier und da ein Fläschchen hervor und schnupperte daran. Es war keine unbekannte Essenz darunter, alle Nuancen waren ihr vertraut, gleich ob erdig, moosig, samtweich wie Honig, vollmundig, rosenartig, frühlingshaft, zitronenartig frisch, herb, abstoßend, ekelerregend ... Aber allesamt waren sie geheimnisvoll und zu tausenderlei Duftklängen vereinbar, wobei ihre Nase wie die ihres Vaters nach absoluter Geruchsvollendung strebte – nach dem *einen* Parfüm.

Jene Essenzen, die vor der Türe gelegen und als Drohung für ihre Mutter gedient hatten, waren ein solcher Anfang, der Linnea nicht mehr aus dem Kopf ging.

Sie umkreiste den runden Tisch in der Zimmermitte und nahm schließlich ein Becherglas zur Hand, in das sie Weingeist als Grundlage füllte. Dann stellte sie es auf dem Tisch ab und suchte die erste Essenz aus dem Regal.

Weihrauch. Zögernd fügte sie den Duft des Todes von Henri Pirou hinzu, dreißig Tropfen, und das Aroma erfüllte den Raum. Langsam ließ sie den Duft des Mordes an seiner Frau einfließen, mit Bedacht gab sie das blassgelbe Sandelholzöl hinzu, zählte sorgsam die Tropfen, und der weiche, süßholzige Duft entfaltete sich. Als sie bei achtzehn angekommen war, stoppte sie den Fluss aus der Pipette jäh mit dem Daumen. Die beiden Basisnoten verschmolzen miteinander, machten sich leicht und öffneten sich Neuem – die Essenz begann zu leben, so als schöpfe sie ihren ersten Atemzug.

Linnea folgte dem würzigen Duftweg, und so fiel ihre nächste Wahl wie selbstverständlich auf Myrrhe. Dennoch schlich sich Unsicherheit in ihre Handbewegung, als sie die ersten Tropfen hinzugab. Die weihrauchähnliche Essenz fügte sich fast unauffällig in die Mischung ein, eine Art zwangsläufige Folgerichtigkeit, die Linnea dennoch in solch starke Zweifel zog, dass sie nach zwölf Tropfen abbrach.

Noch war es nicht zu spät, einen anderen Abzweig zu wählen, auch wenn sie mit Weihrauch, Sandelholz und Myrrhe eine würzige Basisnote gewählt hatte, die auf ein exotisches Parfüm hindeutete, so könnte sie genauso gut ein Experiment wagen und diese Grundlage für die Erschaffung eines blumigen oder zitrusfrischen Parfüms verwenden.

Warum nicht als Nächstes so etwas wie Rosen-Absolue verwenden? Auch wenn die Essenzen bislang wunderbar harmonierten, so fehlte doch eine Komponente, die die wahre Liebe verkörperte.

Als Linnea die Regale nach dem braunen Fläschchen absuchte, verschwammen die Beschriftungen hinter einem Tränenschleier. Sie versuchte tapfer zu sein, wie sich das für ein Mädchen in ihrem Alter gehörte, doch sie fühlte sich so allein. Kein Papa mehr, und nun fehlte auch noch Maman, die sie unbedingt wiederhaben wollte, auch wenn sie ihr in letzter Zeit nur Vorhaltungen gemacht und Verbote auferlegt hatte. Seit Daniel in ihr Leben getreten war, übte sich Linnea darin, ihrer Mutter die eigenmächtige Entscheidung zu verzeihen, fort von Paris in die Einsamkeit des Mont-Saint-Michel gezogen zu sein. Auch hatte sie sich vorgenommen, die Sehnsucht nach ihrem Papa zu unterdrücken.

Nach längerem Suchen fand sie die Rosen-Absolue, und mit jedem der folgenden achtzehn Tropfen umhüllte sie ein weicher, zärtlicher Duft mit einer intensiver werdenden Umarmung. Sie musste sich zügeln, nicht noch mehr davon hinzuzugeben, denn der Verstand sagte ihr, dass es dafür noch nicht an der Zeit war.

Mit dem Duft stieg die Erinnerung an ihre Gefühle zu Daniel wieder auf. Warum nur hatte er sich vorhin so abweisend verhalten? Sicher, er hatte sich um die verletzte Célestine kümmern müssen, doch er hätte ihr gegenüber auch freundlicher reagieren können. Oder war sie ihm gleichgültig? Sie dachte zurück an den sonnigen Nachmittag im Garten, als zwischen Daniel und ihr diese Verbundenheit aufgekeimt war. Oder hatte sie sich das nur eingebildet? Diese Verunsicherung war kaum zu ertragen, so etwas kannte sie nicht. In ihrem Leben hatte sie bislang nur Menschen in ihrer Umgebung gehabt, die ihr das untrügliche Gefühl gegeben hatten, gemocht zu werden. Wie könnte sie herausfinden, ob Daniel wirklich etwas für sie empfand? Hellsehen müsste man können, doch wozu gab es das »Klare Auge«?

Muskatellersalbei versprach Bestimmtheit, Aufschluss und Weitsichtigkeit, und der süßlich-warme, leicht krautige und an Ambra erinnernde Geruch fügte sich tatsächlich wie von Zauberhand ein. Tropfen um Tropfen ließ sie ihn in das Becherglas fallen und hielt erst inne, als sie bis achtzehn gezählt hatte.

Erwartungsvoll legte sie die Pipette beiseite und schnupperte an ihrer Schöpfung. Weihrauch, Sandelholz, Myrrhe, Rose, Muskatellersalbei – bis auf die Rosenessenz waren alle Düfte einer Leiche zugeordnet, aber war nicht auch die Liebe in gewisser Weise gestorben? Zusammen entwickelten die Essenzen eine ungeheure Kraft, und das Herz des Parfüms schlug – allerdings ein wenig zu schnell und flatterhaft. Um noch mehr Tiefe zu erzeugen, entschied sich Linnea für einen zweiten Rosenduft und nach kurzer Überlegung fiel ihre Wahl auf Rosenholz. Wieder ein Duft, der in dem perfiden Plan nicht vorgekommen war, aber dennoch nicht fehlen durfte, und vielleicht die wichtigste Komponente überhaupt war.

Das Rosenholz wirkte eine Brise erfrischend, so als ob man bei Tagesanbruch am Meer mit den ersten Sonnenstrahlen das Fenster öffnete und ein zarter Dufthauch hereinwehte. Mit dem Rosenholz stieß sie in den Bereich der Kopfnoten vor und wie schon zuvor bei der Rosen-Absolue konnte sie sich kaum sattriechen, auch als längst achtzehn Tropfen das Parfüm bereicherten. Erst nach weiteren sechs Tropfen gab sie sich mit dem süßholzigen Geruch zufrieden. Nun fehlten noch eine oder zwei Essenzen zur Vollendung des Parfüms.

Unruhig begann sie an den Regalen auf und ab zu gehen, als ihr nicht sogleich eine Lösung einfallen wollte. Koriander wäre eine Möglichkeit, zusammen mit einer Essenz aus der Wachholderbeere. Diese beiden würden harmonieren, doch in Verbindung mit dem üppigen Rosenstrauß könnten Wachholderbeere und Koriander für ihr Empfinden zu trocken wirken. Entweder noch ein blumiges Öl wie Lavendel oder zur Abrundung einen zitronig-orangigen Duft wie Bergamotte. Könnte das die letzte Essenz sein?

Aufgeschreckt durch ein Geräusch verharrte Linnea in der Bewegung, mit der sie ins Regal hatte greifen wollen. Oben im Flur, da war ein schweres Schaben über den Boden, anschließend ein dumpfer Schlag. Dann Schritte.

Ihre Gedanken rasten, spielten alle Möglichkeiten durch, die harmloser waren als das, was das Bauchgefühl ihr sagte: Ein Eindringling hatte einen leblosen Körper mit ins Haus geschleift, und dieser Mensch kam jetzt wiederum die Treppe hinunter – zu ihr in die Parfümwerkstatt.

Ihr Atem ging schneller. Sie schaute sich nach einem Versteck um, doch nichts im Raum bot ihr Schutz. Sie schickte ein Stoßgebet gen Himmel, es möge ihr auch diesmal nichts passieren.

Die Türe öffnete sich langsam und, vor ihr stand – Montagnard. Sein Gesicht war zu einer bösen Miene verzogen, er trat unaufgefordert in den Raum und schaute sich ungeniert um. Sein Bart war salzverkrustet und die schwarzen Haare so verfilzt, dass sich darin sogar ein trockenes Blatt verfangen hatte.

»Du bist allein?«, wollte er wissen.

Linnea nickte beklommen. Etwas anderes als die Wahrheit brachte sie nicht heraus.

»Niemand außer dir im Haus?«, vergewisserte er sich und löste seinen Umhang, weil ihm offenbar zu warm wurde.

»Was wollen Sie von mir?«

»Von dir?«, gab er mit einem spöttischen Zug um die Mundwinkel zurück, so als wundere er sich, wie sie eine solch absurde Frage stellen konnte. »Ich hatte deine Mutter hier anzutreffen erwartet.«

»Maman ist nicht da«, versicherte Linnea schnell.

»Deine Mutter liegt mir seit Tagen in den Ohren, warum ich ihr die Essenzen nicht längst geliefert habe. Heute Morgen bin ich in aller Herrgottsfrühe mit der Kutsche aufgebrochen, ohne den Fahrgast, der nicht wie vereinbart an Ort und Stelle gewesen war. Einzig wegen deiner Mutter bin ich aufs Festland gefahren. Vom Watt aus habe ich die Abtei brennen sehen, wollte umkehren, aber eine große Hilfe beim Feuerlöschen wäre ich mit meinen alternden Knochen ohnehin nicht gewesen. Und nun stehe ich hier, habe die Kiste im Flur abgestellt, aber von Madame ist weit und breit nichts zu sehen. Sodann bestelle ihr recht schöne Grüße ...«

»Diese können Sie mir höchstselbst ausrichten, guter Montagnard«, erklang die müde Stimme ihrer Mutter von der Türe her. Ihr bordeauxrotes Kleid war am Rock bis auf Kniehöhe angesengt, die cremefarbene Schürze war von Brandflecken durchsetzt, Hände und Arme schimmerten schwarz, und das Gesicht war von einer Rußschicht bedeckt, in der man Tränenspuren erkennen konnte. Ohne ein weiteres Wort zu verlieren, ging sie achtlos an dem runden Tisch vorbei, an dem ihre Tochter gerade noch mit den Essenzen hantiert hatte, und ließ sich auf einen Stuhl fallen. Dann sank sie in sich zusammen.

»Ich bin zu spät gekommen. Erst als die Männer den Brand etwas eindämmen konnten, wurde ich bis zum Gefängnis vorgelassen. Von der schweren Eichentüre war nichts weiter als ein Aschehaufen übrig, ich musste über Mauersteine in den Raum hineinklettern, und gleich dort lagen drei Menschen. Zwei verkohlte Gestalten in fester Umarmung nicht weit von der Stelle, wo einmal der Käfig gewesen war, und ein Mönch in der Nische neben dem zerfallenen Eingang.« Maman verbarg ihr Gesicht in den Händen. Ein trockenes Schluchzen entkam ihrer Kehle, und ein Hustenanfall schüttelte ihren Körper durch.

Linnea war schnell an ihrer Seite, klopfte ihr sanft auf den Rücken und streichelte ihr anschließend hilflos über die bebenden Schultern. Doch sie wollte sich nicht beruhigen. Montagnard schaute tatenlos vom Türrahmen aus zu, wie Amélie nach Luft rang.

»So helfen Sie meiner Mutter doch!«, forderte Linnea ihn auf.

»Bitte heißt das«, wies Montagnard sie zurecht und

setzte sich in Bewegung. Er packte Amélie bei den Handgelenken, riss ihr die Arme nach oben und hielt ihr diese oberhalb des Kopfes fest, bis der Husten abflachte und schließlich in ein Keuchen überging. Sie befreite sich aus Montagnards Griff, der sich daraufhin mit unbewegter Miene wieder ein paar Schritte zurückzog.

Linnea hingegen sank vor ihrer Mutter auf die Knie und bettete den Kopf in den mütterlichen Schoß, unendlich dankbar dafür, dieses Gefühl der Geborgenheit nicht verloren zu haben. Dafür suchte sie vergeblich nach dem vertrauten Geruch, denn dieser war vom kalten Rauch, der in ihren Kleidern festhing, wie ausgelöscht.

Linnea berührte die trockenen, verrußten Hände ihrer Mutter und schaute zu ihr auf. Sie wartete, bis deren Blick aus weiter Ferne zu ihr zurückkehrte.

»Du bist wieder da, mein Kind?«, bemerkte sie mit verhaltener Freude, so als könne sie die Realität nicht von einer Traumwelt unterscheiden. Ungläubig streichelte sie Linnea über die Wange und strich ihr eine Strähne hinters Ohr, wie sie es früher oft getan hatte. »Wenigstens bist du mir noch geblieben, meine Kleine.«

Linnea beschloss, in dem Moment über den verhassten Ausdruck hinwegzusehen, und sagte nichts.

»Da war doch ein Mann letzte Nacht«, überlegte ihre Mutter nun laut, als zweifle sie an ihrer Erinnerung, und schaute sie fragend an. »Er hat dich von mir fortgenommen.«

»Ich bin wieder zurück«, sagte Linnea mit einem Seitenblick auf Montagnard, der bewegungslos wie ein Wächter in der Türe stand. Seine Präsenz schien Maman offenbar gleichgültig zu sein, wahrscheinlich, weil ihr die Kraft für eine Auseinandersetzung fehlte. »Mir ist nichts passiert«, gab Linnea kurz angebunden zu wissen.

»Gott sei's gelobt«, sagte ihre Mutter und seufzte. »Aber wer wollte dir etwas antun? Weißt du das?«

»Nein«, log Linnea, »ich habe ihn nicht erkannt. Als der Brand ausbrach, und ich ihm versichert habe, dass von dir kein Geld zu holen wäre, hat man mich mit verbundenen Augen zum Friedhof gebracht und von dort aus konnte ich nach Hause laufen.«

»Jemand wollte mich erpressen?«, horchte Amélie erschrocken auf.

Linnea nickte. »Wir sind hier nicht erwünscht, Maman. Das ist es, was ich dir schon die ganze Zeit über sage. Deine Parfümwerkstatt ist den Montois ein Dorn im Auge.«

»Wir werden dennoch nicht sofort nach Hause zurückkehren. Ich muss mich um die Beerdigung meines Bruders und meiner Mutter kümmern ...« Die Stimme versagte ihr.

»Aber danach fahren wir«, bettelte Linnea. »Wir dürfen nicht hierbleiben. Maman, denk an die Essenzen, die vor deiner Türe lagen.« Linnea wies mit einem Kopfnicken auf den runden Tisch und sagte: »Ich habe gerade versucht, genau diese Grundlagen zu einem Parfüm zu vereinen. Hier, sieh selbst! Ich denke, es fehlen nur noch ein oder zwei Essenzen.«

Von Montagnard nicht aus den Augen gelassen, erhob sich Amélie, nahm das Becherglas in die Hände und führte es an ihre Nase. Schon nach einem Atemzug zuckte sie zurück. »Das ist nahezu perfekt. Um Gottes willen, Linnea! Du hast Recht, es fehlt nur noch eine Essenz.«

Endlich hatte Maman die Gefahr erkannt. Erleichterung machte sich in Linnea breit. Ihre Freude auf die Rückkehr nach Paris war schon jetzt unendlich groß. Weg von dieser einsamen Insel, dieser abgeschlossen Welt, zu der sie wohl nie Zugang würde finden können. Außerdem wollte sie sich beweisen, nicht von ihren Gefühlen zu Daniel abhängig zu sein und ihr weiteres Leben auch ohne ihn verbringen zu können.

Mit einem Kopfschütteln durchkreuzte Maman ihre Vorstellungen. »Linnea, das Parfüm wird unvollendet bleiben. Mach dir keine Sorgen mehr. Mein Bruder ist tot. Jetzt hat niemand mehr etwas gegen uns. Die Montois mochten zwar anfangs skeptisch gewesen sein, doch jetzt lieben sie die *Welt der Sehnsüchte*.«

»Alsdann soll ich die Kiste mit den Waren stehen lassen?«, ertönte da Montagnards Stimme.

»Selbstverständlich!«, entrüstete sich Amélie.

»Dann kann ich ja jetzt gehen. Falls Sie dennoch zur Entscheidung gelangen sollten, Ihre Parfümwerkstatt zu schließen, so hätte ich gewiss Interesse an jenen Essenzen, die sich zu medizinischen Zwecken verwenden lassen.«

»Die Fläschchen sind allesamt unverkäuflich!«, protestierte sie. »Und das gilt insbesondere für unzuverlässige Bergbewohner!«

»Das ist also Ihr Dank? Mehr muss ich nicht wissen ... Ich denke, Sie haben meine Dienste nicht länger nötig.« Er machte auf dem Absatz kehrt, und die Türe fiel ins Schloss.

»In der Tat!«, schrie Amélie ihm hinterher.

Der Wutausbruch hatte sie viel Kraft gekostet. Sie senkte den Kopf und presste mit ihren Zeigefingern die Nasenwurzel zusammen. »Gütiger Gott«, murmelte sie. »Gütiger Gott, weise mir den Weg. Ich bin am Ende.«

»Maman, du machst mir Angst! Sag so etwas nicht!« Es schmerzte, ihre Mutter so hilflos zu sehen. Auch ihr war zum Heulen zumute, doch ihre Aufgabe war es jetzt, stark zu bleiben. Also hielt sie die Hände ihrer Mutter fest, immer fester. Es dauerte geraume Zeit, bis sie wieder etwas sagte.

»Linnea, es ist so schön, dich zu haben«, flüsterte sie. »Dich zu verlieren, würde ich nicht überleben. Dann würde auch mein Herz aufhören zu schlagen.«

Trotz der liebevollen Worte fühlte Linnea Angst und Beklemmung in sich aufsteigen. Sie war froh, dass ein Klopfen an der Haustüre sie von jeglicher Reaktion entband.

Amélie schaute auf, und als es abermals pochte, sagte sie: »Öffnest du bitte, Linnea? Ich fühle mich zu schwach aufzustehen.«

»Gewiss, Maman.«

»Und wenn es noch einmal Montagnard ist, dann sag ihm, er soll morgen wiederkommen, gleich, was sein Anliegen ist. Von diesem Menschen habe ich erst einmal genug.«

Linnea nickte und stieg die Stufen zur Eingangstüre hinauf. Währenddessen klopfte es schon wieder. Wer konnte da seine Ungeduld nicht im Zaum halten? Heute nach dem Brand würde es sicherlich keinem Montois mehr einfallen, die Parfümwerkstatt aufzusuchen. Es sei denn, er wollte hier jemanden dringend sprechen.

»Ich komme!«, rief Linnea und öffnete einen Augenblick später die Türe.

Es war Daniel. Voller Anspannung stand er da, und man merkte ihm seine Aufregung an. *Daniel.* Ein Freudenschauer durchrieselte sie. Er war gekommen, sich bei ihr zu entschuldigen.

»Guten Abend, Linnea«, begrüßte er sie und schaute dabei auf seine Fußspitzen herab.

»Guten Abend, Daniel.« Sie straffte ihren Rücken, um noch etwas größer zu wirken. »Schön, dich zu sehen. Wie geht es Célestine?«, fragte sie höflich, aber auch um das Gespräch sogleich auf diese letzte unglückliche Begegnung zu lenken.

»Darum bin ich hier.«

»Ich weiß«, antwortete sie geradeheraus und biss

sich auf die Lippe. Wann lernte sie endlich, besonnen zu reagieren? »Ich meine, ich dachte mir ...«

»Ist deine Mutter zu Hause?«, unterbrach er ihre Suche nach Ausflüchten.

»Komm doch herein.« Linnea merkte, wie weich ihre Knie waren, als sie ein paar Schritte zurücktrat. »Sie ist in der Parfümwerkstatt«, erklärte sie ihm mit verhaltener Stimme. »Es geht ihr allerdings nicht besonders gut. Sie hat versucht, beim Löschen zu helfen, aber für ihren Bruder und ihre Mutter kam jede Hilfe zu spät.« Eigentlich hätte sie sagen müssen, für meinen Onkel und meine Großmutter, doch das klang so fremdartig in ihren Ohren und genauso weit weg war für sie der Tod der beiden doch weitgehend unbekannten Personen. »Vielleicht ist das jetzt nicht der richtige Augenblick, mit ihr zu reden«, fügte sie hinzu, als Daniel schon auf dem Weg die Treppe hinunter war.

Stirnrunzelnd blieb er stehen. »Darauf kann ich jetzt leider keine Rücksicht nehmen, denn der Zustand von Célestine ist ernst, und sie hat mich gebeten, ihre Schwester an ihr Krankenbett zu holen.«

***

Die Türe zu Daniels Schlafkammer gab ein leises Quietschen von sich, und der Geruch von Kampfer und Kamille schlug Amélie entgegen. Sie wankte und hielt sich am Türrahmen fest. Dort an der Stirnseite des Raumes, neben dem rechteckigen Fenster, das kaum die Größe einer Schießscharte maß, lag ihre Schwester auf die Seite gebettet, mit hochrotem Gesicht und schweißnasser Stirn. Sie hielt die Augen geschlossen, und ihre Lippen bewegten sich, als murmle sie ein fortwährendes Gebet. Und da war schon wieder dieser Montagnard, dachte Amélie verärgert.

Daniel musste ihn abgefangen haben, nachdem er ihr Haus verlassen hatte. Er machte sich gerade an Célestines Rücken zu schaffen und bestrich vorsichtig eine Stelle unterhalb ihres Schulterblatts mit einer fettglänzenden, rotgelben Salbe. Es dauerte einen Moment, ehe Amélie begriff, dass der heilende Balsam auf Montagnards Fingern ursprünglich farblos war.

Célestine ließ die schmerzhafte Prozedur tonlos über sich ergehen. Nachdem er die nässende Wunde dünn bestrichen hatte, tränkte Montagnard einen Tuchfetzen mit einer scharf riechenden Flüssigkeit und bedeckte damit die Verletzung. Jetzt stieß Célestine einen durchdringenden Schmerzenslaut aus, sie zuckte mit den Armen, als wollte sie sich wehren, doch dann verfiel sie wieder in Teilnahmslosigkeit.

Um ihren Brustkorb mit einem breiten Verband umwickeln zu können, brachte er Célestine mit einem sicheren Griff unter deren Achseln dazu, sich ein wenig aufzusetzen, und wies Daniel an, näher zu treten und sie zu stabilisieren.

»Das kommt gar nicht in Frage!«, protestierte Amélie. »Ich mache jetzt allein weiter! Die Herren verlassen augenblicklich den Raum! Auch eine Kranke hat ein Schamgefühl.«

»Bitte, wie Sie wünschen«, entgegnete Montagnard und setzte schroff hinzu: »Dieses Gefühl hat eine Kranke noch nie vor dem Tode bewahrt, eine kundige Behandlung jedoch allemal, und ich werde es gewiss überleben, wenn mich blanke Brüste anblitzen! Denn ob Sie es glauben oder nicht, ich bin ein Heilkundiger, der allein die Verletzung sieht. Ich kann aber damit leben, wenn Sie mich nun auch noch für einen Lüstling halten – ob Sie es allerdings mit Ihrem Gewissen vereinbaren können, eine sachkundige Behandlung abgelehnt zu haben, wenn Ihre Schwester stirbt, dann ...«

»Nun halten Sie aber an sich!«, wetterte Amélie. »Genug mit Ihren Reden! Ich werde doch wohl einen Verband anlegen können!«

»Mag sein, allerdings liegt sodann die gesamte Behandlung fortan in Ihren Händen. Es ist nicht meine Art, halbe Sachen zu machen.« Er ließ das Salbentöpfchen und die Flasche mit der Tinktur auf dem Nachtkasten stehen und verschloss seinen Schulterbeutel, in welchem er offenbar stets eine Auswahl der wichtigsten Arzneien mit sich führte. Amélie trat aus dem Türrahmen hinein ins Zimmer, um Montagnard passieren zu lassen.

»So warten Sie doch!«, bat ihn Daniel um ein Einsehen.

»Auf Wiedersehen«, gab dieser zurück, in einem Tonfall, der an seinem Entschluss keinen Zweifel aufkommen ließ.

Amélie kümmerte sich nicht weiter um ihn, sondern ging sofort zu ihrer Schwester und setzte sich auf die Bettkante. Doch sie musste einsehen, dass sie nicht wusste, wo sie Célestine anfassen sollte, ohne ihr womöglich wehzutun. Ihre Hände begannen zu zittern, als sie Célestine vorsichtig aufzuhelfen versuchte und diese unter ihrem Griff aufstöhnte. Ihr Körper war schwer und fühlte sich leblos an. Gott sei Dank atmete sie regelmäßig, doch ihr Kopf fiel kraftlos zurück in den Nacken. Amélie versuchte verzweifelt, ihre Schwester wieder in eine halb sitzende Position zu bringen, dabei den Verband um ihren Oberkörper zu wickeln und gleichzeitig ihren Kopf zu halten. Hilfe suchend drehte sie sich nach Daniel um, den sie noch im Raum vermutete. »Daniel?«, rief sie, als sie ihn nicht sah. »Wo sind Sie? Ich brauche Ihre Hilfe!«

Offenbar hatte er ihre Forderung nach dem Alleinsein mit Célestine aber ernst genommen und war mit Montagnard gegangen. Wie gut, wenn Linnea jetzt da wäre, dachte Amélie. Sie hatte darauf gehofft, ihre Tochter würde zu Daniel nachkommen, doch nach dem Streit war das kaum zu erwarten gewesen, denn Linnea schien einen heftigen Groll gegen den von ihr unlängst noch vergötterten Mann zu hegen. Der Grund dafür war ihr schleierhaft. Im Gegenteil, sie hatte eher damit gerechnet, ihre Tochter würde sich mit Daniel gegen sie verschwören …

Als Daniel bei ihr angeklopft und Amélie über Célestines lebensgefährlichen Zustand aufgeklärt hatte, wollte sie sofort mit Linnea aufbrechen. Doch diese hatte sich strikt geweigert, mit ihnen zu kommen. Ein kurzes Wortgefecht war gefolgt, in dessen Anschluss Amélie ihre Tochter kurzerhand am Arm gepackt und mit sich hatte zerren wollen. Es erschien ihr viel zu gefährlich, Linnea mit Einsetzen der Dämmerung allein im Haus zu lassen, doch darüber war ihre Tochter ganz anderer Meinung. Sie riss sich los und lief in die Parfümwerkstatt zurück.

Dort eskalierte der Streit, Linnea begann zu schreien und zu toben, sie sei alt genug, auch mal für eine Weile allein sein zu können, und wenn das zu gefährlich sei, dann müssten sie diesen gottverdammten Mont-Saint-Michel eben wieder verlassen, sie aber würde sich nicht einsperren lassen ...

Was hätte sie darauf entgegnen sollen? Selbst Daniel hatte noch versucht, Linnea zum Mitkommen zu bewegen, doch das machte alles nur noch schlimmer. Je länger sie nun ihrer Tochter fernblieb, desto mulmiger wurde ihr Gefühl, insbesondere, da sie eine weitere Warnung vor ihrem Haus vorgefunden hatte.

Daniel war beim Hinausgehen gar nichts aufgefallen, doch Amélie hatte das Fläschchen sofort gesehen und sich unauffällig danach gebückt. Schnell hatte sie es in ihre Rocktasche geschoben, als könne es dadurch für immer verschwinden. Sie hatte fest daran geglaubt, nach dem Tod ihres Bruders keine Essenz mehr auf ihrer Türschwelle vorzufinden. Das Herz hatte ihr bis zum Hals geschlagen, als sie neben Daniel herging. Die Sorge um ihre Schwester verfolgte sie, die Angst, es könne die letzte Essenz sein, von der Linnea gesprochen hatte, wurde übermächtig. Als sie beim Friedhof die schmale Gasse hintereinander hergehen mussten, zog Amélie das Fläschchen hervor, denn sie konnte es nicht länger abwarten. Sie entstöpselte es und roch daran.

Muskatellersalbei. Schnell ließ sie das Flakon wieder in ihre Rocktasche gleiten. Daniel drehte sich zu ihr um, sagte etwas, doch sie reagierte gar nicht darauf. Weshalb bekam sie die Essenz dieses Mal erst, nachdem sie die Tote bereits gefunden hatte? Warum hatte der Täter seine Strategie geändert? Sollte es in Zukunft keinen Hinweis mehr geben und der letzte Mord ohne Vorwarnung geschehen?

Gott sei Dank hatte ihre Schwester den Angriff überlebt, und sie hatte sie noch lebend vorgefunden, doch Raoul, dieses Schwein, hatte ihr wirklich ganz schön zugesetzt. Sie durfte nicht länger bei diesem Mann bleiben.

»Daniel«, rief sie noch einmal.

Da streckte er den Kopf zur Türe herein. »Ja?«

»Helfen Sie mir bitte, ich schaffe das nicht allein, Célestine zu verbinden.«

Zögernd kam er näher. »Ich möchte wirklich keinen unsittlichen Blick ...« Er wagte nicht, die Kranke anzusehen, sondern hielt den Kopf zur Wand gerichtet.

»Célestine ist noch angezogen«, beruhigte sie ihn. »Kommen Sie bitte ans Kopfende, stützen Sie von hinten ihren Rücken, und ich schiebe ihr dann das Hemd hoch und bringe den Verband an.«

Bereitwillig kam Daniel nunmehr ihrem Wunsch nach. Er lehnte die Kranke vorsichtig in halb sitzender Position gegen seinen Oberkörper, stützte damit auch ihren Kopf und hielt das Hemd unter den Achseln fest, sodass Amélie beide Hände frei hatte.

»Sagen Sie mir bitte, ob der Verband auf der richtigen Höhe aufliegt«, bat sie Daniel, weil sie es selbst nicht fertigbrachte, sich die Verletzung ihrer Schwester näher anzusehen, jenen Messerstich, der ihr von einem Mann zugefügt wurde, von dem sie eigentlich Liebe erwarten sollte.

Daniel nickte, den Blick wieder zu Boden gerichtet. Es blieb still zwischen ihnen, während Amélie Lage um Lage wickelte. Célestine hatte sich in einem Dämmerzustand verfangen und konnte augenscheinlich nichts spüren, dafür lief Amélie der Schmerz ihrer Schwester in heißen Bahnen durch ihren eigenen Körper, dass es beinahe unerträglich wurde. Jedes Mal, wenn sie mit ihren Händen blind hinter Célestines Rücken entlangfuhr, jagte ein Stechen durch ihre Arme bis in ihr Herz hinein. Die Erinnerung an die blutende Schläfe von Alphonse wuchs, daran, wie er am Boden gelegen hatte, von einem Menschen getötet, der ihn über alles geliebt hatte.

Angestrengt versuchte Amélie, die Bilder in ihrem Kopf loszuwerden, und begann deshalb ein Gespräch mit Daniel.

»Vielen Dank für Ihre Hilfe.«

»Keine Ursache«, erwiderte er freundlich, während er seine abgewandte Haltung beibehielt, obwohl ihm diese sichtlich unangenehm war.

»Daniel«, fragte Amélie mit leiser Stimme, »was ist eigentlich zwischen Ihnen und meiner Tochter vorgefallen?«

»Bitte?« Daniel horchte auf. »Was meinen Sie damit? Ich habe Linnea nicht angerührt – vorher nicht und auch jetzt nicht, ganz wie Sie es von mir verlangt haben. Wollen Sie mir das Gegenteil unterstellen?«, fragte er und schaute ihr ins Gesicht. »Mein Herz ist reinen Gewissens.«

»Das glaube ich Ihnen«, versicherte sie schnell und wich seinem Blick aus. »Es ist nur«, es klang rechtfertigend, »weil Linnea sich mit einem Mal so abweisend Ihnen gegenüber verhält. Deshalb mache ich mir Gedanken darüber, was vorgefallen sein könnte.«

»Nichts«, entgegnete Daniel schlicht. Nachdem sie ihm das Zeichen gab, mit dem Verbinden fertig zu sein, ließ er den Stoff an Célestines Oberkörper hinuntergleiten.

Gemeinsam betteten sie Célestine sanft auf ihr Kissen zurück. Amélie beobachtete ihn dabei aufmerksam.

»Nichts?«, hakte sie nach. »Das verstehe ich nicht so ganz. So, wie sich Linnea verhält, muss sie doch einen Grund gehabt haben …« Amélie ging der Knopf seines Justaucorps, den sie in Odettes Küche gefunden hatte, nicht mehr aus dem Sinn.

»Nichts«, wiederholte er. »Genau das ist der Grund. Es ist nichts zwischen uns vorgefallen. Und weil ich den Eindruck hatte, Linnea wollte das so nicht akzeptieren, habe ich mich ihr gegenüber ein wenig abweisend verhalten.« Er tat sich an seinen eigenen Worten schwer. »Ich hielt das für notwendig.«

»Auch wenn Ihr Herz Ihnen etwas anderes sagt?«

Daniel erhob sich vom Bett. »Ich tue das, was meine Vernunft mir gebietet, Amélie.«

»Linnea wird das sicher eines Tages verstehen.«

»Sicherlich«, stimmte er ihr zu und stand ein wenig unschlüssig im Raum herum.

»Ich danke Ihnen, Daniel, dass Sie mir in der Erziehung von Linnea nicht in den Rücken fallen. Wissen Sie, ich habe selbst so jung geheiratet, und ich will nicht, dass Linnea denselben Fehler macht und ...«

»Ich weiß«, unterbrach Daniel ihren Erklärungsversuch und verschränkte die Arme hinter dem Rücken. Er schien einen Augenblick nachzudenken, ehe er wieder das Wort ergriff, wobei er das Thema wechselte. »Was soll nun mit Célestine geschehen?«

»Ich bringe es nicht fertig, sie zu Raoul zurückzubringen. Er ist imstande, sie umzubringen.«

Daniel wog den Kopf. »Das traue ich ihm leider auch zu. Doch machen wir nicht noch alles schlimmer, wenn wir sie vor ihm versteckt halten? Er dreht durch, wenn er das, was er seinen Besitz nennt, verliert.«

»Vielleicht sollten wir zu ihm gehen und versuchen, mit ihm zu reden?«, schlug Amélie vor. »Uns beiden zusammen wird er nichts antun, selbst wenn ihn der Jähzorn packt.«

»Reden? Was wird das bewirken? Außerdem halte ich es für keinen guten Einfall, wenn ich dort erscheine. Noch weiß Raoul nicht, dass er Célestine bei mir suchen muss, und vielleicht kommt er so auf die Spur.«

»Das ist wahr. Das hatte ich nicht bedacht. Und nun?«

»Das frage ich mich auch. Vor allem kann Célestine nicht bei mir bleiben, solange sie gepflegt werden muss. Erstens muss ich meinen Wachdienst am Tor versehen und zweitens haben Sie gerade selbst gesehen, dass auch ich die Wundversorgung nicht alleine bewerkstelligen kann.«

»Ich könnte mich kümmern, aber ich kann auch nicht immer da sein. Ich habe ja noch Linnea, und die Leute würden sich auch fragen, warum die Parfümwerkstatt plötzlich geschlossen ist.«

»Wer fällt uns denn noch ein, bei dem Célestine sicher versteckt und versorgt sein könnte?«

»Selbst wenn es jemanden gäbe und sie geheilt wäre – was, wenn das Versteckspiel ein Ende hat? Nein, ich werde zu Raoul gehen und offen mit ihm reden. Ich werde Célestine zu mir nehmen und dies auch jedem kundtun. Dann soll es einer wagen, und zuletzt Raoul selbst, meiner Schwester etwas anzutun. Die Montois würden ihn erhängen oder vierteilen, auch wenn das nicht mehr zeitgemäß ist.«

Daniel lachte kurz auf. »Ja, die Bergbewohner sind

wie schlafende Löwen, friedlich, solange niemand von ihnen angegriffen wird.«

»Angriff war schon immer die beste Verteidigung«, sagte Amélie und lächelte ihn an. »Könnten Sie diese Nacht noch auf meine Schwester achten? Ich denke, es ist besser, ich gehe erst morgen Vormittag zu Raoul, wer weiß, wie viel er bis jetzt schon getrunken hat.«

»Gewiss, das mache ich gerne«, versprach er ihr mit ernster Miene. »Ich halte es auch für eine kluge Entscheidung, Raoul heute nicht mehr aufzusuchen. Es ist auch schon dunkel. Passen Sie gut auf sich auf und noch etwas, Amélie, ich wäre erleichtert, wir könnten wieder zum Du übergehen, oder sind die Fronten so verhärtet? Ich habe mir schließlich nichts zu schulden kommen lassen, mein Ehrenwort darauf.«

»Ich glaube Ihnen – ich glaube *dir*, Daniel«, verbesserte sie sich. »Ich bin eben auch eine Löwenmutter, die auf ihr Junges aufpasst.«

»Ich weiß«, bestätigte er, »und das ist auch richtig so. Aber du darfst nicht vergessen, dass du deine Tochter nicht ein Leben lang vor allen Gefahren schützen kannst.«

»Dennoch werde ich das tun, so lange es mir irgendwie möglich ist, auch wenn mir Linnea jeden Tag aufs Neue beweisen will, wie selbstständig sie ist und wie wenig sie mich braucht. Aber unter den momentanen Umständen ist es gewiss der unglücklichste Zeitpunkt, eigene Erfahrungen machen zu wollen.«

»Vielleicht wäret ihr in Paris besser aufgehoben?«, gab Daniel zu bedenken.

Seinen Einwand fegte Amélie mit einer Handbewegung zur Seite. »Das entscheide immer noch ich.«

***

Der nächste Morgen wartete mit einem strahlend blauen Himmel auf. Der warme, böig auffrischende Wind hatte den Brandgeruch fortgetragen, und die Sonnenstrahlen beschienen die in ihrer Schönheit zerfallene Abtei. Möwen kreisten über dem fehlenden, wie mit einem Beil von der Kirche abgetrennten Westteil. Mit ausgebreiteten Flügeln stürzten sie sich von weit oben neugierig in das entstandene Nichts, aber nur die Vorwitzigsten unter ihnen ließen sich auf den aufgehäuften Steinquadern nieder. Ihre Schreie durchbrachen die Stille, die sich über den Mont-Saint-Michel gesenkt hatte.

Die Kunde über den Tod des Abtes hatte sich wie ein Lauffeuer ausgebreitet, und so sehr man seine fromme Herrschaft verteufelt hatte, die führungslosen Montois befanden sich nun doch in einem Zustand der Leere und Orientierungslosigkeit.

Wie sollte es weitergehen?, fragten sich die ziellos in den Gassen umherlaufenden Menschen. Manche von ihnen suchten Schutz in einem der Gasthäuser und gaben sich ungezügeltem Weingenuss hin, während die Wirte Zweifel hatten, ob sie das Fass an einem solchen Trauertag überhaupt hätten öffnen dürfen. Darum verlangten sie auch kein Geld von den Zechern, in der Hoffnung auf eine mildere Sündenstrafe, doch wer konnte ihnen jetzt überhaupt noch sagen, was Sünde war? Bis zum Mittag jedenfalls hatten sich regelrechte Saufgelage gebildet, und inmitten einer solchen Gruppe saß Raoul und hielt sich an seinem Weinkrug fest.

An den lebhaften Gesprächen um sich herum nahm er keinen Anteil, in seinen benebelten Gedanken leuchtete stets ein einziger feuerroter Punkt auf: Seine Célestine war tot, verbrannt beim Versuch, ihre Mutter zu retten. Niemals hätte er geglaubt, Célestine könne es trotz ihrer Verletzung zur Abtei hinaufschaffen – hätte er nur besser auf sein Eheweib aufgepasst! Er hob den Krug, trank die verbliebene Hälfte Wein in einem Zug aus und gab dem Wirt ein Zeichen zum Nachschenken. Seine eigene Gastwirtschaft war heute zum ersten Mal, seit er diese führte, geschlossen. Der Tod des Abtes war dafür eine gute Begründung, in Wahrheit aber hätte er die Fragen der Gäste nach Célestines Verbleib nicht ertragen.

Während des Feuerlöschens hatte er Amélie gesehen, wie sie es schreiend und tobend darauf angelegt hatte, zum Gefängnis vorzudringen. Sie war offensichtlich bereit gewesen, für ihre Mutter buchstäblich durchs Feuer zu gehen. Keinen Moment lang hatte er auch nur einen Gedanken daran verschwendet, Célestine könnte in ihrer Nähe sein und sich ebenfalls in tödliche Gefahr bringen. Erst als er einige Stunden später, am frühen Mittag, in die *Coquille* zurückgekehrt war und sein Eheweib nicht im Bett vorgefunden hatte, begann er sich mit Schrecken das Geschehen zusammenzureimen.

Das Feuer und die Angst um ihre Mutter mussten Célestine in Panik versetzt haben, und sie hatte sich wohl trotz ihrer Schmerzen aus dem Bett gequält. Es musste lange gedauert haben, bis sie überhaupt sicher auf den Beinen gestanden hatte, und welche übermenschliche Kraft musste es sie gekostet haben, bis sie erst angezogen war und sich schließlich noch den Berg zur Abtei hinaufgeschleppt hatte. Seine Célestine war eben doch eine besondere Frau gewesen, dachte er, er hatte es immer gewusst. Und wäre damit der Strafe Gottes in ihrer Ungerechtigkeit nicht schon Genüge getan, hatte der Herr im Himmel entschieden, dieses verwöhnte, lasterhafte Weib aus Paris, ihre Schwester, überleben zu lassen ...

Raoul griff nach seinem randvollen Krug, den der Wirt vor ihm abgesetzt hatte, und ließ den Wein die Kehle hinunterrinnen. Das war der Balsam, nach dem ihn jetzt dürstete, und er trank bis zum letzten Schluck. Atemlos stellte er das Tongefäß mit einem Poltern auf dem massiven Tisch ab. Worüber hatte er gerade nachgedacht? Angestrengt versuchte er sich zu konzentrieren.

»He, Raoul, was ist eigentlich mit dir? Warum ist dein Gasthaus nicht offen?«

Er hob den Kopf. Der Mann, der ihn angesprochen hatte, war Rafael Véron, er saß ihm schräg gegenüber an der Stirnseite des Tisches und verdiente mit Heiligenschnitzereien für Pilger sein Geld, das er dann umgehend wieder vertrank – in allen Gasthäusern des Dorfes, nur nicht in der *Coquille*.

Raoul schüttelte den Kopf und machte mit der Hand eine wegwerfende Bewegung. »Lass mich in Ruhe!« Seine Zunge war schwer, und zudem hatte er keinerlei Bedürfnis, sich mit Rafael zu unterhalten. Viele mochten mit dem kleinwüchsigen Mann Mitleid haben, insbesondere die Pilger kauften bei ihm teure Devotionalien, die bei anderen Händlern auf dem Tisch verstaubten, doch er konnte den gleichaltrigen Balg, der bekanntermaßen im Hinterhof aus einem Stelldichein von Neffe und Tante entstanden war, nicht ausstehen.

»Dir sind wohl die Gäste ausgeblieben, Raoul? War wohl nichts mit deinen hochtrabenden Plänen, ein Gasthaus am besten Platze am Berg zu eröffnen, da war deine Schwägerin mit ihrer Parfümwerkstatt schneller.«

»Halt den Mund, Rafael. Zu mir kommen am Tag mehr Gäste als bei den anderen Wirten in einer Woche!«

»Aber keine Einheimischen, die mögen dich nämlich alle nicht.«

Raoul starrte in seinen Weinkrug, und seine Finger verkrampften sich um das Gefäß. »Nachfüllen!«, rief er dem Wirt des *Mouton* zu.

»Bist wohl zu geizig, deinen eigenen Wein heute umsonst an uns Montois herzugeben?«, stachelte Rafael ihn weiter auf.

»Halt den Mund!«, warnte Raoul ihn in scharfem Ton, »und noch einmal sage ich das nicht! Wirt, wo bleibt mein Wein?«, rief er quer durch den Raum, so dass die meisten Gespräche verstummten.

Doch Rafael erhob sich. Im Stehen war er jedoch kaum größer als seine Sitznachbarn. »Warum gehst du eigentlich nicht nach Hause, Raoul, und machst dein eigenes Fass auf?«

Raoul stand ebenfalls auf, schwankte dabei und fand durch einen Griff an die Schulter des Mannes neben ihm sicheren Stand. Langsam ging er den Tisch entlang auf den Provokateur zu. Dabei spürte er Hände an seinem Körper, die ihn aufzuhalten versuchten, aber davon ließ er sich nicht beirren.

»Rafael, du hast deine letzte Warnung bekommen. Zwingst du mich, noch deutlicher zu werden?« Er baute sich vor dem redenschwingenden Zwerg auf.

»Wovor willst du mich warnen? Vor dir habe ich keine Angst. Ganz im Gegensatz zu deinem armen Weib.«

»Sei endlich still!«, brachte er mit zusammengebissenen Zähnen hervor, packte ihn bei den Schultern, schüttelte ihn und stieß ihn schließlich zurück. Durch die Wucht taumelnd verlor Rafael das Gleichgewicht und fiel zu Boden. Ein Raunen ging durch den Raum.

Es gelang ihm, sich aufzurappeln und wieder auf die Füße zu kommen. »Darüber spricht doch schon das ganze Dorf. Pass nur auf, dass Célestine dir nicht zu einem anderen Mann davonläuft.«

Es war, als ob ein rotes Tuch vor seinen Augen herabfiele. Raoul sah gar nicht, wohin er genau traf, als er mit geschlossener Faust weit ausholte und zuschlug, er hörte nur, dass sein Herausforderer mit einem Schmerzensschrei abermals zu Boden ging.

Unmittelbar danach spürte er, wie seine Arme hinter seinem Rücken festgehalten wurden, und als er sich bewegen wollte, stieß er auf unerwarteten Widerstand. »Loslassen!«, brüllte er, drehte und wendete sich, und indem er seine ganze Kraft bündelte, gelang es ihm schließlich, sich zu befreien. Dennoch interessierte er sich nicht für den Mann, der ihn in Zaum halten wollte. Rafael wischte sich wieder vor ihm stehend mit dem Hemdsärmel über die Nase und verschmierte dadurch das Blut in seinem Gesicht. »Du Hundsfott!«, spie er vor Raphael aus.

»Willst du noch mehr, du Missgestalt?«

Doch noch ehe er wieder angreifen konnte, machte Rafael einen Ausfallschritt und nutzte sein ganzes Gewicht für einen Schlag in Raouls Magen. Er keuchte und wollte zurückschlagen, aber seine aufsteigende Übelkeit lähmte ihn. Raoul schluckte, hielt den Atem an, aber dann konnte er es nicht mehr zurückhalten und übergab sich inmitten der Männer. In sein Würgen hinein hörte er, wie Rafael kicherte und bald lauthals lachte.

Kaum hatte sein Erbrechen nachgelassen, richtete Raoul sich auf und ging mit einem Stuhl auf Rafael los, dem das Lachen im Gesicht gefror. Es gelang ihm noch, sich ebenfalls nach einem Stuhl umzudrehen, doch da traf ihn bereits die massive Sitzkante im Rücken und nach einem widerlichen Knacken seiner Rippen sank Rafael auf die Knie. Wie ein Betender hob er den Kopf, doch er war weit davon entfernt, um sein Leben zu flehen.

»Mach doch, Raoul! Schlag mich, bring mich um, es wird ohnehin Zeit, dass sie dich endlich einsperren. Dann ist auch dein Weibsbild endlich frei von ihrem Ehetyrannen. Hätte sie damals unseren Guillaume geheiratet, wäre sie heute glücklich.«

Die immense Wut lenkte seine Fäuste. Zwei- oder dreimal trafen sie Rafael, ehe sie in Leere schlugen. Dabei schrie und tobte er. »Célestine ist mein Engel, sie ist mein Ein und Alles, sie gehört mir, auf immer und ewig – denn sie ist tot!«

Kaum hatte er es ausgesprochen, ließen seine Kräfte für einen Augenblick nach, und das gab den Umstehenden die Gelegenheit, ihn erneut zu packen. Nun waren es bestimmt drei oder vier Männer, die ihn festhielten. Wild um sich schlagend wehrte er sich, ein Tumult entbrannte, Krüge fielen zu Boden, ein Schlag traf ihn im Gesicht, und er spürte, wie seine Nase anschwoll. Plötzlich schmeckte er Blut im Mund. Das machte ihn rasend. Blindwütig ging er auf jeden in seiner unmittelbaren Nähe los. Rechts und links von ihm gingen die Männer zu Boden, wer konnte, machte sich eilig aus dem Staub. Raoul Pirou war nicht mehr Herr seiner Sinne.

***

Amélie sah aus dem Fenster. Vor einer halben Stunde hatte es draußen noch so vielversprechend ausgesehen, jetzt bildeten sich Wolken am Himmel. Doch als das Wetter noch schön gewesen war, hatte sie sich die Zeit genommen, mit Linnea in Ruhe zu Mittag zu essen. Sie nahm das gemeinsame Mahl zum Anlass, um mit ihrer Tochter zu reden. Es war wiederum ein recht einseitiges Gespräch geworden, als sie ihre Tochter vorsichtig auf die vorübergehende Aufnahme von Célestine hatte vorbereiten wollen.

Angesichts von Linneas Teilnahmslosigkeit war sie es bald leid, sich um ihre Tochter zu bemühen. Einerlei was sie sagte oder fragte, sie erntete von Linnea ein schlichtes Kopfschütteln oder ein nichtssagendes Nicken. Bei mehrmaligem Nachbohren rang sich ihre Tochter eine knappe Rückäußerung ab, wie zum Beispiel, als sie sagte, dass es ihr natürlich nichts ausmache, wenn Célestine im Ehebett schlafe. Linnea bot an, für sich ein Strohlager in der Parfümwerkstatt herzurichten, da es ihr unheimlich sei, die Nacht neben einer Kranken zu verbringen. Über Daniel schwieg sie sich aus, da half auch keine noch so feinfühlige Erkundigung, und nach mehreren Versuchen gab Amélie schließlich auf. Vermutlich war es sinnvoller, ihre Tochter ein wenig in Ruhe zu lassen, bis ihre aufwallenden Gefühle sich wieder etwas beruhigt hatten. Darum erwähnte sie ihr gegenüber auch nicht das erneut vor der Türe gefundene Fläschchen mit dem Muskatellersalbei.

Zugegebenermaßen hätte sie den Gang zu Raoul

gerne noch vor sich hergeschoben, doch damit wäre Raoul noch länger im Unklaren über das Schicksal seiner Frau geblieben.

Als es unvermittelt an der Türe klopfte, befürchtete sie schon, er könne es sein, oder Daniel mit der schlechten Nachricht über Célestines Zustand. Doch es war Guillaume. Was wollte der hier? Eine Begegnung mit ihm hätte sie sich gerne erspart, denn sie konnte noch immer nicht an einen Zufall glauben, durch den ihr Münzbeutel in seine Hände gelangt sein könnte. Deshalb blieb sie auch recht verhalten, als sie ihm die Tür öffnete und er ihr sein Beileid zum Tode ihres Bruders und ihrer Mutter aussprach. Als sich herausstellte, dass dies der einzige Grund seines Besuches war, verabschiedete sie sich höflich dankend von ihm, ohne ihn hereingebeten zu haben.

Nachdem sie anschließend mit ihrer Tochter noch kurz über die anstehenden Beerdigungen gesprochen hatte, und Linnea erwähnte, sie wisse noch nicht, ob sie am letzten Geleit für ihre Großmutter und ihren Onkel teilnehmen wolle, hatte Amélie an sich halten müssen, ließ das Gespräch dann aber doch von sich aus im Sande verlaufen, da sie es nicht schon wieder auf einen Streit ankommen lassen wollte. Bevor sie zu Raoul aufbrach, ermahnte sie ihre Tochter jedoch, im Haus zu bleiben und Daniel oder, wenn sie das partout nicht wolle, einen der Wachhabenden am Haupttor auf jeden Fall zu benachrichtigen, sollte sie nicht in gut einer Stunde zurück sein.

Der Himmel war wolkenverhangen, das Wetter hatte innerhalb von kurzer Zeit umgeschlagen. Zwar drohte kein Regen, aber der schon seit dem Vormittag böig wehende Wind hielt unvermindert an. Dafür riss die Wolkendecke über dem Festland schon wieder auf, wie Amélie feststellte. So wechselhaft wie das Wetter waren auch ihre Gefühle.

Es quälte sie die Frage, ob sie ihren nunmehr verstorbenen Bruder tatsächlich zu Unrecht verdächtigt hatte, ihr Böses zu wollen. Zur Abtei konnte sie nicht hinaufschauen, sie brachte es einfach nicht fertig.

Am Friedhof entlangzugehen stellte sich als noch schmerzhafter heraus. Sie sah über die Mauer hinweg überall Blumen auf den Gräbern, und die Vorstellung, zwei geliebte Menschen, die ihr in den letzten zwanzig Jahren so unendlich fern gewesen waren und die sie doch immer in ihrem Herzen getragen hatte, auch in die kühle Erde betten zu müssen, tat ihr unendlich weh. Es war ihnen so wenig gemeinsame Zeit geblieben. Daran schloss sich sogleich die bange Frage an, ob ihre Schwester die schwere Verletzung überleben würde ...

Amelie wählte den Umweg über die Escalier des Monteux, aber sie brauchte diese kleine Verzögerung, um sich ganz auf Raoul einstellen zu können und sich die Worte an ihn, die sie sich in der vergangenen, schlaflosen Nacht zurechtgelegt hatte, erneut durch den Kopf gehen zu lassen.

Weshalb war sie gestern nur diesem absurden Gedanken verfallen, auf vernünftige Weise mit Raoul reden zu können? Sie musste verrückt sein, aber da war dieser Hoffnungsschimmer, er könne ein Einsehen haben und zum Wohle ihrer Schwester handeln – zugegebenermaßen wäre das wohl zum ersten Mal der Fall. Dennoch, ihn noch länger in Ungewissheit über den Verbleib von Célestine zu lassen, hielt sie für wesentlich gefährlicher. Deshalb hatte sie an ihrem Vorhaben festgehalten, auch wenn ihr mit jedem Schritt die Grande Rue hinunter mulmiger zumute wurde.

Die Wirtshäuser waren gut besetzt, im *Mouton* ging es sogar ungewohnt lautstark zu, erst recht für diesen Tag der Trauer. Männer schrien durcheinander, es rumpelte und krachte. Das hört sich fast nach einer Schlägerei an, dachte Amélie und verlangsamte ihren Schritt. Kein Zweifel mehr: Dort drinnen war ein heftiger Streit entbrannt. So etwas gab es natürlich hin und wieder, doch ernsthafte Auseinandersetzungen kamen selten vor. Unschlüssig blieb sie stehen. Hineinzugehen traute sich Amélie nicht, bei jedem Krachen und darauf folgenden Schrei zuckte sie zusammen. Hier musste aber doch jemand einschreiten!

Kurz entschlossen kehrte sie um und eilte zu den Wachen am Haupttor, wo sie den diensthabenden Männern atemlos von den Handgreiflichkeiten im Gasthaus berichtete. Diese verständigten sich kurz, woraufhin sich einer von ihnen in Bewegung setzte, um für Ruhe und Ordnung zu sorgen.

Amélie folgte ihm in einigem Abstand, und als sie

am *Mouton* vorbeikam, war es dort bereits ungleich ruhiger geworden, nur ein einziger Mann schrie und tobte noch, wie zu hören war. Dem würde man aber mit Sicherheit auch noch Herr werden, dachte Amélie, und besann sich wieder auf ihr Vorhaben, vor dem es nun kein Entrinnen mehr gab.

Als sie ein paar Häuser weiter vor der *Coquille* stand, atmete sie noch einmal tief durch.

Es folgte die Überraschung. Die schwere Holztüre war verschlossen. Amélie rüttelte am Türknauf. Wie konnte das denn möglich sein? Raoul würde niemals sein Gasthaus schließen! Selbst wenn ihm Célestines Unterstützung fehlte und er auf die Schnelle keine andere Köchin gefunden hätte, wäre das Speisenangebot eben für ein paar Tage gestrichen worden. Sein Geschäft mit den Trinkern hätte er sich jedoch niemals entgehen lassen, jede Verdienstmöglichkeit musste genutzt werden, das war Raouls Überzeugung, damit das Geld nicht in den Säckel eines anderen Gastwirts floss. Und so viel Pietät angesichts der durch den Abteibrand geforderten Toten, unter denen auch sein Schwager und seine Schwiegermutter waren, traute sie ihm nicht zu – besonders wenn die anderen Gasthäuser offen und voll besetzt waren.

Womöglich hatte er sich wieder einen Rausch angesoffen und verschlief deshalb die Morgenstunden. Von Célestine wusste sie, dass er oftmals nicht vor dem Mittag aufstand. Würde er seine Frau suchen, wäre er doch längst bei ihr vor der Türe gestanden, denn wohin sonst als in ihr Elternhaus hätte Célestine fliehen sollen?

Amélie pochte minutenlang mit der Faust gegen die Türe und rief seinen Namen, bis sie ein Einsehen hatte und es aufgab.

»Geschlossen?«, fragte da eine männliche Stimme hinter ihr.

Amélie vermutete einen Gast und drehte sich herum. Doch vor ihr stand abermals Guillaume.

»Ja«, gab sie ihm kurz angebunden Auskunft.

»Merkwürdig«, bemerkte er mit sorgenumwölkter Stirn. »Heute Vormittag war ich schon ein paarmal vergeblich da. Ich wollte Célestine ebenfalls mein Beileid zum Tode ihres Bruders und ihrer Mutter aussprechen, und je länger ich sie nun hier nicht antreffe, desto mehr bin ich beunruhigt. Seit meinem Besuch bei ihr in der *Conquille* habe ich sie nicht mehr gesehen. Zuletzt haben wir uns, nun ja ... Wir haben ein bedeutendes Gespräch geführt, und sie hatte augenscheinlich große Angst vor ihrem Eheherrn.«

»Was wohl nicht ganz unbegründet war«, ergänzte Amélie lakonisch. »Sie wurde von Raoul niedergestochen.«

»Um Gottes willen! Was ist mit ihr? Lebt sie?«

»Es geht ihr den Umständen entsprechend gut. Ich denke, sie wird es schaffen. Nur die heftige Inflammation der Wunde macht uns Sorgen«, erklärte sie ihm aufgrund seiner Verbundenheit mit ihrer Schwester, obwohl sie von sich aus eigentlich kein Wort mehr mit ihm reden wollte.

»Aber wo ist sie jetzt?«

»Momentan ist sie bei Daniel Malnieu zu Hause und wird dort von ihm gepflegt.«

»Weshalb bei ihm?«

»Weil er sie gefunden hat, als sie aus eigener Kraft von hier getürmt ist, während Raoul mit den Löscharbeiten beschäftigt war.«

»Wo ist Raoul? Lässt er so einfach zu, dass Célestine sich in einem anderen Haus aufhält?«

Amélie seufzte. »Darüber wollte ich gerade mit ihm sprechen. Bei Daniel kann Célestine nicht bleiben, deshalb nehme ich sie heute zu mir in unser Elternhaus, bis sie wieder gesund ist. Bis dahin darf sie auf jeden Fall nicht zurück zu Raoul – wenn daran überhaupt je wieder zu denken ist ... Jedenfalls kann ich mir auch nicht erklären, wo er ist. Mich beschleicht gerade der Verdacht, dass ihm vielleicht bei seinem Einsatz gegen das Feuer etwas zugestoßen sein könnte.«

»Du meinst, er könnte in den Flammen umgekommen sein?«

Amélie zuckte mit den Schultern, gedanklich damit beschäftigt, was sie nun tun sollte.

»Aber *wenn* er noch lebt«, überlegte Guillaume, »dann ist es zu riskant, Célestine zu dir zu nehmen. Darauf wird er doch sofort kommen, und sie beziehungsweise ihr begebt euch damit in Gefahr.«

Da war wieder der Guillaume, den sie kannte. Ein besorgter, einfühlsamer Mensch, dem man nie im Leben eine schlechte Tat zutrauen würde. Es war wohl genau dieses Gefühl, das sie zum Weiterreden brachte.

»Davor habe ich natürlich Angst, aber was soll ich anderes machen? Daniel muss seinen Wachdienst antreten, alles andere würde Raoul, mit dem er sehr oft gemeinsam eingeteilt ist, doch sofort auffallen. Und im Moment braucht meine Schwester noch rund um die Uhr Pflege, und ich kann nicht mit meiner Tochter zu Daniel ins Haus ziehen – das ist unmöglich.«

»Ja, bei ihm ist es räumlich sehr beengt, das stimmt«, pflichtete ihr Guillaume bei. »Aber bei mir wäre Platz!«, bot er plötzlich an, freudig entbrannt über seinen eigenen Einfall. »Ich könnte Célestine doch bei mir aufnehmen und mich um sie kümmern! Ich habe Zeit, und du könntest jeden Tag vorbeikommen, wann immer du magst.«

»Guillaume ... vielen Dank, das ist sehr freundlich von dir, aber ...«

»Ich weiß, du willst mir sagen, dass du mein Angebot nicht annehmen kannst, weil du mir damit zu viele Umstände machst – aber ich kann dir versichern, dem ist nicht so, und ich kümmere mich liebend gerne um Célestine!«

»Sei mir bitte nicht böse, wenn ich dein Angebot ausschlage, aber ich nehme Célestine zu mir.«

Guillaume gefror das Lächeln im Gesicht und zurück blieb eine Maske, hinter der er seine Enttäuschung zu verbergen versuchte. »Es war ja auch nur ein Vorschlag ... Ich bin dir gewiss nicht böse. Es ist schließlich deine Entscheidung.«

»Schön.« Amélie wurde die Situation zunehmend unangenehm, und sie schickte sich zum Gehen an. »Dann auf bald.«

»Ja, auf bald.«

***

7

Das blutrote Parfüm ist vollendet

Es ist das Parfüm meiner Seele,
in dem all meine Erinnerungen leben.

Linnea hatte es sich zu taghellerStunde auf ihrem Strohlager bequem gemacht. Von hier aus hatte sie einen schönen Blick auf die Regale mit den Flakons. Sie genoss es, allein in der Parfümwerkstatt zu schlafen, nur von mannigfaltigen Düften umgeben. Hier fühlte sie sich fast wie zu Hause.

In ihrem Herzen fehlte Papa – und wenn sie ganz ehrlich zu sich selbst war, dann hatte Daniel dort auch eine kleine Lücke hinterlassen …

Aber vielleicht war es auch besser, dass diese zarte Liebe im Keim erstickte, ehe sie richtig begonnen hatte. Doch wenn sie genau in ihre Seele schaute, dann sah sie das Pflänzchen immer noch sprießen, und sie wusste, es würde leben und tiefe Wurzeln bekommen. Vielleicht war es sogar diese Liebe, von der man sich erzählte, es gäbe sie nur einmal im Leben, und selbst wenn diese nicht in Erfüllung gehen mochte, so würde man sie niemals vergessen und kurz vor dem eigenen Tode feststellen, dass sie über all die Jahre ein treuer Begleiter gewesen und niemals gestorben war.

Die Glocken der Klosterkirche riefen mit dumpfen, schwerfälligen und sich gegenseitig überrumpelnden Schlägen zur Trauerzeremonie für den verstorbenen Abt.

Die Großmutter war gestern bei Einbruch der Abenddämmerung in aller Stille auf dem kleinen Friedhof beigesetzt worden, dort, wo die übrigen Opfer des Feuers bereits ihre letzte Ruhe gefunden hatten. Der Pfarrer versprach der armen, verirrten Seele Erlösung im Himmelreich, so hatte es ihr Maman berichtet, und sollte sich noch eine großzügige Spende im Kirchensäckel für das Lesen einiger Messen finden, so sei ihr das Seelenheil gewiss. Nur wenige Montois hatten sich als neugierige Zaungäste eingefunden, an die Friedhofsmauer gelehnt hatten sie der kurzen Zeremonie in sicherem Abstand beigewohnt.

Für Célestine, die bewegungsunfähig mit Schmerzen und anhaltender Hitze im Bett gelegen und den Weg zum Friedhof selbst von zwei Personen gestützt wohl kaum überlebt hätte, war diese Stunde wohl die schlimmste ihres Lebens gewesen. Bis Maman wieder zurückgekommen war, hatte sie hemmungslos geweint, und Linnea hatte sich bald darauf hilflos zurückgezogen, obwohl sie den Auftrag bekommen hatte, auf ihre Tante achtzugeben. Immerhin war die

Notwendigkeit der Betreuung ihrer Tante der Grund gewesen, warum Amélie schließlich ihrem Wunsch doch nachgegeben und dem Fernbleiben von der Beerdigung zugestimmt hatte. Auch heute Mittag waren Célestine und sie allein zu Haus, und es schien, als sei das ganze Dorf zur Abtei hinaufgepilgert, um an der Beerdigungsmesse für den Abt teilzunehmen, die dem verstummenden Kirchengeläut nach zu urteilen soeben begonnen hatte.

Die Zeit kroch dahin, zwischendurch stand Linnea auf, griff sich das Becherglas und roch am Parfüm. Fehlte wirklich nur Bergamotte? Oder noch eine weitere Essenz? Ihre Atemzüge füllten die Stille im Raum, Linnea verlor sich in Gedanken und erschrak umso mehr über das Klopfen an der Türe. Sollte sie öffnen? Eigentlich müssten doch alle noch bei der Trauerfeier sein.

Sie entschied sich dafür, still auszuharren, bis dass der Besucher von selbst wieder verschwinden würde. Vor Raoul hatte sie am meisten Angst, und sie wartete in ihre Strohnische gekauert nur darauf, dass er nicht lange fackeln würde und sich auch ungebeten Zutritt verschaffte. Ohnehin ein Wunder, warum er Célestine nicht schon längst hier gesucht hatte, aber irgendetwas ließ ihn wohl nicht zur Vermutung gelangen, sie könne sich hier aufhalten. Maman hatte mittlerweile beschlossen, ihn in diesem Glauben zu lassen und nicht von sich aus zu reagieren.

Ein großer Fehler, wie sich nun herausstellte, denn der Stuhl, den Linnea auf Geheiß ihrer Mutter an die

Haustüre gestellt hatte, diente nur leidlich als Abwehr und schob sich knirschend über den Dielenboden. Jetzt näherten sich Schritte ... Weshalb nur hatte Maman diese gottverdammte Insel mit ihr betreten und sich wie auf teuflischen Befehl hin hier festgekrallt? Nun war es so weit. Sie hatte es immer geahnt, und jetzt war sie an der Reihe. Warum nur musste Gott die höchste aller Strafen für sie ausersehen?

Linnea zog ihre angewinkelten Knie nahe an sich heran, schloss die Augen, klammerte sich an die Hoffnung, dass es wenigstens schnell gehen möge und ergab sich ihrem Schicksal.

Jemand kam herein, blieb schweigend neben ihr stehen, und als eine Hand sie berührte, zuckte sie furchtbar zusammen.

»Linnea, bist du wach?«

»Daniel?« Fassungslos sah sie ihn an.

»Ich muss die Zeit nutzen, Linnea, während deine Mutter bei der Trauerfeier ist. Ich wollte mit dir allein sein, wir müssen reden! Davon sollte auch Célestine nicht unbedingt etwas mitbekommen, deshalb habe ich auch versucht, nicht allzu viel Lärm zu machen.«

»Bist du wahnsinnig?« Ihre Stimme bebte im Rhythmus ihrer schnellen Herzschläge. »Ich dachte, es wäre so weit, Raoul käme, um mich umzubringen, ehe er Hand an Célestine legen würde. Wie konntest du mir nur solche Angst einjagen!«

Bestürzung zeichnete sich auf seinem Gesicht ab, und er kniete zu ihr nieder. »Das war nicht meine

Absicht! Ich habe angeklopft! Bitte verzeih mir, dass ich dir so einen Schrecken eingejagt habe. Als ich dich hier so kauern sah, habe ich schon gedacht, jemand habe dir etwas angetan. Du machtest einen so verletzten Eindruck. Deshalb habe ich mich dir auch so vorsichtig genähert ...«

Ihre verkrampften Muskeln begannen sich etwas zu entspannen. »Du wolltest mit mir reden? Weshalb?«

Daniel trat einen Schritt zurück. »*Du* nicht mit mir?«

Schulterzuckend entgegnete sie ihm: »Ich dachte, zwischen uns sei alles gesagt.«

»Wenn du das so siehst, dann ist das natürlich schade. Aber ich habe noch ein paar Dinge auf dem Herzen.«

Nach kurzer Überlegung rutschte sie beiseite und bot ihm mit einer knappen Geste eine Sitzgelegenheit auf dem Strohlager an. »Falls dir das nicht zu unbequem ist«, setzte sie hinzu.

Daniel nahm ihr Angebot schweigend an.

»Was möchtest du mir sagen?«, forderte sie ihn auf, nachdem er sich im Schneidersitz niedergelassen hatte.

Mit dem Zeigefinger fuhr er die geflochtene Struktur seiner hellen Kniestrümpfe auf und ab und malte Kreise und Dreiecke auf seine Wade. Er hielt den Kopf gesenkt, seine Augen blickten starr, und das Blinzeln seiner Lider wurde seltener. Er schien in eine Welt jenseits der Parfümwerkstatt geglitten zu sein, in eine andere Zeit, und Linnea wurde schon fast ungeduldig, bis er endlich die ersten Worte fand.

»Als deine Mutter ihre Parfümwerkstatt eröffnete, war ich einer der ersten Kunden, wenn nicht gar der allererste. Ich habe den Lieblingsduft deiner Mutter gewählt, das Ungarische Wasser, nachdem ich sehr unschlüssig war, was ich kaufen sollte. Sie hat es mir geschenkt.«

»Und?«, fragte Linnea gedehnt.

Es dauerte wieder eine Weile, bis er die weiteren Gedanken in Worte kleidete. »Dann, nachdem ich dich bei dem Gewitter die ganze Nacht gesucht und schließlich gefunden und nach Hause gebracht habe, war ich wieder mit deiner Mutter hier in der Werkstatt. Und während du einkaufen warst, haben wir uns näher unterhalten, und sie hat vorgeschlagen, auf meinen Wunsch hin ein Parfüm für mich zu erschaffen.«

»Ich weiß«, sagte Linnea. »Es war ein erotischer Duft.«

Farbe schoss ihm in die Wangen und zeichnete damit genau jene Verlegenheit auf seine sonst so männliche Erscheinung, die ihn so anziehend machte.

»Ja, und du hast es für mich vollendet.«

»Ich fürchte, ich verstehe nicht ganz, was du mir mit all dem sagen willst.«

»Es folgte der Tag, als ich bei deiner Mutter im Garten Ordnung schaffen wollte ...« Er verstummte.

Ihre Stirn legte sich in Falten. »Daniel, du musst schon deutlicher werden.« Langsam schob sich ein flaues Gefühl in ihre Magengegend.

»Kannst du dir vorstellen, dass ich das alles nur deinetwegen getan habe?«, platzte es aus ihm heraus, und er sah ihr ins Gesicht.

»Wie bitte?«, gab sie verwirrt zurück und versuchte, in seinen braunen Augen zu lesen.

»Ich weiß nicht, ob du mir das glaubst – ich wollte es selbst nicht wahrhaben, weil mir so etwas noch nie im Leben passiert ist. Ich habe nicht mehr daran geglaubt, eine Frau für mich zu finden, schon gar nicht hier auf dem Mont, nachdem ich mein halbes Leben hier verbracht habe. Doch als meine Eltern starben, hatte ich mich fast schon damit abgefunden, allein zu bleiben – bis du plötzlich vor mir standest.«

»Aber ...«, setzte Linnea an.

»Sag jetzt noch nichts«, bat Daniel, »lass mich erst zu Ende reden. Dieses Gespräch muss ich jetzt mit dir führen, sonst werde ich mir den Rest meines Lebens Vorwürfe machen. Danach steht es dir frei, zu urteilen und eine Entscheidung zu treffen.«

Linnea nickte beklommen und spürte, wie die Anspannung in ihren Körper zurückkehrte.

»Von diesem Tag an bist du mir nicht mehr aus dem Kopf gegangen. Beinahe unheimlich war das, denn ich traute meinen eigenen Gefühlen nicht mehr und wollte mich selbst auf die Probe stellen. Deshalb habe ich die erste Gelegenheit beim Schopfe ergriffen und bin zu euch gekommen.«

»Aber ich war nicht da«, folgte Linnea seinen Gedanken.

»Damit hatte ich natürlich nicht gerechnet, darum ließ ich mich voller Verlegenheit von deiner Mutter beraten und hoffte, dich vielleicht doch noch zu sehen. Das geschah natürlich bald darauf, aber ich wusste nicht, wie ich dich einbeziehen sollte, ich hatte ohnehin Angst, du würdest in mir nichts weiter als einen guten, älteren Freund sehen. Also bin ich auf den Gedanken mit dem erotischen Parfüm verfallen.«

»Das habe ich auch gerne an dir gemocht«, schob Linnea leise ein. »Du hast es allerdings seither nicht mehr getragen.«

»Es kam der schöne Nachmittag mit dir im Garten, bei dem ich merkte, wie stark meine Gefühle wirklich für dich sind und wie weit unsere Welten doch auseinanderliegen. Du bist noch so jung, Linnea, so unerschrocken, so unbedarft und rein.«

»Du hast mich nicht ernst genommen!«, warf Linnea in Erinnerung daran ein, wie sehr sie verletzt gewesen war, als er sie für ihren Traum von einer gemeinsamen Reise durch die Welt ausgelacht hatte.

»Ich ahnte nicht, dass du es auch ernst meinst. Ich habe plötzlich Angst vor deiner Courage bekommen, ganz einfach vor der Zukunft, und als deine Mutter mir wegen unseres Altersunterschieds ins Gewissen redete, habe ich nachgegeben. Ich hörte auf meine Vernunft, weil ich mich vor der Verantwortung scheute, dein Herz auf Händen tragen zu dürfen! Ich wollte es nicht brechen, und ich dachte dann, wir würden beide weniger leiden, wenn ich den Kontakt zu dir meide, deshalb habe ich mich so abweisend dir gegenüber verhalten.«

Linnea stiegen die Tränen in die Augen, und sie schaute schnell weg.

»Komm mal her«, forderte Daniel sie auf.

Aus verschleierten Augenwinkeln nahm sie seine ausgebreiteten Arme wahr. Zögernd näherte sie sich ihm.

»Meine kleine Linnea«, seufzte er. »Ich lasse dich nie wieder los.«

Sie schmiegte sich dicht an seine Brust und sog seinen Geruch ein, damit sie diesen für immer in ihrem Gedächtnis behalten würde, denn eine Person zu vermissen war schrecklich, doch erst wenn man ihren Geruch vergaß, starb auch noch die letzte Erinnerung. Davon war sie überzeugt ...

Daniel hielt sie eng umschlungen, senkte seine Lippen auf ihre Stirn, und ihre Atemzüge glichen sich an und wurden eins. So lehnten sie halb sitzend aneinander, die verfließende Zeit wurde zur Nebensache, Daniel strich ununterbrochen über ihren Haaransatz, und sie genoss seine sanfte Nähe.

»Und du willst wirklich bei mir bleiben?«, flüsterte er in die Stille hinein.

»Ich meine es ernst.« Linnea löste sich ein wenig von ihm und tastete hinter sich unter den Strohhaufen. An der Stelle, wo sie in der Nacht ihren Kopf bettete, zog sie ein Lederbeutelchen hervor. Sie öffnete es und hielt es Daniel hin.

Er wurde blass. »Linnea!«, rief er aus. »Das viele Geld, wo kommt das her?«

»Es ist für unsere Reise. Damit kommen wir mindestens bis Paris.«

Daniel schien ihr gar nicht richtig zugehört zu haben, fortwährend starrte er die Münzen an. »Wem gehört das?«

»Uns«, beharrte sie.

»Aber du kannst doch unmöglich all das gespart haben? Linnea, sag mir die Wahrheit! Hast du es etwa gestohlen?«

»Nicht direkt«, gab sie zu. »Das sind die Einnahmen von jenem Tag, an dem so viele Kunden da waren und du bei uns im Garten gearbeitet hast. Aber es war Françoise, die das Geld gestohlen hat, ich habe es nur wieder zurückgenommen. Ich habe sie von draußen beobachtet, sie dachte, ich würde mich auf der Suche nach dir in der Stadt herumtreiben, aber ich wollte wissen, was sie alleine in unserem Haus macht ...«, sagte sie und ließ ihn nicht zu Wort kommen. »Glaub mir, Daniel, ich habe meine Mutter bekniet, mit mir zurück nach Paris zu gehen. Erst nachdem mein Bitten vergeblich war, habe ich mir selbst geholfen.«

»Linnea, das ändert aber nichts an der Tatsache, dass du deine Mutter bestohlen hast! Du musst es ihr sagen.«

»Niemals! Dann wird sie mich auf ewig hier auf dem Mont einsperren! Ich will aber weg von hier, und zwar mit dir!«

»Sei doch vernünftig, du musst mit deiner Mutter reden.«

»Linnea?«, hörten sie unvermittelt die Stimme Amélies auf dem Flur. »Ich bin wieder zurück!«

***

Nachdem ihre Tochter keine Antwort gab, entschloss sich Amélie, zunächst nach Célestine zu sehen.

Ihre Schwester lag wach, verloren in dem Ehebett ihrer Eltern, die Augen starr nach oben gerichtet und die Hände über der Bettdecke gefaltet. Beim Näherkommen sah Amélie ihr tränennasses Gesicht.

»Ich bin wieder zurück«, sagte sie leise, als sie sich zu ihr auf die Bettkante gesetzt hatte. »Es war eine schöne Zeremonie, und ich denke, nahezu alle Montois ...«

»Ich will das nicht hören«, unterbrach sie Célestine und schloss die Augen.

»Entschuldige, ich dachte, ich berichte dir, wenn du schon nicht mit dabei sein konntest. Aber ich sehe, du bist müde.«

»Ich bin nicht müde, Amélie, ich habe in den letzten Tagen genug geschlafen. Ich fühle mich nur so alleine ...« Célestines Stimme erstickte, Tränen begannen haltlos zu fließen und auf das Kopfkissen zu tropfen. »Ich will zurück zu Raoul«, sagte sie und sah ihre Schwester an.

»Du willst – was?« Amélie stand das blanke Entsetzen ins Gesicht geschrieben.

»Er ist schließlich mein Eheherr«, verteidigte sich Célestine schluchzend. »Ich gehöre zu ihm.«

Eindringlich fasste Amélie die gefalteten Hände ihrer Schwester. »Hast du schon vergessen, was er dir angetan hat? Warum liegst du wohl hier im Bett?«

»Ich bin selbst schuld, Amélie. Hätte ich nicht mit Guillaume gesprochen, wäre nichts passiert. Ich kenne doch Raoul, und ich habe die Regeln gebrochen.«

»Célestine! Du hast mit Guillaume *geredet.* Und Raoul hat dir deswegen ein Messer in den Rücken gerammt!«

»Ich habe ihn provoziert. Er fühlte sich von mir hintergangen. Und nachdem, *was* mir Guillaume gesagt hat, hat Raoul auch allen Grund zur Eifersucht.«

»Das bedeutet, Guillaume hat tatsächlich immer noch Interesse an dir?«

»Er liebt mich«, verbesserte Célestine leise. »Wie am ersten Tag.«

Amélie horchte den Worten nach und versuchte diese in ihrer Tragweite einzuordnen. »Ich dachte mir das schon, so wie er sich in letzter Zeit verhalten hat. Offenbar will er um dich kämpfen, bevor du unter Raoul zugrunde gehst ... Will Guillaume dich heute auch wieder besuchen kommen?«

Célestine nickte. »Nach der Beerdigung wollte er vorbeikommen. Er sorgt sich um mich und war bisher jeden Tag da. Und er spricht davon, dass er in den letzten Jahren so viel gespart hat, um mit mir den Mont verlassen zu können ...« Aus ihrem Blick konnte Amélie herauslesen, wie Célestine trotz ihrer nüchtern vorgetragenen Auskunft mit einem inneren Zwiespalt zu kämpfen hatte.

»Célestine, eines will ich dir noch sagen: Auch wenn ich dich niemals wieder an der Seite von Raoul sehen will, so hege ich auch gegen Guillaume einen unschönen Verdacht.«

Voller Erstaunen weiteten sich die Augen ihrer Schwester. »Weshalb?«, flüsterte sie.

»Eine etwas merkwürdige Sache ... Wie du weißt, wurde mir bei meiner Ankunft auf dem Mont mein Geld gestohlen, und in dem Moment war zufällig Guillaume in meiner unmittelbaren Nähe. Und jetzt, als er ein Parfüm bei mir gekauft und es bezahlen wollte, habe ich doch tatsächlich meinen Beutel wiedererkannt.«

»Bist du dir sicher?«

»Sehr sogar! Dieses helle Ziegenleder mit dem schwarzen Verschlussband war eine Anfertigung eigens nach meinen Wünschen – eben weil man sonst immer nur braune oder schwarze Beutel sieht.«

Célestine runzelte die Stirn. »Deine Beschreibung passt auf die Ware, die ein Händler bei uns im Gasthaus an die Pilger zu verkaufen versuchte ... Ich habe den Mann noch nie zuvor auf dem Mont gesehen, deshalb habe ich ihn samt seiner dargebotenen Beutel sogleich wieder vor die Türe gesetzt.«

»Und du kanntest den Händler wirklich nicht?«

»Nein, aber lass mich nachdenken. Als er hinausging, sah ich in seinem Gefolge zwei junge Burschen vor der Türe auf ihn warten, und einer davon hat uns, glaub ich, schon einmal mit Mehl vom Festland beliefert. Ich habe aber in dem Moment natürlich nicht so genau darauf geachtet, schließlich hatte ich das Haus voller Gäste.«

Innerlich stellte sich eine gewisse Erleichterung bei Amélie ein. »Das Geld wird wohl für immer weg sein, aber was du gesehen hast, erklärt einiges und würde Guillaume entlasten.«

»Einen Diebstahl hätte ich unserem alten Freund auch nicht zugetraut.«

»Célestine«, begann Amélie vorsichtig, »was empfindest du für Guillaume?«

Eine zarte Röte färbte Célestines Wangen ein, was sie gleich um einiges gesünder wirken ließ. »Er ist ein netter Mann, sicherlich, zuvorkommend und besorgt, ganz anders als mein Eheherr.« Das Gesicht ihrer Schwester verschloss sich augenblicklich. »Aber mit Raoul bin ich verheiratet ...«

»... bis dass der Tod euch scheidet«, dozierte Amélie voller Bitterkeit.

Eine geraume Zeit lang entgegnete Célestine nichts, und Amélie glaubte schon, ein Einsehen bei ihrer Schwester erzeugt zu haben, bis diese unvermittelt fragte: »Warum kommt Raoul nicht? Er muss mich doch suchen. Hast du ihn nicht gesehen?«

»Doch, er war unter den Trauergästen«, erwiderte Amélie, obwohl sie davon gar nichts hatte erzählen wollen. »Ich bin ihm in der Masse aber nicht direkt begegnet, habe ihn nur von weitem gesehen, denn er war am Eingang stehen geblieben. Es ging reichlich eng zu, weil der hintere Bereich weitläufig abgesperrt war, auch wenn keine Einsturzgefahr mehr besteht. Es war sehr zugig in der Kirche, doch aus den zusammengefallenen Steinquadern hat man bereits begonnen, eine abschließende Mauer als Westfassade neu zu errichten. Es heißt, man wolle einfach eine gerade Fassade hochziehen und auf einen Neubau in alten Ausmaßen völlig verzichten, da mit königlichen Geldern kaum zu rechnen sei, so lange der Fortbestand des Klosters nicht gesichert ist.«

Célestine nickte geistesabwesend, und Amélie merkte, wie sie sich um die Problemlage herumgeredet hatte. Doch sie sah es als ihre Pflicht an, ihrer Schwester die Notwendigkeit, Raoul zu verlassen und ihr somit das unausweichliche Ende ihrer Ehe beizubringen. Deshalb tat sie dies noch einmal in deutlichen Worten, bis Célestine abermals zu weinen begann.

»Ich weiß nicht, wie es weitergehen soll, Amélie ...«, schluchzte sie.

»Das weiß ich auch nicht genau, aber wir müssen deine Flucht vorbereiten«, sagte Amélie und streichelte abermals die Hände ihrer Schwester.

»Ich will aber nicht weg von hier«, flehte Célestine und schüttelte sich unter einem Weinkrampf. »Meine Heimat!«

»Ich weiß«, tröstete sie Amélie, der es unendlich wehtat, ihre Schwester so leiden zu sehen. Sie strich ihr sanft über die Wangen und wischte ihr dabei unermüdlich die Tränen weg. »Du musst ohnehin erst einmal wieder gesund werden. Aber ich werde mit Guillaume sprechen, welche Möglichkeiten er sieht.«

»Es gibt keinen anderen Weg als in meine Ehe zurück – ich habe es nicht nur vor dem Herrn, sondern auch unserer Mutter versprochen, Gott hab sie selig.«

»Ihr war das so wichtig?«, fragte Amélie erstaunt. »Wie konnte sie überhaupt mitansehen, dass du unter einem solchen Tyrannen leben musst?«

»Sie ahnte nichts davon«, schluchzte Célestine. »Ich habe nie ein Sterbenswörtchen darüber gesagt. Und das Gerede der Leute um Raouls Person kam erst auf, als sie schon im Gefängnis war. Sie wollte doch immer nur, dass ihre Kinder glücklich sind. Dabei war sie selbst todunglücklich, und als auch noch Papa starb ...«

»... zog sie sich vollkommen zurück und begann sich der Alchemie zu widmen«, vollendete Amélie den Satz. »Aber weshalb?«

»Maman dachte, sie könne ohne einen Menschen an ihrer Seite nicht überleben. Die Familie war doch ihr Ein und Alles. Doch du warst fern in Paris, Maurice steckte hinter den Klostermauern in seiner eigenen Welt, und ich wurde von Raoul wie eine Gefangene gehalten.«

»Die Familie um sich herum zu vereinen war also ihr größter Traum«, fasste Amélie zusammen.

»Und den versuchte sie sich mittels magischer Kräfte zu erfüllen, nachdem die Realität ihr anders mitgespielt hatte.«

»Darum auch dieser merkwürdige Altar, den ich bei meiner Ankunft hier vorfand.«

»Der Strick mit den fünf Knoten? Jeder davon stand für ein Familienmitglied.«

Amélie dachte nach. »Da war noch eine Bibel auf dem runden Tisch, ein Zinnbecher und ein grünes, bauchiges Fläschchen, alle drei umschlungen von diesem Strick.«

»Die Bibel stand für Maurice, der Zinnbecher für mich wegen des Gasthauses ...«

»... und dieses Fläschchen war ein Flakon in grünem Glas, der Farbe der Hoffnung. Oh, mein Gott, hätte ich das nur alles früher begriffen.«

»Hätte sich dadurch wirklich etwas verändert, Amélie? Ich denke, auch Maman spürte die Aussichtslosigkeit ihres Wunsches und verfiel darum dem Teufel, denn Maurice gehörte auf Lebzeit der Klostergemeinschaft an und ich hatte meinen Eheschwur geleistet, der mich von ihrem Leben fernhielt. Und hättest du vor Alphonses Tod wirklich Paris für deine Heimat verlassen? Niemals.«

Amélie nickte bedächtig. »Wir haben alle unseren Lebensweg eingeschlagen, ihn stur beschritten und auf keine Abzweigung geachtet, bis wir in Hohlwegen feststeckten. Célestine ...« Amélie spürte das dringende Bedürfnis, ihrer Schwester ihr Herz auszuschütten, ihr endlich die Wahrheit zu offenbaren. »Ich will, dass du etwas weißt ...«

Kaum hatte sie diese Worte ausgesprochen, klopfte es an der Schlafkammertüre. Endlich hatte ihre Tochter etwas gelernt und tat, worum man sie gebeten hatte, dachte Amélie, wenn auch im unrechten Augenblick. »Komm herein, Linnea! Célestine ist wach.«

»Das ist schön«, hörte Amélie eine männliche Stimme sagen, während die Türe aufging und dann stand Raoul im Raum. Er war so plötzlich erschienen, dass Amélie die Luft wegblieb und Célestine einen kurzen Schrei von sich gab.

»Mein Kätzchen ... Gott sei Dank«, tönte Raoul voller aufgesetzter Zärtlichkeit und trat ans Bett. Sofort erhob sich Amélie und stellte sich ihm entgegen, doch er schob sie einfach beiseite und setzte sich auf die Kante neben seine Frau.

»Hast du um mich geweint, mein Mädchen? Ich bin durch ein Höllental gegangen, da ich glaubte, du seiest bei dem Brand umgekommen – erst heute, als ich bei den Beerdigungen war, die Mönche nach dir gefragt habe und eigenhändig zwischen den Trümmern umhergeklettert bin, um dich zu suchen, dämmerte mir, wo ich dich wirklich suchen muss.«

In Schreckensstarre verfallen beobachtete Amélie, wie Raoul Célestine über die Wange streichelte und weiter über ihren Hals fuhr.

Die Augen ihrer Schwester waren weit aufgerissen und ihr Brustkorb bebte unter ihren schnellen Atemzügen.

»Du musst keine Angst mehr haben, mein Kätzchen, dein Raoul ist jetzt da und nimmt dich mit nach Hause.« Er umfasste ihre Schultern und zog ihren Oberkörper zu sich her.

Célestine schrie auf, und Amélie fiel aus ihrer Starre.

»Lass meine Schwester in Frieden!«, schrie sie, stürzte sich auf Raoul und packte ihn an den kräftigen Schultern. Doch es war ihm ein Leichtes, sie beim Aufstehen von sich abzuschütteln. Sein Blick maß sie von oben bis unten, und sein Lächeln besagte, dass er in ihr keine Gefahr sah. Also drehte er sich wieder zu seiner Frau um und schickte sich an, ihr aufzuhelfen.

Célestine bebte am ganzen Leib, als er sie in eine sitzende Position brachte, wehrte sich aber nicht.

»Gut gemacht, mein Mädchen«, lobte Raoul das Bündel Espenlaub in seinen Armen. »Dein Mann trägt dich jetzt nach Hause.«

»Célestine bleibt hier!«, schrie Amélie, doch Raoul beachtete sie gar nicht.

»Ist schon gut, Amélie«, entgegnete Célestine. »Ich gehe mit ihm.«

»Das wirst du nicht tun!« Fieberhaft dachte Amélie nach, wie sie ihn an seinem Tun hindern könnte. In der Schlafkammer gab es nichts außer ihren bloßen Händen, womit sie sich hätte wehren können. Mit erhobenen Fäusten ging sie erneut auf ihn los. »Geh weg von ihr, sofort!« Wie von Sinnen schlug sie auf seinen Rücken ein.

»Was ist denn hier los?«, hörte sie unvermittelt Daniels Stimme hinter sich. Ihre Rettung! »Daniel, hilf mir!«

Jetzt kam doch Bewegung in Raoul, der ihre Trommelschläge bislang stoisch hatte über sich ergehen lassen und wohl abwarten wollte, bis ihr die Kräfte schwanden. Blitzschnell drehte er sich um, bekam ihre Handgelenke zu fassen und stieß ihr diese wie einen Rammbock in den Bauch. Amélie taumelte zurück und prallte mit dem Rücken gegen die Wand, wo sie vornübergebeugt nach Luft schnappte und der Schmerz ihr die Tränen in die Augen trieb.

Aus den Augenwinkeln sah sie, wie Raoul auf Daniel zuging. Zwei ebenbürdige Gegner, dachte Amélie, einander vertraut durch zahllose Wachdienste. Sie wussten um ihre gegenseitigen Schwächen. Und das nutzte Daniel als Erster aus: Mit einem linken Aufwärtshaken durchbrach er Raouls nachlässig aufgebaute Deckung und traf ihn mit voller Wucht am Kinn. Mit der Rechten setzte er noch einen Treffer auf das Jochbein nach. Dieser Schlag weckte Raoul aus seiner Erstarrung: Er täuschte einen Angriff mit den Fäusten vor, setzte dann aber mit angewinkeltem Knie zu einem Schlag ins Gemächt seines Gegners an, doch Daniel war schnell genug und fing Raouls Bein ab.

Fluchend hüpfte der Unterlegene auf dem linken Fuß das Gleichgewicht suchend hin und her, doch es gelang ihm ein Gegenschlag in Daniels Gesicht. Irgendwo zwischen Wange und Schläfe traf er ihn, Daniel keuchte und ließ Raouls Bein los.

Amélie tauschte einen bangen Blick mit Célestine, die sich die Bettdecke bis vor die Brust hochgezogen hatte, so als könnte sie dahinter Schutz finden.

Wie Stiere mit gesenkten Köpfen gingen die beiden wiederum aufeinander los, verhakten sich mit den Armen und rangen wie besessen miteinander. Beide brüllten und tobten dabei. Daniel schien die Oberhand zu behalten, es gelang ihm, Raoul in den Schwitzkasten zu nehmen, und er setzte gerade dazu an, ihn mit einem gekonnten Griff auf den Boden hinunterzudrücken, als plötzlich Guillaume in der Türe stand.

Der erfasste die Situation mit einem Blick. »Ich packe Raoul an den Füßen!«, rief er, und Daniel wandte erstaunt den Kopf, weil er dessen Kommen nicht bemerkt hatte.

Diesen Moment der Irritation nutzte Raoul. Mit einer kräftigen Windung befreite er sich blitzschnell aus dem Klammergriff seines Gegners und holte mit einem gewaltigen Schrei zum letzten Schlag aus. Die Faust traf Daniel unterhalb des rechten Rippenbogens mit voller Wucht in die Eingeweide.

Daniel gab keinen Ton von sich, nicht einmal mehr ein Keuchen, er sackte im Bruchteil eines Atemzuges zu Boden, als sei mit dem Hieb alles Leben aus ihm gewichen.

»Ha!«, triumphierte Raoul, doch er ruhte sich nur kurz auf seinem Sieg aus. »Und jetzt bist du an der Reihe, mein Freund«, sagte er auf Guillaume konzentriert. »Ich werde dir alle Knochen brechen, dich zum Krüppel machen! Meine Célestine fasst du nicht an!«

Mit finsterer Miene stellte Guillaume sich ihm entgegen. Er wirkte massiger als Raoul, wenn auch weniger muskulös. Amélie befürchtete das Schlimmste, denn sie konnte sich nicht erinnern, wann sich ihr alter Freund früher jemals geprügelt hätte.

»Nur über meine Leiche verlässt du diesen Raum mit Célestine«, drohte Guillaume, den sie noch nie so entschlossen gesehen hatte.

»Vorsicht, Guillaume!«, rief Célestine voller Angst. »Leg dich nicht mit ihm an.«

Raoul lachte. »Hörst du? Mein Weib ist vernünftig. Du solltest ihren Rat beherzigen.

Anstelle einer Antwort holte Guillaume zum Schlag aus und traf Raoul am Kinn.

»Maman!«, hörte Amélie unvermittelt die Stimme ihrer Tochter neben sich.

»Geh, geh hinaus!«, befahl sie ihr und schob Linnea auf den Flur zurück, doch die Augen ihrer Tochter waren auf den am Boden liegenden Daniel gerichtet.

»Kind, sieh nicht hin!« Amélie presste das Gesicht ihrer Tochter fest an ihre Brust und legte ihr schützend eine Hand auf den Kopf.

»Daniel«, wimmerte Linnea.

»Er lebt«, beruhigte sie ihre Tochter, obwohl sie es selbst nicht sicher wusste.

Unterdessen kratzte sich Raoul am Kinn, so als wolle er seine Rasur prüfen, und schüttelte missbilligend den Kopf. »Das war alles, Guillaume? Was bist du nur für ein erbärmliches Mannsbild, das sich an meinem Weib vergreifen will.«

Wieder ging Guillaume auf Raoul los, doch dieser

schien sich entschlossen zu haben, nun kurzen Prozess mit seinem Nebenbuhler zu machen. Er wehrte Guillaume ab, indem er ihn am Hals packte. Alles ging furchtbar schnell. Raoul drückte zu, die Muskeln traten hervor und seine Arme zitterten vor Kraftanstrengung. Guillaume fasste nach den Händen seines Angreifers, würgte, lief hochrot an, riss den Mund auf, als wolle er etwas sagen, und seine Augen weiteten sich. Die Kraft, mit der er sich wehrte, ließ augenscheinlich nach. »Nicht! Du bringst ihn um!«, schrie Célestine.

Raoul wandte den Kopf halb nach seiner Frau und grinste verkniffen. »Genau das ist mein Ansinnen, meine Liebe. Ich will ihn töten.«

Guillaume hielt sich an Raouls Armen wie an einem Rettungsanker fest, so als könne er dadurch verhindern, ins Reich der Toten abzugleiten. Doch dieser drückte erbarmungslos weiter zu. Amélie musste mit ansehen, wie Guillaumes Blick starr wurde, wie er in die Knie sank. Sie wandte den Kopf ab, hielt ihre wimmernde Tochter ganz fest, bis sie hörte, wie sein Körper kraftlos zu Boden fiel.

Tränen stiegen in ihr auf und drückten hinter ihren geschlossenen Lidern. Nie mehr wollte sie die Augen aufmachen müssen ...

»Raoul ist tot«, hörte sie die tonlose Stimme ihrer Schwester. Amélie riss die Augen auf und wirbelte herum. Da stand Célestine zitternd in ihrem Nachtgewand, ein langes, blutverschmiertes Messer in der Hand. Und an ihrer Seite kauerte Guillaume und rang vornübergebeugt mit bebendem Brustkorb nach Atem.

Es war also tatsächlich Raoul, der mit dem Gesicht nach unten leblos vor ihr am Boden lag. Auf seinem Rücken sah sie einen dunklen Fleck rund um ein aufgeklafftes Stück Stoff seines Justaucorps.

Als Célestine sich langsam und in der sicheren Entfernung einer Armlänge neben ihrem Mann niederkniete, schien sie von ihren Schmerzen kaum mehr etwas zu spüren. Mit aller ihr verfügbaren Kraft zog sie Raoul an der Schulter zu sich herum, und er glitt sanft auf den Rücken. Sein Mund stand leicht offen, und der Ausdruck in seinen Augen hielt seinen letzten Gedanken fest: das blanke Erstaunen und Entsetzen, als er den tödlichen Messerstich spürte.

Célestines Atem ging heftig, als sie ihrem toten Ehemann mit einer letzten zärtlichen Geste die Augen schloss. Daraufhin erhob sie sich und legte das Messer neben Guillaume auf den Boden, dieser rang zwar immer noch nach Luft, aber seine Atemzüge waren schon langsamer und tiefer geworden.

»Danke, Guillaume. Es hat mir das Leben gerettet.«

Er hob den Kopf, sein Gesicht hatte bereits wieder halbwegs Farbe angenommen. »Ich wusste, du kannst dich wehren«, sagte er nur.

»Daran hätte ich im Traum nicht geglaubt. Ich dachte, ich wäre mutiger, wenn ich zu ihm zurückkehre. Doch ich habe auf dich gehört und das Messer unter der Matratze versteckt. Danke, damit hast du mir das Leben gerettet.«

»Du hast *uns* das Leben gerettet!«, protestierte Guillaume. »Mir und dir, Célestine. Und jetzt fängt ein neues Leben an ...«

»Glaubst du?«, fragte sie und schaute ihn zweifelnd an.

Guillaume nickte und fügte leise hinzu: »Und wenn du willst, an meiner Seite.«

***

Das Parfüm ist vollendet. Bedächtig habe ich mitgezählt, als die vierzig Tropfen Bergamotteöl in das Glasgefäß gefallen sind, gewonnen aus der Schale der reifen, aber ungenießbaren zitronengelben Frucht. Ich genieße die beruhigende Wirkung des warmen, frisch-süßen Duftes, der meine Sinne umhüllt.

Derweil ich unbemerkt in der Parfümwerkstatt stehe, herrscht im Haus ein geschäftiger Lärm, Schritte treppauf, treppab, die Tür geht auf, wieder zu. Jeder versucht sich in irgendeiner Weise nützlich zu machen. Der Pfarrer wurde eilig hinzugerufen, es folgte ein längerer Wortwechsel mit ihm, bis dieser den Umstand der Notwehr begreift, dass eine Aufbahrung des Leichnams weder in diesem Hause noch in der Coquille *erwünscht sei und eine Beerdigung baldmöglichst stattfinden solle. Die Leute pilgern schon jetzt zum Ort des Geschehens, um den toten Raoul mit eigenen Augen zu sehen. Die Frauen stoßen spitze Schreie aus und halten sich die Hand vor den Mund, die Männer treten neugierig hinzu und disputieren miteinander über den möglichen Tathergang.*

Sie drücken ihr Erstaunen darüber aus, wie es denn nur möglich gewesen sei, dass Célestine, eine schwache und nunmehr sogar bettlägerige Frau, ihren Ehemann zur Strecke gebracht haben könne. Bei den Frauen, die sich nach dem ersten Schock langsam wieder gefangen haben, kommt allgemeine Bewunderung zum Ausdruck.

Bemerkt denn niemand den Bergamotteduft, der von Raoul ausgeht? Liegt es daran, dass der Geruch so wandlungsfähig ist? Vom Süßlichen ins Blumig-Frische übergehend und als krautige Note endend? So variabel, dass ein Mensch diese Entwicklung gar nicht wahrnimmt, weil er stets auf das Feststehende fixiert ist, auf alles, was Sicherheit vermittelt?

Bei der Parfümherstellung muss man sich den Zufall zum Freund machen, oft aufs Geratewohl die Essenzen mischen und auf das wundersame Glück der Fügung hoffen. Nur so kann man das Geheimnis dieser Kunst erspüren.

Ich rieche an dem blutbefleckten Baumwolltuch, das ich vor nicht allzu langer Zeit in meinen Besitz gebracht und seitdem wie einen wahren Schatz gehütet habe. Der innewohnende Duft gleicht jenem im Becherglas vor mir wie ein himmlisches Geschenk, wie die leuchtenden Sterne am Firmament. Endlich habe ich es: das Parfüm meiner Seele, in dem all meine Erinnerungen leben.

Ich wollte stets an den Ort meiner Erinnerung zurückkehren, doch das hast du nicht zugelassen. Stattdessen hast du mir meine Lippen versiegelt und versucht, mir ein neues Leben hier aufzuzwingen. Aber du irrst dich, Maman, man kann die Dinge nicht ungeschehen machen, die Erinnerung stirbt nicht, auch wenn man die Gedanken daran auszulöschen versucht. So lange, bis man selbst stirbt ...

In letzter Zeit habe ich oft an den Tod gedacht. Er hat seinen Schrecken mit jeder Leiche verloren, die ich gesehen habe. Angefangen hat es hier mit Odette. Ich erinnere mich noch genau, wie ich im Bett lag und meine Kräfte nach dem heftigen Fieber langsam zurückkehrten. Ich wachte von irgendwelchen Geräuschen auf, hörte Célestine und dich in der neu eingerichteten Parfümwerkstatt. Ich wollte nicht mehr alleine in dem alten Bett deiner Eltern liegen und stand mit wackeligen Beinen auf. Als ich mir das Kleid über mein Nachthemd zog, wusste ich, du würdest schimpfen, wenn du mich so sehen würdest. Als ich mich aus dem Haus geschlichen habe, hörte ich noch nebenan bei Pirous einen dumpfen Schlag, maß diesem allerdings keine weitere Bedeutung bei.

Es tat so gut, die Sonne zu spüren, ich genoss es, wie die Wärme auf meiner Haut prickelte. Ich lief ein paar Schritte, bis vor zur breiten Pilgertreppe, und als ich mich umwandte, sah ich Raoul aus dem Haus seiner Mutter kommen und bei uns hineingehen. Eigentlich wollte ich ja gar nicht so lange draußen bleiben, aber neugierig geworden wartete ich ab. Derweil kam eine gut gekleidete Frau, die sich später als Françoise Bardeux vorstellen sollte, aus der anderen Gassenrichtung her und betrat Odettes Haus. Als sie wieder herauskam, sah sie sehr verstört und aufgeregt aus, und nachdem sie wieder weg war, bin ich meinem merkwürdigen Gefühl gefolgt, bin ins Nachbarhaus und habe Odette leblos in der Kü-

che am Boden liegend vorgefunden. Ich kann gar nicht recht sagen, was in diesem Moment in mir vorging, als ich in ihre totenstarren Augen blickte. Es war ganz anders als bei meinem Papa, irgendwie habe ich gar nichts gefühlt und sie interessiert, fast wie ein Medicus, studiert.

Und dabei kam mir der Gedanke, die Tote mit einem Parfüm zu beduften. Ich wollte nicht, dass du dich auf dem Mont wohlzufühlen beginnst und hier Fuß fasst. Hauptsächlich aber wollte ich dir einen Schrecken einjagen, ich habe nicht damit gerechnet, dich damit in den Kreis der Verdächtigen zu ziehen. Nachdem Célestine mit Raoul nach Hause gegangen ist und du dich in die Wohnstube zurückgezogen hast, habe ich die Sandelholzessenz aus der Parfümwerkstatt geholt und Odette mit dem Duft versehen. Dann habe ich den umgefallenen Stuhl wieder ordentlich hingestellt und ihr die Augen geschlossen. Als ich die Leiche berührt habe, lief mir ein kalter Schauer den Rücken hinunter, und das Frösteln hat nicht mehr nachgelassen. Also bin ich hinaus in die Sonne, habe mich in unserem Garten zwischen den Büschen versteckt und dir dabei zugesehen, wie du die Flugblätter für die Eröffnung deiner Welt der Sehnsüchte schriebst.

Nachdem du diese in der Stadt verteilt hast, bist du auf Daniel, deinen ersten Kunden, getroffen, und ich wäre so gerne mit euch in die Parfümwerkstatt gegangen, aber du hättest mich sicherlich sofort wieder ins Bett geschickt. Dorthin wollte ich aber unter keinen Umständen zurück. Auch wenn ich mich schwach fühlte in der muffigen, dunklen Kammer wäre es mir noch elender ergangen. So *beschloss ich zur Abtei hinaufzugehen, weil ich den Eindruck hatte, es sei doch das Wichtigste, Henri Pirou den Tod seiner Frau mitzuteilen. Allerdings habe ich ihn am Wachtor nicht angetroffen und so bin ich den Pilgern in die Kirche gefolgt, um mich dort umzusehen. Ich war so aufgeregt, weil ich zum ersten Mal etwas auf eigene Faust entdeckte, ganz für mich alleine. Staunend blieb ich in der Kirche stehen, bis ich plötzlich aus meinem rechten Augenwinkel heraus Raoul eilig durch eine schmale Tür kommen und durch das Kirchenschiff dem Ausgangsportal zustreben sah.*

Ich folgte wiederum meiner Neugierde und bezahlte sie mit dem Anblick einer weiteren Leiche. Mit Henri hatte ich seltsamerweise mehr Mitleid, vielleicht weil er ein Mann war und er mich in seinem Tod an meinen Vater erinnerte. Ich empfand es als passend, ihn mit dem ohnehin in der Kirche verfügbaren Weihrauch zu beduften. Mit diesen ersten beiden Essenzen, Sandelholz und Weihrauch, wollte ich dich in die richtige Richtung lenken, um mir Papa zurückzuholen.

Ich habe mich zunehmend von dir entfernt, du hast mich und meine Bedürfnisse einfach nicht verstanden. Deshalb hatte ich das Gefühl, ich müsse noch deutlicher werden ... Da kam mir das Gewitter auf dem Weg zu Montagnards Höhle gerade recht, um auf mich aufmerksam zu machen. Natürlich wusste ich, du würdest dir Sorgen um mich machen, doch ich habe es vorgezogen, nach meinem Ausflug in der Abtei Schutz zu suchen und das Angebot deines Bruders anzunehmen, dort zu übernachten. Um dich noch ein wenig mehr zu beunruhigen, habe ich das rote Flakon mit der Myrrhe-Essenz vor deine Türe gelegt, einen angstlindernden und auf die Seele kräftigend wirkenden Duft. Den hatte ich eigens mitgenommen, um ihn auch im Käfig deiner Mutter zu verbreiten. Ich habe es mit meiner Großmutter nur gut gemeint, das musst du mir glauben.

Dennoch habe ich nie verstanden, warum du sie nicht in Frieden sterben lassen konntest – wäre sie denn in Freiheit noch einmal gesund geworden? An diese Hoffnung hast du dich geklammert – und für mich kam es einem Festkrallen auf dieser Insel gleich, wo ich nie sein wollte. Mein Wohlbefinden besserte sich erst in der Zeit, als ich Daniel näher kennenlernte. Die Liebe zu ihm hat mir vieles erträglicher gemacht, und dafür stehen die Rosen in dem Parfüm. Ist dir aufgefallen, dass keine Essenzen mehr vor deiner Türe aufgetaucht sind, bis du wieder angefangen hast, mir das Leben schwerzumachen? Bis zu dem Moment, als du versucht hast, die zarten Bande zwischen Daniel und mir zu trennen?

Da gab es für mich nur die folgerichtige Konsequenz, dir mit einer weiteren Essenz die Augen zu öffnen. Dafür habe ich Muskatellersalbei gewählt, für Françoise. Ich wusste, dass Raoul sich gegen ihre Erpressung zur Wehr setzen würde, und ich musste nur achtgeben, wann er ins Nachbarhaus ging. Ich empfand den Duft mit seiner ausgleichenden und belebenden Wirkung als passend für sie, weil er einen milden und gleichzeitig süßen Reiz setzt.

Ich rieche an dem Parfüm – du hast es nicht für mich hergestellt, du hast mir meinen Papa nicht zurückgegeben. Aber jetzt sehe ich ihn vor mir, sein gütiges Lächeln, und bald werde ich ihm ganz nahe sein und ihn um Verzeihung bitten können.

Ich atme tief ein, lasse die Düfte in mir schweben. Plötzlich bekomme ich ein merkwürdiges Gefühl, denn ich merke, es fehlt eine Essenz. Es ist nur ein Dufthauch, aber ich habe ihn bei der Erschaffung nicht berücksichtigt. Er ist es, der das Parfüm erst lebendig macht und mich mit Papa vereint.

Kurz zögere ich noch und fahre mit dem Finger vorsichtig über die scharfe Klinge des kleinen Messers. Ich halte mein Handgelenk über das Glasgefäß, in dem das blutrote Parfüm zur Vollendung kommen soll. Bald kann ich in einer neuen Welt leben, frei von meiner Schuld.

Der Schnitt brennt weniger, als ich dachte. Ich spüre keine Schmerzen mehr …

***

»Linnea! Um Gottes willen, was tust du da?«

Die Stimme gehörte Daniel – oder war es die ihres Papas? Sie wusste es nicht mehr zu sagen.

***

Epilog

Vier kräftige, hintereinander angeschirrte Rösser zogen mit gesenkten Köpfen den offenen Karren über das Watt. Unablässig schnaubten sie den Sand aus den Nüstern, die Muskeln spannten sich unter dem schwarzen, perlnass glänzenden Fell. Tiefe Räderspuren gruben sich in den goldgelben Sand, auf einer unberührten und einsamen Ebene von mörderischer Schönheit.

Die drei zum Abschied winkenden Menschen auf der Ringmauer wurden immer kleiner, man sah kaum noch, wie Célestine und Guillaume in fester Umarmung nebeneinanderstanden, wie Maman aufs Meer hinausschaute und ihr Taschentuch schwenkte. Ihre Tränen würden mit der Zeit trocknen, und sie würde wieder lächeln können, das hatte sie ihrer Tochter versprochen.

Linnea wusste, es kostete ihre Mutter unendlich viel Kraft und Überwindung, aber sie hatte sie ziehen lassen. Hinaus, in die unbekannte Welt, wo das Leben auf sie wartete ...

Der Tuchverband am Handgelenk erinnerte Linnea daran, wie nahe sie dem Reich der Toten gewesen war. Zuerst war ihr Hass auf Maman noch größer geworden, als diese die Blutung zum Stillstand gebracht hatte und Linnea in der Parfümwerkstatt wieder aufgewacht war – weit entfernt von einem Wiedersehen mit ihrem Papa, stattdessen umringt von Célestine, Guillaume und Daniel, der sie ungestüm in seine Arme schloss, kaum dass sie wieder zu sich gekommen war. Sie war in Tränen ausgebrochen, und mit ihrer Beherrschung war es endgültig vorbei, als sie gesehen hatte, wie Maman das Flakon mit dem blutroten Parfüm in der Hand gewogen hatte und sich in ihrem abwesenden Blick das Geschehen der letzten Monate widerspielte. Langsam schien Maman zu begreifen, und Linnea fürchtete sich plötzlich vor Mamans Reaktion. Was, wenn sie kein Verständnis haben würde, sogar böse sein und sie am Ende nicht mehr lieben würde, weil sie ihren Willen und ihre Gefühle auf diese erschreckende Weise zum Ausdruck zu bringen versucht hatte?

Maman schaute ins Leere und stellte nach geraumer Zeit nur eine einzige Frage: »Warum?«

Sogleich begann sich Linnea zu rechtfertigen, erklärte und beschwichtigte und bemerkte, wie sie sich immer mehr in einem Netz aus Schuld verstrickte. Schließlich hielt sie inne und bat ihre Mutter inständig um Verzeihung.

»Linnea, mein Kind, es ist an mir, mich zu entschuldigen. Die Frage nach dem *Warum* war nicht an dich, sondern an mich selbst gerichtet. Warum habe ich das Verhalten meiner Mutter nachgeahmt, obwohl ich sie einst dafür verurteilt habe, wie sehr sie sich an ihre Kinder geklammert hat? Es hat so lange gedauert, bis ich dich nach der Hochzeit endlich unter meinem Herzen tragen durfte, und schon da begannen meine Sorgen um dich, die auch nach der Geburt nicht weniger wurden, ganz im Gegenteil. Ich habe versucht, dich vor aller Unbill zu schützen und dir eine heile Welt zu bieten. Beinahe hätte ich dich dadurch erdrückt und dir die Luft zum Atmen genommen ... Bitte verzeih mir.«

Lange hatten sie sich in den Armen gelegen, und nur langsam fasste Linnea neuen Lebensmut. Es brauchte Zeit, bis sie sich von dem Gedanken an ein Wiedersehen mit Papa verabschiedet hatte und sie sich tatsächlich dazu entschied, die Zustimmung ihrer Maman zu einer Reise zu erbitten.

Mit Tränen in den Augen hatte Amélie tapfer genickt und versprochen, trotz der Trennung bald wieder fröhlich zu sein und lachen zu können – spätestens, wenn die ersten Besucher in die neu eröffnete, sich über zwei Gebäude erstreckende Auberge *Chez Linnea* kämen. Dort würden die Gäste sich in die Welt der Düfte entführen lassen, und hernach könnten sie bei Speis und Trank die Aussicht auf das Meer genießen und sich gesättigt zur Nachtruhe begeben ...

»Linnea?«, unterbrach Daniel ihre Gedanken, als der Mont-Saint-Michel und die vom Brand gezeichnete Silhouette der Kathedrale im morgendlichen Nebeldunst kaum mehr zu sehen waren und sie sich wieder nach vorne gewandt hatte. »Kannst du mir vielleicht zeigen, wie man Knöpfe annäht?«, fragte er und hielt ihr einen losen silbernen Knopf seines Justaucorps hin, das er nunmehr als Reiseuniform trug. »Deine Mutter hat ihn mir heute Morgen wiedergegeben. Ich hatte ihn wohl verloren, als ich die Leiche der seligen Odette vom Küchenboden aufhob.«

Linnea nickte und hob ihm ihre rechte, in den dicken Verband gehüllte Hand hin. »Sobald die Wunde wieder verheilt ist«, sagte sie und deutete mit einem Kopfnicken auf den Rücken des Mannes vor ihnen auf dem Kutschbock. »Aber Montagnards Mittel wirken Wunder ... Weißt du eigentlich, was er mit all seiner Medizin gemacht hat? Hat er sie verkauft?«

»Verschenkt. Er hat sie der jungen Madame Leclerc samt all seiner Bücher zur Heilkunde überlassen. Die werdende Mutter war überrascht, aber zugleich unbändig stolz über sein Vertrauen und gleich voller Pläne«, berichtete Daniel.

Linnea beschäftigte noch etwas anderes. »Hast du gesehen, wie Maman sich einen Ruck gegeben und Montagnard zum Abschied umarmt hat?«, sagte sie mit gedämpfter Stimme. »Endlich scheint sie erkannt zu haben, dass er zwar ein etwas raubeiniger Kerl ist, aber doch eine herzensgute Seele hat.« Sie sah, wie Montagnard durch seinen unbeteiligten Blick den Anschein zu erwecken suchte, ihre gefühlsbetonten Worte aufgrund der Fahrtgeräusche nicht gehört zu haben.

Daniel lächelte. »Und mich hat deine Mutter noch ganz schön ins Gebet genommen.« Vorsichtig tastete er nach der verletzten Hand auf ihrem Schoß und streichelte gedankenverloren über ihre Finger. »Hast du eigentlich eine Vorstellung davon, wie unsere Zukunft aussehen könnte?«

»Ehrlich gesagt möchte ich keine Parfümwerkstatt wie meine Mutter eröffnen, auch wenn ich die Begabung dazu hätte. Und auch kein Gasthaus wie Célestine und Guillaume. Ich möchte mir gemeinsam mit dir etwas Eigenes erobern.«

»Was könnte das sein?«

Linnea schaute lange in die Ferne. »Landkarten«, sagte sie plötzlich. »Ich möchte Landkarten zeichnen, von fernen Ländern und diese an Händler und Reisende verkaufen.«

Daniel überlegte nicht lange. »Wohin zuerst?«

»Arabien«, kam es ebenso spontan von Linnea zurück.

»Arabien, das Land der Düfte?«

»... und der unerforschten Weiten«, ergänzte Linnea mit strahlenden Augen.

»He, Montagnard!«, machte Daniel auf sich aufmerksam.

Der Kutscher drehte sich zu ihnen herum. »Was gibt es?«

»Kannst du uns bis nach Medina bringen?«

»*Medina*?« Über die Einfälle der jungen Leute konnte man manchmal nur schmunzeln. Doch an welchem Ort der Welt würde *er* seinen inneren Frieden finden? Genau darüber dachte er nach, seit er den Kutschbock heute Morgen bestiegen hatte.

Damals, vor zwölf Jahren, irgendwo auf dieser Wattebene, hatte ein unglückseliger Kutscher seine Angélique in den Tod gesteuert. Sie wollte unbedingt zum Gebet auf den Mont-Saint-Michel fahren, damit sich ein Jahr nach der Hochzeit der Kindersegen endlich einstellen möge. Und er, Montagnard, war wegen seiner vielen Patienten, die er aufgrund seines guten Rufes als Medicus hatte, auf dem Festland im neu erbauten Häuschen in Genêts verblieben. Es begann das für immer vergeblich bleibende Warten auf seine Angélique.

Wenige Wochen nach ihrem Tod hatte er das Haus verlassen, ohne einen Käufer zu suchen, und beschlossen, sich fortan als Kutscher zu verdingen. Bald darauf hatte er auf dem Mont einen passenden Unterschlupf in einer Höhle gefunden. Er wäre wahnsinnig geworden, hätte er noch eine Stunde länger im gemeinsamen Haus zubringen müssen, er ertrug das Gefühl nicht mehr, Angélique müsse jeden Augenblick in die Stube kommen.

Oft genug glaubte er sogar, ihre Stimme gehört zu haben, und doch war das Haus still und leer geblieben. Seit zwölf Jahren war er nicht wieder dorthin gegangen, obwohl ihn seine Kutschfahrten jeden Tag nach Genêts brachten. Der Schmerz war zu groß, immer noch suchte er seine liebe Frau, überall und jede Minute. Und am Abend, wenn die Nacht hereinbrach, tröstete er sich stets damit, sie wenigstens in seinem Herzen zu finden.

Doch Angélique würde nicht mehr zurückkommen, er musste es endlich begreifen und nicht mehr hier auf sie warten, die Erinnerung an sie würde ihn begleiten, gleich, wohin er ginge. Stets hatte er seine Freiheit gewollt, doch im Grunde war er nie frei gewesen, weil er sich selbst an diese Insel gekettet hatte. Keines anderen Knecht sei, wer sein eigener Herr sein kann, dachte er.

Montagnard wusste nicht, an welchem Ort er sich niederlassen sollte, aber sein Entschluss war gefallen, er wollte aufs Festland, irgendwo in eine schöne Gegend, Pferde züchten. Jene Pecheron-Rasse, von der er nunmehr vier Pferde besaß, zwei Hengste und seine beiden Stuten, die er dem windigen Händler letztlich doch nicht verkauft hatte. Als nämlich der Züchter schon am nächsten Tag den Mont Hals über Kopf im Morgengrauen verlassen wollte und ihm in aller Eile für die beiden Stuten eine hübsche Summe aus einem randvoll gefüllten Münzsack geboten hatte, war er skeptisch geworden. Kurzerhand hatte er den feinen Pariser Herrn vor die Wahl gestellt: Monsieur du Soutain könne entweder zu Fuß über das Watt gehen oder bis zum Mittag auf eine der anderen Kutschen vom Festland warten, die ihn vielleicht hinüberbefördern würde.

Da hatte ihm der Mann die Hälfte der Münzen versprochen, wenn er ihn doch nur so schnell wie möglich weg von dieser Insel bringen würde. Nach einer kleinen Unterhaltung während der Fahrt über die Tücken des Treibsandes hatte dieser Monsieur ihm am Ende die ganze Münzkiste überlassen. Montagnard lächelte in sich hinein. Zum Aufbau einer Zucht würde ihm dieses Geld allemal reichen, der Anfang war also bereits gemacht ... Und Arabien wäre gewiss kein so schlechter Ort dafür.

»Montagnard, was ist nun, bringst du uns nun nach Medina?«, hörte er Linnea fragen.

»Ihr wollt also wirklich nach Arabien, ihr Kindsköpfe, ja? Habt ihr überhaupt genügend Geld?«

Voller Bedauern schüttelten die beiden die Köpfe, und Linnea sagte: »Das Geld aus dem Münzbeutel, den mir meine Mutter heute Morgen gegeben hat, reicht nur bis Paris.«

»Ich habe noch eine kleine Ersparnis, aber damit kommen wir auch nicht viel weiter«, fügte Daniel kleinlaut hinzu. »Unsere Abenteuerreise ist wohl früher zu Ende als gedacht.«

»Wie weit würdest du uns für unser Geld bringen, Montagnard?«, wagte Linnea dennoch nachzufragen.

»Bis nach Paris«, beschied er ihr nüchtern und sah zu, wie ihre hoffnungsvolle Miene zerfiel. »Das hast du doch selbst gerade gesagt.« Er ließ die Zügel schnalzen. »Aber von dort aus geht die Reise weiter nach Medina! Was ist, weshalb siehst du mich so erstaunt an? Die schönsten Dinge im Leben kann man nicht kaufen, das habe ich schon deiner Mutter beigebracht. Also auf nach Medina!«

Linnea stieß einen Jubelschrei aus.

Daniel freute sich mit ihr, und sie fielen sich in die Arme. Doch eine Sorge stand ihm noch ins Gesicht geschrieben. »Wirst du den Berg und deine Mutter nicht doch vermissen?«, fragte er.

»Doch«, gab Linnea zu. »Aber ich will den Duft der weiten Welt schmecken … und eines Tages werde ich vielleicht auf den Mont-Saint-Michel zurückkehren.«

***

Glossar

Absolue: Hochwertiger, stark riechender, reiner Duftstoff, bei dem mittels Alkohol die pflanzlichen Wachse ausgelöst werden. Sehr teuer. 100 gr Rosen-Absolue erfordern 75 kg Rosenblüten als Ausgangsstoff.

Ambra: Auch Amber genannt. Stark riechende, graue, wachsartige Ausscheidung aus dem Verdauungstrakt des Pottwals. Heute meist synthetisch hergestellt.

Ambrette: Essenz aus den Samenkörnern der Früchte des Hibiskusstrauches. Kann als pflanzlicher Ersatz-Duftstoff für das tierisch gewonnene Moschus dienen.

Benzoe: Wundsekret aus der angeritzten Rinde des Benzoebaumes. Unkomplizierter Duftstoff, balsamisch, pudrig riechend.

Bergamotte: Häufig verwendeter, zitronig-orangiger Duft aus der ungenießbaren Frucht des Bergamottebaumes gewonnen.

Bitterorange: Gut harmonierender, trocken-süßer Duft, an Bergamotte, Grapefruit und Orange erinnernd und doch ganz eigen. Aus den Bestandteilen des Bitterorangenbaums können bis zu vier verschieden zu verwendende Düfte gewonnen werden.

Cedrat: Öl aus der Frucht der Zitronatszitrone. Das Zitronat aus der Schale ist als Backzutat bekannt.

Eau de Cologne: Bereits im 16. Jh. in Italien bekannt, seit dem 18. Jh. von Köln aus stark verbreitet. Hauptsächlich aus Neroli-, Rosmarin-, Bergamotte- und Zitronendüften bestehend.

Eisenhut: Giftpfanze, nicht zur Parfümherstellung geeignet. Meist blau oder gelb blühend. Auch als Heilpflanze verwendet.

Enfleurage: Seit dem 17. Jahrhundert angewandtes Verfahren. Blüten werden auf fettbestrichene Glasplatten gestreut, um Duftstoffe zu extrahieren.

Galbanum: Intensiver, »grünpflanziger«, koniferenartiger Duftstoff aus dem Harz der Doldengewächspflanze Ferula galbaniflua. Nur für den erfahrenen Parfümeur.

Gewürznelkenöl: Aus der Knospe der Gewürznelke gewonnen. Als würziger Duft häufiger Bestandteil in orientalischen Parfüms.

Iris: Blumiger, veilchenartiger Duftstoff wird aus der Iriswurzel gewonnen.

Jasmin: Bestandteil in fast jedem Parfüm. Auch heute noch als natürlicher Duftstoff verwendet, da synthetisch kaum nachzuahmen.

Kardamom: Anfangs nahezu farbloses, unter Lichteinwirkung langsam nachdunkelndes Öl, in der Küche auch als ingwerähnliches Gewürz verwendet.

Koriander: Wird aus den Samen des Korianderkrauts destilliert, würzig-pfeffriger Duft.

Kostus: Gilt auch als Aphrodisiakum. Aus der Pflanzenwurzel gewonnener, animalisch-holziger Duft, der nur sparsam eingesetzt werden darf.

Moschus: Animalischer Duftstoff aus dem Sekret des ca. vier Zentimeter großen Beutels am Bauch des Moschushirsches.

Muskatellersalbei: Das süßliche, milde, leicht krautige Duftöl wird aus dem Blütenstand der groß wachsenden Pflanze gewonnen und häufig verwendet.

Myrrhe: Kräftiger, süß-würziger Geruch, aus dem Harz des Myrrhebaumes gewonnen und schon in biblischer Zeit als Räucherwerk und Duftstoff verwendet.

Neroli: Mittels Wasserdampfdestillation aus den Blüten des Bitterorangenbaumes gewonnener, lieblich-süßer Duft.

Opoponax: Aus Harz gewonnener, mit Myrrhe verwandter Duftstoff, auch als süße oder falsche Myrrhe bezeichnet.

Petitgrainöl: Aus den grünen Zweigen und Blättern des Bitterorangenbaumes hergestellt. Besitzt einen sehr intensiven, leicht holzig-krautigen Geruch nach Orange.

Rosenholz: Aus dem gehäckselten Holz einer Rosenart destilliert mit süß-holzigem, leicht rosenartigem Duft.

Sandelholz: Das aphrodisierende, süß-holzig riechende Öl wird mittels Dampfdestillation aus den getrockneten Wurzeln, Ästen und dem Stammholz des mindestens dreißig Jahre alten Sandelholzbaumes gewonnen.

Schierling: Hochgiftige Pflanze. Der Begriff Schierlingsbecher leitet sich von dem Trank ab, der einst einem Todgeweihten verabreicht wurde.

Tonka: Aus der Bohne des Tonkabaumes erhält man diesen würzigen, karamellartigen Duft. Auch gerne in Herrenparfüms verwendet.

Tuberose: Kostbares, betörend-sinnlich duftendes Öl aus der zu den Agavengewächsen zählenden Pflanze, die erst bei Dunkelheit ihren vollen Blütenduft entfaltet.

Vetiver: Aus den Wurzelfasern dieses Grases wird ein bernsteinfarbenes, stark riechendes, süß-holziges Duftöl hergestellt, das auch zur Beduftung der Schrankwäsche diente.

Weingeist: Essenz des Weines. Heutiger chemischer Begriff Ethanol, umgangssprachlich Alkohol.

Ylang-Ylang: Aphrodisierend. Heute einer der wichtigsten Grundstoffe für Parfüm, auch als ›Jasmin des armen Mannes‹ bezeichnet. Aus Asien stammende Baumart, deren üppige, weiß-gelbe Blüten sofort nach dem Pflücken destilliert werden.

Zibet: Heute meist synthetisch hergestellter animalischer Duftstoff, ursprünglich aus den Drüsen der Zibetkatze, meist in starker Verdünnung in Kombination mit Moschus in einem Parfüm verwendet.

Den Federn, die Flügel verleihen …

Ich danke:

Ihnen, weil Sie dieses Buch noch immer in der Hand halten und mir damit Ihre kostbare Lesezeit, als treuer Leser sogar abermals, zum Geschenk gemacht haben. (Es sei denn, Sie haben [noch immer] die Angewohnheit, am Ende zu beginnen. Dann heiße ich Sie an dieser Stelle herzlich willkommen!)

Ralf Grün, dem ich als Herr über die Welt der Düfte auf einer privaten Führung durch Deutschlands einziges Parfüm-Museum in Mehlingen folgen durfte und der mir meine zahlreichen Fragen mit der Geduld und Leidenschaft eines Parfümeurs beantwortet hat.

Anregungen für frühere Parfüm-Rezepturen bekam ich auch aus dem historischen »Buch der Wohlgerüche« von Emil Winckler.

Patricia Klobusiczky für die ausgezeichneten fachgerechten Übersetzungen aus dem Französischen des 18. Jahrhunderts, ebenso den Mitarbeitern des Tourismusbüros auf dem Mont-Saint-Michel, insbesondere Claude Simon und Catherine Vergriete vom Centre des Monuments Nationaux, die meine Recherchen mit ihrem unerschöpflichen Informationsvorrat bereicherten.

Meinem langjährigen Agenten Thomas Montasser, den ich zu meinem persönlichen Alchemisten ernenne, weil er auf dem Buchmarkt stets den richtigen Riecher beweist und die passende Zauberformel parat hat.

Eva Philippon für die ausgezeichnete Redaktion. Mit viel Fingerspitzengefühl legte sie die Sätze auf die Goldwaage, bis die Rezeptur gelungen war. Und besonders meiner Lektorin Anne Tente, die mich mit ihrer Begeisterung dazu verführt hat, einen historischen Roman über das Handwerk der Parfümkunst zu schreiben. Auch dieses Mal stimmte die Chemie zwischen uns, und mit großem Einfühlungsvermögen und Engagement hat sie mir bei der Entstehung des Manuskripts die wesentlichen Essenzen aufgezeigt.

Unserem altehrwürdigen Hasen, der mich unermüdlich auf meinen Recherchen begleitet und all jenen Menschen, die mich mit offenen Armen empfangen, wenn ich aus meiner kerzenbeleuchteten Schreibwerkstatt auftauche und die mit unvergänglicher Neugierde an dem schnuppern, was ich da zusammengebraut habe – auch wenn mir manchmal etwas davon um die Ohren fliegt.